W0370116

Gallmeister

LE PRÉSAGE

DU MÊME AUTEUR

Les Mangeurs d'argile, 2019, totem n°184
Le Diable en personne, 2017, totem n°127
Dernier appel pour les vivants, 2015, totem n°158

Peter Farris

le présage

Roman

Traduit de l'américain
par Anatole Pons-Reumaux

Gallmeister

FICTION

Titre original: THE BONE OMEN

Copyright © 2023 by Peter Farris
All rights reserved
© Éditions Gallmeister, 2023, pour la traduction française

ISBN 978-2-35178-286-6
ISSN 1956-0982

Photo de l'auteur © Heather Photographers
Illustration de couverture © Carol Lawson
Conception graphique : Aurélie Bert

Pour Liam James,
un des gentils

PREMIÈRE PARTIE

Être au monde, c'est déjà le hanter.

JAMES DICKEY, *En vol*

PROLOGUE

— CHUT.

— Tu peux t'en occuper ?

La mère de Bone porta l'enfant à son sein. Elle lui mit le bout de son doigt dans la bouche.

— Tu l'as sauvée.

— On a fait ce qu'on a pu.

— Ce business devient ingérable.

— C'est rien de le dire.

— C'est un ange, cette petite. Mais je vais avoir besoin de quelques affaires en plus.

C.T. regarda sa mère et hocha la tête. Il désigna la caisse par terre.

— J'ai déjà du lait en poudre et des langes. Des biberons et des tétines.

Elle désigna le berceau dans la chambre d'enfant improvisée.

— Il était à toi et Hiram. Vous avez dormi dedans, tous les deux.

— C'est vrai ?

— Et la fille ?

Il considéra ses avant-bras incrustés de sang.

— Elle appartient à la Lokutta, maintenant.

Sa mère secoua la tête.

— Je t'avais dit que c'était une mauvaise idée. Il fallait la brûler ou l'enterrer.

— C'est ce qu'elle voulait.

— Cette fille ne savait pas ce qu'elle voulait.

— Ne dis pas de mal d'elle, maman. S'il te plaît, pas maintenant.

— Tu devrais te laver avant d'y aller.

— Je vais le faire.

Dehors, la mule commença à geindre.

— Tu veux que je réveille Hiram et que je rapporte de l'eau ?

— Non, non. La citerne est pleine. Vas-y. Repose-toi un peu.

— Je rentre à l'atelier. Je dors là-bas cette nuit.

Il l'embrassa sur la joue, partit sans un regard pour le bébé, se lava les mains dans l'abreuvoir et entama son long périple à travers le vallon, une lampe torche brandie dans le noir même s'il connaissait le chemin par cœur. Les bois vibraient du chant des grillons et des oiseaux de nuit et il tendit l'oreille pour entendre la plainte étouffée du nourrisson, désormais confié aux soins de sa mère.

CATAULA, GÉORGIE

LE PRÉSENT

1

Résidence Walden

CYNTHIA Bivins signa le registre, salua la réceptionniste et sourit en voyant les photos prises par son père encadrées sur le mur à côté du tableau d'orientation, dont les panneaux amovibles affichaient les éléments essentiels de la journée – la date et l'heure, la météo et l'adresse – à l'intention des cent vingt-quatre résidents de Walden. Il y avait des portraits du personnel et des patients, des photos du jardin et du centre d'activités. Une des photos montrait un trio de résidents en chaise roulante alignés dans un couloir comme au départ d'une course. Au lieu d'une grande salle commune bruyante, Walden proposait des bancs et des fauteuils à bascule disséminés dans une "place du village" recouverte de moquette, un lieu organisé comme un plateau de tournage, imitant le style des petites villes où avaient grandi la majorité des patients. Les résidents tuaient le temps, certains encore à peu près lucides et actifs, absorbés par des lotos, des quizz ou l'étude de la Bible, tandis que d'autres affichaient la mine atone et hagarde d'un esprit où ne subsistaient que de vieux souvenirs.

Elle trouva son père, Toxey, assis devant une fenêtre, une tablette électronique sur les genoux. Derrière lui, un groupe d'hommes et de femmes, tous en fauteuil, fixaient un écran de télévision. Elle vit les images d'un meeting politique, les bandeaux défilants sur l'écran apportant chaque jour des nouvelles de plus en plus effrayantes. Un homme sur une estrade, plus âgé que son père, était cramponné à un pupitre et gesticulait avec un sourire factice. Après un bon mot, il s'interrompit pour savourer les applaudissements d'une marée humaine qui agitait des foulards et des drapeaux rouges. Cynthia eut un frisson et s'avança vers la fenêtre. Quand son père leva les yeux et sourit, elle laissa échapper un soupir de soulagement. Elle pouvait voir juste à son regard s'il était dans un bon jour : malgré le bleu sur sa joue dû à une chute récente, les signaux étaient au vert. C'était comme si elle avait la radio allumée en permanence et ignorait quand elle capterait ou pas, selon les caprices de la météo. Les lundis, Cynthia essayait de caler ses visites en milieu de matinée, avant d'aller commencer son service au centre médical à deux heures, l'état de confusion de son père en fin de journée ayant empiré depuis début septembre.

— Coucou toi.

— Salut papa.

Il lui prit la main, y déposa un baiser et lui fit signe de s'asseoir.

— Tu vas au travail ?

— Dans pas longtemps.

Il regarda par la fenêtre. Cynthia se pencha en avant et examina son visage, le coquard sous son œil gauche encore gonflé et décoloré. Elle remarqua que sa main gauche tremblait involontairement, un nouveau symptôme apparu au cours des dernières semaines. Était-ce dû au stress ? Il y eut une bourrasque et des feuilles jaunies voletèrent depuis un grand peuplier dans le jardin. Sur le versant incurvé d'une colline au loin, Cynthia distingua une multitude de pancartes électorales qui oscillaient dans la brise.

— Il fait froid dehors, dit-il. Ça sent la pluie.

— C'est vrai.

Son père sourit.

— Tu sors du travail ?

— Papa, je viens de te dire, commença-t-elle, et elle le regretta aussitôt.

Toxey considéra la tablette sur ses genoux comme s'il ignorait comment elle s'était retrouvée là. Il la posa sur la table, croisa les bras et baissa les yeux, et Cynthia se fit la réflexion qu'il semblait se ratatiner un peu plus chaque jour.

— C'est drôle, dit-il. Ce sont les plus vieux souvenirs qui partent en dernier.

— Ce sont les bons souvenirs, non ? dit Cynthia. Les souvenirs qui valent la peine qu'on les chérisse.

Son père se redressa lorsqu'il entendit la télévision. Un patient voûté avait augmenté le volume et se traînait jusqu'à son fauteuil roulant. L'homme du meeting parlait d'une insurrection, de groupes paramilitaires et d'autres signes de chaos. Il articulait avec peine et semblait incapable d'aller au bout d'une idée, mais des milliers de gens, dont beaucoup en uniformes ou affublés de cache-cols, agitaient leurs foulards rouges en signe d'adulation. Toxey s'aperçut qu'un foulard similaire était attaché au bras droit de sa fille.

— Toi aussi, hein ?

— C'est pas ce que tu crois. C'est toutes ces histoires de “chasse aux traîtres”. Il y a des rumeurs au travail ; le conseil d'administration du centre médical risque de faire des coupes. Je peux pas me permettre de perdre mon boulot, donc je suis obligée de suivre le mouvement.

— J'avais dix-neuf ans la première fois que j'ai vu ces machins-là à Mercy Oaks. Comme quoi, certains souvenirs ne valent pas la peine qu'on se les rappelle.

— Qu'est-ce que tu veux dire par là ?

— Tu sais, le pire c'est que je ne peux rien y faire du tout.

Elle désigna la tablette.

— Tu as fait les jeux de logique ? Tu as regardé l'album photo ?

— Je n'ai pas envie.

— Tu dois le faire, dit-elle, incapable de cacher son exaspération.

— La seule chose qu'on doit faire dans la vie, c'est de… mourir. Nous savons tous les deux que le jour où je serai perdu pour de bon n'est plus très loin.

— Papa… Arrête…

Toxey prit un mouchoir et s'essuya le nez. Il resta silencieux un moment et Cynthia n'osa pas prononcer un mot, pensant à l'irritabilité de son père, aux accès de colère provoqués par les médicaments et la démence.

— Autrefois, je pensais que chaque vie était comme un roman, dit-il. Qu'elle avait une intrigue et qu'on la comprenait à la fin. Mais maintenant la fin est là et… et… je n'en suis plus si sûr.

— Je déteste quand tu parles comme ça, dit Cynthia. On peut la vaincre, cette saleté de maladie.

— Tu n'es pas obligée de faire ça.

— De faire quoi ?

— De me mentir, ma chérie. On n'y peut rien.

Les yeux toujours rivés sur la télévision, Toxey lui demanda :

— C'est comment, dehors ?

— Dehors où ?

— Le monde.

— Tout part en vrille, dit-elle. Plein de discours et de rumeurs absurdes. Personne ne sait plus quoi croire.

— Peut-être qu'ils n'ont jamais su.

— Ça m'a l'air pire.

— Les gens ici veulent toujours regarder les infos. Leurs infos. Je ne peux pas passer une journée sans voir son visage ou entendre sa voix.

— La voix de qui ?

Il désigna la télévision.

— La star de Mercy Oaks.

Elle regarda l'écran un instant. Des gens encagoulés affrontaient la police sur une grande place.

— On dit qu'il risque de dissoudre le Congrès. Il les traite de serpents et de rats. Ces nouvelles milices aux ordres du pouvoir sont partout.

Une drôle d'expression passa dans les yeux de son père.

— Il mérite la prison, dit-il.

Elle soupira.

— Ils ne devraient pas passer ces bêtises à la télévision.

— Tout ça, c'est du divertissement, pour eux.

— Pourquoi tu le détestes autant, en fait ? Ça ne t'a jamais intéressé, tout ça, quand j'étais petite.

— Toi, tu devrais t'y intéresser. Pour mon petit-fils, tu devrais t'y intéresser.

— Je n'ai ni le temps ni l'énergie. Rien ne change jamais. Je ne me sens pas concernée. Toi si ?

Comme il ne répondait pas, elle lui prit la main et la serra. Toxey la regarda.

— Tu vas au travail, là ?

Cynthia essuya une larme avant qu'il puisse la remarquer.

— Pas encore, papa. Je travaille cet après-midi. Je me suis dit que j'allais passer te saluer.

— Retour à la case départ.

— Qu'est-ce que tu racontes ? Est-ce que ça va ?

Il tendit la main pour lui caresser la joue.

— Je remercie Dieu que tu ressembles à ta mère.

— Arrête ça.

— À quelle heure tu dois y aller ?

— Papa, je… T'inquiète pas. J'ai du temps.

— OK.

Il regarda autour de lui.

— Tu irais me chercher ma veste ?

— Ta veste ? Pourquoi ?

Son père reporta de nouveau son attention sur la télévision derrière elle. L'écran était divisé en deux, le meeting d'un côté et une place noyée de gaz lacrymogène de l'autre. Au bout d'un moment, son visage prit une expression horrifiée et il se détourna pour perdre son regard par la fenêtre, vers les feuilles du peuplier qui tombaient. À côté de l'arbre, il y avait un banc et un cornouiller rachitique où des merles d'Amérique picoraient les baies rouges.

— Il faut que je te dise quelque chose, fit-il. Avant qu'il ne soit trop tard.

MERCY OAKS, GÉORGIE

LE PASSÉ

2

Réserve naturelle de la Lokutta

C'EST la saison du rut, le printemps dans le Piedmont, et le dindon sauvage fait des bois sa chasse gardée.

Depuis son perchoir, le dindon glougloute au passage d'une locomotive de la Georgia Central Railway qui charrie de la pâte à papier et du plastique dans l'obscurité précédant l'aurore. Les dindons mâles, qu'on appelle aussi des "toms", réagissent à toutes sortes d'interférences, le sifflet d'un train, les portières qui claquent, le craillement d'une corneille de passage, le clairon en cascade des grues qui migrent vers le nord, le grondement du tonnerre au loin, la trille d'une paruline, apportant sa contribution à cet orchestre en crescendo au lever du jour, quand le soleil vient poindre parmi les alluvions et la vigne vierge en contrebas.

Depuis la branche d'un chêne blanc, le tom entend un glapissement délicat et séducteur. Pour seule réponse, il glougloute. Plus tard, peut-être : pour l'instant il a des dindes à féconder et, n'écoutant que son envie, il descend de sa branche avec un caquètement retentissant et se gonfle d'orgueil pour commencer sa journée.

À trois cents mètres de là, dans un vallon embrumé au fin fond de la réserve naturelle de la Lokutta, un chasseur écoute s'estomper le bruit du train. Il plisse les yeux dans la lumière grise. Attend que les bois reviennent au calme, et s'empare de son appeau fabriqué avec un os d'aile. Il porte l'embout à sa bouche et souffle dedans, les lèvres pincées, pour émettre une série de glapissements. Depuis la crête à l'est lui parvient une réponse tonitruante. Le chasseur cale sa carabine contre le tronc fissuré d'un pacanier. Il s'accroupit et attend. Au bout d'un moment, il ouvre une pochette de cuir, prend un autre appeau, celui-là à friction, et frappe la surface en ardoise avec un percuteur en bois. Un caquètement unique retentit dans les bois. Un instant plus tard, il entend un glouglou, différent à présent; sa proie est au sol, mais le chasseur soupçonne le dindon d'être entouré de partenaires enthousiastes. Il sait qu'éloigner un tom des femelles est la ruse ultime contre la nature. Avec de petits mouvements précis, il frotte le percuteur contre l'ardoise pour imiter des glapissements. Le dindon lui répond, un son étouffé qui reste en suspens dans l'air. Il dit, "je t'entends mais je m'en fiche pour l'instant". Le chasseur regarde sa montre. Une demi-heure plus tard, il lance un nouvel appel, mais ne reçoit aucune réponse.

Il remonte le vallon jusqu'à la crête suivante, où il s'assoit et attend encore, observant la rivière rocailleuse en bas. Au sud, il repère aux jumelles un ours noir, une femelle efflanquée avec ses petits. La famille s'attarde longtemps, contre le vent par rapport à sa position, mangeant de l'herbe et des phorbes et furetant dans le jonc et les buissons, avant de longer un ruisseau et de disparaître derrière la colline suivante. Le chasseur finit par descendre de la crête, empruntant un sentier qui le conduit à un bosquet de pins. Il examine le tapis forestier, repère des crottes de dindons blanches et, plus loin, de petits tas d'aiguilles là où les volatiles ont cherché des insectes, révélant la terre glaise en dessous. Quelques instants plus tard, il entend un glouglou au loin. Il y a un ruisseau entre eux, et il sait que le dindon ne se hasardera pas dans l'eau, qu'il se découragera et fera demi-tour. Il se dirige tout de même vers le ruisseau, trouve un coude peu profond pour le franchir à gué et revient sur ses pas. Depuis la berge, il produit quelques caquètements avec son appeau et le mâle lui répond. Le dindon est au-dessus de lui quelque part, avec une seule chose en tête – la femelle qu'il vient d'entendre.

Il suit le ruisseau et tombe sur un goulot naturel, où les flancs de collines descendent vers l'eau de part et d'autre, et l'endroit lui paraît idéal pour une embuscade. Le chasseur s'adosse au tronc d'un chêne des marais. Pose sa carabine sur ses genoux. Sort l'appeau en os d'aile et produit un caquètement puissant, mais il n'obtient aucune réponse. Il attend, sachant que c'est la seule chose à faire.

Une heure passe et ses appels restent vains. Le chasseur estime que son oiseau est trop pris par les femelles ou bien qu'il délimite une zone de parade secrète, occupé à des affaires de dindon mystérieuses dans des lieux de dindon mystérieux. À part les corneilles et les écureuils et le bruit du ruisseau, les bois sont devenus silencieux. Il est à des kilomètres de son pick-up.

Le chasseur sort son appeau à friction, manie le percuteur à la manière d'un crayon et caquète. Puis, avec de petits gestes concis, il émet neuf glapissements rauques. Il attend. Écoute. Le silence est brisé par un glouglou tonitruant. Un dindon est tout près. Et il approche.

Avec un mouvement lent et calculé, le chasseur ploie un genou, puis cale la carabine à son niveau, la crosse de la Remington contre son épaule. Il se fait raide comme une souche. N'ose pas lancer de nouvel appel de peur d'effaroucher l'oiseau. Son regard se porte vers un bosquet d'hamamélis, un rideau de longs pétales et d'arbres mangés par les lianes obstrue sa vue, il sait que c'est le bord d'une cuvette impraticable, envahie par les ronces. Quelques secondes plus tard, une tête bleue hésitante se détache avec une netteté surprenante, le dindon dodeline, inspecte les lieux en paranoïaque, inquiet de croiser un lynx ou autre prédateur, mais intrigué par cette femelle insaisissable qu'il a entendue glapir dans le vallon.

Le chasseur prend une inspiration. Défait le cran de sûreté et règle la mire de la carabine. L'oiseau est toujours hors de portée, à cinquante mètres, furète de part et d'autre, d'un air alerte et calme. Il disparaît derrière une aubépine en fleur, aux feuilles brillantes comme des emballages de sucres d'orge. Au bout de quelques minutes, le chasseur ne voit plus rien et éprouve un pincement de panique. Spontanément, il lève la tête vers le haut du vallon. Un coyote, avançant au ras du sol, s'arrête net et fixe le chasseur, les naseaux dilatés, *collègue des bois je te vois et je pense comme toi*, suivi par un instant de réflexion après lequel le coyote décide qu'il ne veut rien avoir à faire avec cette créature affalée contre le chêne et détale.

Une ombre passe dans le ciel. Le chasseur reporte son regard sur l'aubépine. Deux femelles qu'il n'avait pas remarquées avec le tom sortent de leur cachette en poussant des caquètements paniqués, fuyant les berges pour se réfugier au milieu des pins.

Le chasseur remonte sa casquette et soupire. Il avise les vautours qui commencent à décrire des cercles dans le ciel à l'est. Il se redresse et s'enfonce dans une forêt sombre et dense vers le nord. Il finit par entendre un bruit d'eau qui dégringole. Au bout d'une centaine de mètres, il arrive à un point où le terrain s'élève sur trois côtés, une rivière se perd plus loin encore dans les profondeurs les plus reculées de la Lokutta. Il scrute aux jumelles la crête opposée, mais n'y voit rien d'intéressant. Il inspecte une saillie rocheuse au sud et repère quelques vautours qui se rassemblent sur les branches d'un arbre. Leur attention est fixée sur quelque chose en dessous d'eux. Les vautours se lissent les plumes, leurs têtes chauves et rouges pivotant de droite à gauche, puis vers le bas, comme en attente. D'autres décrivent un cercle dans le ciel.

En s'approchant de l'arbre, le chasseur entend une petite cascade et, au loin, le croassement des corneilles. Un nouveau vautour arrive, ses ailes battant dans l'air, et s'aligne avec ses semblables sur une branche. Il y a une odeur désagréable. Le chasseur quitte la saillie et descend vers la berge. Il longe la cascade, les yeux attirés par le bassin où elle se jette, boueux et grossi par les pluies récentes.

Et par la harde déchaînée à quelques pas de là, une flaque de sang et de boue et un membre humain emmêlé dans les racines exposées d'un chablis.

Mon Dieu.

Il tire un coup de feu en l'air. Les cochons s'enfuient. Les vêtements ont été ouverts et déchirés et une colonie de larves recouvre le cadavre, les charognards ayant grignoté les joues, le nez et la lèvre supérieure.

Il voit une orbite vide entre des mèches de cheveux emmêlées, dans une posture accusatrice, comme s'il était responsable de son funeste destin.

3

Chez Pickren

Une clochette tinta lorsque Toxey ouvrit la porte de la quincaillerie. Quelques têtes se tournèrent, des clients lui accordant un bref regard avant de revenir à leurs emplettes. Deux frères qui examinaient des Zebco 202 tout neufs se murmurèrent quelque chose à l'oreille, échangèrent un coup de coude et éclatèrent de rire. Toxey garda la tête baissée et ignora leurs ricanements, tout en jetant des regards à la dérobée. Il contourna une demi-douzaine d'escabeaux empilés contre le mur et suivit un rayon qui divisait le magasin en deux, ses mouvements trahis par le couinement de ses Converse sur les dalles en amiante.

Devant la caisse, trois agriculteurs se tenaient devant une sélection de pulvérisateurs à air comprimé et discutaient de l'encart publicitaire placé par Pickren dans l'édition du week-end du *Mercy Oaks Post-Searchlight*. Aucun d'entre eux n'esquissa un geste, et Toxey se mit de profil pour se faufiler devant le groupe sans attirer l'attention. Maxine, la fille de Pickren, leva les yeux de la caisse et fronça les sourcils en voyant son visage.

— Hé, Toxey, tout va bien ?

— Oui, madame.

— Ne m'appelle pas madame. On était ensemble au lycée.

— C'est vrai.

— Papa est au fond, dit-elle. Il a besoin de ton aide.

Toxey hocha la tête. Il sentait les yeux de Maxine sur lui, l'intensité étrange de son regard, et il se hâta vers l'arrière du magasin, passant devant des panneaux perforés, des outils soigneusement alignés, et des étagères pleines de pots de peinture. Remarquant quelque chose par terre, il s'arrêta au rayon sport, s'agenouilla et ramassa un Rogers Craw-Pap pour le replacer à côté des autres leurres. Un Indien séminole du nom de Teddy était assis derrière la caisse et enroulait du fil sur le moulinet d'un client. Il tourna son visage buriné vers Toxey et dit :

— Tu es un homme très demandé, Bivins.

On était samedi et le magasin jouait un double rôle pour les retraités de Mercy Oaks, permettant aux maris d'échapper à leurs femmes acariâtres et à leurs piques incessantes, de passer la matinée à boire des cafés, à fumer des cigarettes, à feuilleter des catalogues de semences ou à lire le journal de la veille. Leur bavardage concernait généralement tout ce qui avait une manette, un moteur à combustion ou un réservoir diesel. Il y avait un poêle à bois éteint près de la porte du fond et cinq petits vieux étaient assis autour, enveloppés d'un nuage de fumée. Un d'entre eux leva les yeux à l'arrivée de Toxey, le regarda se hâter derrière la caisse et prendre un tablier.

— On dirait qu'il s'est pris une belle avoinée.

— C'est qu'y vadrouille, le petit Bivins, hein ?

— Je le vois marcher partout.

— Je ferais pareil, si j'habitais dans les Quarters. Je partirais en courant tous les matins pour sortir de là.

— Ton neveu est content de son écailleur électrique ?

— Il a intérêt. Ce con a payé dix dollars pour son gadget.

Pickren jeta un œil à sa montre, puis il regarda Toxey, la tête penchée comme s'il écoutait la conversation. Il avait les coudes écorchés et la joue gonflée.

— Qu'est-ce qui t'est encore arrivé ?

— Pardon pour le retard, monsieur Pickren.

— Ça ira pour cette fois. Il me faudrait trois sacs de sel à bétail pour Dewey Faircloth, s'il te plaît.

— Oui, monsieur.

Pickren le regarda partir, puis il pivota vers le mur derrière lui. Il était rempli de tiroirs contenant toutes sortes d'écrous, de rondelles, de boulons, de forets, de vis, d'accroches, de loquets et de charnières. Il grimpa sur un escabeau et fouilla dans un tiroir.

— Il a l'air passionné par ses chaussures, le petit, dis ?

— Il est timide, c'est tout. Combien il te faut de goupilles ?

— Une douzaine, dit Faircloth.

Il cracha du jus de tabac dans un crachoir et s'essuya la bouche avec sa manche.

Pickren mit les goupilles dans un sac en papier qu'il tendit à Faircloth.

— Je vais demander à Toxey de te charger le sel.

Faircloth hocha la tête, tapota la poche avant de sa salopette et sortit un cure-dent. Il le cala dans un coin de sa bouche. Son attention se porta sur le patchwork de photographies encadrées sur le mur opposé, les espaces blancs là où des tirages avaient été vendus donnant l'impression d'un jeu d'échecs. Il s'avança vers le mur et chaussa ses lunettes. Examina une photo avec intérêt avant de retourner une étiquette en carton.

— Elle est nouvelle, celle-là, non ?

Pickren s'approcha pour mieux voir. Le vieux admirait une photo en noir et blanc du cimetière d'Oakmont enveloppé de brume et d'ombres où se découpaient les contours blanc cassé du monument confédéré représentant un soldat à cheval.

— Prise la semaine dernière.

— Elle est pas réservée, si ?

— Pas encore. Mais Marfa Medlock s'est déjà renseignée dessus. Elle la veut pour le siège du comté. Et le vieux Futch est passé la semaine dernière, il m'a pris une demi-douzaine de photos à accrocher dans son salon de coiffure.

Faircloth médita tout ça, puis marmonna quelque chose d'inintelligible. Il sortit un portefeuille et en tira trois dollars. Tendit l'argent à Pickren.

— Je la prends.

Pickren décrocha la photo du mur.

— Je te l'emballe ?

— Non, non.

Faircloth tint la photo dans ses mains. La contempla un moment. Une ombre passa dans ses yeux.

— Ils vont manquer de place là-dedans, avant la fin de cette guerre.

— T'es au courant pour Joshua ?

Faircloth fit non de la tête.

— Un trou à rats du côté du Cambodge. Ça sent pas bon.

— On priera pour lui.

La clochette du magasin tinta de nouveau et un homme dégingandé du nom de Buddy Flint s'avança d'un pas décidé vers le poêle à bois. Il s'arrêta pour parler aux anciens. Un homme étouffa un cri. Un autre secoua la tête et un air d'incrédulité parcourut l'assistance.

— Qu'est-ce qui se passe, Buddy ? dit Faircloth.

— T'as entendu la nouvelle ?

— Faut croire que non.

— Rex Cooper a découvert un corps ce matin.

— Un corps ?

— Il chassait au fin fond de la Lokutta.

Les yeux rougis de Flint se perdirent dans le vague un moment. Sa voix se fit un murmure.

— Paraît que c'était une fille de couleur.

— C'était qui ? dit Pickren.

— Personne sait, dit Flint avec un haussement d'épaules. Cooper en a parlé à sa femme après avoir appelé les flics.

— Bon, ben, la moitié de la ville sera au courant avant le dîner, dit Faircloth.

Flint acquiesça gravement.

— Paraîtrait que la fille était… dans une situation intéressante.

Dans la réserve de bois derrière le magasin, Toxey glissa un sac de sel sur son épaule et remonta la ruelle jusqu'à Broad Street. Il reconnut le pick-up de Faircloth, déposa le sac dans la benne et repartit en chercher un autre. Au dernier voyage, ses bras et ses jambes commençaient à trembler et il fit une pause pour reprendre son souffle après avoir hissé l'ultime sac dans le pick-up. Il regarda vers le nord en haut de Broad Street, où une Plymouth aux couleurs de la police brûlait le pavé, sirène hurlante. Il n'y avait pas un souffle d'air. Du pollen jaunissait le trottoir. Trois femmes vêtues de robes en coton imprimé traversèrent pour rejoindre la place. On était samedi et le centre de Mercy Oaks débordait d'activité, les commerces populaires de la ville, Dairy Queen, Brinson's, Piggly Wiggly, Green Acres Discount et la cafétéria formaient le centre de gravité d'un flux incessant. Le siège du comté, en travaux, occupait un îlot, distribuant cinq grandes rues comme les rayons d'une roue. Toxey regarda la façade. Plusieurs détenus mobilisés pour le chantier se tenaient sur un échafaudage au niveau du toit. L'horloge de la tourelle se mit à carillonner, un glas solennel qui resta en suspens dans l'air.

Un instant plus tard, Pickren ouvrit la porte à Faircloth et les deux hommes marchèrent ensemble jusqu'au pick-up.

— Merci, Toxey. Il y a les manches de hache à mettre en rayon, si tu veux bien.

— Oui, monsieur.

Toxey regarda de nouveau le siège du comté. Un oiseau noir passa dans le ciel, archange couleur charbon grimpant sur la tourelle, où il se posa sur une girouette ; ses épaulettes rouges se gonflèrent quand il lança son cri. Toxey leva les bras, encadrant l'oiseau avec ses index et ses pouces. Il garda l'image dans sa tête un moment, puis il descendit ses mains et suivit la ruelle jusqu'à la petite réserve de bois.

Faircloth cala un nouveau cure-dent dans sa bouche.

— C'est un drôle d'asticot, çui-là.

— Le grand frère est mort à la guerre, en 1969.

— Ouais, j'ai entendu ça.

— Toxey est un bon petit. C'est le premier de la famille à finir le lycée, tu sais ?

— Grand bien lui fasse, dit Faircloth. Quand même, je les envie pas. Je vais te dire, le premier endroit où Windham et ses adjoints vont aller fouiller, c'est les King's Quarters. Être un nègre dans les parages, c'est devenu encore plus dur qu'avant.

Faircloth éclata de rire, puis il s'installa au volant. Pickren le gratifia d'un petit sourire poli, mais ne prononça pas un mot.

— Allez, à plus tard.

Pickren tapota le capot du Dodge. Faircloth mit le contact et, un instant après, il s'engagea dans la circulation sur Broad Street. Pickren regarda avec curiosité deux adjoints descendre à toute vitesse les marches du siège du comté pour rejoindre une Mopar garée le long du trottoir. Le gyrophare s'alluma, les voitures au carrefour ralentirent et la Mopar accéléra pour rejoindre la grand-route à la suite d'un autre véhicule de police.

Cap sur la Lokutta.

4

Réserve naturelle de la Lokutta

Le vallon était tapi dans un crépuscule perpétuel alors que Shorty Teague, debout sur la crête, les regardait extraire le corps d'un entrelacs de chablis. Une sacrée chute, pensa-t-il. Shorty aperçut une jambe dépouillée de ses tissus et détourna le regard. Des corneilles croassaient au-dessus de sa tête. Il avait été la première personne que Rex Cooper avait contactée après avoir parcouru les cinq kilomètres de marche jusqu'à son pick-up et les huit kilomètres de route jusqu'au téléphone public le plus proche. Cooper l'avait conduit au corps et ils avaient passé plusieurs heures à sécuriser le site pour le coroner et les enquêteurs, observant le cadavre à bonne distance comme s'il pouvait bouger à tout instant. Des mouches bourdonnaient autour de la masse sombre sur le sol. Le supérieur de Shorty de l'antenne locale arriva à cheval, comme l'avaient fait les hommes du bureau du shérif, dont Windham lui-même et ses adjoints. Avec le capitaine Thomas et son bras droit sur le terrain, Shorty commençait à se sentir évincé de l'action, ce qui ne le dérangeait pas plus que ça depuis qu'il avait vu ce qui restait de la défunte.

Un ranger du département des ressources naturelles apparut derrière un chêne des marais et s'avança vers Shorty.

— Tu m'as l'air un peu pâlot, Quinton.

Le jeune ranger passa une main sur sa bouche.

— J'ai vomi dans les buissons, là-bas.

— Premier cadavre ?

— J'ai vu un noyé au parc d'Ocmulgee l'été dernier. Mais ça… Tout le visage était bouffé.

Shorty jeta un regard à l'enquêteur du bureau du shérif. Il acquiesça gravement.

— Windham a déjà appelé le GBI*.

— Je pensais pas que les cochons boufferaient un cadavre.

— Ça bouffe n'importe quoi, ces bestioles.

— Donc elle est… était… enceinte ?

— Laissons ça au coroner. Dans tous les cas, c'est monstrueux.

— Si ça ne l'est pas, plus rien ne l'est. Tu crois que le bébé est encore vivant ?

— Impossible à dire.

— Peut-être juste un accident ? Parce que bon, comment elle s'est retrouvée ici ?

Shorty lui jeta un coup d'œil avant de se fourrer une pincée de tabac dans la bouche.

— On l'aurait poussée, peut-être ? Des charognards ont pu la traîner un moment, puis elle aura basculé en bas de la pente. Quelques mètres de plus et le corps finissait à l'eau.

* Georgia Bureau of Investigation. (Toutes les notes sont du traducteur.)

— Y a vraiment des gros tordus dans les parages, dit Quinton.

— Tu te dis jamais qu'on est une espèce condamnée ?

— Hein ?

Quinton secoua la tête et se courba comme s'il réprimait un haut-le-cœur. Ils passèrent quelques minutes en silence, observant la lente progression des enquêteurs.

— Je parie qu'ils vont commencer par les Quarters, dit Quinton. Voir si quelqu'un connaissait la fille.

— Sûr et certain… Ou le père du bébé.

— C'est bien le genre de ces gens-là, de faire ça à une des leurs.

Shorty jeta un regard au ranger présomptueux, mais garda le silence. Le capitaine Thomas était monté sur la crête et marchait vers eux. Des taches de sueur formaient un arc sous les manches de sa chemise verte d'uniforme.

— On peut faire quelque chose, cap' ?

— Le mieux pour l'instant, c'est de rester à l'écart.

— On peut s'en occuper.

Thomas enleva son chapeau et lissa ses cheveux du plat de la main. Le ciel s'était couvert, l'air s'était rafraîchi et un vent léger s'était levé dans le vallon, charriant des grains de pollen dans la lumière douce.

— Il va pleuvoir. On devrait avoir une belle saucée cette nuit.

— Seigneur Dieu, dit Thomas.

— Vous l'avez dit.

— Le corps va partir au labo de la police de l'État. Le sergent Gaylor ramène du monde de la police criminelle.

— Les yeux de la fille ?

— Les corneilles, probablement.

— C'est une terre où les témoins sont rares, dit Shorty. Quelques heures de plus, et on aurait pu mettre ce qui restait d'elle dans un sac de sport. Une idée de qui elle est… était ?

Thomas fit non de la tête.

— Un coup de chance que Rex Cooper ait poursuivi un tom au fond de ce trou perdu. On aurait pu ne jamais la retrouver.

— On a passé les deux côtés du bassin au peigne fin. On n'a pas vu une goutte de sang ni un bout de tissu. Juste des crottes de cochon et de cerf.

— Les cochons sont en train de foutre le coin en l'air, dit Thomas avant de faire un geste en direction du jeune ranger. — Quinton, prends-moi ma thermos sur le cheval de trait, tu veux ?

— Oui, chef.

Ils regardèrent le ranger s'éloigner.

— Ça reste entre nous, dit Thomas à voix basse. J'ai entendu l'enquêteur dire qu'il pense qu'elle était enveloppée dans du plastique. La manière dont le sang a coagulé indique qu'elle n'est pas morte ici. Elle s'était ouvert la tête, sans doute à cause de la chute.

— Et les points de suture ?

— Notre gars connaissait son affaire.

Shorty regarda le capitaine et plissa les yeux.

— Bon Dieu. Vous pensez quand même pas que c'est le doc Griffin qu'a fait le coup ?

— Non. Pas moyen. Il est toujours au service de la communauté.

— Ouais, c'est un type bien, dit Thomas. Mais je parie qu'ils vont vouloir lui parler quand même. Windham nous a demandé d'aller fouiller du côté des braconniers, aussi, les suspects habituels, les récidivistes. Il sait qu'on est rencardés sur les bouseux à la petite semaine qui trafiquent dans la Lokutta.

— Vous voulez quand même qu'on sorte le leurre avec Quinton demain soir ?

— Oui, dit le capitaine. Et si vous mettez la main sur ces clowns, foutez-leur la pression.

À la tombée du jour, quatre hommes dont Shorty et Quinton regardèrent le coroner disposer les restes du corps dans un sac de caoutchouc noir. Les adjoints à cheval avaient apporté un brancard en aluminium et les rangers héritèrent de la tâche délicate d'amener la fille à l'ambulance, garée à trois kilomètres de là sur une voie de service. Avec le soir vinrent les cris sonores et rythmiques des engoulevents et, tandis que la procession se frayait un chemin dans les ravines rocailleuses, l'air s'emplit de la douce odeur du chèvrefeuille du Japon et d'un afflux d'ozone. Puis le tonnerre gronda au loin, un coup de semonce qui effraya les chevaux jusqu'au bout de leur marche funèbre. Shorty Teague et les autres porteurs chargèrent le brancard dans l'ambulance du coroner à l'instant précis où les premières grosses gouttes frappaient le sac en caoutchouc noir. Shorty s'essuya le nez et le regarda comme s'il s'agissait d'une coquille vide, la fille à l'intérieur emportée avec ses tourments.

5

Chez Pickren

Les anciens passèrent une bonne partie de l'après-midi dans de grandes conversations spéculatives. Ils ne s'arrêtèrent même pas à l'heure de la fermeture, discutant d'un ton macabre sur le pas de la porte de la manière dont un homme pouvait charrier un corps jusqu'au fin fond de la Lokutta.

— Ben mon vieux, et puis Maddox qui vient en ville ce soir.

— Elder Reese doit enrager de devoir partager l'affiche.

— M'est avis que ça changera rien. La bonne fortune lui colle aux fesses depuis toujours.

— Y a pas d'endroit plus dangereux au monde qu'entre ce type et un appareil photo.

— Faudrait une luge. Pour traîner un corps jusque là-bas.

— Quoi ?

— Un homme assez costaud pourrait porter un corps sur son épaule. Les pompiers font ça tout le temps.

— Peuh ! Avec un poids mort comme ça ? Pas avec tout ce relief.

— Une mule pourrait faciliter les choses.

— Ça oui.

— T'as toujours des cousins là-bas, Harold ?

— J'ai une définition assez large du terme. Y a des Whipple qui vivent encore dans les vallons vers Cedar Creek. Et la famille Bone dans les montagnes, bien sûr.

— Ils vivent à la dure, ceux-là.

— Ça tu peux le dire. Teresa a élevé ses deux gars toute seule.

— Hiram, il lui manque une case, non ?

— Faut croire que C.T. a hérité de tout le cerveau et du talent.

Il était quatre heures et Pickren tenait la porte pour son dernier client, puis il regarda les hommes s'éloigner lentement. Il leur souhaita une bonne fin de journée et les remercia pour leurs achats même s'ils repartaient les mains vides ; quand il retourna enfin le panneau FERMÉ devant la vitrine il jeta un regard à sa fille et poussa un soupir de soulagement.

— Et moi qui croyais que les dames au salon de coiffure étaient des pipelettes, dit Maxine.

— Oh, ils redeviendront sourds-muets au moment du dîner quand ils devront retrouver leurs bonnes femmes.

Toxey posa ses mains sur un manche à balai et écouta une pub à la radio.

— La fête foraine revient en ville, dit-il.

— Je me demande si la femme qui se transforme en gorille sera là ?

La voix du présentateur intervint pour annoncer le concert d'Elvis Presley à Macon, avant de lancer *Until It's Time For You To Go*.

— Il joue au Coliseum, dit Maxine en souriant à Toxey.

Pickren fronça les sourcils et se racla la gorge.

— Du nouveau sur le corps qu'ils ont trouvé ?

— Non, monsieur, dit Toxey avant de se remettre à balayer.

Un instant plus tard, Teddy éteignit les lumières du rayon sport et s'avança vers la caisse. Il tendit à Maxine la caisse des recettes et quelques bons de commande. Dans son autre main, il tenait une glacière Coleman verte avec une poignée en aluminium. Il la posa et ouvrit le couvercle. Six canettes de Schlitz affleuraient d'un lit de glace pilée. Il prit un sac en plastique et le tendit à Toxey.

— Tiens. Je t'ai rapporté des poissons-chats.

Toxey regarda dans le sac les quatre filets enveloppés dans du papier de congélation.

— Merci, Teddy.

— Pourquoi tout le monde t'apporte tout le temps à manger ? dit Maxine.

— Parce qu'il est maigre comme un cure-dent, dit Pickren. Il a une bouille à être nourri.

— Tu veux que je te dépose ? Je descends en aval de la rivière, dit Teddy.

Toxey regarda Pickren, qui leva un sourcil et tapota sa poche de poitrine.

— Je vais rentrer à pied. Merci.

— Tu vas où ? dit Pickren à Teddy.

— On est samedi. Et le samedi, je me bourre la gueule et je vérifie mes lignes.

— C'est vrai que tu rigoles pas avec l'emploi du temps.

Pickren ouvrit la porte pour Teddy. À l'exception de la cafétéria, les commerces autour du siège du comté étaient fermés. Une sirène retentit au loin et, quand le bruit s'estompa, un silence apaisant retomba sur le carrefour. Teddy regarda le soleil comme si son attitude allait déterminer sa direction. Au bout d'un moment, il prit à droite et commença à parcourir les cinq cents mètres jusqu'au bassin d'amarrage.

— Maxine, je reviens tout de suite, dit Pickren.

Elle hocha la tête avant de dévisager Toxey. Il baissa les yeux en sentant le regard de Maxine, son béguin à peine dissimulé. Il suivit Pickren derrière la caisse dans un couloir jusqu'à un placard reconverti en bureau. Il y avait un coffre-fort en fer forgé encastré dans le sol au fond de la pièce. Pickren se pencha et tourna la molette à droite, puis à gauche, puis de nouveau à droite. La molette émit un clic sonore et Pickren ouvrit le couvercle pour fouiller dans le coffre.

Un instant plus tard, Toxey tenait le Canon FTb dans son étui de cuir. Pickren prit un portefeuille dans sa poche arrière et en retira dix dollars.

— Ta part, dit-il. Moins le coût des cadres et du développement. J'en ai vendu cinq cette semaine.

— Cinq ? Vraiment ?

— Tu vas écrire à ce magazine, alors ?

— J'en sais rien. Et s'ils aiment pas mes photos ?

— T'as rien à perdre. Demande à Maxine de t'aider pour la lettre. Elle est douée avec les mots. Qu'est-ce que t'en penses ?

— OK, dit Toxey.

Pickren regarda sa montre.

— Faut que je passe au Fotomat avant que ça ferme.

Toxey s'agenouilla et défit ses lacets, puis il retira une Converse et glissa les billets dans sa chaussette.

— Il va m'en falloir encore, dit-il.

Pickren fouilla le bureau encombré, dénicha une paire de pellicules jaunes et les tendit à Toxey.

— C'est tout ce que vous avez ?

— Faudra t'en contenter pour l'instant. Arrête un peu avec tes fichus portraits. Personne a envie de payer pour voir des gens de couleur en train de se faire baptiser.

— Oui, monsieur.

Toxey ouvrit le capot arrière du Canon, introduisit la cartouche du film dans le compartiment et actionna le levier d'armement pour mettre le compteur à zéro.

— Il a le système de chargement rapide.

— Ça veut dire quoi, ça ?

— Qu'il se charge plus rapidement.

— Oui, bon… Bref. Prends juste des photos du pont ferroviaire de Greentop Creek, OK ? Peut-être que tu verras un train de la Central. Tu passes par là-bas ?

— Je peux.

— Le contremaître de l'usine m'en a réclamé. Ça doit être un mordu de trains.

Toxey regarda l'appareil photo. Il le saisit à deux mains avec avidité et le tint contre sa poitrine comme s'il s'agissait d'un chaton qu'il venait de recueillir.

— Attention avec ce machin, hein, dit Pickren. Je n'ai pas besoin de te rappeler combien ça coûte. Y a des gens aux Quarters qui ont les mains qui traînent, tu vois ce que je veux dire ?

— J'ai ma planque, dit Toxey. Il est en sécurité, je vous le promets, monsieur Pickren.

Pickren plissa les yeux et désigna la joue gonflée de Toxey.

— Alors, qui t'a amoché comme ça ?

— Juste des… moins que rien. Toujours les mêmes.

— Ouais, ben laisse pas ces moins que rien toucher à cet appareil.

Quand le feu passa au vert, Toxey traversa Main Street en direction du supermarché Piggly Wiggly. La grande artère était bordée d'azalées, un vent chaud soufflait, des chiens aboyaient dans des jardins qu'il ne voyait pas et des pigeons somnolaient sur le fronton du President Theatre. Le soleil scintillait sur les vitrines. Il s'arrêta au bout de quelques rues pour regarder les télévisions couleur Zenith dans la vitrine de Green Acres Discount, de gros Chromacolors dans un style "méditerranéen", et il se demanda comment ce serait de vivre dans une des demeures néo-classiques de Broad Street, avec leurs grandes colonnes et leurs jardins soignés, leurs porches assez vastes pour accueillir un bal de fin d'année, leurs familles aisées qui pouvaient se permettre de mettre une Zenith dans chaque pièce si ça leur chantait. La manière dont ces gens avaient atterri là restait un mystère pour Toxey : avaient-ils gagné leur place ou bien est-ce que ça leur tombait tout cru dans le bec ? La vie était une loterie, comme le savaient tous les habitants des Quarters ; l'idée selon laquelle on pouvait obtenir ce qu'on voulait à force de dur labeur et de détermination était un mensonge éhonté. "On a ce qu'on a", lui avait dit son père récemment. "Et c'est rien du tout."

Toxey traversa Main Street et passa devant Bolan's Furniture, qui affichait son slogan en lettres plastiques sur un grand panneau sur le trottoir : UN MONDE PLUS BEAU

COMMENCE DANS VOTRE MAISON ! Il lut le panneau et pensa à sa maison. Il pouvait voir sa mère fixer la fenêtre en silence, attendant Bo alors que son frère était déjà revenu dans un cercueil recouvert du drapeau américain ; son père fixant son verre d'alcool, véritable montagne russe humaine en matière de sobriété ; ses quatre sœurs – Alma, Millie, Denise et Connie –, huit enfants à elles toutes, des nièces et des neveux qui chahutaient et criaient toute la journée comme une portée de chiots, la maison emplie en permanence de l'odeur de couches sales. Il fut pris d'un accès de mélancolie à ces pensées. Il attendit au croisement, puis il retraversa et prit vers le nord sur Broad Street, direction le Bellflower Hotel.

L'hôtel était le premier du genre à avoir un ascenseur, c'était le plus grand bâtiment de Mercy Oaks, ses colonnes blanches et sa façade palladienne toisaient Toxey comme une abbaye anglaise. L'établissement accueillait des gouverneurs, des sénateurs et des capitaines d'industrie du cru depuis la Grande Dépression. Attenant au Bellflower, il y avait un motel avec huit bungalows entourant une piscine, et Toxey aperçut plusieurs voitures de luxe garées sous l'auvent. Des porteurs avaient déroulé un tapis rouge devant l'entrée. Des ballons, des rubans, des drapeaux et des pancartes électorales ornaient l'entrée de l'hôtel, avec une banderole annonçant BIENVENUE AU GOUVERNEUR MADDOX ! Deux portiers étaient affairés à accueillir les premiers arrivants sur fond de rires et de conversations, les invités et les gros donateurs se pressant déjà dans le hall où l'on servait des cocktails. Toxey s'approcha derrière la fontaine au centre de l'allée circulaire du Bellflower tandis qu'un groupe d'hommes sur leur trente et un fumaient des cigares à côté d'une Lincoln Continental. Elder Reese tenait salon devant la voiture, ses cheveux blonds bien peignés presque incandescents dans la lumière de l'après-midi.

— Eh bien, Dixon m'a remis d'aplomb.

— Qu'est-ce qu'ils ont dit que tu avais ?

Elder sourit de toutes ses dents et inspecta les alentours, à l'affût d'oreilles indiscrètes, quand il remarqua Toxey près de la fontaine à une quarantaine de mètres, qui prenait des photos de l'hôtel. Elder tapota le bras de son voisin et fit un signe de tête en direction de Toxey avec une hostilité incongrue.

— Hé, petit, dit l'homme en se détachant du groupe. Qu'est-ce que tu fous, avec ton appareil ?

Toxey sursauta et croisa brièvement le regard d'Elder Reese. Il marmonna une excuse en s'éloignant, contournant le portail de l'hôtel et grimaçant quand l'homme aux gros muscles lui lança des insultes. Il y avait unc statuette de bronze pas plus haute que Toxey postée à l'entrée, représentant un jeune groom avec une casquette sans visière, le bras droit tendu et une lanterne à la main. Ses yeux étaient effrayants, indistincts, et Toxey se promit de revenir le photographier un jour. Il bifurqua au coin de la rue et longea le trottoir depuis la salle de réception jusqu'au motel. Caché par une haie, il se tourna et marcha derrière l'hôtel pour rejoindre un quai de livraison.

En haut de l'escalier, un plongeur fumait une cigarette. Il hocha la tête en voyant Toxey.

— Salut, Cecil.

— Tu cherches ta sœur ?

— Ouais.

— Qu'est-ce que t'as là ?

— Du poisson-chat.

— Attends.

Cecil jeta la cigarette dans un cendrier sur pied et descendit les marches vers le sous-sol. Quelques minutes plus tard, Alma Bivins apparut sur le pas de la porte. Elle s'essuya les mains sur son tablier de femme de ménage et ajusta son serre-tête. Elle plissa les yeux en avisant Toxey.

— Qu'est-ce t'as au visage ?

— C'est rien. Tiens, lui dit-il en lui tendant les filets. Tu peux les mettre au congélateur ?

Elle monta les marches, prit le sac et regarda dedans.

— Où t'as eu ça ?

— Teddy.

— Remercie-le de ma part. Bon, je dois filer. Mme Reese nous met une pression pas possible.

— J'ai vu Elder devant avec le maire.

— T'approche pas de lui.

L'attention de sa sœur fut attirée par le Canon qu'il portait autour du cou.

— Depuis quand tu as un nouvel appareil photo ?

— Il est pas nouveau. C'est juste un emprunt.

— Tu te souviens de ce qu'est arrivé au dernier ? Papa est encore fou de rage.

— Il était de mauvais poil ce matin ?

— Il est toujours de mauvais poil.

— Sur une échelle de un à dix ?

— Onze. Et il a lavé le verre. Je l'ai vu sur le plan de travail.

Les épaules de Toxey s'affaissèrent.

— Ça faisait un bail. Il s'en sortait plutôt bien, ces derniers temps.

— Quelque chose l'a fait vriller.

— Et maman ?

— Toujours pareil.

Toxey détourna les yeux et ses mains se posèrent sur le Canon.

— Je vais prendre des photos avant qu'il fasse nuit.

— Rentre pas trop tard, dit Alma. Les filles ont besoin de ton aide avec les enfants ce soir.

— Elles ont toujours besoin d'aide avec les enfants.

— C'est parce que tu es un bon oncle. Allez, file.

Elle l'embrassa sur la joue avant de dévaler les marches. Toxey revint sur Broad Street et partit vers le sud, en direction des bas-fonds de la ville.

6

Bellflower Hotel

ELDER Reese déplaça un cigare d'un coin à l'autre de sa bouche et interrogea Parnell du menton.

— C'était qui ? Quelqu'un du *Searchlight* ?

— Juste un gamin des Quarters. Je l'ai déjà croisé en ville. Toujours avec un appareil photo sur lui.

Parnell remarqua une tache sur le capot de la Lincoln et sortit un mouchoir rouge pour l'essuyer.

— Je me demande si c'est Grizzard qui les a rencardés ? dit-il.

— Je ne doute pas un instant qu'il ait des yeux et des oreilles ici, dit Elder. Qu'est-ce que vous en dites, monsieur le maire ?

Hollis examina son cigare, qu'il roula entre ses doigts avant de faire tomber sa cendre sur l'asphalte.

— J'en dis que je suis ravi des économies qu'on a faites avec mon frère en utilisant les canalisations Reese à la ferme. Vous remercierez votre mère pour moi.

— Je n'y manquerai pas, dit Elder. Votre frère se plaît à la tête de la commission électorale ? Il va finir par vous piquer votre poste, si ça continue.

Hollis éclata de rire.

— C'est une pauvre lopette incapable de gérer son propre foyer, alors une ville entière… Mais Elbert s'y connaît en calculs tordus. Et c'est lui qui comptera les votes… Enfin, surtout les bons.

Hollis appuya son propos d'un clin d'œil et désigna les pancartes de campagne disposées le long du trottoir, avec le nom d'Elder imprimé en travers du drapeau américain.

DE LA POIGNE POUR L'AMÉRIQUE ! VOTEZ ELDER !

— Qu'est-ce que vous en dites ? demanda Elder.

— Superbe. Vous avez un vrai talent pour ça, jeune homme.

Elder se gonfla d'orgueil et hocha fièrement la tête, son ego toujours avide de la moindre flatterie. Il tira un mouchoir rouge de sa poche et s'épongea le front. Il regarda le mouchoir comme s'il venait d'avoir une vision, un aperçu de sa grandeur future.

— Vous le pensez vraiment ? dit-il.

— Et comment. La poigne, c'est ça que les gens attendent de leurs élus. Mener la vie dure aux toxicos, aux immigrants et à ces saloperies de communistes qui essaient de déchirer notre pays au beau milieu d'une guerre.

— Le temps de l'unité est fini. C'est nous contre eux.

— Bien parlé. Il faut remettre les valeurs traditionnelles au goût du jour, vous ne trouvez pas ?

— Les valeurs traditionnelles ? dit Elder. Ça me plaît. Et ce n'est que le début.

— C'est ce que je dirai ce soir à ces bonnes gens en lançant cette soirée électorale.

Reese sourit.

— Avec un chèque, dit-il. Pour mes fonds de campagne ?

— Il est bien au chaud dans ma poche.

Un instant plus tard, Hollis adopta un air grave pour observer par-dessus l'épaule d'Elder un homme qui s'affairait devant l'entrée du Bellflower. Elder suivit son regard, jura en apercevant le reporter, qui attendait manifestement son heure pour une petite conversation en off.

— C'est le nouveau du journal, non ? dit Hollis.

— Ça serait pas mal d'avoir leur soutien.

— On surestime le poids de ces soutiens. Le rédacteur en chef du *Searchlight*, Butch Strawser, c'est un démocrate pur jus.

— On dirait un de ces profs chevelus et dépravés, dit Parnell.

— Lovell, il s'appelle, dit Hollis. J'ai entendu parler de lui. Décoré de la Silver Star.

Elder se renfrogna. Il grommela et frotta une douleur fantôme près de son entrejambe.

— Tout va bien, Elder ? dit Parnell.

— Ça va, ça vient. Toujours ce même truc qui m'a empêché de servir sous les drapeaux. Ça et les études de droit.

— Je croyais que c'était une périostite tibiale ? dit Hollis.

— Tout ça n'a pas d'importance, dit Reese.

Son attention s'était tournée vers le parking, où il lorgnait un quatuor de jeunes femmes qui déambulaient devant la fontaine vers le lobby de l'hôtel. C'étaient des mannequins du Dogwood Club qui organisaient un défilé de mode destiné à lever des fonds pour la campagne. Elles portaient des raquettes de tennis et des tenues suggestives et regardèrent toutes dans la direction d'Elder avec un signe de la main et des sourires de fans des Beatles. Chaud comme un cerf en rut, il aperçut des muscles fermes et de jolis seins galbés, ravivant le souvenir de la femme qu'il avait ramenée la veille dans un motel de Colombus pour un coït moite et bref. C'était une divorcée à la chevelure fauve et au visage constellé de taches de rousseur comme une banane mûre, secrétaire à la Reese Paper Company et membre de l'équipe de campagne, qui avait mâché son chewing-gum pendant toute la durée de sa besogne. Un coup passable qui, étonnamment, n'avait pas objecté lorsqu'il l'avait retournée et lui avait demandé d'avaler son chewing-gum et de le finir dans sa bouche tel un boa constrictor. Il avait omis de mentionner sa visite chez le Dr Dixon et espérait qu'elle n'attraperait pas ce qu'il avait.

— On a retrouvé un corps ce matin, dit Hollis.

Elder s'arracha à sa rêverie et hocha la tête en direction du maire avec une gravité de circonstance.

— Il paraît, oui, dit-il. C'est tragique. J'ai demandé au responsable du domaine Reese de mettre des chevaux à la disposition des hommes de Windham si nécessaire.

— C'est très généreux de votre part, Elder.

— Bon, mais ça n'arrange pas nos affaires, ces gens qui commencent à parler de meurtre. Il faut que je ramène l'attention sur ma candidature, et qu'on oublie cette macchabée sortie de nulle part.

— On sait qui c'était ? dit Parnell.

— Une femme de couleur, c'est tout ce que j'ai entendu, dit Hollis.

Elder jeta un regard à Parnell puis il se tourna vers le maire et dit :

— Bah, d'ici une semaine les journaux l'auront oubliée, mais je veux bien que vous me teniez au courant de l'évolution de la situation. Après tout, je compte bien être le député de l'ordre. Tiens, je pense que je vais broder quelque chose là-dessus dans mon discours de ce soir…

— Ça peut très bien être un non-événement, dit Hollis. Un accident, par exemple. Vous ne voulez pas connaître les faits d'abord ?

Elder décocha de nouveau son sourire de play-boy.

— Monsieur le maire, la première chose que j'ai apprise sur le petit jeu de la politique, c'est qu'il n'y a pas – ou qu'il ne devrait pas y avoir – d'obligation à la vérité. La vérité est parfaitement dispensable.

— Dispensable ? Euh, pardon mais… quoi ?

— Autant qu'une paire de seins sur un sanglier. Les gens ne veulent pas des faits. Ils veulent être remués. Il leur faut des idées qui tiennent sur un autocollant de voiture pour qu'ils puissent hocher la tête et dire, "bien parlé". Ainsi va le monde – les gens choisissent juste la vérité qu'ils veulent, et au diable le reste.

— La vérité qu'ils veulent ? Jamais rien entendu d'aussi dingue, Elder. La presse va vous crucifier.

Face à la mine déroutée du maire, Elder ressortit son sourire carnassier et posa la main sur son bras pour l'entraîner vers le Bellflower.

— Mais pas les électeurs, monsieur le maire. Eux, ils me diront merci. Bon, sinon, pour le chèque, c'est quand vous voulez.

Une heure plus tard, Elder se tenait devant un miroir de courtoisie, inclinant la tête afin de mieux voir la zone dégarnie sur son front, l'implantation en V de ses cheveux blond vénitien. Il ajusta ses boutons de manchettes personnalisés, puis il jeta un œil vers la porte de la suite où Parnell l'observait nerveusement.

— Fais venir le personnel, tu veux ? Dis-leur de remplir le bol de bonbons, au passage.

— Lewis dit que votre mère est déjà en train de faire tourner tout le monde en bourrique.

— Dis à Lewis qu'il va devoir s'y faire.

Parnell décrocha le téléphone pour appeler la réception. Demanda une femme de chambre. Il écouta un moment, puis il couvrit le combiné avec sa main.

— Il y a quelqu'un pour vous en bas.

— Qu'est-ce qu'on me veut, cette fois ?

Parnell baissa la tête.

— Alors ?

— C'est C.T.

— Oh bordel. Ici ?

— Vous voulez que je m'en occupe ?

Elder se gargarisa et cracha dans le lavabo. Il reporta son attention sur le miroir et ajusta sa cravate, une étincelle dans le regard, comme s'il était fasciné par son reflet.

— Non. Fais-le monter, finit-il par dire.

Au dernier étage du Bellflower, Alma Bivins sortit de l'ascenseur de service avec son chariot chargé de draps. Elle tourna au coin du couloir tapissé de moquette, vit les portes de la suite d'affaires s'ouvrir et Parnell Weems faire entrer un grand homme aux yeux noirs. Plusieurs membres de l'équipe de campagne s'activaient et elle regarda un serveur suivre Parnell avec un plateau de café, mais personne ne la remarqua quand elle ouvrit une porte secondaire menant à la chambre de Reese et poussa le chariot à l'intérieur.

Lorsqu'elle eut fini de faire le lit, Alma parcourut du regard la salle de bains de la suite. La porte était entrouverte, la lumière allumée, et elle avisa des serviettes en boule par terre à côté de la baignoire. Il y avait une mosaïque de bruits, un bavardage de cocktail mondain et de la musique qui provenait de la cour, mais Alma repéra distinctement la voix de Reese à travers la porte fermée qui conduisait au salon. Des bouteilles de soda vides jonchaient l'espace à côté du lavabo, ainsi qu'une unique bouteille de bière au goulot maculé de rouge à lèvres. Alma prit un sac-poubelle, quelques serviettes propres et un peignoir éponge dans le chariot tandis qu'un aspirateur bourdonnait à l'étage du dessous.

On frappa à la porte. Elder fit volte-face et, avec un sourire affligé, fit signe à Parnell et au visiteur d'entrer. Un serveur les suivit à l'intérieur de la suite. Posa un plateau avec une cafetière et une théière plaquées argent sur la table du petit déjeuner et s'éclipsa discrètement après une brève courbette à l'adresse d'Elder.

— Entre, C.T. Je n'ai que quelques minutes. Mon annonce de candidature va être retransmise dans tout l'État ce soir.

Elder offrit au taxidermiste une brève poignée de main. Il considéra le paquet que tenait Bone.

— Sacré remue-ménage.

— C'est pas dans nos habitudes, ce genre de réunion, C.T. Parnell, tu veux bien nous excuser ?

Parnell hocha la tête, adressa à Bone un regard glacial et sortit à reculons. Il ferma les portes et Elder l'entendit demander qu'on dégage le couloir. Ils distinguèrent les bruits de pas du personnel et de l'équipe de campagne qui se dirigeaient vers les escaliers et l'ascenseur.

— Tu veux boire quelque chose ?

— Un petit café. Noir.

Elder lui versa une tasse.

— Alors, qu'est-ce qui te tracasse ?

— Les cerfs se déplacent.

— Content d'entendre que les affaires marchent. Et les faons ? Ils sont nés ?

— C'est de ça que je suis venu te parler.

Elder avança nonchalamment jusqu'à un chariot bar en noyer et se servit un verre. Il agita une bouteille de bourbon sous les yeux de Bone.

— Un petit pousse-café ?

— Jamais d'alcool pour moi.

— Ah oui, j'oubliais. Un abstinent.

Elder fit rouler le whiskey autour de sa langue et, l'air vaguement accablé, se dirigea vers les fenêtres donnant sur les bungalows et la piscine. Il vit une treille de belles-de-jour, des invités et des donateurs bavardant dans une lumière douce et sirotant du champagne tandis qu'un groupe de bluegrass jouait *Pig in a Pen* des Stanley Brothers. L'hôtel grouillait d'activité. Un aspirateur s'alluma à l'étage du dessous, un vrombissement étouffé à travers le plancher. Il se tourna et toisa Bone, un être qu'il considérait comme aux antipodes de lui, un homme défini par la mauvaise fortune, mais pas moins dangereux ni implacable. Son visage était émacié, marqué par la vie, avec un pétillement dans ses yeux gris.

— T'as une sale mine. Grosse soirée ?

— Je dors pas beaucoup. La lune me tient éveillé.

— La lune ? Tu t'es fait mordre par un putain de loup comme Lon Chaney ?

Elder rit, mais l'expression de Bone ne changea pas d'un iota.

— Alors, raconte-moi tout.

— Je suis là pour parler de la biche.

— Tiens donc ? Cette biche a eu de drôles d'idées ces derniers temps.

— On s'est bien occupés d'elle, mais elle avait une tendance aux… idées noires. On n'a rien pu faire pour la retenir.

— La retenir de quoi ?

— La biche est allée fouiller dans les produits de tannerie. Elle a bu plusieurs bouteilles de térébenthine et d'alcool de bois.

— Mon Dieu, quel malheur, dit Elder en retroussant sa lèvre. Ça a dû abîmer le faon.

— Le faon est sorti nickel, dit Bone.

Le visage d'Elder se renfrogna.

— Ça serait sans doute une bonne chose pour nous tous qu'il y ait un peu moins de biches dans la nature. De biches et de faons. C'est mieux pour les mâles, tu comprends ? Encore mieux si les gens ne retrouvaient jamais ces foutus faons.

Bone le dévisagea un moment.

— Tu peux parler par énigmes et jouer les vierges effarouchées tant que tu veux, Elder. Mais il faut qu'on revoie notre arrangement.

— Ah bon ?

— J'ai appris des choses. J'ai parlé aux gens de Macon.

— Tiens donc ?

— Et j'ai découvert que les trophées empaillés ne sont jamais vendus au prix annoncé.

— Ça alors ?

— Paraîtrait qu'ils se vendent plus cher.

Elder se détourna et inspira longuement par le nez.

— Écoute, on causera du coût de la taxidermie une autre fois. J'ai du pain sur la planche ce matin et il faut que je sache – puisque tu es là : la vie est dure pour les faons, hein ? Surtout dans la Lokutta.

— La Lokutta est un lieu cruel.

— Il faut savoir écrémer le troupeau, de temps en temps.

— À tous les étages.

— Imagine ma surprise quand j'ai appris qu'on avait découvert un corps ce matin. Tu parles d'un coup de chance.

— J'ai entendu ça, oui.

— Tu n'as pas l'air inquiet.

— Ce qui est fait est fait. Je suis pas inquiet. Retour à la chaîne alimentaire, c'est notre lot à tous.

— Répète-moi ça ?

— T'as très bien entendu.

— Pourquoi tu me regardes comme si j'avais fait quelque chose de mal ?

Bone but une gorgée de café et reposa sa tasse. Il tendit à Elder la boîte enveloppée dans un tissu.

— Qu'est-ce que c'est ? fit Elder.

— À la prochaine.

Elder le regarda s'en aller, puis il déballa la boîte. Il resta bouche bée en voyant le biberon en verre avec sa tétine en caoutchouc. En le portant à la lumière, il distingua dix centimètres de queue de serpent coupée à l'intérieur.

Ainsi qu'une énorme sonnette de crotale de dix centimètres.

Soudain, Elder tressaillit en entendant un bris de verre. Il se précipita vers la salle de bains et ouvrit la porte, surprenant Alma Bivins.

— Qu'est-ce que tu fous là, toi ? L'oreille collée à la porte, en plus.

— M'sieur Reese… Je… Je montais juste des serviettes. On m'a dit de faire la chambre. Je… Je faisais le ménage quand la bouteille a glissé. Je ne savais pas que vous aviez de la compagnie.

Elder enjamba le verre brisé et ferma la porte derrière lui.

— Tu savais pas, hein ?

— Non, monsieur.

— Et tu n'as rien entendu non plus ?

Alma fit non de la tête et s'écarta de lui, vers la porte opposée. Elle fit un mouvement en direction de la poignée et sursauta quand elle sentit la main d'Elder sur son épaule.

— Je ne te crois pas, dit-il. Je pense que tu m'espionnes pour les journaux. C'est le *Searchlight* qui t'a mise sur le coup ? J'ai entendu qu'ils vous paient de jolies sommes pour traîner ma famille dans la boue.

— Honnêtement, monsieur Reese, non. Non. J'ai juste entendu…

— Entendu quoi ?

Alma déglutit. Ce n'était pas une question. Des larmes se formèrent au coin de ses yeux.

— Rien. Je n'ai rien entendu du tout.

Le regard acculé et le tremblement dans la voix d'Alma semblèrent l'exciter. Elder la saisit à la taille, la pressa contre lui et respira dans son oreille.

— Tu sais que j'ai un faible pour la chair noire. Et ce petit cheveu sur la langue, certains diraient que c'est un défaut d'élocution. Moi, j'aime ta façon de manger les mots, petite.

Elder la regarda dans les yeux avant de la jauger d'un air désinvolte.

— Tu m'as chauffé pour un petit coup rapide, dit-il. Tu sais que j'aime les petits coups, pas vrai ?

Elle se recroquevilla tandis que les doigts d'Elder se glissaient sous son chemisier.

— Je sais, monsieur Reese.

— Tu veux garder ton travail ?

Elle ferma les yeux et se mordit la lèvre.

— Vous avez dit ça la dernière fois.

Il ouvrit la porte de la salle de bains et la poussa à l'intérieur de la chambre, vers le lit où elle s'affala à plat ventre.

— Monsieur Reese, s'il vous plaît. Pas aujourd'hui.

— Donne-moi juste deux minutes, rétorqua-t-il, et ses sanglots étouffés cessèrent un instant quand la boucle de ceinture de Reese heurta le sol.

7

Greentop Creek

Il était près de cinq heures quand Toxey dépassa la société de crédit, le magasin de pièces automobiles et la station de taxis qui empestait l'essence et les gaz d'échappement pour arriver enfin à la gare routière Pathways à l'angle de Lamont Avenue et de Shotwell Street. La gare comptait quatre ou cinq arrivées quotidiennes, principalement du fret et des cars de passagers desservant l'ouest, vers Dothan ou Opelika, dans l'Alabama, ou des villes plus au nord comme Colombus ou Fort McPherson. Les lieux étaient propres, le sol ciré, et il y avait un flipper Bally Monte Carlo auquel jouait Toxey quand il avait quelques pièces à dépenser. Il entra.

Un soldat en uniforme vert de cérémonie occupait la cabine téléphonique. Une fontaine à eau et un distributeur de cigarettes jouxtaient la cabine de part et d'autre, et Toxey aperçut à travers la vitre la station-service Gulf de l'autre côté de la rue, avec une pancarte suspendue au toit qui proclamait NIXON A RAISON en grands caractères gras tracés à la main. Le soldat tenait le combiné contre son oreille et regardait dans le vide comme s'il recevait de mauvaises nouvelles et ne prêta pas attention à Toxey quand il approcha le viseur de son œil et cadra le soldat et la pancarte en juxtaposition à travers la vitre.

Quand il se retourna, un bagagiste, un de ses cousins des Quarters au troisième ou quatrième degré, le salua d'un geste et Toxey dépassa le guichet pour rejoindre la salle d'attente anciennement réservée aux personnes de couleur, où il vit un vieil homme assis sur un fauteuil les jambes croisées. Il portait un chapeau de paille, sa main recouvrait son visage dans une attitude de désespoir, et il avait à côté de lui une valise et une canne. Les vitres étaient orientées plein ouest et la pièce était baignée de lumière en cette fin d'après-midi. Il y avait un distributeur automatique derrière l'homme, un éclat particulier sur la vitre distordait l'intérieur de la salle, et l'homme paraissait totalement seul au monde. Toxey parcourut les lieux du regard, puis il leva son appareil, vérifia l'exposition et ajusta la mise au point. Au son de l'obturateur, l'homme se redressa et le dévisagea. Ses yeux étaient injectés de sang et bouffis par le manque de sommeil et ses joues grêlées étaient couvertes d'un halo de poils gris.

— Qu'est-ce que tu fais, petit ?

— Je prends… Je prends juste une photo.

— T'es du journal ?

— Non, monsieur.

— J'ai rien fait. J'emmerde personne.

— Non, non. C'est vrai.

— Alors pourquoi tu me prends en photo ?

— Je ne sais pas. J'en avais envie, c'est tout.

— Ça t'est pas venu à l'idée que moi j'en avais peut-être pas envie ?

— Je suis désolé.

L'homme hocha la tête, comme s'il trouvait l'excuse de Toxey acceptable. Il tapota sa poche de veste avant de regarder autour de lui.

— T'aurais pas une clope, par hasard ?

— Je ne fume pas.

— Alors trace ta route, monsieur le photographe. Mais attention aux mauvais présages. Ils sont tout autour de nous.

— Des présages ?

— Moi je les vois. Toi non ?

L'homme gloussa et se couvrit de nouveau les yeux, et son menton sombra contre sa poitrine, comme tiré par une poulie invisible. Toxey traversa la salle d'attente et sortit sur Lamont Avenue. Il partit vers le sud, vit un camion chargé de pâte à papier arriver vers lui à grand fracas et crut voir son père au volant, mais le conducteur était bien plus âgé et ne lui jeta pas un regard, puis le camion s'engagea sur la grand-route et disparut.

Quand Toxey arriva à la Central Rail Line, il suivit les rails vers l'extérieur de la ville. Il rallia Cairo's Crossing en un rien de temps et se retrouva très vite en pleine campagne, contemplant un chemin de terre où des pylônes électriques s'étendaient à l'infini. Une récente averse donnait un air de santé factice à un champ de cacahouètes à quatre cents mètres de là. Sur une autre parcelle, un nuage de poussière s'élevait derrière une herse à disques et, plus proches, une église et un cimetière subvenaient aux besoins d'une poignée de maisons en lambris. Quelques garçons jouaient dans les flaques d'un terrain vague et, quand ils se tournèrent vers lui, Toxey pressa le pas, suivant les rails vers l'est, au milieu de bâtiments dévorés par le kudzu, où la nature avait repris ses droits, puis de piles de bois grossièrement débité sur un bon kilomètre, l'air empli d'une douceur printanière, les fossés de drainage bordés de séneçon glabre où des abeilles et des syrphes papillonnaient. Ici et là dans l'herbe, il distinguait une bouteille ou une canette de bière dorée et argentée ou le scintillement d'une pièce enfoncée dans le sol.

Toxey était seul, ou croyait l'être, lorsqu'il entendit un chien aboyer. Il se tourna vers un ponceau à deux cents mètres derrière lui et aperçut un duo indistinct qui bondit des rails au fossé avant de disparaître dans les bois. Il resta aux aguets une minute et, ne voyant personne d'autre, continua de marcher jusqu'à atteindre le pont à poutres qui surplombait Greentop Creek.

Le panneau ferroviaire était criblé de balles, les poutres métalliques étaient rouillées, les planches du pont vermoulues et fendillées, et certaines semelles de rail n'avaient plus de crampons. D'un bout à l'autre, le pont s'étendait sur quarante-cinq mètres, avec deux pylônes construits à proximité des berges. L'entreprise de papier possédait les terres de l'autre côté du pont ; au-delà s'étendait la réserve naturelle de la Lokutta. Dans la lumière déclinante, Toxey s'agenouilla, régla la mise au point et prit quelques photos du pont, tout en imaginant ce que coûterait un objectif grand angle et en se demandant où il pourrait en dégoter un – encore faudrait-il convaincre Pickren de l'acheter. L'obturateur se relâchait sans vibration : Toxey n'avait jamais vu de déclenchement aussi fluide et précis sur les rares appareils reflex qu'il avait manipulés, parmi lesquels le modèle qu'ils utilisaient dans son cours d'art plastique au lycée. Comme il n'y avait pas de garde-fou, il veilla à rester sur les traverses centrales, puis, arrivé au milieu du pont, il regarda du côté de la rivière. Il positionna l'appareil à la verticale, essayant différents angles, les croisillons rouillés créant un mystérieux treillage d'ombres sur le pont. Toxey marmonnait un petit mantra – "connais ta lumière" – quand il sursauta au bruit d'une bouteille fracassée sur les rochers près de la culée, suivi par un rire aigu.

Toxey vit les frères Mitchell et un chien bâtard qui le toisaient depuis le bout du pont.

— Tiens, comme on se retrouve.

— Je ne veux pas d'ennuis.

— T'as entendu ça ? dit Durwood à son frère.

— J'ai entendu, dit Jack Mitchell. Toxey ne veut pas d'ennuis. Exactement comme la dernière fois.

— Il veut pas d'ennuis mais il va s'arrêter de prendre notre église en photo, hein ? Nous reluquer comme des animaux de zoo dans son appareil, sans même un bonjour ? Faut croire que t'as pas retenu la leçon.

— Peut-être qu'il lui en faut une nouvelle ?

— Qu'est-ce que tu fais de ces photos, petit ? Tu les vends ? Combien tu gagnes avec ?

Avant que Toxey puisse répondre, les frères s'étaient rapprochés. Le bâtard, qui faisait les cent pas, s'arrêta pour pisser dans les mauvaises herbes avant de précéder les frères Mitchell sur le pont au petit trot.

— Je les prends, ça s'arrête là, dit Toxey.

Il regarda le mouvement vert et placide du courant. Crut entendre un bruit venant de la culée, mais ne pouvait pas en être certain parce qu'il claquait des dents.

— Tu trembles comme une feuille, mon gars, dit Durwood.

— Je crois qu'il s'est pissé dessus.

— Tu veux peut-être qu'on te tienne ton appareil ?

Jack Mitchell claqua des doigts et aboya un ordre, et le chien fit mine de charger Toxey en montrant les crocs. Toxey poussa un cri, fit un pas en arrière et trébucha sur une traverse. Il tomba violemment sur le dos et essaya de contrôler l'appareil, mais celui-ci valsa sur le pont et, avant que Toxey puisse se ressaisir, les deux frères lui avaient sauté dessus.

Toxey, qui n'en était pas à sa première raclée, recroquevilla ses jambes et se couvrit la tête à la manière d'un boxeur ployant sous les coups. Durwood lui décocha tout de même des coups de pied dans les côtes, le toucha juste en dessous de l'aisselle, et Toxey cria et se roula en boule au moment où Jack soulevait l'appareil photo par sa sangle et la lui passait autour du cou, l'étranglant jusqu'à faire céder la boucle. Il lui asséna une gifle, puis il se racla la gorge et lui cracha dessus. Les yeux de Toxey se gonflèrent de larmes, et il commençait à s'éloigner à quatre pattes sans savoir où aller quand le chien entreprit de mordiller son pantalon.

— Ce vieil Oxbow va le bouffer tout cru, dit Jack Mitchell.

— Où tu crois aller comme ça ?

Durwood saisit Toxey à la cheville et le traîna sur le pont jusqu'à une ouverture entre les poutres métalliques où il le redressa et le laissa en équilibre sur le rebord.

— Les porcelets de papa pèsent plus que ça.

Toxey cria quand Durwood resserra ses mains sur ses chevilles et le suspendit à trente mètres au-dessus de l'eau.

Toxey leva des yeux implorants vers les deux frères, puis il regarda de nouveau la rivière, où il crut voir un bâton en forme de S, avant de s'apercevoir que c'était un mocassin d'eau qui dérivait vers l'aval.

— S'il vous plaît, je ne sais pas nager, dit Toxey.

— C'est le bon jour pour apprendre. Tu penses qu'il y a combien de profondeur ?

— Beaucoup, fit Durwood. À moins que ?

— Je parie que tu peux pas le tenir à un seul bras, dit Jack.

— Je te parie l'appareil que si.

Durwood lança un regard à Jack, puis il lâcha sa main gauche, tenant Toxey par une cheville. Au bout de quelques secondes, les muscles de son bras droit se contractèrent sous l'effort et se mirent à trembler.

— Ouh là, dit-il avec un sourire. Je suis pas sûr de pouvoir tenir encore longtemps.

— Moi je dis que tu tiens pas trente secondes de plus.

— Tu vas voir, si je tiens pas.

— Attends. Je compte.

— Comme si tu savais compter jusque-là.

— Ben si. Un Mississippi, deux Mississippi, euh, six Mississippi…

Jack alla au bout de son hasardeux décompte.

— Là, fit Durwood entre ses dents serrées. Donne-moi cet appareil.

— S'il te plaît, cria Toxey. Ne me lâche pas. Ne me jette pas à l'eau.

Il ferma les yeux, s'attendant à une mort certaine, et pensa au goût qu'aurait la rivière lorsque l'eau emplirait ses poumons, se demanda si ça faisait mal de se noyer et s'il reverrait son frère Bo au paradis, quand il entendit le bruit d'une culasse de fusil fermée avec détermination. Le chien se hérissa et se mit à gronder.

— Je serais vous, j'y réfléchirais à deux fois, lança une voix à l'orée du pont.

— Quoi ?

— La dame a un flingue braqué sur nous, Durwood. Regarde.

— La dame ?

— Repose ce gamin, fit la voix.

— C'est quoi ce bordel ?

Toxey se balançait d'avant en arrière et il tendit le cou pour mieux y voir, lorsqu'une femme entra dans son champ de vision. Elle portait un bob camouflage et des waders vertes, braquait un fusil juxtaposé sur les frères Mitchell, et semblait savoir s'en servir.

— J'ai dit, pose ce jeune homme.

— Sinon quoi ? dit Durwood.

— Sinon je colle une balle à ton cabot. Ensuite je passe aux couilles de ton frère avec du plomb de 6.

Durwood lança un regard à Toxey. Sa main était moite, son bras et son épaule frémissaient sous l'effort, quand sa prise glissa soudainement. Toxey cria au moment où son corps descendait de quelques centimètres, en équilibre précaire par-dessus le pont, et Durwood tendit la main gauche, lui attrapa le pantalon et le balança sur le pont avec un grognement. Il le lâcha comme un sac de farine de maïs et s'essuya les mains sur sa salopette.

Malgré les aboiements du chien, la femme au fusil ne trahissait aucune peur et s'était approchée à quelques mètres des deux frères. Le W.W. Greener avait deux canons, un court pour la caille et un long pour le dindon et le cerf, et Jack Mitchell s'était mis à loucher d'un air idiot en se demandant lequel des deux ferait le plus mal.

— Vas-y, saute-lui dessus, dit Durwood.

— J'aimerais vous voir essayer, dit-elle en regardant un frère puis l'autre. Je vais vous réduire en pièces détachées et vous emplâtrer pour recoller les morceaux.

Jack Mitchell jeta un œil au fusil.

— J'aime mes couilles comme elles sont, Durwood.

— C'est bien ce que je me disais, dit la femme. Faut croire que Jack a encore quelques molécules d'intelligence dans la tête, en fin de compte. Rendez son appareil à ce jeune homme.

Elle décocha un coup de pied au chien, qui détala à l'abri derrière les frères avec un gémissement.

Jack regarda Durwood, puis Toxey. Après un instant de réflexion il lâcha l'appareil photo. Toxey le ramassa et décampa. Il examina le Canon et poussa un soupir de soulagement en voyant qu'il n'était pas abîmé à part la boucle cassée.

La femme fit un pas de côté et esquissa un geste du bout de son fusil. Durwood et Jack la dévisageaient bouche bée.

— Ma parole, vous êtes tellement moches que vous pourriez hanter une maison.

— Hein ?

— Allez. Ouste. Et que je vous reprenne pas à toucher à mes pièges.

— Merde, dit Jack. Elle sait.

— Elle sait que dalle, fit Durwood entre ses dents.

La femme leur décocha un regard mauvais quand ils s'écartèrent du pont. Elle avait un couteau au manche en bois accroché à une sangle autour de son cou, avec un foulard noir comme en portent les travailleurs dans les champs.

— Vous êtes nouvelle ici, hein ? C'est vous, la dame aux cochons ? dit Durwood en regardant par-dessus son épaule. C'est vous qu'avez emménagé dans la vieille cabane de Harbuck en aval de la rivière y a quelques mois ?

La femme haussa les épaules.

— Et ?

— Peut-être qu'on vous rendra une petite visite. Histoire de vous chauffer la maison.

— Merde, quoi, Durwood.

— Quand vous voulez, les minables.

— Comment vous nous avez appelés ?

Elle arma le chien du W.W. Greener et sourit.

— T'as besoin qu'on t'apprenne les bonnes manières, Durwood. Je vais te montrer.

Durwood cracha et repartit le long des rails, son frère et le chien sur ses talons et, quand ils furent hors de portée de voix, la femme se tourna vers Toxey avec une pitié manifeste.

— Ça baigne ? T'as froid ?

— Qu… quoi ?

— Tu trembles comme un clebs qui chie des noyaux de cerise et des lames de rasoir. Lève-toi. Inspire. Reprends ton souffle. Ces gars-là ne vont pas te faire de mal. Du moins pas aujourd'hui.

La lèvre de Toxey était en sang et ses joues étaient mouillées de larmes. La femme lui tendit la main pour l'aider à se lever.

— Je m'appelle Frida, dit-elle. Frida Prisant.

— Moi c'est Bivins.

— T'as un prénom ?

— Toxey.

— Bon, Toxiii Bivins, dit-elle en l'examinant de nouveau. T'as bouffé, ou pas encore ?

8

Noonday River

— T'HABITES où ?

— King's Quarters, dit Toxey.

Frida hocha la tête et regarda les berges humides de la rivière.

— C'est près de la fonderie, c'est ça ?

— Oui, madame.

— J'habite un peu en amont de la rivière, pas très loin. Je peux te déposer au débarcadère.

Toxey pensa au long trajet à pied jusqu'à chez lui, qui le ferait repasser devant la maison des frères Mitchell. Il n'avait aucune envie d'une nouvelle raclée, et l'union faisait la force – la chevrotine encore plus. Il regarda Frida. Elle en imposait avec son fusil calé entre les bras, mais ses yeux étaient empreints de chaleur et de bienveillance. Après un instant de réflexion, il acquiesça et lui emboîta le pas.

La colline était escarpée et il ne l'avait pas remarqué auparavant, mais Frida avait ménagé un sentier à travers les herbes et les arbustes pour rejoindre la culée. Toxey la suivit jusqu'à une barque en aluminium amarrée à la berge. Ils firent quelques pas après la barque, s'arrêtèrent à un point où la berge était plus érodée, et Toxey regarda Frida s'agenouiller devant un toboggan de castor, déplacer de la mousse et des piquets, puis plonger la main dans l'eau pour en retirer un piège en acier Conibear 330 avec un jeune castor mort dedans. Frida porta son regard vers l'ouest, de l'autre côté de l'eau, au niveau d'une hutte construite avec de petites branches de peuplier, et secoua la tête.

— L'enfoiré.

— C'est un… ? fit Toxey.

— *Castor Canadensis*, pour les amateurs de nomenclature binominale, dit-elle. Le vieux salopard est toujours dans les parages – un gros fils de pute poilu et roublard.

Frida disposa le castor sur la berge. Son corps était rigide, ses quatre incisives orange figées dans une grimace.

Toxey recula d'un demi-pas.

— J'ai jamais vu un castor d'aussi près.

— C'est beau, hein ? fit Frida en tapotant le flanc de l'animal. Une petite créature industrieuse et futée. Mais les colonies sont nuisibles. La municipalité me paie dix dollars par tête pour poser des pièges près de Big Shanty.

— Je connais ce coin. J'habite à moins d'un kilomètre.

— Sans blague ? T'as dû remarquer le barrage alors.

— Bien sûr.

— Les castors bouchent les ponceaux tout autour de l'usine de papier.

— Comment ça ?

— Les barrages qu'ils construisent peuvent provoquer des inondations. Et ça risque d'abîmer le bois. Je fais des missions pour Reese Paper, aussi. Ils m'ont embauchée pour se débarrasser des castors. Entre autres indésirables.

— C'est celui-ci qui a construit la hutte là-bas ?

— Je pense pas. Ce castor-là était un voyageur.

— Qu'est-ce que vous allez faire avec ?

— Le manger, dit Frida avec un clin d'œil. (Elle passa sa main sur la longue queue en forme de pagaie.) Rien ne se perd en ce bas monde. On est tous le déjeuner de quelqu'un au bout du compte, pas vrai ?

— Hmm-hmm. Ça a quel goût ?

— Comme du bœuf, ou du foie. Selon comment tu le prépares. Je fais un *confit** tellement délicieux que tu vendrais ta grand-mère pour en ravoir.

— Qu'est-ce qu'on fait d'autre avec ?

— T'es du genre curieux, toi. La peau te rapporte entre dix et douze dollars.

— C'est vachement bien payé.

Elle fit rouler le castor sur le dos et indiqua l'orifice entre ses pattes arrière.

— Regarde. Là-dessous, il y a les glandes. On utilise l'huile pour les parfums. Et ça fait un excellent appât. Je vais te montrer.

Frida se leva et fouilla dans le bateau. Attrapa un sac à oignons, l'ouvrit et en tira une glande de castor séchée. Elle l'agita sous le nez de Toxey. Il fit la grimace et bondit en arrière.

— Ça ressemble à une crotte de chat, et ça sent pas meilleur.

— Allez, arrête de faire des manières, dit-elle avec un mouvement vers la barque.

* En français dans le texte.

— Je sais pas, madame… euh… madame Frida.

— Comme tu voudras. Mais dis-moi : ces gamins s'en sont déjà pris à toi ?

Toxey toucha sa lèvre endolorie et boursouflée.

— Pas plus tard qu'hier, ils m'ont agressé. Et le mois dernier ils m'ont volé un appareil photo. Donc ouais, on est de vieilles connaissances, on va dire. Mon père m'avait aidé à payer l'appareil, en plus. Il l'avait vraiment mauvaise.

— T'es allé voir les flics ?

— Ça aurait servi à rien. J'ai dit à mon père que j'étais tombé et que je l'avais cassé. Les frères Mitchell m'auraient tabassé à mort si je les avais balancés.

— Faut croire qu'ils te tabassent quand même.

— Les Mitchell sont doués pour ça.

— Les petites brutes comme eux, ça forge le caractère, dit Frida en le scrutant d'un regard perçant et désolé. Mais vient un moment où il faut riposter. Du coup, vu que je t'ai sauvé la mise avec ces connards, c'est à charge de revanche, non ?

— Ouah.

— Quoi ?

— J'ai jamais entendu une dame parler comme ça.

— Une *dame* ? Ça manque pas de sel, tiens. Peut-être qu'après aujourd'hui je vais ajouter “ange gardien” à mon C.V.

Toxey la dévisagea d'un air perplexe et dit :

— OK, encore merci. Mais j'ai pas de sous.

— Non, non, non, dit-elle. Voilà ce qu'on va faire. Viens dîner avec moi. Je veux en savoir plus sur ton appareil et tes photos. Je pourrais avoir besoin de tes services.

— Vraiment ?

— Tout à fait, dit Frida en l'invitant d'un geste. Grimpe à bord. J'habite pas loin.

Toxey la regarda décharger le fusil et mettre les cartouches dans sa poche. Puis il s'installa sur le banc à l'avant de la barque, agrippant l'appareil photo sur ses genoux. Le castor semblait le dévisager avec un rictus d'impertinence malicieuse. Toxey repoussa le corps du rongeur maculé de boue avec sa chaussure, comme s'il pouvait se ranimer et s'en prendre à lui avec ses grosses dents orange. Remarquant son embarras, Frida éclata de rire.

— Ce castor est mort comme une bûche, Toxey. Il va pas te faire de mal.

Frida s'enfonça dans l'eau, rangea son fusil et ses pièges au niveau du gouvernail, puis elle se propulsa depuis la berge pour sauter à bord. Elle démarra le moteur et, quelques instants plus tard, ils faisaient cap vers l'ouest et la Noonday River.

Le courant vert bronze se faisait paresseux, il y avait dans l'air des éphémères récemment écloses, et, au point le plus large de la rivière, ils rencontrèrent des tapis de végétation. Toxey distingua des grappes de lis araignée qui poussaient le long des hauts-fonds. Il y avait des poches éparses de fleurs blanches aux pétales en étoile, au pic de leur éclosion annuelle. Une odeur suave imprégnait l'air, de nombreux bourgeons allaient encore fleurir. Alors qu'ils approchaient de l'embouchure de la rivière, Frida lui tapota l'épaule et désigna un tas de bâtons et de branches empilés à un mètre au-dessus de l'eau.

— L'entrée de la hutte est sous ce tas, dit-elle. Les castors construisent le barrage ici pour protéger la hutte des inondations. Je vais aller vérifier mon piège.

— Je peux prendre une photo ?

— Bien sûr, dit Frida. C'est ton boulot, non ?

Un instant passa où ils échangèrent un sourire. *C'est mon boulot*, pensa Toxey, et pour la première fois il sembla remarquer la dignité et le flegme sur le visage de Frida, ses yeux pâles nageant dans les particules de poussière révélées par le soleil, les cheveux longs et hirsutes, une baroudeuse qui ne tenait pas en place mais en paix dans la nature. Frida décéléra et se dirigea vers la hutte du castor. Toxey leva son appareil, vérifia le posemètre et la mise au point et prit une photo d'elle sur le vif, une mince pellicule de sueur sur son front, les arbres majestueux en flou derrière elle et le sillage du bateau qui semblait être à leur trousses.

Quand ils arrivèrent à la passe, Frida bifurqua vers le sud et rejoignit au point mort une ligne attachée à une branche de pin.

— Qu'est-ce que vous faites ?

— Ces hauts-fonds sont parfaits pour le wading. Sinon, j'aime bien mettre la barque à l'eau près du barrage et tout faire au point mort, le long de la Lokutta, jusqu'à la grand-route.

Elle tendit le bras et sortit un Conibear 110, un black-bass saisi dans le piège d'acier.

— Vous les pêchez avec des pièges ?

— Ouaip. J'utilise des vairons comme appâts.

Frida désigna la tige du piège en X.

— Tu empales ton appât ici, et tu le mets à un mètre de profondeur environ. Tu pêches, un peu ?

— Ça m'arrive, dit Toxey. Ma mère et mon père allaient au bassin d'amarrage le week-end. Mais ils ne pêchent pas comme ça.

— Ils pêchent comment ?

— Assis sur un seau avec une canne. J'ai vu mon père attraper un poisson-chat avec un mégot de cigarette un jour. Il le trempait dans du gras de bacon.

— Du gras de bacon ? Oh, c'est bon, ça. Très bon.

Pleine d'enthousiasme, Frida parcourait la Noonday, montrant des oiseaux qui rasaient les hauts-fonds ou se perchaient sur des arbres bas, en utilisant des noms scientifiques qui sonnaient comme une langue étrangère aux oreilles de Toxey. Au bout de quelques minutes, elle bifurqua vers la berge et laissa le bateau dériver jusqu'à un monticule qui émergeait de l'eau, vérifiant trois nouveaux pièges en chemin. Chaque piège contenait un poisson, trois black-bass typiques de la région, qui finirent dans une glacière en polystyrène qu'elle gardait à côté du vivier sous le siège.

— Qui a besoin d'un supermarché, hein ?

— Pourquoi est-ce que Durwood vous a appelée "la dame aux cochons" tout à l'heure ?

Frida sourit.

— Parce que je sais plein de choses sur les cochons – les cochons ensauvagés en particulier. Aussi appelés porcs marrons, ou *Sus scrofa* pour les intimes. Et les cerfs aussi. Je sais plein de choses sur eux.

— Vous faites quoi exactement, déjà ? dit Toxey.

— Techniquement, je suis vétérinaire spécialisée dans la faune sauvage, mais j'ai des notions en pathologie, aussi.

— En pathologie ?

— Tout ce qui est maladies.

— Il y a une école pour ça ?

— Oh oui. Plusieurs, même.

— Vous êtes d'où ?

— Je suis une Michiganaise pur jus, mais j'ai fait mes études dans l'Ouest.

Toxey prit une minute pour réfléchir à toutes ces informations et, malgré les recommandations de Pickren, consacra une pellicule entière à Frida : elle en train de tenir le petit 110, de décrocher le poisson, de rattacher la ligne, de disposer un nouveau piège, de tirer de nouveaux vairons d'un seau en acier galvanisé qu'elle gardait au niveau du gouvernail. Quand elle eut terminé, elle conduisit la barque le long d'un coude de la rivière pour gagner un renfoncement et échoua le bateau sur un banc de sable. À trente mètres de la berge, il y avait une cabane élevée sur des parpaings avec un toit en tôle cylindrique, une annexe à part, un chemin de terre et des lignes électriques qui disparaissaient à un tournant dans les bois. Des nuées de moucherons flottaient dans l'air. Toxey plissa les yeux devant un panneau d'avertissement jaune cloué au tronc d'un liquidambar.

— Tout ça appartient à la famille Reese, pas vrai ?

— C'est ça. Jusqu'à l'entrée de la Lokutta.

Un braque allemand se tenait en alerte devant la cabane et aboyait dans leur direction.

— T'inquiète pas, dit-elle en montrant le chien du pouce. Il est juste fâché que je l'aie pas emmené avec moi.

— Comment il s'appelle ?

— Kit. Il mord que si je lui dis.

Toxey attendit pendant que Frida charriait le castor sur le banc de sable où il atterrit avec un son mat. Elle retourna à la barque, cala le fusil au creux de son coude, passa un sac à dos sur son épaule et attrapa la glacière. Elle emporta le tout jusqu'au porche, se débarrassa de ses waders et revint au banc de sable. Le chien surexcité tournait autour du castor lorsque son intérêt se reporta sur Toxey. Kit se raidit, sa queue cessa de s'agiter. Toxey n'aimait pas la mine qu'il avait.

— Frida ? dit-il.

Elle lui décocha un regard impatient.

— Eh ben, reste pas planté là.

— C'est la deuxième fois de la journée que j'ai un chien qui me lorgne comme si j'étais un jouet à mâcher.

Elle hocha la tête, appela Kit et émit un sifflement.

— Ne le mange pas, Kit. C'est un ami. Aaaa-miii, dit-elle, imitant Boris Karloff en Frankenstein.

Le chien se détendit et sa queue se remit en mouvement. Il aboya une fois comme pour confirmer que Toxey avait été placé dans une sorte de liste de gens à qui ne pas faire de mal, puis il trotta vers la cabane.

— Ramène ce gros balourd ici, tu veux ?

— Et l'appareil ?

— Passe-le-moi, dit Frida.

Elle attrapa le Canon, puis tendit la main à Toxey, l'aida à sortir du bateau.

— Qu'est-ce que vous allez en faire ?

— Je vais te montrer comment le dépecer, voilà ce que je vais faire, dit Frida avec un clin d'œil. Allez, viens.

Il regarda le castor.

— Euh, attendez… Je vais faire quoi ?

Frida inséra une clé dans la porte de la cabane, alluma une lampe suspendue, et invita Toxey à entrer. Il portait le castor tant bien que mal, près de quinze kilos de poids mort et mouillé, et Frida le lui prit des mains avant de désigner un tabouret dans le coin.

— Assieds-toi, dit-elle.

Toxey parcourut l'intérieur du regard, son attention attirée par les douzaines de fourrures, de peaux et de queues de ratons laveurs clouées aux murs, la cabane dégageant l'énergie figée d'un musée. Il y avait une bassine et quelques seaux sous un établi, des sacs de sel et de chaux, la même marque qu'ils vendaient chez Pickren, et une étagère remplie de solutions de tannage.

— C'est vous qui faites toutes ces fourrures ?

— Quelques-unes. Je suis encore en apprentissage. C'est le responsable du domaine, Jim Gillies, qui s'occupe du gibier ici.

Frida disposa le castor ventre en l'air sur l'établi, puis elle tendit à Toxey une paire de gants en caoutchouc semblables à ceux qu'utilisaient les médecins.

— Enfile ça, dit-elle.

Frida mit les siens et fouilla autour d'elle comme si elle avait oublié quelque chose. Quelques instants plus tard, elle ouvrit un tiroir et en tira une hachette de boy-scout avec un manche en pacanier de vingt-cinq centimètres.

— Qu'est-ce que vous allez faire avec ça ? dit Toxey.

— La première étape, c'est de découper les pattes avant et arrière.

Avant qu'il puisse objecter, Frida trancha les pattes du castor en deux coups puissants. Elle les jeta dans un seau, puis elle dégaina son couteau et pratiqua une incision dans la peau à la base de la queue, qu'elle sectionna d'un coup sec.

— Ça, ça va au frigo, dit-elle en mettant la queue de côté.

Elle tendit le couteau à Toxey par le manche.

Il ne bougea pas un muscle, regardant le couteau comme s'il symbolisait le tour de plus en plus étrange que prenait sa journée.

— Qu'est-ce qu'il y a ?

— J'ai bloqué.

— Bloqué ?

— Je réfléchissais au fait que je me suis levé ce matin, je suis allé à mon travail en ville comme d'habitude. Ensuite, j'ai failli me faire jeter d'un pont par les frères Mitchell, et maintenant je suis avec une dame qui se prend pour Daniel Boone dans une cabane improbable au bord de la rivière… sur le point de dépecer un castor.

— Qui sait, mon chou ? fit Frida du tac au tac. Peut-être que tu vas te faire enlever par des extraterrestres avant la fin de la nuit.

Toxey prit le couteau à contrecœur, s'arrêtant pour admirer le manche en bouleau ondé et l'inscription gravée sur la lame.

— *Si-su* ?

— *Sisu*. Ouais.

— Ça veut dire quoi ?

— Ça veut dire… quelque chose comme le cran. La persévérance. Ne jamais abandonner quand on entreprend quelque chose. Tu me suis ?

Toxey acquiesça.

— C'est quelle langue ?

— C'est du finnois. Ça s'appelle un couteau puukko. Ça fait tout, et quand tu passes autant de temps dans les bois que moi, c'est bien utile. Un cadeau de mon oncle Lauri, qui descend d'une longue lignée de mineurs et d'éleveurs de rennes. Il vit à Hancock, dans le Michigan – le pays du cuivre – d'où ma famille est originaire.

— Hmm-hmm. Et donc, vous voulez que j'en fasse quoi ?

Elle désigna une zone au-dessus de l'anus du castor.

— Regarde. Il faut pas percer les glandes, ni les abdominaux, ni les tripes. Attrape un bout de peau et fais une incision juste ici.

Frida fit une démonstration sans couteau puis regarda attentivement Toxey l'imiter, détachant la peau du corps avant de pratiquer une incision de cinq millimètres.

— Bien, bien, dit-elle. Maintenant, regarde-moi.

Frida écarta son index et son majeur comme pour faire le signe de la paix, la paume en l'air, et les inséra dans l'incision.

— La clé, c'est de tirer la peau pendant que tu coupes avec la pointe de la lame. Fais attention en passant au-dessus des intestins. Remonte jusqu'au menton. Vas-y doucement et ne coupe pas trop profond. Imagine que c'est la fermeture Éclair d'un manteau.

Frida l'aida à redresser sa main et à orienter ses doigts correctement, puis elle recula pour le regarder travailler.

Quand il parvint à la mâchoire du castor, Frida sourit de toutes ses dents et demanda le couteau d'un geste.

— Pas mal, Toxey Bivins. Pas mal du tout. Mais c'est là que ça se corse un peu. Il te reste de la pellicule ?

— Un peu, je crois.

— Alors attrape ton appareil et immortalise-moi.

Sans perdre un instant, Frida entreprit de détacher la peau du castor de son ventre. Toxey prépara le Canon et enchaîna les clichés. Elle retourna le castor sur le flanc, retira la peau avec des gestes assurés. Une minute plus tard, elle retira la peau de la tête, autour des yeux, et en un rien de temps, elle avait une peau et une carcasse étendues côte à côte sur l'établi.

— Pas mal, mais j'ai déjà été plus rapide. Qu'est-ce que t'en dis ?

Toxey leva les yeux du viseur.

— C'est dégueu.

L'espace était une denrée rare dans la cabane et Toxey grimpa sur un tabouret pour prendre une photo d'en haut. À côté de l'établi, il y avait une mince bûche de platane reconvertie en poutre d'écharnage. Elle disposa la peau sur la poutre et, avec une efficacité vertigineuse, se mit à l'ouvrage à l'aide d'un couteau en forme de parenthèse avec une poignée de chaque côté, alternant entre la partie tranchante et la partie bombée de la lame, retirant la chair et la graisse sous la peau. En vingt minutes, Frida avait vidé la carcasse, écharné le cuir, salé la peau, et l'avait étendue pour la sécher.

Une heure plus tard, Toxey était installé à une table dans une cuisine petite mais bien aménagée, en train de boire un cola, comme elle appelait ça, et observait la cabane à la dérobée. De temps en temps il humait l'air, comme s'il pouvait encore sentir le cuir et l'odeur musquée et vanillée des glandes du castor.

Mais il y avait d'autres arômes envoûtants qui emplissaient la petite demeure de Frida sur les bords de la Noonday, comme lorsqu'elle ouvrit la porte du four et arrosa deux râbles de lièvre de crème fraîche. Elle porta une cuillerée de sauce à ses lèvres et eut un hochement de tête approbateur. Satisfaite, elle attrapa un Coca dans le réfrigérateur. Augmenta le volume de la radio qui passait une chanson d'Elvis tandis qu'une marinade réduisait sur le feu.

— Je dois avouer que je t'ai sous-estimé, Toxey, dit-elle. Ça t'a chamboulé de découper ce castor ?

Toxey haussa les épaules.

— On a toujours eu des poules. Et on tue plein de cochons dans les Quarters chaque année. C'est pas nouveau pour moi. Toujours partant pour apprendre de nouvelles choses.

— Bien parlé. Quand j'étais petite, je voulais tout savoir sur tout. Toujours, d'ailleurs.

Elle fit un geste avec son soda vers le bureau-salon.

— Je t'ai vu lorgner la bibliothèque.

— Je peux jeter un œil ?

— Fais comme chez toi, dit Frida. (Elle le regarda se lever, puis le conduisit dans le salon.) Tu sais qu'une bibliothèque peut te dire beaucoup de choses sur une personne.

— Quoi, par exemple ?

— Par exemple, si tu rencontres quelqu'un qui ne lit pas, mon chou, ce quelqu'un vaut pas la peine.

— Comme mon père.

— Comment ça ?

— Il ne comprend pas que des gens puissent lire pour le plaisir. Il trouve que c'est une perte de temps.

— Comment il passe le temps, alors ?

— Il picole. Et quand il n'est pas en train de travailler ou de boire, il reste planté là à ruminer. Son seul loisir, c'est de jouer aux dés, mais seulement quand il se met à picoler.

Frida fronça les sourcils, un commentaire sur le bout de la langue, mais elle le garda pour elle.

Un beau livre attira le regard de Toxey et il le tira de la bibliothèque.

— *This is the American Earth*, dit-il. Ouah.

— En un sens, je ne suis pas surprise que tu aies choisi Ansel Adams.

— Ces photos sont… sont… trippantes.

— On peut dire ça comme ça.

Il contempla les paysages en noir et blanc.

— Jamais vu des photos aussi lumineuses, dit Toxey. Je n'ai pas la moindre idée de comment il fait ça.

— Je ne suis pas photographe, mais j'imagine que c'est avant tout une question d'être au bon endroit au bon moment. Tu peux l'emprunter, si tu veux.

— Vraiment ?

— Bien sûr. J'ai été dans l'Ouest, là où Adams s'est fait une réputation, et j'adore les photos en extérieur.

Toxey la remercia d'un signe de tête. Il se retourna vers la bibliothèque, parcourant le rayon du bas jusqu'à tomber sur des jaquettes couleur paille qui portaient le logo d'une maison d'édition universitaire et le nom de Frida sur le dos.

— C'est… vous ?

— Hmm-hmm, fit Frida.

— Donc vous êtes écrivain, aussi ?

— Quelqu'un a été assez fou pour mettre mon nom sur un livre, donc on peut dire que oui.

Toxey prit un exemplaire et parcourut les pages, puis revint à la couverture. Son visage se fronça quand il essaya de prononcer le titre.

— *L'Hygiène des troupeaux au temps de…* J'arrive pas à prononcer ces mots.

— L'encéphalopathie spongiforme transmissible, dit Frida.

— C'est quoi ?

— Une maladie du système nerveux qu'on rencontre chez les cervidés.

— Les cervidés ?

— Des mammifères ruminants ongulés. T'as déjà vu un cerf, non ?

— Bien sûr.

— Eh bien, cervidé, c'est une manière sophistiquée d'appeler un cerf un cerf.

— Cool.

— Mes études m'ont emmenée partout, du Canada au Colorado. J'étais à Fort Collins juste avant d'avoir cette opportunité. Vu la paie, je pouvais pas refuser.

Toxey remit le livre dans la bibliothèque et en prit un autre. Fit défiler les pages sous son nez, inspira profondément, leva les yeux vers Frida et sourit.

— Vous me trouvez bizarre ?

— Pas plus bizarre que moi, dit-elle. Cette odeur est aussi réconfortante que le crumble aux cerises.

— J'ai toujours aimé tenir la bible pour ma mère quand j'étais petit, dit Toxey. J'adorais ce papier, mince comme une peau d'oignon. L'odeur de l'encre. C'était à l'époque où on allait régulièrement à l'église.

— Vous n'allez plus à l'église ?

Toxey secoua la tête.

— Pas depuis qu'elle est tombée malade.

— Qu'est-ce qui lui est arrivé ?

— Après la mort de mon frère Bo, elle n'est pas sortie du lit pendant des semaines. Elle a arrêté de parler. Arrêté de manger. Elle a fini par se ressaisir, mais… mais…

— Je suis désolée, dit Frida.

— Elle va un peu mieux. Des hauts et des bas, mais surtout des bas. Après le beau temps vient la pluie, et après la pluie le beau temps, elle disait toujours. Tout va toujours s'arranger, quoi. Mais maintenant, je ne sais plus trop. Elle n'est juste plus la même personne, comme si elle était dans le brouillard et qu'elle allait jamais en sortir.

— Est-ce que ta mère a vu un médecin ?

— C'était un truc nerveux, dit Toxey. Une dépression soudaine, vous voyez ? À cause du deuil. Bo était dans les Marines.

Il n'eut pas besoin d'en dire plus et Frida arrêta ses questions.

Elle le laissa et retourna à la cuisine pour voir où en étaient les râbles de lièvre. Elle mit à réchauffer des petits pains de la veille. Toxey s'attarda dans le salon. Leva la tête vers un trio de doctorats et de diplômes de master encadrés au mur, la composition élégante et affirmée, les mots en latin, comme si c'était un dieu de l'Antiquité qui l'avait préparée. Dans le coin, Frida avait aménagé un bureau en noyer avec des livres empilés par dizaines. Il y avait une ramette de papier à côté d'une imprimante Smith Corona, les pages annotées au crayon rouge.

— Et personne d'autre que vous ne vit ici ?

— Que moi. L'hébergement était compris dans le contrat. Je me suis associée au responsable du domaine de Reese pour régler leur problème de porcs marrons, avec les castors en parallèle et quelques petites missions par-ci par-là. La division de la faune sauvage de Géorgie fait une étude sur la brucellose ; donc je prélève des échantillons de sang, je les envoie au labo. Douze mois, nourrie logée blanchie, plein de temps pour écrire et à des millions de kilomètres de mon ex-mari. C'est le paradis sur terre.

— Ça a l'air sympa.

— Et toi ?

Toxey éclata de rire.

— J'ai quatre sœurs. Avec les nièces et les neveux et les maris qui vont et viennent, on peut dire adieu à l'intimité. Mais c'est comme ça. On fait avec. Un jour, j'aurai une maison à moi. Avec ma propre chambre noire et mon studio photo.

— J'en doute pas, dit Frida.

Elle jeta un œil dans le four.

— Assieds-toi, Toxey. Le dîner est prêt.

Frida retira un long plat étroit du four et le posa sur le plan de travail. La pièce sentait la carotte, l'oignon, le persil et les petits pains, et l'estomac de Toxey se mit à gargouiller. Il s'installa à table et regarda Frida découper un citron et en presser quelques gouttes sur les râbles de lièvre. Puis elle remplit un bol avec de la viande hachée et des légumes et l'emmena dehors sur le porche où Kit gémissait de faim. Un instant plus tard, Toxey contemplait d'un air bête une assiette de *râble de lièvre à la crème*[*].

— Qu'est-ce que c'est ?

— T'as déjà mangé du lièvre ? dit Frida.

— Pas comme ça.

— Cuisine française à la sauce Géorgie du Sud. Escoffier se retournerait dans sa tombe devant les petits pains et le *sawmill gravy*[**], mais c'est mon rodéo, pas le sien.

— Qui ?

— Laisse tomber. Tu veux un autre cola ?

* En français dans le texte.

** Équivalent d'une sauce béchamel préparée avec de la graisse de bacon ou de saucisse.

— Un Coca, vous voulez dire ?

— Coca, cola, c'est toi qui vois.

Toxey hocha la tête. Il avait déjà coupé un morceau de viande et l'avait trempé dans la sauce. Il le regarda avec quelque hésitation, mais il porta la fourchette à sa bouche. Frida l'observa une minute, guettant sa réaction avant de passer à sa propre assiette. Il sauça le jus avec un petit pain et mangea goulûment, vidant son assiette en quelques minutes. Frida, sans poser de question, se leva pour les resservir.

— Tu me donnerais du *sawmill gravy* sur une vieille chaussure, je la mangerais. Tout est meilleur avec.

— C'est clair, dit-il entre deux bouchées.

— Depuis combien de temps tu es photographe ?

— J'ai suivi un cours au lycée, j'ai fait quelques photos pour le journal de l'école. Je vends mes photos à la quincaillerie de M. Pickren où je travaille.

— Alors c'est toi ? C'est fou, ça. (Frida sourit et leva un doigt.) Attends-moi ici.

Elle se leva et écarta le rideau qui séparait le salon de sa chambre. Un instant plus tard, elle revint et déballa une photographie encadrée. Les yeux de Toxey papillonnèrent en la reconnaissant, comme ceux d'un chanteur folk qui entend son morceau à la radio pour la première fois.

— Hé ! C'est moi qui l'ai prise.

— Qui sont ces hommes ?

— Mon père et trois types avec qui il bosse à la scierie.

Frida passa une main admirative sur la photo : quatre bûcherons impassibles au milieu d'une forêt nappée de brume par une journée d'hiver, portant des vestes élimées, des pulls et des bonnets, un bidon d'essence et une tronçonneuse visibles en bas du cadre.

— Je l'ai vue sur le mur là-bas, et j'ai su qu'il me la fallait. Les hommes, les bois, c'est une composition magnifique.

Toxey haussa les épaules avec modestie.

— C'est juste un passe-temps. Quelle importance ?

Frida le fixa intensément.

— Non, non. Tu as du talent.

— Vraiment ?

— Laisse-moi te poser une question. Qu'est-ce que tu cherches, dans une photo ?

Toxey inspira profondément, comme s'il n'avait jamais mis de mots sur le sentiment qui l'animait quand il levait le viseur et prenait une photo. Il apporta son assiette et ses couverts dans l'évier avant de les rincer.

— J'ai l'impression de voler quelque chose, finit-il par dire.

— De voler ?

— Ouais, un instant de vie. Mais il n'y a que moi qui peux le voir. Et l'image, elle ne peut pas parler, elle est là, simplement, vous comprenez ? C'est ça que je cherche dans une photo. Mais c'est pas très clair, si ?

— Si, c'est parfaitement clair.

— Vraiment ?

— Tu en as d'autres ? Je me souviens d'en avoir vu quelques-unes affichées au magasin.

— Oui, y en a d'autres maintenant. Pickren paie pour faire développer les pellicules, mais il est très difficile sur ce que je photographie ces derniers temps. Il dit que les gens de Mercy Oaks aiment bien voir des sujets qui leur ressemblent, des choses qui leur sont familières. J'ai dégoté quelques pellicules pour prendre des photos dans les Quarters, mais je les ai pas encore développées. J'en ai jamais parlé à Pickren.

— C’est des photos de quoi ?

— Juste de ce que je vois tous les jours. Des portraits. Principalement mes voisins et ma famille.

Toxey s’interrompit et baissa les yeux. Le ton de sa voix s’adoucit.

— Des photos des rues aussi, dit-il. Les décharges et les poubelles.

Frida hocha la tête, les yeux brillant d’un enthousiasme inexplicable. Pour attirer son attention, elle heurta la jambe de Toxey avec le bout de sa botte.

— Hé, Droopy, dit-elle. T’as qu’à m’apporter les pellicules. Je les ferai développer.

— Sérieux ? Je pourrais vous rembourser plus tard.

— Tu peux me rembourser autrement.

— Comment ?

— Je travaille à un nouveau livre sur mon temps libre.

— Un livre sur quoi ?

Frida fit un geste de la tête en direction du bosquet de pins dehors.

— La Lokutta.

— Pourquoi vous voulez écrire sur cet endroit ?

— On va y venir. Mais j’ai une proposition pour toi.

— Une proposition ?

Frida se tourna vers l’horloge de la cuisine, puis vers l’évier. Le soleil se couchait, visible à travers la fenêtre.

— On remonte en bateau, dit-elle. Je te raconterai sur le chemin du bassin.

9

Bellflower Hotel

— Il y a trop de mots, dit Elder Reese en fronçant les sourcils devant la feuille de papier dans sa main. Je ne peux pas lire tout ça.

— Trop de mots ? Elder, c'est un discours.

Lewis Tribble ajusta ses lunettes et baissa les yeux pour contempler, par-dessus une panse généreuse, son chef-d'œuvre, l'annonce de candidature d'Elder, et le crève-cœur des gribouillis et des annotations d'Elder au feutre rouge. Dans les marges, Reese avait griffonné des mots uniques en majuscules épaisses, et ils formaient une sorte d'incantation au fil du texte. Ils entendaient Elvis chanter *Only the Strong Survive* à la sono et le brouhaha d'une foule enjouée, la salle de réception du Bellflower était décorée de ballons et de banderoles, et la petite clique des nantis de Mercy Oaks s'apprêtait à ouvrir les carnets de chèques au nom de la famille, de la patrie, et surtout des baisses d'impôts.

— Vous avez distribué les mouchoirs ?

— J'ai écoulé les cinq cents, dit Tribble. Mais, Elder, pourquoi est-ce qu'ils doivent être rouges ? Ils ne pourraient pas être rouge, blanc, bleu ? Ça ne serait pas plus logique ?

— Non, non, faut que ce soit rouge.

Tribble haussa les épaules.

— C'est vous le patron. Le révérend Alton va prononcer quelques mots, et on va pouvoir lancer cette soirée de gala à vingt dollars l'assiette. Et pour Hollis ?

— C'est réglé, dit Elder en tapotant sa poche.

Son regard se porta sur sa mère, en pleine conversation avec le maire Hollis et Lester Maddox, qui restait le gouverneur pour de nombreux convives, Mercy Oaks ayant toujours été un éden pour la branche de Démocrates populistes et ségrégationnistes emmenés par Maddox, qui – ne pouvant officiellement pas se présenter pour un nouveau mandat – avait accepté de devenir vice-gouverneur d'un planteur de cacahouètes des Grandes Plaines à la voix feutrée du nom de Jimmy Carter. Elder attrapa Tribble par les revers de son blazer.

— Tu sens ce que je sens, Lewis ?

Tribble regarda autour de lui.

— Quoi ?

— L'histoire en marche, mon vieux.

L'annonce de candidature avait attiré des reporters d'Atlanta jusqu'à Savannah, et même "monsieur Washington" en personne, Craig Nix, correspondant d'Action News au Capitole, et son brushing inimitable. Naturellement, les journalistes formaient un enclos improvisé autour du bar quand James Lovell arriva en claudiquant pour commander une eau gazeuse. Ce fut Seabie Silas, du *Houston Home Journal*, qui se présenta le premier.

— T'es le nouveau du *Searchlight*, c'est ça ?

— C'est ça, dit Lovell en lui tendant la main.

— On t'a déjà dit que tu ressemblais à John Lennon ?

— Tout le temps. C'est les cheveux.

— Première campagne ?

Lovell hocha la tête.

— Je croyais que j'allais couvrir les épreuves de sélection jeunes en base-ball ou une réunion du Rotary Club. Et puis paf.

— Qu'est-ce qui est arrivé à ta jambe ? Tu t'es fait ça en suivant les chiens écrasés ?

— Non, dit Lovell en se détournant avec un sourire poli. Je dois ça à un obus soviétique.

— Je vois, dit Silas. Dieu te bénisse, fiston. T'as survécu aux horreurs de la guerre et t'as fait l'erreur tragique de devenir journaliste ?

— La faute au G.I. Bill, dit Lovell. Et mon père était un *copy boy* à l'ancienne.

— Ah bon ? Il est toujours dans le métier ?

Lovell secoua la tête.

— Proviseur de lycée.

— T'as déjà rencontré Reese ?

— J'ai essayé de lui poser deux trois questions dans le hall, mais il m'a mis un vent.

— Bah, va falloir t'y faire. Elder a probablement plus de respect pour une mouche à merde.

Silas éclata de rire, sa bouche s'élargissant autour d'un cigare pas encore allumé. Il portait un chapeau pork pie et les lunettes aviateur à monture chrome de rigueur, le visage barré d'une moustache qui sentait vaguement le ragoût de cafétéria. Silas désigna d'un signe de tête la troupe qui s'était formée autour de l'estrade, Reese tenant salon devant le vice-gouverneur et une coterie de bienfaiteurs et de gros bonnets de la ville.

— Ils flairent toujours ceux de leur espèce.

— C'est qui, le malabar ? Ce mec a une mâchoire comme une benne de tractopelle, dit Lovell.

— Joli Cœur Parnell Weems. Je l'ai vu dans un combat de catch à l'auditorium municipal d'Atlanta une fois. Ça doit être le nouveau toutou d'Elder. Le crâne d'œuf qui tient la jambe à Maddox, c'est Ivan Birch, avocat de famille et *consigliere* des Reese.

— À côté de lui, ça doit être Lewis Tribble, du coup ?

— Exact, dit Silas. Le directeur de campagne d'Elder. Un magouilleur notoire du deuxième district.

— Et la dame aux cheveux colorés et au sourire serein mais factice ?

— Oh. *La Reine** en personne, Mme Orman Reese, Evelyn Brinson de son nom de jeune fille – la maman d'Elder. Je ne crois pas qu'il se mouche sans sa permission.

— Et son mari ?

— Orman doit être assis dans un fauteuil roulant quelque part, j'imagine, à regarder l'herbe pousser par la fenêtre.

Silas fit une grimace et papillonna des yeux.

Lovell fronça les sourcils.

— Je ne saisis pas.

— Il a fait un AVC, expliqua Silas. De ce que j'ai entendu, c'est vraiment moche. Ils le gardent à l'abri des

* En français dans le texte.

regards. Lorsque Orman a tiré sa révérence, Evelyn est passée de matriarche à grande baronne. Elle gère tout l'empire Reese et trouve encore du temps pour la branche locale de l'UDC.

— UDC ?

— United Daughters of the Confederacy, dit Silas. Tu as devant toi la plus grande propriétaire terrienne de Mercy Oaks. Le bruit court qu'elle dépense une fortune pour la carrière politique d'Elder.

Lovell avait sorti un petit carnet et prenait des notes.

— D'où vient l'argent ?

Silas but une gorgée de bourbon coupé à l'eau et se tapota la bouche avec un des mouchoirs distribués à l'entrée, où était brodé le slogan REESE POUR UNE NOUVELLE AMÉRIQUE.

— Papier, matériel agricole, chaînes de radio et immobilier, dont cet hôtel, dit Silas. Orman est du genre qui est né plein aux as et qui a réussi à s'en mettre encore plein les poches – le conte de fées du riche devenu très riche –, rien de très bandant, ni de très inspirant. Et la famille n'est pas en reste. Le père d'Evelyn était un ponte du textile. Ça brasse large, chez les Brinson. Ce sont des gens qui ont l'habitude de voir leur photo dans le journal, Elder encore plus en tant qu'hôtelier.

— Brinson ? Le nom me parle. Le procureur fédéral à Atlanta s'appelle Brinson, non ? C'est la même famille ?

Silas sourit.

— Exact. Edward Brinson, c'est le frère d'Evelyn. Son oncle est président de la cour suprême de Géorgie.

— Et ils préparent Elder pour Washington ?

— Il se prépare tout seul. Les riches qui s'ennuient et qui se lancent en politique, ça arrive tout le temps. Ils adorent être au centre de l'attention. Elder a ça dans le sang. Cet homme a un complexe de supériorité monumental. Mais notre digne héritier a aussi sa petite réputation.

— Réputation ?

Silas se pencha pour lui murmurer à l'oreille.

— Un chaud lapin de première.

— Ils ne le sont pas tous ?

— C'est pas faux.

— Mais ça pourrait lui jouer des tours, n'est-ce pas ?

— On verra bien. C'est encore un peu un ovni dans le paysage, mais y a des gens, tout leur glisse dessus comme l'eau sur les plumes d'un canard.

— Je me demande ce qu'il a comme programme, dit Lovell d'un air innocent. (Il prenait plaisir à cet échange de bons mots et espérait que le bourbon fasse parler Silas.) Ça me semble curieux que son équipe n'ait rien diffusé à la presse.

— Son *programme* ? dit Silas. Mon Dieu, tu dois avoir laissé ton sens de l'humour en Asie du Sud-Est. Avec ces politicards, ça dépend de l'auditoire. Autant essayer de clouer de la gelée au mur. Les électeurs s'en fichent, eux aussi, malgré toutes les grandes déclarations des politiques sur les principes et les doctrines, l'importance des élections, le respect de la Constitution, toutes ces conneries. Démocrates, Républicains, c'est du combat de coqs et du spectacle, un sketch permanent, et au final les électeurs veulent juste leur gars à eux. Quelqu'un avec qui ils se *sentent* bien.

— Bon sang, t'es un cynique, toi.

Silas savoura une nouvelle gorgée de bourbon et poussa un soupir de satisfaction.

— Écoute, dans cent ans tout le monde se fichera de savoir si on a vécu et si on est mort, personne n'accordera d'importance à la moindre ligne qu'on aura écrite. En d'autres termes, j'essaie de rester positif. Bienvenue dans la presse, mon pote.

Silas l'abandonna avec une tape amicale sur l'épaule et se dirigea vers le bar pour se remettre à flot. Lovell griffonna quelques notes, ne leva les yeux que lorsque la musique diminua, remplacée par une frénésie de flashs et d'applaudissements au moment où Reese, Hollis, le gouverneur adjoint et d'autres invités de marque s'avançaient sur l'estrade d'un pas formel, Reese battant des mains, souriant et agitant le poing comme s'il avait répété la scène mille fois devant un miroir.

Après avoir reçu la chaleureuse bénédiction de Maddox et formulé quelques remarques préliminaires où il remerciait sa mère, le gouverneur adjoint et les trois cents donateurs de sa campagne pour le Congrès, Elder se délecta des applaudissements, des flashs et des bénévoles qui agitaient leurs mouchoirs rouges comme si c'était une bouffée d'oxygène et, avec un sourire arrogant, il désigna les reporters au fond de la salle de réception, puis il pointa son pouce vers le bas d'un air méprisant, comme dans une arène de la Rome antique.

Puis il brandit le discours de Tribble et, avec un geste théâtral, il le déchira en deux et jeta les bouts de papier sur le côté. On entendit distinctement le cri étouffé de Tribble, mais cela n'arrêta pas Elder. Il tendit le cou pour scruter la salle et, avec un lèchement de babines reptilien, prononça les premiers mots qui lui vinrent à l'esprit.

— Les amis, je vais arriver à Washington à coups de tricherie, de mensonge et de vol, et vous n'aurez pas d'autre choix que de m'adorer.

10

King's Quarters

En regardant le bassin d'amarrage par-dessus son épaule, Toxey voyait encore le projecteur de la barque de Frida. Il leva la main en signe d'au revoir et Frida, presque une ombre mais manifestement consciente de sa présence, lui rendit son geste avant de repartir le long du chenal et de disparaître dans la nuit.

Il entendit un grondement de tonnerre et une nébulosité pâle et bleutée accompagna le crépuscule pour s'étendre sur les Quarters. Au loin, de la fumée s'élevait des cheminées de la fonderie Othin. Toxey pouvait toujours compter dessus pour retrouver le chemin de sa maison. Le Canon autour du cou et son nouveau livre sous le bras, il marcha vers le sud, en suivant la Noonday, sur une route de terre bordée de verre brisé, de mauvaises herbes et de fleurs anarchiques, et il sentait le parfum des azalées et des glycines le long de la rivière. Des rainettes grillons croassaient dans les hauts-fonds, un bruit semblable à des centaines de billes qui s'entrechoquent, et Toxey vit sur les berges deux pêcheurs à la lampe torche dont les lancers élégants faisaient comme un murmure sur l'eau.

Avant la construction de la fonderie, les Quarters étaient un camp de base pour les employés qui charriaient des cyprès et des pins des marais en aval de la rivière vers les scieries à l'embouchure de la Noonday. Le grand-père de Toxey avait travaillé pour une de ces scieries, et il évoquait les passages ménagés pour descendre les troncs d'arbres qui avaient façonné les terres ondoyantes et vallonnées à l'ouest de la rivière. Mais les réserves de bois avaient fini par s'amenuiser, la scierie avait fermé et vendu King's Quarters, convertissant le camp de bûcherons en un ensemble de taudis à louer.

Les Quarters étaient peu à peu devenus un ghetto tentaculaire, mal éclairé, sans route goudronnée, pour familles pauvres, coincé entre Mercy Oaks et la rivière. Les maisons étaient étroites et en enfilade, souvent surpeuplées, avec des matelas à même le sol, animées vingt-quatre heures sur vingt-quatre. Les averses de printemps inondaient les routes et on reconnaissait celui qui venait des Quarters à ses empreintes de pas, des hélices d'argile rouge qui partaient vers les fermes de coton et les champs de tabac le matin et revenaient des juke-joints le soir.

Il regarda une voiture de police bifurquer au ralenti sur Water Street, sans urgence ni sirène, mais la barre lumineuse allumée quand même, un stroboscope bleu menaçant qui n'annonçait que des ennuis. Ce n'était pas un spectacle inhabituel dans les Quarters, mais Toxey n'avait jamais vu cette berline banalisée ni l'homme en costume-cravate à l'intérieur.

Toxey prit à droite sur Broughton Street et s'arrêta en voyant Willie James debout sur son porche avec trois autres hommes, tous en train de fumer des cigarettes, tous pieds nus, les manches retroussées, chemise ouverte. Le groupe observait le nord de la rue, où un adjoint du shérif et l'homme en costume parlaient à une femme au croisement. Derrière Willie et ses amis, Toxey vit une bouteille de Lord Calvert et quatre tas de cartes de poker défaussées sur une table pliante. Au fond de la maison, il entendait un bébé pleurer, et, plus proches, des bruits de casseroles, la douce odeur du paleron rôti, les voix de plusieurs femmes en pleine session de commérage dans la cuisine.

— Monsieur James ?

— Tiens, salut Toxey. Comment vas-tu ?

— On fait aller. Qu'est-ce qui se passe ?

— T'as pas entendu ? Ils ont retrouvé une fille au fin fond de la Lokutta.

— Ouais, j'ai entendu. On sait qui c'est ?

Les hommes se regardèrent. Un petit homme trapu du nom de Horace agita un doigt.

— Une chose est sûre, elle est pas du coin, dit-il. On le saurait, à l'heure qu'il est.

— Oh, Windham s'arrangera pour qu'elle vienne des Quarters, dit un autre homme. Ma main à couper.

Le frère de Willie, Cecil, alluma une cigarette.

— D'ici une semaine, dit-il, plus personne s'y intéressera. Comment ils vont s'y prendre, d'ailleurs ?

— Merde, dit Willie James. T'as fait l'armée, toi. Les avocats, les procureurs, ils s'y connaissent en calcul militaire. Deux plus deux égalent ce que bon leur chante. S'ils ont besoin de coller un meurtre sur le dos de quelqu'un d'ici, ils hésiteront pas.

— Ça c'est clair, dit Cecil.

— Je parie que c'est une de ces trimardes qui débarquent d'Eatonton en prenant les trains en vol, dit Horace. Ils ont pas trouvé un squelette dans un wagon l'année dernière ?

— C'est qui, le type en costume ? dit Toxey.

— Un inspecteur, dit Cecil. Il a débarqué ici pour poser des questions. Il a pas de photo, pas de nom, rien. Ça doit être moche. Il a même pas pu nous dire à quoi ressemblait la fille.

— À part qu'elle est noire, dit Horace. Personne a entendu parler d'elle.

Willie James frotta les poils de son menton et regarda la table derrière comme s'il voulait changer de sujet.

— Tu veux boire un coup, Toxey ? Ton père a dit qu'il passerait directement.

Toxey regarda la bouteille de Lord Calvert et les cartes à jouer, puis sa propre maison à deux rues de là, sur la partie est de Water Street. Il fit un pas en arrière.

— Il faut que j'y aille, dit-il. Merci, monsieur James.

— Pas de quoi, Toxey. Bonjour à ta sœur.

— Laquelle ? dit Toxey.

— Toutes, dit Willie en éclatant de rire.

Toxey secoua la tête et sourit. Il remonta Broughton Street et ses maisons à cinq mètres les unes des autres, certaines bien tenues et d'autres aussi délabrées que leurs occupants. Comme s'il attendait quelque chose, un homme en chemise ouverte et pantalon en polyester l'observait sur le pas de sa porte. Une petite fille était assise non loin de lui avec un biberon de lait et une couche sale, mais l'homme ne lui prêtait pas attention et jeta un regard mauvais à Toxey, puis il leva les yeux d'un air réprobateur. Quelqu'un avait écrit sur la poussière d'une fenêtre une phrase sur une dénommée Pearl – qualifiée de "pute bonne à rien" – avec en dessous, la liste de tous ses amants. Toxey poursuivit son chemin et, arrivé sur Water Street, il entendit de la musique au loin, puis il vit la prostituée résidente des Quarters, Miss Dixon, marcher en direction de la rivière. Elle portait une robe à fleurs et une tartine de maquillage et se dirigeait vers le Guslove's tel un chat en quête d'une litière. Elle l'entendit et regarda par-dessus son épaule.

— Hé, le photographe, lança-t-elle. Tu me tires le portrait ?

Toxey sourit et fit semblant de prendre une photo avec le Canon. Miss Dixon ajusta sa perruque, agita ses doigts, puis elle lui souffla un baiser et poursuivit son tempo chaloupé vers le juke-joint.

Quand il arriva chez lui, sa sœur Connie était assise sur le porche, se brossait les cheveux et surveillait une demi-douzaine d'enfants qui se lançaient un ballon de part et d'autre de la rue. Watt Junior, le neveu de Toxey, était sur un bout de pelouse sous une corde à linge, partiellement dissimulé par des chemisiers et des draps et affairé à jouer avec une vache à roulettes en plastique. Toxey le prit dans ses bras et le fit pouffer de rire en faisant un bruit de pet dans son oreille.

— Tu as tué des dragons aujourd'hui ?

— Papa a vu une mouffette et, eh ben, eh ben, il l'a chassée avec un balai.

— C'est vrai ? Il est où papa, maintenant ?

— Au travail. Dis… Qu'est-ce que t'as à la joue ?

Toxey lui dit de ne pas s'inquiéter. Puis il le reposa sur le bout de pelouse et leva les yeux vers sa sœur. La maison n'avait pas l'eau courante et, en guise de salutation, Connie désigna le robinet et la pompe dans le jardin.

— Apporte de l'eau à Denise, mon chou.

Sans rechigner, Toxey prit le seau, le remplit et l'apporta dans la maison, mais non sans s'être arrêté pour embrasser Connie sur la joue. Elle avisa le Canon accroché à son cou.

— Où t'as eu ça ?

— Il est à Pickren.

— Hum-hum. T'as été payé aujourd'hui ?

— Bouge pas, dit Toxey.

Il posa le livre et le seau, défit ses lacets et enleva sa Converse. Puis il sortit sa paie d'une semaine et la tendit à Connie.

— Je vais en ville lundi, dit-elle. Tu veux quoi du magasin ?

— Du maïs soufflé. Et du dentifrice. Du Close-Up, ceux en gel, là.

— Du Close-Up ? Il te va pas, celui qu'on a ?

— Laisse tomber, dit-il. Nanna est là ?

— Elle a fait le dîner ce soir, dit Connie. Elle est avec maman.

— Comment elle va ?

— Toujours pareil. Après le beau temps vient la pluie.

— Et papa ?

Connie désigna de la tête la maison du voisin et le bruit d'une partie de dés dans la ruelle. Toxey entendit la voix de son père parmi d'autres, qui priait les dieux pour un sept ou un onze.

— T'as intérêt à pas te faire voir, dit Connie. Il va aller chercher une partie de poker en intérieur dès qu'il va se mettre à pleuvoir.

L'été des sept ans de Toxey, ses sœurs, à commencer par Millie, l'aînée, avaient eu leurs premiers bébés et ne s'étaient pas arrêtées. La maison en enfilade – une cuisine, un salon, et le tiers du fond divisé en quatre petites chambres – était remplie d'enfants. Il n'y avait jamais un instant de calme, chaque journée rythmée par une cacophonie de caprices, de gémissements, de pleurs, de gloussements et de rires. Millie et son mari, Clyde, avaient trouvé un logement de l'autre côté de la rivière et déménageaient à la fin du mois, et Toxey savait que son père avait récemment demandé un prêt en vue d'acheter une des nouvelles maisons de Spring Street avec l'eau courante.

Mais c'était loin d'être fait, et Toxey s'arrêta à la table de la cuisine. Il salua son beau-frère James et sa sœur Denise, vingt-sept ans à peine et déjà vieille, avec ses deux tresses, occupée à allaiter son nouveau-né Louis. James portait un pantalon usé et une chemise de flanelle et faisait sauter sa fille Michele sur son genou. James avait grandi dans une maison abritant deux familles de métayers, récoltait encore du tabac à la main chaque mois d'août et travaillait le reste de l'année chez Elberta Crate à fabriquer des boîtes en carton. Solide mais débonnaire, il jouait le rôle de deuxième homme de la maison après le père de Toxey maintenant que Clyde et Millie allaient déménager et que le petit ami d'Alma purgeait une peine de prison à Reidsville. Toxey posa le seau d'eau à côté de la cuisinière et chercha une tasse. Se servit un verre de thé glacé. Il y avait des casseroles par terre dans un coin, afin de remédier à la fuite dans le toit. Une chanson de Dionne Warwick passait à la radio et les restes du dîner – petits pains, poulet frit dans du gras de bacon, haricots au lard et jarret de porc fumé – avaient été mis de côté pour lui. James but une gorgée de Falstaff, fit sauter Michele d'un genou sur l'autre et sourit à Toxey. Une dent de devant manquante donnait à tous ses mots un zozotement traînant.

— Salut le photographe. Quoi de neuf?

— Ça roule, James ?

— Qui t'a fait ce coquard ?

— Joe Frazier, dit Toxey.

— T'es au courant, j'imagine, dit Denise.

— De quoi ?

— Papa a pas eu sa promotion. Ils ont embauché un mec plus jeune.

— Oh ? fit Toxey.

— *Et*, reprit-elle. La banque lui a refusé le prêt sur trente ans.

— Un double taquet dans les couilles, fit James.

Denise donna un coup de pied sous la table à son mari.

— Pas de ces horreurs devant les enfants.

— Et la maison où ils te fournissent la base et tu fais le reste des travaux ? dit Toxey.

— C'est une arnaque, ces trucs-là, dit James. Y a ni plancher ni placo. C'est à toi de faire toute l'électricité et la plomberie. Les intérêts sont tellement élevés que tu peux jamais rembourser le prêt. Mon frère a perdu sa maison. Il pouvait plus payer.

Toxey réfléchit à cette nouvelle et soupira, comprenant à présent pourquoi son père avait commencé une cuite qui allait durer tout le week-end. Au moindre pépin, il allait trouver du réconfort dans la bouteille, une béquille mise à forte contribution depuis la mort de Bo.

Un ventilateur carré ronflait bruyamment à la fenêtre. Sa grand-mère Elsie s'était installée sur le canapé à côté de sa mère. Quand elle aperçut Toxey, elle sourit et lui fit signe d'approcher. Bennie Ruth, la mère de Toxey, portait un peignoir orange en patchwork et des bigoudis dans les cheveux. Elle avait les yeux braqués sur le téléviseur encastré Zenith en noir et blanc qui leur conférait un statut quasiment royal sur Water Street. Le samedi matin, tous les enfants du quartier venaient regarder les dessins animés. *Au moins, la maison a l'électricité*, pensa Toxey. *Et un jour on aura notre chasse d'eau.* La fille de Connie et les jumelles de Millie jouaient ensemble sur le tapis du salon, et quand Toxey se tourna vers le fond de la maison et les rideaux qui servaient à séparer les chambres, il vit Clyde qui essayait de calmer son dernier-né. Toxey lui fit un signe et Clyde lui adressa un clin d'œil avant de lui tourner le dos, tout en fredonnant doucement.

— Où étais-tu passé ? dit sa grand-mère.

— J'étais dehors. Je prenais des photos.

— Tu as faim ?

— Non, j'ai mangé. Comment va maman ?

Elsie serra la main de Bennie Ruth.

— On a pris un bain et on s'est occupées de nos cheveux. On n'est pas belles, comme ça, Toxey ?

— Si.

— Comment tu te sens ?

— Heureuse et détendue.

— C'est bien, dit Toxey.

Il regarda sa mère, puis derrière elle la photo encadrée de Bo sur le manteau de la cheminée à côté d'un drapeau replié, un autel en l'honneur de son fils aîné. Bennie Ruth le considéra d'un air catatonique, à la fois vide et distant, la présence de Toxey à peine imprimée dans ses yeux creux.

— Coucou maman, dit Toxey.

Il entreprit de lui raconter sa journée de travail, l'homme qui avait acheté une photo, le fonctionnement de son nouvel appareil et sa rencontre fortuite avec Frida, une sorte de scientifique qui travaillait pour Reese Paper. Il passa sous silence l'épisode avec les frères Mitchell, et sa mère se contenta de regarder dans le vide sans le moindre signe qu'elle entendait ce qu'il racontait, mais Toxey continua de parler, espérant la bonne combinaison de mots qui la ferait revenir à elle. Peine perdue : sa mère demeurait anesthésiée par la chape de déprime qui l'écrasait depuis la disparition de Bo.

Une heure plus tard, Toxey tira le rideau devant son matelas et enleva ses vêtements de la veille. Il ouvrit le casier qui portait le nom de Bo et contenait tout ce que possédait Toxey, et y cacha le Canon sous une pile de pantalons. Il enfila un vieux bas de survêtement et un T-shirt blanc. Une pluie d'orage déferla sur les Quarters et il entendit le *plop* des gouttes d'eau frappant les casseroles dispersées dans le salon et la cuisine. Par chance, son coin à lui restait sec, mais il n'était pas insonorisé contre les protestations de ses nièces et neveux tandis que ses sœurs essayaient de les coucher. Toxey gardait des photos rejetées par Pickren pour telle ou telle raison dans une boîte à chaussures à l'intérieur du casier, et il les avait sorties pour les examiner quand son beau-frère s'arrêta devant le rideau et annonça sa présence.

— Toc toc.

— Salut, dit Toxey.

La main de Clyde apparut à travers le rideau pour lui tendre deux magazines roulés. Toxey les attrapa prestement et marmonna un merci.

— Pas de souci, dit Clyde dans un murmure, avant de s'éloigner en gloussant.

Toxey déroula le dernier numéro de *Darkroom*, avec le *Playboy* du mois dernier caché dedans, une femme bronzée en couverture, la tête rejetée en arrière, le doigt d'un homme pressé contre ses lèvres. Il parcourut rapidement le *Playboy*, puis il le roula et le cacha dans le casier sous ses T-shirts. Il resta allongé un moment sur son matelas, à écouter la pluie et feuilleter le numéro de *Darkroom*, en commençant par la chronique d'Oliver Kenyon – "Carte blanche à Kenyon" –, qu'il lisait religieusement, d'habitude à la bibliothèque ou lorsque Clyde passait au grand kiosque à journaux de Broad Street. La chronique de ce mois-ci traitait du contraste dans la photographie en noir et blanc, et Toxey la parcourut tout en jetant des coups d'œil réguliers à ses propres photos dans la boîte à chaussures, comme pour jauger leur valeur, en se demandant si elles pourraient un jour être exposées dans une galerie comme celle que possédait Kenyon à New York. Un fantasme lui traversa l'esprit, où son nom était mentionné aux côtés de ceux des photo-journalistes stars des pages de *Darkroom*, *Camera 35* ou *Life*. Il songea une fois de plus à écrire une lettre à Kenyon mais ne savait pas par où commencer, la faute au complexe d'infériorité lancinant qui entravait ses passions, un doute sur ses capacités prononcé avec la voix de son père.

Tout le monde se fout des photos que tu prends…

Toxey secoua la tête comme pour chasser ces pensées et reporta son attention sur ses photos, nombre d'entre elles prises à la fête foraine le mois précédent. Il bâilla et ferma les yeux, pensant à des sujets potentiels – des gens ordinaires, des paysages, la Lokutta –, puis à la proposition de Frida, ses doigts sur l'image d'une jeune femme qui se détachait parmi une foule floue de badauds à la fête foraine, cette future mère qui lui était inconnue, environ son âge mais seule, une main sur son ventre gonflé devant la grande roue. Il se souvint de leur conversation, un bref échange tandis qu'il prenait quelques clichés, juste un moment d'inspiration, quelque chose dans l'expression de son visage, et il sombra dans le sommeil et se demanda ce que la fille pouvait bien regarder, pourquoi elle était là et où elle allait.

Il était trois heures et demie quand Toxey se réveilla avec une érection et une énorme envie d'uriner.

La maison était à peu près silencieuse. Clyde et Millie ronflaient doucement dans la chambre adjacente et il entendait les lattes craquer dans la cuisine tandis que Denise allaitait son bébé ronchon pour essayer de le calmer. Toxey ouvrit le casier, attrapa sa lampe torche, glissa le *Playboy* à l'arrière de son pantalon et le recouvrit avec son T-shirt. Sur la pointe des pieds, il sortit par la porte de derrière, la referma, et reconnut la silhouette voûtée de son père sur la dernière marche du porche. Il avait la tête enfouie entre ses mains et sanglotait en agrippant les plaques militaires de Bo.

— Hé papa, dit Toxey, dans un murmure. Ça va ?

Wendell Bivins s'essuya les yeux et lança un regard mauvais à Toxey.

— Qu'est-ce que tu fais debout ?

— Je dois aller pisser, dit Toxey en désignant les latrines à dix mètres de là.

— Ben vas-y.

Son père attrapa une bouteille de Lord Calvert et en but une gorgée. Il laissa échapper un *aaaah* sonore.

— Qu'est-ce que t'attends ?

— Je peux y aller plus tard.

Toxey fit un pas en arrière vers la maison, mais son père n'avait pas l'air de l'entendre, son attention fixée sur la bouteille dans sa main.

— Qui est-ce qui t'a botté le cul, cette fois ?

— Personne.

— Personne, hein ? Un moins que rien, comme moi ?

— Non papa. Pas comme toi.

— C'est ça que je suis. Un moins que rien. Si j'étais un bon père, je t'apprendrais à te défendre. Mais je sers pas à grand-chose en ce moment.

— Tu devrais pas dire ça, dit Toxey.

Son père but une nouvelle gorgée et marmonna quelque chose. Son visage était l'aigreur incarnée.

— Quoi ?

Son père le toisa un moment. Toxey pensa qu'il voyait son frère Bo assis là sur le perron, une apparition qui flottait dans le noir avec des yeux narquois.

— Laisse tomber cette histoire de photos, si tu veux pas devenir un pauvre raté comme moi. Un incapable.

Wendell Bivins but une nouvelle gorgée de whiskey et secoua la tête, comme s'il avait d'autres griefs à exprimer, mais quand il se retourna, il ne vit que la porte qui se refermait et l'ombre de Toxey contre les stores.

11

Bellflower Hotel

— Vous ne pouvez pas démissionner.

Lewis Tribble éclata de rire.

— Sauf votre respect, madame Reese, je vais me gêner.

Tribble parcourut la suite d'hôtel du regard, de Parnell Weems à Ivan Birch, l'air consterné lorsqu'il croisa le regard de son client. Elder Reese était assis sur une méridienne dans le salon, un Coca dans les mains, la cravate desserrée, boudant comme un adolescent à problèmes. Ses yeux suivaient sa mère qui décrivait de petits cercles autour de la table basse, les mains agrippant un mouchoir rouge plié, comme s'il s'agissait d'un rosaire.

— On double vos honoraires, dit Evelyn Reese.

Il y avait une note définitive dans sa voix, l'attitude d'une femme habituée à ce qu'on accepte ses décisions.

Tribble était stupéfait. Il jeta un regard écœuré à Elder.

— Déchirer mon discours ? Et improviser comme ça pour un lancement de campagne ? dit-il. C'est du jamais vu. Vous avez vu leurs têtes ?

— J'ai entendu des rires, dit Evelyn Reese. Et j'ai entendu des applaudissements.

— Si Elder a envie de la jouer Don Rickles, on peut monter une tournée de one man show. Le faire inviter chez Johnny Carson. Mais s'il veut représenter le deuxième district et battre Grizzard, il va devoir parler et agir comme un politique.

— Faux, faux, faux, dit Elder en levant sa bouteille et en pointant Tribble du doigt.

— Je sais comment fonctionne la tête de mon fils, dit Evelyn Reese. C'est un peu chaotique. Mais ses tripes ne l'ont jamais trahi. La roublardise, ça ne s'apprend pas. Le charisme, ça ne s'apprend pas. À la fin de la soirée, toute la salle lui mangeait dans la main.

— Il ne peut pas dire des choses pareilles, dit Tribble en lançant un regard implorant à Evelyn Reese. Admettre comme ça qu'on est corrompu, même pour rire, c'est du suicide politique. Qui va le prendre au sérieux en tant que législateur ? Et vous n'obtiendrez jamais le soutien d'un journal. Pas un seul. Je ne peux pas gérer une campagne dans ces conditions. Pas sans un minimum de coopération avec la presse.

— Pas besoin d'eux, dit Elder. Qu'ils aillent se faire foutre. C'est qu'une bande de rats hypocrites, de toute façon. Le truc, c'est de se mettre dans la poche les riches et les pigeons, Lewis. C'est comme ça qu'on prend le pouvoir dans ce pays. En convainquant les gens de ne pas croire un seul mot de ce qu'ils voient ou qu'ils lisent, et que seule ma parole compte. Ce n'est pas ce que tu m'as appris, maman ?

Evelyn Reese l'ignora, puis elle fit signe à son avocat dans le coin. Ivan Birch se leva, ajusta sa cravate et s'avança vers Tribble. Lui tendit une enveloppe en papier kraft.

— Qu'est-ce que c'est ?

— Allez-y. Ouvrez, dit Evelyn Reese.

Tribble ouvrit l'enveloppe, puis il déglutit péniblement sous l'effet de la surprise.

— Comment est-ce que… ?

— Votre petite-cousine. Elle n'a que douze ans, n'est-ce pas ? dit Ivan Birch.

— Depuis combien de temps vous me faites suivre ?

Evelyn Reese lança un coup d'œil à son avocat, puis elle leva le menton vers Tribble, qui avait reculé d'un pas devant son regard glaçant.

— Je ne suis pas une vulgaire femme au foyer, Lewis, dit-elle.

Les lèvres de Lewis pâlirent. Il hocha la tête.

— Je… Je… S'il vous plaît, madame Reese…

— Je double votre tarif et nous oublions cette petite incartade de votre part.

— Et qu'est-ce que vous attendez de moi ?

Evelyn s'arrêta, les mains toujours cramponnées au mouchoir. Ils entendaient des rires au bar du rez-de-chaussée, un piano de cocktail dans le hall.

— Eh bien, votre expertise électorale, dit-elle. Vous savez quelles pattes graisser. Ivan a carte blanche pour distribuer des fonds là où c'est nécessaire et vous aider dans les coups bas dont vous avez le secret. Battez Grizzard et raflez le deuxième district.

Elle regarda les photographies en noir et blanc dans la main de Tribble, où l'on apercevait ses fesses nues dans une situation compromettante. Elle lui adressa un sourire presque indifférent, ses cils battant comme des attrape-mouches.

— Maintenant, messieurs, si vous le permettez, dit-elle, j'aimerais parler à mon fils en privé.

Ivan Birch se leva lentement et se dirigea vers la porte. Tribble se tourna vers Elder, puis vers sa mère d'un air hésitant, avant d'emboîter le pas à Birch et Parnell Weems. Evelyn Reese attendit que la porte se ferme et s'avança vers son fils, le fusilla du regard et lui asséna un coup de pied dans le tibia.

— Si je fumais encore, je t'écraserais une clope sur la gueule, dit-elle.

— Bon Dieu, maman ! dit Elder. Qu'est-ce qui te prend ?

Elle inspira lentement pour retrouver son calme, baissa volontairement le ton.

— Je t'ai demandé plusieurs fois de te caser avec une femme blanche bien comme il faut, qui vient d'une famille blanche bien comme il faut, et me faire un beau petit-enfant *blanc*. Une personne raisonnable et équilibrée avec ton éducation et tes moyens devrait être capable de comprendre ça. Hélas, j'ai échoué, parce que tu es un sale débauché lubrique comme ton père. T'as jamais été capable de te retenir, hein ? Et voilà que je découvre un bâtard noir estampillé Reese.

— Je ne comprends pas, dit Elder, mais au sourire de sa mère il sut immédiatement qu'elle voyait clair dans son jeu.

— Oh ? dit-elle. Tu crois peut-être que je ne suis pas non plus au courant de votre petite combine, à toi, Parnell et Bone ? Faire pousser du cannabis sur le terrain de Reese Paper ? Tu es tombé sur la tête ?

— Merde, dit Elder.

— Les affaires de la famille ne suffisent pas à t'occuper, c'est ça ?

— C'est juste un petit à-côté, maman. Rien de méchant. Et cette fille…

— C'est qui ? Ou plutôt, *c'était* qui ?

— Personne, dit-il, ses mains bougeant comme si elles comprimaient un accordéon. Elle n'est rien du tout pour moi.

— Tu es un menteur incroyable, Elder. Et Bone est sage-femme, maintenant ? Dans quel monde tu t'es dit qu'un arrangement avec une petite garce de couleur était prudent ?

— C'est pas ça, dit Elder. J'allais utiliser la situation à mon avantage, en fait. J'avais un marché avec la fille.

— Quel genre de marché ?

— Moi je prenais soin d'elle. Et le moment venu, elle devait témoigner contre Grizzard devant la presse. Dire que l'enfant était de lui.

— Mais ce n'est pas vrai.

Elder haussa les épaules.

— Quelle importance que ce soit vrai ? L'histoire serait dans toutes les têtes avant l'élection. Dans ce jeu, tout est affaire de timing. Le temps que la vérité rattrape le mensonge, ces accusations auraient fait tout le tour de l'État.

— Donc tu allais utiliser cette pauvre fille et ce bébé pour diffamer ton adversaire. Je me trompe ?

— J'utilise juste ma tête, comme tu m'as appris. Y en a là-dedans, dit-il en pointant sa tempe.

— Mon Dieu, dit Evelyn Reese.

Mais ce commentaire ne fit que l'effleurer : l'attention limitée d'Elder Reese s'était déjà focalisée sur la porte de la salle de bains. Il se leva d'un bond et l'ouvrit, comme s'il s'attendait encore à surprendre quelqu'un en train de l'espionner. Il alluma le robinet et se mit à se frotter les mains avec du savon et de l'eau.

— Qu'est-ce que tu fais ? dit Evelyn Reese. Reviens t'asseoir.

— Je n'ai pas dormi. Et j'ai passé la soirée à serrer des mains, tous ces gens suintants.

Elle pencha la tête sur le côté et observa son fils, comme si un obstacle inattendu se dressait devant elle.

— Et il faut fêter ça, dit-elle pour le calmer. Alors pourquoi tu n'es pas venu me demander de l'aide ? Est-ce que j'ai déjà échoué à démêler un de tes imbroglios ?

Elder se sécha les mains avec une serviette ornée du monogramme du Bellflower. Puis il s'assit sur la méridienne et croisa les bras en faisant la moue.

— Qu'y a-t-il, Elder ?

— Elle voulait encore de l'argent, maman, et je parie que c'est Bone qui lui a mis ça dans la tête. Ça lui plaisait pas d'être au secret comme ça, et c'est là que j'ai compris mon erreur, et on s'est mis d'accord avec Bone pour régler le problème. On pensait pouvoir la garder sous le boisseau jusqu'à novembre, répandre quelques rumeurs à l'avance, amorcer le truc et puis bricoler une photo d'elle à côté de Grizzard avec le bébé et la faire fuiter dans les journaux. Le reste, c'est entre lui et moi. Je peux m'occuper de mes propres problèmes.

— Vraiment ? Qu'est-ce que Bone a fichu ?

— Je ne sais pas ce qui s'est passé. Il a voulu jouer au plus malin. J'ai déjà mis Parnell sur le coup. C'est lui qui va prendre les choses en main. Et je peux encore utiliser ce bébé à mon avantage.

— Il a raison, tu sais.

— Qui ? dit Elder.

— Tribble. Il nous faut un soutien dans la presse.

— Je crois que les journaux ne peuvent pas me voir en peinture.

— Et si on en possédait un, disons le *Searchlight*, par exemple ?

En voyant son sourire, Evelyn Reese rejoignit Elder sur la méridienne. Il plissa le nez, incommodé par l'odeur entêtante de son parfum et de son maquillage. Elle lâcha le mouchoir et prit les doigts de son fils dans sa main.

— Écoute, je suis désolé, dit-il. C'est rien du tout, cette histoire.

Evelyn serra plus fort, ses doigts s'enfonçant dans la paume d'Elder quasiment jusqu'au sang. Il grimaça et retira sa main.

— Débarrasse-t'en, dit-elle. Ou cette campagne est terminée.

— Mais maman ?

— Souviens-toi, je suis ton avenir et tu es le mien. Ivan a déjà préparé les papiers. Il ne me resterait plus qu'à signer.

— Je ne comprends pas. Signer quoi ?

— Ton déshéritement, mon chéri.

12

Damascus Farms

— Et pour les ramures ? demanda Quinton.

Dix minutes après minuit, Shorty Teague gara la Plymouth et éteignit les phares. Il baissa la vitre. Cracha du jus de tabac dans le fossé d'irrigation le long du champ. On était à trois jours de la pleine lune et une douce lumière bleutée s'étendait sur un pâturage luxuriant d'ivraie et de chiendent. Une vache meugla au loin et Shorty discerna quelques silhouettes endormies et il sut que c'étaient les bêtes de Wright. Il jeta un coup d'œil à Quinton, remarquant que le jeune ranger avait l'air nerveux; quand il était nerveux, il parlait beaucoup.

— Le vieux Wright a dit que quelqu'un balayait le champ avec un projecteur et abattait des cerfs.

Quinton désigna le cerf de huit cors à l'arrière de la voiture de patrouille.

— Ouais, mais pour les ramures ? Les mâles les perdent en février. On est en avril.

— Certains braconniers s'en fichent. Ils tirent d'abord et ils posent les questions ensuite. Le petit malin qui sait ce qu'il fait, il faudra plus qu'un leurre mécanique pour l'attraper.

— Où est-ce qu'on a eu ce machin, d'ailleurs ?

— Un taxidermiste du nom de C.T. Bone l'a fabriqué pour nous.

— Et ça marche ?

— Oh, oui ça marche. Et c'est toi qui tires les ficelles ce soir. T'es prêt ?

— Un peu que je suis prêt.

Quinton portait une chemise camouflage et un pantalon assorti, populaires chez les chasseurs de canard du coin, et, en prévision de sa première opération “secrète”, il s'était étalé du cirage noir sur les joues, le menton, et sous les yeux. Il revérifia une nouvelle fois le volume de son talkie-walkie. Puis il ouvrit son carnet de bord et griffonna quelques mots. Shorty trouvait que le jeune ranger avait l'air ridicule, mais il garda ses commentaires pour lui, il avait trop mal à la tête pour proférer des insultes. Il mélangea un antalgique en poudre et des cacahouètes dans une bouteille de Coca. But trois longues gorgées de ce cocktail et laissa échapper un long soupir fatigué.

— T'as une sale mine. Grosse cuite ?

— Je la sens passer.

— Comment ça va, sinon ? dit Quinton.

— J'ai mis Susanne dehors. Ensuite j'ai vidé deux packs de mini-Miller et je me suis endormi en caleçon en écoutant Patsy Cline et en pleurant comme un bébé.

— Mince, j'aurais pas dû demander.

— Je crois que tout le monde est au courant, non ?

— Les bruits circulent.

Shorty ferma les yeux un instant comme s'il allait vomir.

— Et il a fallu que ce soit un diacre baptiste ? dit Quinton. Mon père disait toujours que les prêtres sont bons qu'à deux choses, bouffer du poulet frit et baiser ta femme.

— Et ton père avait raison, dit Shorty. Entre l'autre qui me fait cocu et cette pauvre fille qu'on a dû sortir de la Lokutta, ça nous fait une semaine bien pourrie. Et elle est loin d'être finie.

— Du nouveau sur le corps ?

Shorty secoua la tête et observa le pâturage. Il crut entendre des cochons copuler dans les bois derrière eux.

— C'est le labo de la police d'État qui va s'occuper de l'autopsie. D'après ce que j'ai entendu, personne à Mercy Oaks ne connaissait la fille. Tiens, voilà Wright.

Shorty plissa les yeux devant les phares d'un Ford F-100 qui entrait dans leur champ de vision. Le pick-up de Wright arriva au pas sur la route de terre et vint se ranger à côté d'eux. Le vieux fermier regarda les deux rangers, clairement amusé par Quinton.

— Tu ressembles au neveu détraqué de l'Oncle Ben, fiston.

— Il fait peur, hein ?

— C'est du camouflage, dit Quinton.

— Si tu le dis. C'est quoi, le plan ? dit Wright.

— Ça dépend, dit Shorty. D'où est-ce qu'ils viennent, en général ?

Wright passa la main sur sa barbe et désigna l'ouest du pâturage.

— Je crois qu'ils traversent les rails vers la Lokutta et qu'ils arrivent par là-bas. Un de ces petits fils de pute balaie le champ au projo pendant que les autres canardent. Ils ont tué deux biches la dernière fois. Ils découpent les filets et les cuissots et ils laissent le reste.

— Tu penses qu'ils sont à pied ?

— J'ai entendu un moteur s'éloigner, donc ils doivent se garer quelque part et finir à pied.

Shorty se tourna et avisa une butte qui surplombait le pâturage. Il distinguait vaguement les contours d'une grange.

— Je pourrais me faufiler là-bas pour monter la garde, dit-il. Dès que ça mord, j'interviens. On va mettre Quinton et le leurre à une centaine de mètres, le long de la clôture.

— Et moi, je fais quoi ? dit Wright.

— Tu pourrais patrouiller du côté est de ta parcelle, au cas où ils veulent la jouer finaude et changer d'itinéraire. Ça pourrait les envoyer par ici.

Wright hocha la tête et dit :

— Je vais vous ouvrir.

Il sortit du pick-up et ouvrit le portail. Quinton démarra la Plymouth. Wright adressa un salut militaire aux rangers quand ils passèrent devant lui, gloussa dans sa barbe en se penchant pour voir Quinton et son visage grimé.

— Attrape-les, Amos. Ou bien Andy ?

Quinton grimaça, mais il garda le silence. Shorty fit un signe au vieux fermier et suivit un sentier de vaches qui montait vers la grange, où il se gara dans l'aire de battage en marche arrière. Il saisit un maillet et deux piquets dans le coffre tandis que Quinton ouvrait le hayon et s'affairait avec la croupe et les pattes arrière du cerf factice en deux morceaux.

À la lueur du clair de lune, ils apportèrent le leurre dans le pâturage, en suivant les poteaux inclinés qui soutenaient une clôture en fil de fer barbelé. Quelques vaches tournèrent la tête pour les observer. D'autres s'éloignèrent, ne sachant pas comment interpréter cette intrusion. Une fois parvenu à une clairière qu'il jugeait idéale, plane et bien en vue depuis la route, Shorty s'arrêta et mit le leurre en place, reliant le haut du corps aux pattes arrière avec un crochet fabriqué sur mesure. Puis il planta les pattes droites dans le sol et les attacha aux piquets avec des colliers de serrage pour maintenir le cerf en position verticale.

— Comment ça marche, déjà ? dit Quinton.

— Bone l'a fabriqué pour que la tête bouge sur une charnière. Tu te planques dans un coin quelque part par là et tu tires sur ce fil de pêche.

Shorty fit une démonstration et le cerf inanimé tourna la tête vers la route.

— C'est pas crédible, dit Quinton. Le cou est tout tordu.

— Non, c'est grotesque. Mais ça va marcher. Regarde.

Shorty regarda autour de lui avant de jurer dans sa barbe.

— Qu'est-ce qu'il y a ?

— Wright a oublié de sortir une botte de foin pour toi.

— Alors comment je vais me cacher ?

— Tiens, prends le fil et va t'allonger au milieu des bouses.

— Pas moyen que je m'allonge dans la merde.

— T'auras juste l'air d'une vache endormie depuis la route.

— C'est ça, ouais, fit Quinton avant de s'éloigner, le talkie-walkie dans une main, dix mètres de fil de pêche se dévidant dans l'autre.

— Fais gaffe qu'il n'y ait pas de mou. Et garde la tête baissée. Je serai dans la voiture avec les jumelles. Si tu vois le projecteur, tu donnes un ou deux coups secs.

— Ouais, ouais, dit Quinton tout en trouvant un coin de blé où s'allonger parmi les bouses humides et malodorantes.

Ils étaient là depuis un bon moment quand Shorty sursauta en entendant le grésillement du talkie-walkie. Il regarda sa montre et appuya sur l'émetteur.

— Redis-moi ça ?

— Tu les as vus ? dit Quinton.

Shorty attrapa ses jumelles et scruta le champ. Le clair de lune était suffisant pour distinguer les bois du cerf, la masse indistincte de Quinton au sol, et à trois cents mètres tout au bout du champ, un faisceau qui balayait le pâturage tel un phare avant de s'éteindre. Il alluma son talkie-walkie.

— Ils arrivent, dit-il.

— Bien reçu.

Deux silhouettes se faufilèrent dans le champ. Les braconniers étaient soit méthodiques soit mollassons, pensa Shorty en voyant qu'ils prenaient un temps infini pour couvrir la distance. Il remarqua leurs zigzags maladroits, le projecteur qui semblait osciller de manière erratique. Le faisceau s'attarda sur une vache un instant et Shorty pria pour qu'ils ne soient pas sur le point d'abattre une génisse, quand le projecteur se dirigea en tremblant vers le leurre. *Maintenant. Tire un coup sec, Quinton.*

Shorty entendit le mécanisme d'un fusil à verrou lorsque le cerf factice fut éclairé comme un acteur sur scène prêt à se lancer dans un monologue. Quinton, monté sur ressort, tira sur le fil de pêche et la tête du cerf résista un instant avant d'être complètement emportée, comme par une guillotine. Quelqu'un poussa un cri d'incompréhension un instant avant que parte le coup de feu et qu'une balle Core-Lokt de Remington transperce le leurre, ricochant sur la charnière en métal et causant une mini-explosion de laine, de bois et de peau.

— Bon Dieu, fit Shorty.

Il démarra le moteur de la Plymouth et alluma les phares. Il quitta la grange en trombe, dévala la colline et fonça à travers champs, la Plymouth rebondissant violemment avant de s'arrêter en dérapage devant les braconniers éberlués. Quinton aussi les avait coursés, le fil de pêche emmêlé autour du bras, la tête du huit cors traînant derrière lui, avant de glisser et de s'affaler à plat ventre dans une bouse fraîche. Quand Shorty arriva à sa hauteur, il agitait un revolver, visage noir avec des yeux blancs fous qui criaient des instructions aux deux hommes, l'arme couverte de bouse, comme à peu près tout l'avant de Quinton. Le cerf désarticulé était à quelques mètres derrière lui, des mottes d'herbe et de boue collées aux ramures, les yeux marron luisant comme des charbons dans le clair de lune. Un des braconniers avait lâché son fusil et levait les mains en signe de reddition, mais il semblait avoir du mal à tenir debout et éclata de rire en découvrant l'aspect de Quinton.

Shorty reconnut immédiatement les frères Mitchell.

— Encore vous deux ?

Durwood lui lança un regard mauvais, puis il se pencha pour vomir. Jack Mitchell leva les yeux au ciel et gloussa, mais il perdit l'équilibre. Il trébucha et tomba sur les fesses.

— Ils sont ronds comme des termites dans un yo-yo, dit Quinton.

Shorty tourna la tête et cracha.

— Vous avez encore tâté de la gnôle, hein ?

— Juste un peu, dit Jack.

— Juste un peu ? Et si je passais un coup de fil à votre maman ? Pour lui dire que vous allez en taule. Et ce sera pas pour une soirée pyjama.

— Calmos, monsieur Teague, dit Jack Mitchell. On est hors saison, mais on voulait juste un peu de viande.

— Ah vraiment ? dit Shorty. C'est vrai, ça, Durwood ?

Durwood Mitchell sourit aux rangers.

— OK, j'avoue, j'adore voir ces foutues bestioles tomber comme des mouches.

— Vendre du gibier ou du poisson de pêche sportive, c'est illégal, dit Shorty. Je sais tout de votre petite combine.

— Contrebande de viande de cerf, ajouta Quinton avec un mouvement de tête et un claquement de langue pour appuyer son propos. Ça peut vous envoyer en prison, ça.

— En cas de récidive, oui, dit Shorty. Ça veut dire plus d'un an derrière les barreaux et une grosse amende. Et on va confisquer le fusil, aussi. Je parie que c'est la Winchester de papa ?

— Merde, fit Jack Mitchell.

— Et le pick-up de papa, si vous l'avez pris pour venir ici.

— Bon, ça va, là, dit Durwood.

Son frère se mit à sangloter. Durwood s'essuya la bouche et lança à Shorty un regard dur mais hagard.

— Et si on faisait un marché, monsieur Teague ?

— Je ne crois pas que tu sois en position de marchander, fiston.

Il jeta un regard à Jack, qui baissa les yeux.

— OK, dit Durwood. Et si je vous disais que je sais qui a tué cette fille dans la Lokutta ? Peut-être que vous nous laisseriez nous en tirer avec un simple avertissement ?

13

Chez Pickren

Quatre jours s'étaient écoulés depuis qu'on avait ramené le corps de la Lokutta, lorsque C.T. Bone entra chez Pickren. Il croisa brièvement le regard de la fille du propriétaire, Maxine, avec un sourire en coin comme si le côté de sa bouche avait été accroché par un hameçon, jusqu'à ce que la jeune femme baisse les yeux vers la caisse. Bone connaissait le magasin par cœur et prit une bonbonne de dégraissant, puis il contempla un bidon de térébenthine un moment, perdu dans un souvenir. Il demanda à Teddy si le patron était là.

— Il accroche des photos au fond de la boutique, lui dit Teddy.

Pickren leva les yeux quand il entendit Bone se racler la gorge. Il rendait vingt centimètres au taxidermiste, qui portait un jean et une chemise en polyester à manches courtes. Bone arborait une épaisse moustache chevron noire et ses yeux semblaient vibrer d'une intensité permanente, empreints d'une solitude glaciale, comme ceux d'un peintre posant pour un autoportrait.

— Salut, C.T. Quoi de neuf?

— Ça va, ça vient, dit Bone.

— Comment vont les affaires? Il paraît qu'on t'envoie des lions d'Afrique, maintenant?

Bone hocha poliment la tête.

— Pas exactement. Une sorte d'antilope, plutôt.

Il posa le dégraissant sur le comptoir et dit:

— Il me faudrait deux sacs de chaux.

— Le commis est en congé aujourd'hui. Je reviens tout de suite, dit Pickren.

Lorsque Pickren alla chercher la commande, les yeux de Bone se portèrent sur le mur dominé par des photographies encadrées. Quelques minutes plus tard, Pickren revint avec la chaux sur un chariot.

— Ce sera tout?

— Pour aujourd'hui, oui.

Bone s'approcha des photos. Remarquant son intérêt, Pickren dit:

— Je viens de les accrocher. Elles restent jamais longtemps sur le mur.

— Qui est le photographe? dit Bone.

— Eh bien, euh… C'est… C'est moi.

Un des anciens assis à côté du poêle regarda Pickren par-dessus son journal et laissa échapper un gloussement.

— Ah tiens? dit Bone.

— Bon, d'accord, pas exactement. Je le laisse juste emprunter mon appareil, dit Pickren.

— Qui?

— Le commis. C'est lui le photographe. Bivins, il s'appelle.

— Il habite en ville?

— Dans les Quarters.

— Il est bon, dit Bone.

— Il a vraiment l'œil, hein ? Il y avait une dame ce matin qui demandait après lui.

— Une dame ?

— Elle travaille pour Reese Paper, dit Pickren avec un haussement d'épaules. Une sorte de scientifique, vétérinaire ou quelque chose dans ce goût-là. Je sais pas où elle a rencontré Toxey. Elle voulait savoir quand il serait là.

— C'est le petit Bivins qu'a pris celle-ci ? dit Bone en désignant une photo de la fête foraine, une grande allée noire de monde, des silhouettes indistinctes à l'exception d'une personne qui se détachait nettement et dont l'identité ne faisait aucun doute pour Bone.

— C'est lui. Pas mal, hein ?

Bone croisa le regard de Pickren. Son sourire s'estompa et il afficha un air froid et lugubre.

— Combien ?

— Ma foi, j'ai même pas encore mis le prix dessus.

— Combien ?

— OK, j'en demande cinq dollars. Le cadre est compris, bien sûr.

Bone sortit un rouleau de billets de sa poche. Tira la somme et la tendit à Pickren.

— Je te l'emballe ?

— Non, dit Bone, tenant le cadre à deux mains, étudiant de nouveau la photographie avec une fascination mêlée d'effroi.

Il y avait six personnes alignées dans l'allée de la fête foraine, des vieux et des jeunes, et derrière eux une grande roue rendue floue par le mouvement. Au centre de l'image, en arrière-plan près d'un guichet, une femme de profil regardait la grande roue d'un air émerveillé, une main posée sur son ventre gonflé, l'autre main tenant une peluche.

— Quelque chose ne va pas, C.T. ?

Bone leva les yeux de la photo.

— Avec mon frère, on a toujours adoré la fête foraine.

— Comment va Hiram ?

— Il change pas. C'est quoi son prénom, au photographe ?

— Toxey. Il travaille du jeudi au samedi.

Bone hocha la tête et s'apprêta à partir, tenant la photo dans sa main comme si elle n'était pas à sa place dans ce magasin, et parut surpris lorsque Pickren lui posa une question sur la chaux et le dégraissant.

— Pardon ?

— Tu veux que je les mette sur ta note ? dit Pickren.

— S'il te plaît, dit Bone avant de prendre la poignée du chariot. Et j'aurais besoin d'un renseignement ?

— Vas-y.

— Ils demandent combien, le studio de portraits ? Celui du grand magasin.

— Lasseter's ? Je dirais dans les quinze dollars. Je sais pas trop.

— J'ai besoin de quelqu'un qui sait se servir d'un appareil pour photographier les animaux avant que je les envoie à la tannerie. Je veux faire une brochure, aussi. Mettre une pub dans le *Searchlight* et dans *Sports Afield*. Dis à Bivins de passer à l'atelier lundi après-midi avec son appareil. Je le paierai, disons, vingt-cinq dollars pour son temps.

— Ce sera fait, dit Pickren. Vingt-cinq dollars ? Vraiment ?

— Vraiment, dit Bone. Et dis-lui aussi de prendre tout ce qu'il a comme photos de la fête foraine. Pour mon frère. N'oublie pas.

14

King's Quarters

— Debout, la marmotte, dit Connie. Une dame qui ressemble à Annie Oakley est là pour toi.

Toxey laissa échapper un glapissement quand sa sœur, sans crier gare, passa la tête entre les rideaux qui séparaient son recoin du reste de la chambre du fond. Il remonta le drap, entendant les pas de Connie qui s'éloignait et lançait à la cantonade, “Ils sont tous pareils, incapables de garder les mains hors de leur pantalon.”

Il enfila un jean et un T-shirt, se lava les dents, versa de l'eau dans la vasque et se mouilla le visage. Puis il louvoya jusqu'à la cuisine, enjambant des enfants et des jouets, Denise tournant en rond avec un nouveau-né en pleurs dans les bras, les autres sœurs de Toxey affairées à plier du linge, nettoyer les bêtises des enfants et autres tâches sans fin quand elles n'étaient pas en ville à servir du café, changer des draps ou faire la plonge. Il y avait un reste de petits pains sur la table de la cuisine et il en attrapa un, se poussa pour laisser Millie réchauffer un biberon sur la cuisinière.

Leur père était au travail, ce qui diminuait la tension dans la maison, même si Toxey avait repéré le verre et les deux bouteilles pleines de Lord Calvert sur le vieux bureau du salon. Un signe aussi menaçant que les drapeaux sur les plages avant un ouragan.

La mère de Toxey était assise à la fenêtre, en chemise de nuit et robe de chambre, observant la ruelle d'un air maussade. Par terre, une colonie de nièces et de neveux, ainsi que les jumeaux des voisins, regardaient des dessins animés sur le téléviseur en noir et blanc du salon, le Zenith attirant les enfants des Quarters comme un point d'eau les animaux sauvages.

— Coucou maman, dit-il.

Elle regarda Toxey et sourit quand il la prit dans ses bras, mais ses yeux ne trahissaient aucun signe de chaleur ou d'affection et se reportèrent vite sur la ruelle. Toujours en attente, dans une quasi-stupeur, comme si à tout instant Bo pouvait jaillir d'un taxi et se présenter en uniforme devant la maison.

Toxey termina le petit pain, puis il écarta les stores et regarda par la fenêtre de la cuisine. Quelques secondes plus tard, il sortit sur le porche dans la lumière éclatante où sa sœur Alma était accoudée à la balustrade, une cigarette pincée entre deux doigts, et examinait Frida Prisant comme si elle venait de débarquer d'un vaisseau spatial.

— Tout va bien ?

— Ça va, dit Alma avant de désigner Frida. Cette dame a demandé à te voir.

Frida était adossée à un Jeepster Commando avec des plaques du Michigan quand elle l'aperçut. Elle portait des chaussures de randonnée en cuir avec des lacets rouge vif, un pantalon à rayures tigre marron et noir et un pull camionneur aux manches remontées. Un foulard noir noué autour du cou, les cheveux ramenés en queue-de-cheval sous un bob. Dans l'habitacle trois places du Jeepster, Toxey distingua un fusil rangé sur un râtelier au niveau du pare-brise arrière, mais son attention dériva sur l'étui à appareil photo en vinyle dans la main de Frida.

— Ça baigne ? dit Frida.

— Qu... Qu'est-ce que vous faites ici ?

— On m'a dit que t'étais en congé aujourd'hui. J'ai un travail pour toi, tu te souviens ?

— Comment vous avez su où j'habitais ? À part que c'est dans les Quarters.

— Facile. C'est ton patron qui me l'a dit. De toute façon, tout le monde a l'air de connaître "le photographe" par ici.

— On peut savoir quel genre de travail ? dit Alma. Déterrer des dinosaures ?

— La ferme, Alma, dit Toxey. Qu'est-ce qui te prend ?

Elle éteignit sa cigarette et fit volte-face pour rentrer dans la maison.

— Fais pas confiance à *ces gens-là*, murmura-t-elle au passage à l'oreille de Toxey en jetant à Frida un regard mauvais.

Perplexe, Toxey dévisagea sa sœur un moment, puis il descendit les marches vers le jardin.

— Tout va bien ?

— Ouais, ouais, dit-il en regardant sa maison.

Sa nièce, Ruby, trois ans, les observait depuis le seuil. Frida jeta un coup d'œil par-dessus son épaule. Agita les doigts et lui adressa un sourire avant que Millie surgisse comme une apparition et éloigne la petite fille du porche.

Ils entendaient des enfants rire dans la maison, les dessins animés à la télévision et bébé Louis toujours en pleurs, les aboiements des chiens une rue plus loin, le grondement distant d'un camion-poubelle, ses sœurs qui espionnaient et comméraient dans la cuisine – ouvertement au sujet de Toxey et de sa visiteuse –, toutes ces voix et ces bruits se mêlant pour former le vacarme familier, quasi quotidien de Water Street.

Toxey se demanda un instant ce que cette femme devait penser de ces existences en aval de la rivière. Il désigna l'étui à appareil photo.

— Qu'est-ce que vous avez là ?

— Mon Yashica, dit Frida.

Elle le tendit à Toxey par la sangle.

— Vraiment ?

— Prends-le.

Il ouvrit l'étui. Sortit l'appareil et l'examina d'un œil appréciateur.

— Pas mal.

— Alors voilà le topo. Je prévois des virées dans la Lokutta et je veux que tu m'accompagnes pour faire un reportage.

— Un reportage ?

— C'est ça, dit Frida. Un peu style *National Geographic*. Je peux te payer trois dollars de l'heure. Mieux que le salaire minimum à la quincaillerie.

Leurs yeux se croisèrent. Toxey éprouva un petit frisson agréable dans la nuque, mais il resta évasif.

— Pourquoi vous allez dans les bois comme ça ?

— Officiellement… en tant que consultante. Je donne un coup de main au responsable du domaine de la Reese

Paper Company sur une situation qui commence à devenir problématique.

— Quel genre de situation ?

— Des cochons sauvages. Il faut que je trouve où les hardes se nourrissent, où elles dorment, et que j'établisse un plan pour les capturer.

— Des cochons ?

— C'est ça.

— Pas moyen que j'aille me frotter à des porcs marrons, dit Toxey.

— C'est pas ce que je te demande, dit Frida. Je veux juste que tu prennes des photos.

— Pour quoi faire ?

— Pour un livre que je vais écrire en parallèle sur la Lokutta, dit-elle.

— Un livre ?

— Ouais. C'est ce que je fais, tu te rappelles ? Enfin, un des trucs que je fais.

— C'est pas banal, dit Toxey. Qu'est-ce qui m'attend d'autre ?

Frida sourit et montra ses pieds nus.

— Pour commencer, une bonne paire de pompes.

Toxey entendit des gloussements à la fenêtre de la cuisine, où deux yeux l'observaient à travers les stores.

— Attendez une seconde, dit-il avant de se précipiter dans la maison.

Il ignora ses sœurs et attrapa des chaussettes et ses Converse. Vérifia que l'appareil de Pickren était bien à l'abri dans le casier avec toutes ses affaires et tourna la serrure à combinaison.

— C'est qui, ta copine ? demanda Connie quand il revint dans la cuisine.

— C'est une écrivain. Elle m'a proposé un boulot, dit Toxey. Une vraie mission de photographe.
— Sans blague ? dit Denise.
— Où tu vas aller traîner avec cette femme ? dit Millie.
— On part dans les bois.
— Tu rentres quand ?
— Quand je rentrerai.

Toxey leur lança un sourire et se glissa dehors, un départ discret et silencieux pour passer, au moins brièvement, d'un monde à un autre.

Elle roula jusqu'au centre commercial de Branch Street et se gara en face de Lasseter's, puis elle conduisit Toxey jusqu'au magasin de chaussures, où elle sollicita l'aide d'un vendeur. Frida sélectionna une paire de chaussures de randonnée en cuir et les fit essayer à Toxey. Quelques minutes plus tard, il repartait avec.

Deux kilomètres après la sortie de la ville, il vit le Starlite, le cinéma drive-in, un terrain vague à flanc de colline avec deux écrans blancs rectangulaires positionnés comme les bases d'un terrain de base-ball, avec entre les deux un bar et des toilettes. Toxey tendit le cou pour apercevoir le fronton annonçant une séance double, *Mais qui a tué tante Roo ?* et *Les Cicatrices de Dracula*, suivie d'une projection à minuit d'Elvis Presley dans *Chatouille-moi*. Frida prit la grand-route vers le nord et mit les gaz, avec un air de blues larmoyant à la radio, du pollen saupoudrant l'asphalte, l'odeur des cornouillers en fleur et du foin fraîchement coupé flottant dans l'air tandis qu'ils traversaient un patchwork de terres agricoles vallonnées et de pâturages. Des nuages bordaient l'horizon. Elle ralentit devant une carcasse sur le terre-plein central en même temps qu'une colonie de vautours s'écartait de la route. Au bout d'un moment, le paysage devint plus harmonieux, l'agencement des vallons et des crêtes plus uniforme. Elle jeta un œil à Toxey et éclata de rire.

— Qu'est-ce qui t'arrive ?

— Hein ?

— T'as encore l'air remonté comme une pendule.

Toxey eut un sourire penaud. Il caressa la languette des chaussures, le bas de son jean rentré dedans sur la suggestion de Frida.

— C'est l'odeur de cuir, en fait, dit-il. Ça sent le neuf. C'est agréable. C'est juste que je n'ai pas l'habitude. En général, je récupère les vêtements de mes beaux-frères.

— L'odeur restera pas longtemps après une journée dans la nature. Et je te préviens tout de suite, tu vas avoir des ampoules le temps qu'elles se fassent à ton pied.

Frida roula en silence jusqu'à ce qu'ils parviennent à une intersection, face à une maison décrépite et tapissée de kudzu dans l'ombre d'une vallée encaissée. Il y avait une rivière en contrebas, et Frida lui raconta qu'elle jaillissait d'une source souterraine. Elle attendit le passage d'un camion de bûcheron et tourna à droite, la route longeant la rivière, et au bout de deux kilomètres, elle plissa les yeux, ralentit et quitta l'asphalte. Un petit panneau annonçait l'accès à la réserve naturelle de la Lokutta par une route forestière.

— Je ne suis jamais allé par là, dit Toxey.

— C'est la limite nord de la réserve. Regarde ici, dit-elle en lui montrant une carte sur le siège entre eux.

— On est là, nous ?

— Oui. C'est un terrain bizarrement découpé. C'est la forme de deux ailes de papillon, public à l'ouest de la Noonday, privé à l'est. La Lokutta avec Reese Paper en miroir, et au milieu la rivière et une grande ripisylve. Quelques parcelles isolées au milieu.

— Ils ont retrouvé une fille morte par ici, dit Toxey. La police est passée dans le quartier pour poser des questions.

— J'ai entendu ça à la radio. Une tragédie.

Il regarda du côté du pare-brise arrière, la carabine Savage 99 calée à l'envers sur un râtelier, une lunette de visée variable montée au-dessus du boîtier de culasse. Une bague dorée entourait l'objectif.

— C'est pour ça que vous avez une arme ?

Frida sourit.

— Les créatures les plus dangereuses sont souvent sur deux pattes, je l'admets. C'est rare, mais j'ai déjà vu un porc charger, et on ne plaisante pas avec eux. Des défenses tranchantes, jusqu'à cent cinquante kilos et du caractère à revendre. À mon avis, les hardes traversent la Noonday quelque part, elles se nourrissent sur le terrain de Reese et elles retournent ensuite dans la Lokutta.

— Comment elles sont arrivées là ? dit Toxey.

— Un jour, quelqu'un a introduit des sangliers sauvages européens dans ce coin, sans doute pour la chasse sportive. Ils se sont reproduits avec la population férale déjà existante – sans doute des porcs domestiques qui s'étaient échappés –, créant une composition taxonomique assez complexe. *Sus scrofa*, c'est le nom scientifique fourre-tout qu'on utilise. Les porcs marrons sont des nomades, tu vois, ils sont toujours en vadrouille et ils se couchent dans des endroits impossibles. Le plan, aujourd'hui, c'est d'aller fourrer notre nez dans des coins qui sont pas répertoriés sur la carte.

— Et vous voulez que je prenne des photos ?

— C'est ça.

— De vous ?

— Non. Pas forcément. Je pourrais faire une suggestion ici où là, mais…

— De quoi, alors ?

Frida lui jeta un regard bienveillant.

— Fais confiance à ton inconscient.

— Je ne sais pas ce que ça veut dire.

— Ça veut dire fais confiance à tes yeux, Toxey. Tu n'as pas à être sûr à cent pour cent que c'est le bon moment pour prendre une photo. Laisse faire, c'est tout.

— Laisser faire ?

— Tu vois ce que je veux dire ?

Il la regarda et sourit.

— Carrément.

Elle roula en silence. Il y avait de l'eau stagnante et des ornières tout le long du trajet, la route de gravier s'enfonçant comme une veine dans les tréfonds de la Lokutta. Toxey vit des flancs de collines avachis et envahis par la végétation. À sa droite, des forêts de feuillus, et des pins sur des kilomètres.

Plus avant dans la forêt, ils parvinrent à un embranchement juste assez large pour le Jeepster et Frida se rangea sur le côté. Elle attrapa sa carabine et son sac à dos et descendit du véhicule. Ouvrit le hayon. Elle fouilla dans son sac, en sortit une bombe d'anti-moustique et s'en aspergea des pieds à la tête. Toxey ouvrit la porte et se planta à côté du Jeepster, tenant l'appareil photo comme si c'était un bébé merle. Il contempla la voûte des arbres avec fascination. Les bois autour d'eux étaient verdoyants et luxuriants, emplis de chants d'oiseaux et de croassements de corneilles et du tambourinement régulier d'un pic.

— Mets-en bien sur les bras et la taille, dit-elle en lui tendant l'anti-moustique 6-12.

Tandis qu'il s'aspergeait, Frida ouvrit une boussole et étudia les contours ombrés d'une carte, ses doigts suivant une courbe que Toxey identifia comme la Noonday River. Elle levait les yeux à intervalles réguliers pour les plisser dans une direction ou une autre, puis reportait son attention sur la carte. La manœuvre dura quelques minutes. Toxey restait là en silence, la lumière filtrant par l'entrelacs de branches, des chênes et des pacaniers majestueux, qui suivait sa propre logique.

Enfin, Frida referma la boussole et glissa son sac sur son épaule.

— Alors, le photographe, dit-elle. Prêt pour une petite rando ?

15

Par chance, il était à la ferme et s'apprêtait à aller la voir lorsque Bone entendit une bouteille voler en éclats sur le plancher de la maisonnette. Il fit jouer la clé dans la serrure et vit la fille debout à côté du lit avec un bidon de térébenthine dans la main.

Qu'est-ce que tu fais ? dit-il. Où est-ce que t'as eu ça ?

Elle battit des paupières et porta une main à son ventre comme pour garder l'équilibre, et afficha une drôle d'expression de soulagement. Avec son autre main elle porta le bidon de térébenthine à ses lèvres et le descendit en six grandes gorgées. Il se rua sur elle et dégagea le bidon d'un coup de pied.

Elle poussa un cri étouffé et tomba par terre, suffoquant, les yeux révulsés, et il vit les éclats de la bouteille vide d'alcool de bois et comprit qu'elle l'avait déjà bue en entier.

Hiram entendit le vacarme et apparut dans l'encadrement de la porte, il dit à son frère d'aller chercher leur mère, et Bone sut alors qu'il n'avait que quelques minutes. Il dégaina son couteau et regarda la fille, et pensa que ces souffles râpeux étaient ses derniers, puis elle tourna le visage et eut un haut-le-cœur et du sang se déversa de sa bouche. Morte ou inconsciente, Bone ne savait pas, et il souleva sa robe et posa la main sur son ventre gonflé.

Il pratiqua la première incision trois centimètres au-dessus du pubis, puis il entailla l'utérus, comme s'il éviscérait un cerf, soucieux de ne pas faire de mal au bébé, puis il poursuivit avec une coupe transversale jusqu'à apercevoir une oreille, puis la tête de l'enfant, et à ce moment-là sa mère était à ses côtés, maintenant la paroi abdominale avec ses mains, et quand ils regardèrent la fille, son visage et ses ongles avaient déjà viré au bleu pâle, le regard perdu dans une horreur abjecte, ses oreilles incapables d'entendre lorsque Bone sortit l'enfant visqueux et tremblant et que la bouche du bébé cria tout son droit de vivre et proclama sa venue à la Lokutta.

DEUXIÈME PARTIE

Nous avons tendance à taire nos expériences
les plus précieuses.

OLAV H. HAUGE, *Luminous Spaces*

CATAULA, GÉORGIE

LE PRÉSENT

16

Résidence Walden

— Comment se fait-il que j'entende cette histoire pour la première fois ? dit Cynthia. Je ne savais pas du tout que tu avais pris des photos pour un livre.

— Bah, ça remonte à très longtemps.

— Donc tu es parti dans les bois avec cette dame ?

Ils avaient le banc pour eux. Toxey hocha la tête et perdit son regard dans les branches tentaculaires du peuplier, dont les feuilles tombaient comme des confettis. Il y avait un sentier derrière le centre, sur deux cents mètres, et un étang paysagé où lui et les autres résidents nourrissaient parfois une colonie de canards. Cynthia se pencha et remonta la fermeture Éclair de la veste de son père. En releva le col et lui caressa doucement la joue. Il regarda de nouveau sa fille et sourit, mais il y avait de la distance dans ses yeux.

— C'est sympa, ici, dit-il. Mais quand est-ce qu'on rentre à la maison ?

— Oh papa, dit-elle. C'est ici, la maison.

— Ah bon ?

— Tu ne te souviens pas ? L'incendie ?

— Quel incendie ?

— Ça ne te dit rien, hein ?

Il fit non de la tête.

— Tu faisais tourner un sèche-linge vétuste pendant des semaines d'affilée. Le moteur a brûlé. L'installation électrique était beaucoup trop vieille dans cette maison. C'est un miracle que tu sois sorti te promener. Un voisin a appelé les pompiers, mais la maison a flambé comme du papier flash.

— Un incendie ? Dans la maison de la 2e Avenue ?

— La maison est partie en fumée, papa. C'est pour ça qu'on est ici.

Il ferma les yeux et hocha la tête, comme si des bribes de souvenirs lui revenaient.

— J'étais de l'autre côté de la rue, je regardais l'eau sortir des lances d'incendie, dit-il. Et mes photos ?

— On a pu en sauver quelques-unes, dit Cynthia. Tu te souviens du disque dur que je t'ai donné ?

Elle se mordit la lèvre, attendant de voir s'il allait accepter cette cruelle réalité. Certains jours étaient meilleurs que d'autres, l'Aricept associé à d'autres médicaments limitant les progrès de la maladie qui dévorait son cortex préfrontal. D'autres fois, il avait des crises de panique ou devenait irascible. Disait des choses qu'il ne pensait pas. Ces dernières semaines, la démarche de son père et le balancement de sa jambe droite l'avaient alarmée, ses problèmes d'équilibre empiraient. Dans la rue, ils entendirent le grondement d'un camion, un message enregistré annonçant un couvre-feu le soir.

— Ça fait du bien de rester à l'écart de l'actualité, dit Toxey au bout de quelques secondes.

Cynthia renversa la tête en arrière, ferma les yeux et prit une profonde inspiration.

— Ça, tu l'as dit.

— Tu dois t'en aller ?

Elle regarda son téléphone.

— J'ai un peu de temps devant moi. Mais toi, il faut que tu déjeunes.

— Quand est-ce que je vais voir mon petit-fils ?

— La semaine prochaine, papa. Je te le promets.

Il cligna plusieurs fois des yeux. Commença à fredonner doucement.

— Tu viens de sortir du travail ? finit-il par dire.

Cynthia s'essuya les yeux et lui sourit.

— Oui papa. C'est ça.

— Comment vas-tu ?

Elle jeta un regard circonspect du côté de l'étang.

— J'essaie de garder la tête froide dans ce monde de fous.

— C'est moche, là-dehors, pas vrai ?

— Après la pluie vient la pluie, c'est pas ce que disait toujours grand-père ? J'ai un poids sur la poitrine. Tous les jours, c'est de plus en plus dur. Le pays a l'air de partir en vrille et je me sens impuissante. Comme si à tout instant quelque chose d'affreux allait se produire. Tout le monde choisit son camp, prêt à en découdre. Et on ne peut rien y faire.

— Tu as toujours été inquiète de nature, dit Toxey.

— Je sais.

— Mais par les temps qui courent, c'est normal d'être inquiète.

— J'essaie de garder la tête hors de l'eau. Pour le bien de ma famille.

— C'est tout ce que tu peux faire, mon ange. Tu as des ailes, tu le sais ?

Il lui prit la main et la serra. Ses yeux vitreux semblèrent soudain saisis d'effroi. Toxey la dévisagea pendant un moment, mais sans prononcer un mot.

— Donc tu es parti dans les bois avec cette scientifique ? dit-elle.

— Une scientifique ?

— Frida ?

— Ah, ouais. Frida, Frida. Comment sais-tu qui est Frida ?

— Je ne sais pas, enfin, tante Millie m'en a vaguement parlé une fois, dit-elle, en espérant ne pas le perturber.

Toxey hocha la tête et reposa son dos contre le banc.

— Frida, c'était quelqu'un, dit-il. Je ne l'ai connue que sur une courte période, mais elle m'a fait une sacrée impression. Plus que ce que je peux exprimer par des mots. On peut dire que ma vie n'a plus jamais été la même après l'avoir rencontrée.

— C'est bizarre que je n'aie pas entendu parler de tout ça avant. Pourquoi as-tu l'air aussi triste ?

— C'est juste que je repense à ces quelques semaines d'avril. Il s'est passé tellement de choses. Tu sais ce que m'a dit Frida ?

— Quoi, papa ?

— Que l'important dans la vie, c'est de parvenir à réaliser nos petites ambitions. Que tout ce qu'on a, ce sont nos petites ambitions.

— Une pensée réconfortante.

— Ma petite ambition, dit-il, n'était pas de prendre des photos comme je rêvais de le faire, même si j'aspirais à être un bon photographe. Non… C'était d'être un bon père.

— Ce n'est pas une petite ambition. C'est une énorme entreprise.

— Est-ce que j'ai été un bon père, Cynth ?

— Le meilleur.

Sa voix était étranglée. Une nouvelle larme perla sur sa joue, mais elle la laissa couler.

— Alors, comment ça se fait que je n'aie jamais entendu parler de ce livre avec tes photos ?

Toxey sombra dans le silence. Il croisa les mains et ferma les yeux dans une contemplation douloureuse. Quand il les ouvrit, il ne regardait pas sa fille, mais un élément de son passé qui le troublait. Sa voix sembla faiblir.

— Parce que ce livre n'a jamais été écrit, dit-il.

MERCY OAKS, GÉORGIE

LE PASSÉ

17

Réserve naturelle de la Lokutta

Il faisait de plus en plus froid et humide à mesure que Frida et Toxey progressaient vers le sud le long d'une rivière, et le Jeepster fut bientôt hors de vue. Frida ouvrait la marche, négociant un sol détrempé et couvert de mousse tandis que des galaxies d'insectes envahissaient les fougères et les hautes herbes sur les berges. Il y avait un parfum vif et moite dans l'air, empli de l'arôme de fleurs fraîchement écloses, les arbres aux anémones poussant en colonies anarchiques tandis que le cours d'eau s'élargissait à l'approche de sa confluence avec la Noonday River. Souvent, le pas de Frida était lent et précautionneux et Toxey comprit pourquoi quand, subitement, elle leva la main et lui fit signe de garder le silence. Elle posa sa carabine au sol et désigna la rivière. À quelques mètres de là, un serpent d'eau se prélassait sur les berges rocailleuses. Le serpent sortit sa langue et commença à s'éloigner en ondulant quand Frida se précipita pour le ramasser.

— Vous êtes folle, dit Toxey. C'est un mocassin, non ?

— Une couleuvre. Faut les observer un peu. Tu le vois à la forme de la tête et aux taches sur son dos. Ces jolies pupilles rondes ne trompent pas.

Sans poser de question, Toxey prit plusieurs photos, cadrant Frida à la verticale avec le ruban de courant derrière elle. La couleuvre essaya de se dégager des mains de Frida, elle se tourna vers elle et aplatit sa tête. Frida et le serpent se dévisagèrent un moment, avant de sembler arriver à une sorte d'accord.

— Les couleuvres d'eau peuvent sécréter des odeurs nauséabondes et se montrer teigneuses quand elles sont menacées. Elle allait attaquer – t'en avais envie, hein, petite ? –, mais elle est toute calme maintenant. C'est juste une ado.

— Comment vous savez que c'est une fille ?

— Simple déduction basée sur sa taille. Je sens une bosse au milieu de son corps, là où elle est sans doute en train de digérer une grenouille ou une salamandre. Là, tout doux ma belle.

Toxey leva les yeux de son objectif tandis que le serpent commençait à se mouvoir dans une sorte de danse frénétique entre les mains de Frida. Il s'approcha et ajusta la mise au point du Yashica, prenant un gros plan de la tête de la couleuvre posée au bout des doigts de Frida, qui goûtait l'air par petits coups de langue.

— Tu veux la toucher ?

Toxey hésita.

— Vas-y. Deux doigts, dit Frida. Juste là, au milieu du dos.

Il tendit la main et caressa une arête surélevée, sur les écailles carénées d'un vert olive.

— C'est rugueux.

— Tu n'es pas aussi timoré que je le pensais.

Elle finit par relâcher le serpent et le regarda se réfugier dans l'eau. Frida but une gorgée à sa gourde et la tendit à Toxey. Pendant qu'il buvait, elle étudia la carte.

— J'ai bien envie de monter jusqu'à la source de la Noonday et de revenir en faisant une boucle.

— C'est là qu'il y a les vieux tumulus indiens ?

— Tu les connais ?

— J'en ai entendu parler.

Alors qu'ils parcouraient les crêtes boisées à l'ouest de la Noonday, Toxey comprit qu'elle avait deux modes : l'observation silencieuse et la leçon de choses. Frida retraça pour lui une brève histoire de la Lokutta sous les arbres majestueux surplombant un mince filet paresseux de rivière, l'air plus froid de quelques degrés sous les branches entrelacées des chênes blancs et des pacaniers.

— Et donc à qui tout ça appartient maintenant ? dit Toxey.

— À l'État depuis 1949. C'est la plus grande réserve naturelle du Sud. On estime que ce qu'on appelait autrefois les Lokutta Lands couvraient près de huit cent mille hectares, mais les aristocrates, les spéculateurs et les trahisons répétées des chefs Creeks envers leur peuple ont réduit la Lokutta à ce que tu vois ici. Il reste environ vingt mille hectares. Cette terre où nous nous trouvons a survécu aux traités successifs et à huit loteries, sans quoi elle aurait été exploitée, minée, cultivée et liquidée à l'heure qu'il est. Et nous serions privés de ce magnifique bout de planète intact.

— Des loteries ?

— Au début du XIXe siècle, l'État a organisé une loterie pour vendre près des trois quarts des terres à cent mille familles, voire plus, principalement de petits propriétaires.

— Et qui vivait ici avant eux ?

— Des Indiens Creeks.

— J'en ai entendu parler, dit Toxey. Un type avec qui je travaille a du sang cherokee, ou séminole, je ne sais plus trop.

— Les Creeks, comme les appelaient les colons anglais, étaient une alliance fluctuante de tribus, dit Frida. C'étaient les descendants des bâtisseurs de tumulus. Les peaux de cerf étaient leur monnaie, qu'ils échangeaient avec les colons ici même, dans la Lokutta.

— C'est de ça que va parler votre livre ? De peaux de cerf ?

Elle ne répondit pas immédiatement, comme si son esprit était ailleurs. Au sommet de la crête, Frida s'arrêta et s'essuya le front avec son foulard. Quelque part au loin, un dindon glouglouta. Elle regarda côté est vers une clairière, le haut d'un tumulus visible à travers un bosquet clairsemé de pins.

— Peut-être. On a des preuves que le commerce de peaux de cerf s'est tari de manière inattendue, mais on ne sait pas vraiment pourquoi. Une maladie, à mon avis. Mais pour être honnête, Toxey, je ne sais pas ce que je vais faire. Je dois écrire quelque chose, pour ma propre satisfaction, et il y a un truc dans ce lieu qui m'intrigue. Je n'arrive pas encore à mettre le doigt dessus. Ça va au-delà de la flore et la faune. Jeune homme, tu as devant toi des siècles d'équilibre et de déséquilibre, un endroit où les populations autochtones vivaient dans une paix, une tranquillité et une harmonie relatives – une terre qui portait un nom différent et qui a été gangrenée par la maladie, la perfidie humaine et la violence. Regarde la Noonday, là-bas.

Toxey plissa les yeux. Aperçut entre les arbres un tronçon endormi de la rivière couleur rouille.

— Je la vois.

— En 1830, les colons avaient rassemblé et massacré les derniers des Lokuttas. Quelques survivants ont été exilés dans les territoires indiens à l'ouest du Mississippi. Ils ont été trahis par un traité bidon, quand un descendant de la famille Reese a acheté la terre illégalement. En tout cas, c'est ce que nous racontent les fragments d'histoire dont on dispose.

— Sérieux ?

— Cette terre mérite un livre, dit-elle avec un air inspiré.

La rivière formait un hameçon autour de la clairière et, une heure après avoir quitté le Jeepster, Toxey et Frida se retrouvèrent à cent mètres des tumulus. Le tumulus central, recouvert d'herbe, faisait quinze mètres de haut ; son sommet plat, lui expliqua Frida, indiquait qu'il avait été utilisé pour des cérémonies, avec une demi-douzaine de tumulus plus petits dans son orbite. Il y avait une dépression dans le sol là où les cochons avaient retourné la terre, révélant un terreau alluvial gris anthracite. Frida s'arrêta devant un buisson de chèvrefeuille et choisit une fleur. Arracha la tige.

— Tiens, dit-elle en la tendant à Toxey.

Il prit une rapide photo d'elle, avec les tumulus en fond, la main de Frida tendant le chèvrefeuille vers lui ; il y avait comme une lueur dans ses yeux, nimbés d'un bleu mélancolique, les sourcils arqués en signe d'amusement. Il se pencha et renifla la fleur.

— Je connais cette odeur. Je ne savais juste pas d'où elle venait.

— T'as déjà goûté du chèvrefeuille ?

Il fit non de la tête. Regarda Frida pincer la tige et tirer sur l'étamine et vit une goutte jaunâtre en haut de la fleur.

— Ouvre la bouche, dit-elle, avant de déposer le nectar sur sa langue.

— C'est bon. Sucré.

— Quand j'étais petite, je pouvais passer une journée entière à cueillir des fleurs pour cette seule goutte de nectar. Je ravageais les buissons de mon père. Ça le rendait fou de voir tous ces pétales par terre.

— Vous vous entendez bien avec votre mère et votre père ?

— Oui et non, mais il faudrait que je passe les voir. Depuis le divorce, la situation est un peu tendue entre nous. Notre relation est caractérisée par de longues périodes de silence, suivies par des retrouvailles soudaines, avant que je m'embarque dans un nouveau projet.

— Divorce ? Vous aviez un mari ?

Frida fronça les sourcils, garda le silence un instant et dit :

— On s'est rencontrés à la fac, et notre histoire avait une sorte de logique bizarre au début. Le monde n'a pas besoin d'un nouveau romancier raté, mais c'est exactement ce qu'il est, et c'est pour ça qu'il est devenu universitaire. L'être humain le plus aigri, le plus nombriliste que j'aie jamais rencontré. Et je n'ai aucune patience pour les mélancoliques ou les dépressifs. Il faut avoir du *sisu* si on veut mener une vie créative. Et il faut accepter que la plupart des artistes n'ont pas la carrière qu'ils croient mériter.

— Encore ce mot… *Sisu* ?

— Ouais. Le mot en lui-même est intraduisible, aucune langue n'a d'équivalent précis. Mais grosso modo ça veut dire le cran, la détermination, l'action. Les Finlandais sont connus pour leur persévérance. Tu veux être photographe, Toxey ? Je veux dire, professionnel ?

— Euh… Je crois… Enfin… Euh… Je sais pas, ouais…

— Tu n'as pas l'air très sûr de toi ?

Toxey se mordit la lèvre et détourna les yeux. Il pensa à Bo, à l'assurance et à l'intelligence discrète que son grand frère possédait depuis son plus jeune âge.

— C'est juste que personne ne s'intéresse à un gamin noir des Quarters. Mon père, ça le met hors de lui. Il dit que je dois apprendre un métier. Que je perds mon temps. "Y a aucun avenir là-dedans", il me dit.

Frida remarqua l'imitation amère que Toxey faisait de son père.

— Ton père, il n'a pas tort, tu sais ? finit-elle par dire.

La déception envahit les yeux de Toxey, comme s'il ne s'attendait pas à ça de sa part.

— Ah bon ?

— Ça manque de nuance, soit. Mais ça veut pas dire qu'il a tort. Et ça veut pas dire que tu ne peux pas prendre l'art de la photographie au sérieux et en faire une vocation. Portraits, mariages, événements. Tu peux gagner ta vie avec et trouver ta satisfaction sur le plan créatif. Ou peut-être que tu gagneras un Pulitzer. Mais c'est bien d'avoir un plan B. Tu comprends ?

— Je crois, oui.

— Souviens-toi que la vie est la somme de tes choix. Et un des choix possibles est de ne pas prendre cette photo, ou d'accepter de travailler avec une vétérinaire qui capture des castors et qui t'a sauvé la vie sur un pont. Et un autre choix est de ne pas soumettre des photos pour ce concours local, ou bien d'en faire un portfolio et le montrer au rédacteur en chef du *Journal-Constitution* à Atlanta. Pour ça, il faut avoir du cran, continuer d'insister quand tu as l'impression que toutes les portes se referment sur toi. Parce que la plupart des gens en position de faire quelque chose cherchent une raison de dire non. Tu me suis ?

— À peu près.

— Il ne faut pas te laisser abattre par les refus, crois-moi, dit Frida. Et bien souvent, quel que soit ton talent ou ton domaine, une partie de ton succès dépendra de la chance, et seulement de la chance. Malgré ce que peuvent dire les gens, la vie n'est pas une méritocratie. Si tu aimes la photo, vas-y à fond, ne laisse pas tomber, prends toutes les photos que tu veux, et ne sois pas surpris quand personne – et je dis bien personne – n'en aura rien à foutre.

Devant la mine ébahie de Toxey, elle eut une idée, et elle dégaina le long puukko à sa hanche droite. Elle le fit tourner adroitement dans sa main et attrapa la lame entre ses doigts. Montra à Toxey le manche du couteau et sourit.

— Tu vois la gravure ?

— C'est écrit ici : *sisu*, dit-il. La persévérance.

— Voilà, dit-elle. Chaque fois que j'ai un coup de mou ou que je doute de moi, je regarde ce mot et je réfléchis. Ce couteau a vécu, hein. Mais il tient la route et si on en prend soin, il peut couper des cheveux. Tu dois traiter ta passion comme une lame. Ne la laisse jamais s'émousser.

Elle remit le couteau dans son fourreau et fit volte-face pour s'éloigner des tumulus. Des coulées de gibier encerclaient le terrain, et Frida reprit son ton professoral, expliquant à Toxey comment les animaux se déplaçaient sur les flancs de colline et les crêtes. Avec son aide, il arrivait à voir les coulées distinctement, des parcours instinctifs qui disparaissaient dans les fourrés ou les taillis ou finissaient dans l'eau pour reprendre de l'autre côté de la rivière. Dans une bauge argileuse, ils tombèrent sur des traces récentes de cochons, des troncs d'arbres dépouillés de leur écorce, la base tachée de glaise et de boue. Elle désigna les tas de crottes tandis que Toxey prenait des photos.

— On vient de les rater.

— Ah oui ?

Frida acquiesça et ils suivirent une ravine boueuse couverte d'empreintes. Au bout d'un moment, ils entendirent la Noonday, et finirent par l'apercevoir. Frida consulta la carte, puis elle indiqua un fourré touffu sur la berge opposée.

— Là, c'est l'usine de la Reese Paper, dit-elle. Cent dollars que les cochons se nourrissent du côté des tumulus la nuit, qu'ils se vautrent un peu ici et qu'ils se couchent dans ce fatras de ronces de l'autre côté. Et ils font des allers-retours.

— Alors comment vous allez les avoir ?

— Le service des forêts va devoir travailler avec le responsable du domaine. Les cochons sauvages sont essentiellement des créatures nocturnes, et ils se reproduisent à vue d'œil. La femelle a deux portées par an, entre quatre et douze marcassins à la fois.

— Punaise, ça fait une palanquée de cochons, dit Toxey.

— C'est clair. Moi, je commencerais par des leurres et des tireurs à l'affût dans la clairière. Des pièges fabriqués à partir de bouts de clôtures le long des coulées qui mènent à cette bauge, là où la terre est le plus retournée. Ensuite, les débusquer avec des chiens. Les cochons vont vite réagir à la pression et bouger de là en un rien de temps. Il faut en tuer beaucoup d'un coup. Sinon, ça revient à arracher des mauvaises herbes.

Tout en écoutant, Toxey tourna la tête quand quelque chose attira son attention. Il s'éloigna de Frida, vers une veine de courant. Il y avait beaucoup d'ombre et il crut d'abord à un animal mort, un rongeur peut-être, un petit tas de fourrure maculée de terre, avant de remarquer la couleur rose vif. Il toucha l'objet du bout de sa chaussure, puis il le ramassa après quelques secondes.

— Qu'est-ce que tu nous as déniché ? dit Frida. C'est une peluche ?

Toxey pivota vers elle, tenant le petit ours rose détrempé et souillé dans sa main. Il le contempla longuement, le visage tendu par la concentration.

— Je sais ce que c'est.

— Juste un jouet qu'un gamin a jeté dans la rivière.

— Je ne crois pas. J'ai… Je l'ai en photo.

18

— *Il a dit qu'il m'aimait.*

— *Un homme pareil aime personne d'autre que lui-même.*

La fille s'éloigna violemment de Bone, pieds nus, indifférente au plancher rugueux. Elle regarda par la fenêtre de la cabane et fondit en larmes. Dehors, dans l'enclos en bas de la colline, une chèvre bêla. Bone se racla la gorge et fit un pas vers elle.

— *Tu fais ces crises de larmes tous les jours.*

— *Je pourrais le ruiner.*

— *Il le sait. Mais tu dois y réfléchir à deux fois avant de jouer cette carte-là.*

— *Je ne suis pas bête. Je sais pourquoi il m'a mise ici. Ce qu'il compte faire de moi. Elder m'a promis un travail à l'hôtel. Une voiture pour me déplacer. Un logement. Que des mensonges. Je sais ce que vous manigancez, tous.*

— *Il prendra soin de toi, tant que tu restes utile pour lui.*

— *C'est ça qui me fait peur.*

— *Qu'est-ce que tu veux ?*

— *Aller quelque part.*

— *Aller où ?*

— N'importe où. Juste être avec des gens. Histoire que cet enfant dans mon ventre entende un peu des rires, pour changer. Personne me connaît dans cette ville pourrie.

— Je ne peux pas faire ça.

— Tu peux pas ou tu veux pas ? Elder va me garder parquée comme une poulinière, et puis nous tuer, le bébé et moi, si je fais pas ce qu'il demande. Je me trompe ?

Il ne savait pas quoi dire. Les lèvres de la fille se mirent à trembler. Elle posa une main sur son ventre encore discret et grimaça.

— Qu'est-ce qu'il y a ?

— Il donne des coups de pied.

Bone secoua la tête.

— C'est une fille que t'as là.

— Comment tu sais ?

— Je sens ces choses-là.

— Alors, on fait quoi ?

Bone ne répondit pas. Il leva les yeux et croisa son regard anxieux.

— J'ai entendu à la radio que la fête foraine venait en ville.

— Vraiment ?

Mais avant qu'il ait pu poser les termes d'une éventuelle sortie, elle s'était effondrée dans ses bras, éperdue de reconnaissance, et, tout en sachant que c'était une erreur, il l'enlaça et la serra longtemps, avec une tendresse qu'il n'avait jamais éprouvée auparavant.

19

Mercy Oaks Post-Searchlight

Il était onze heures et Lovell venait de pondre un article sur le différend entre la ville et la compagnie du téléphone au sujet des tarifs quand la ligne réservée aux informateurs sonna. Il répondit, écouta, hocha la tête, posa quelques questions, et le rédacteur en chef du *Searchlight*, qui passait par là avec un sundae noix de pécan, remarqua la drôle d'expression sur son visage et s'assit de tout son poids sur le rebord de son bureau. Ils échangèrent un regard tandis que Lovell répondait poliment à la personne au bout du fil.

— Ah vraiment ? dit-il en prenant des notes sur un morceau de papier. Eh bien, c'est… très intéressant. Je vous remercie de votre appel, monsieur.

Il raccrocha et leva les yeux vers Butch Strawser, qui l'observait comme un chien examine un écureuil réfugié dans un arbre.

— Comment va Yoko ?

— Elle est partie acheter des matelas, monsieur Strawser. Vous mangez toujours du Dairy Queen au petit déjeuner ?

— Ça s'appelle un brunch, Jimmy. Qui est-ce qui nous appelait avec un tuyau d'enfer ?

Lovell s'enfonça dans son fauteuil avec un air incrédule.

— Je pense – je serais prêt à le jurer – que je viens de parler à Elder Reese, dit-il.

— Elder Reese ?

— Hum-hum.

— Officiellement ?

— Non. Il s'est présenté comme un certain Billy McIntosh, lecteur fidèle du *Searchlight* et citoyen préoccupé. Mais on aurait vraiment dit Reese. Comme s'il essayait de déguiser sa voix, mais qu'il n'arrivait pas à être autre chose qu'une parodie de lui-même.

— Le mec a un sacré culot, dit Strawser avant de manger une bouchée de crème glacée. Alors, qu'est-ce qui préoccupe notre "Billy McIntosh" ?

Lovell retira ses lunettes et se frotta les yeux.

— Il a dit, je cite, que "plein de gens racontent" que le représentant Grizzard fait des galipettes avec des filles de couleur. Les mêmes "plein de gens" racontent aussi qu'il aurait un petit bâtard avec une d'elles.

Strawser éclata de rire.

— Vous m'avez l'air sceptique, dit Lovell.

— Jamais entendu un tel ramassis de conneries.

— En tout cas, si c'était Reese, il ne va pas s'arrêter en si bon chemin. Ce type a une relation intéressante avec la vérité.

— Comme tous les autres. Elder nous déteste, c'est clair, mais rien ne lui ferait plus plaisir que le soutien du *Searchlight*.

— Drôle de façon de le quémander.

Strawser gloussa et parcourut du regard la salle de rédaction, où toutes les machines à écrire avaient cessé de cliqueter, le personnel du journal pendu à leurs lèvres.

— C'est comme ça qu'on lance une rumeur, dit-il à part lui avant de s'adresser à son équipe. De la merde en barre, les amis. Prenez tout ça comme de la merde en barre jusqu'à ce que des faits disent le contraire.

Il se tourna de nouveau vers Lovell.

— Autant vérifier si ça tient debout.

— L'enfant naturel de Grizzard ou le fait que Reese lance des rumeurs avec un pseudo ?

— Les deux. Bon sang, je savais que le deuxième district allait être une foire d'empoigne, et pour l'instant je ne suis pas déçu. Quel culot, ce mec, répéta Strawser en secouant la tête.

— Le représentant Grizzard a douze petits-enfants et donne des cours de catéchisme. Il est marié à sa femme depuis quarante ans. C'est un homme bien sous tous rapports. À première vue, ça ne tient pas debout, dit Lovell.

— Ça serait aller encore plus bas dans les coups bas. Ou bien peut-être que Grizzard a un harem de femmes noires quelque part ?

— Dénigrer un adversaire, ça fait partie intégrante de l'art occulte de la politique.

— Pas faux, dit Strawser avec un sourire. Et c'est un puits sans fond.

Il savoura une dernière bouchée de son sundae et jeta le reste à la poubelle. Puis il fit jaillir une cigarette d'un paquet souple. En offrit une à Lovell, qui l'alluma et tira avidement dessus.

— Qu'as-tu appris sur Elder ?

— Rien qu'on ne sache déjà. Reese est né avec une fortune ubuesque qu'il n'a jamais rien fait pour mériter, ce qui a dû avoir un impact foudroyant sur son ego. Son exemption de conscription est clairement suspecte. Ensuite il fait son droit. Il n'est pas con, et son programme est un drôle de méli-mélo, mais ça commence à prendre. Les gens ont l'air captivés par son audace, sa vantardise et ses rodomontades, et ça n'a pas l'air de les déranger qu'il dise tout et son contraire sans la moindre gêne.

— Ils sont tous comme ça, dit Strawser.

— Mais là, c'est extraordinaire. Le lundi, dans un même discours, Elder a suggéré d'utiliser l'arme nucléaire contre les Nord-Vietnamiens, et puis dix minutes plus tard il perd le fil de sa pensée et déclare qu'un jour il gagnera le prix Nobel de la paix pour avoir désarmé les Soviets et les Chinois. Je n'ai même pas eu assez de temps pour vérifier toutes ses affirmations, vu qu'il a tendance à inventer des statistiques qui conviennent à son argument du moment. C'est grotesque, mais il sait où mettre l'accent, saisir la note juste. Les gens, ça les remue, pas de doute là-dessus.

— Est-ce qu'il croit vraiment à ce qu'il dit ?

— Pas le moins du monde, à mon avis, dit Lovell. Il a juste su trouver les angles morts du débat, il connaît les penchants de son public, leurs griefs, que ce soient les agriculteurs qui croulent sous les dettes ou les banquiers qui ont signé leurs emprunts. Il a convaincu les gens qu'il est une sorte d'outsider qui peut remettre tout le système sur pied.

— Donc c'est un populiste ? Une sorte de Huey Long* en herbe ?

* Ancien gouverneur et sénateur de Louisiane, figure ambiguë et rocambolesque de la vie politique américaine.

— Je ne sais pas ce qu'il est, dit Lovell en haussant les épaules. En fait, je crois que Reese aime juste attirer l'attention. Il aime faire le beau.

— Trouve-moi un politique qui ne soit pas comme ça.

— Rien de tout ça ne devrait marcher, mais bizarrement, ça prend. Rien que la vulgarité qu'il a déployée contre Grizzard aurait dû mettre un terme à n'importe quelle campagne. Insinuer que c'est un imposteur, un tricheur et un mari infidèle, un "faux chrétien" pour le citer. Des trucs bien sales. Je pense que les gens attendent juste de voir le prochain truc scandaleux qu'il va sortir.

Strawser éclata de rire.

— On connaît l'histoire. Reese va finir par redescendre sur terre. Comme tous les autres.

— Je ne sais pas. Là, c'est carrément carnavalesque, dit Lovell. Il y a un truc louche dans toute cette histoire, je n'arrive pas à mettre le doigt dessus. Les foulards rouges, peut-être. Les gens sont vraiment fascinés par ce type.

— Je te demande juste une chose : ne va pas me citer Bakhtine ou Rabelais quand tu couvriras la campagne. On sait que tu es courageux, intelligent et que tu ressembles au Beatle qu'on aime le moins, mais tout ce qui intéresse les gens du comté de Carver et du deuxième district dans cette élection, c'est de savoir si on va leur augmenter les impôts et le prix du soja. Si un homme pouvait garantir de faire tomber la pluie au moment des semailles, la moitié des électeurs le proclameraient roi. Le Vietnam et les Black Panthers, c'est à des millions de kilomètres, l'héroïne est confinée aux ghettos, et Jefferson Davis a été immortalisé à Stone Mountain. Tout va pour le mieux dans le meilleur des mondes…

— Jusqu'à ce que ça n'aille plus. C'est ça ?

Strawser commença à s'éloigner, eut une pensée soudaine et regarda Lovell par-dessus son épaule.

— Puisqu'il ne tient pas la presse indépendante en haute estime, on va un peu remuer la merde, dit-il. Qu'est-ce que t'en dis ? Je vais appeler l'équipe de Reese et voir s'il est d'accord pour une interview.

— Avec qui ? dit Lovell.

— Un petit tête-à-tête avec un homme, un vrai, ça va faire vendre. Toi, bien sûr.

20

Domaine familial des Reese

À DIX pâtés de maisons au nord du siège du comté, dans une rue aux vastes demeures néoclassiques, Elder Reese se tenait aux côtés de son père sur un porche ombragé, les deux hommes contemplant un chemin pavé au milieu d'une allée de chênes des marais. De part et d'autre de l'allée s'étendaient de vastes pelouses ondoyantes, des puits artésiens et un jardin d'agrément conçu par un célèbre paysagiste italien. Elder sentit les effluves d'un magnolia d'été en fleur et plissa le nez. Quelques instants plus tard, l'aide-soignante d'Orman Reese apparut avec un plateau repas et Elder poussa le fauteuil roulant de son père le long du porche jusqu'à une table en fer forgé, et s'assit à côté de lui.

— Tu as faim, papa ? dit-il.

N'obtenant aucune réponse, il claqua des doigts devant l'oreille de son père.

— Papa, tu m'entends ?

Orman Reese n'esquissa pas un geste, ne se tourna pas vers son fils, jusqu'à ce que l'aide-soignante, Ruby, pose une assiette d'œufs brouillés et de compote de pomme devant lui, déplaçant la nourriture sur un côté. Seulement alors, Orman regarda son repas d'un air perplexe.

— Vous devriez peut-être vous asseoir à sa gauche, monsieur Reese, dit Ruby. Votre père n'est pas très fonctionnel de ce côté-là.

Elder lui adressa un sourire froid, puis il se leva pour déplacer sa chaise, saisi d'une farouche envie de baiser quand il avisa la chute de reins plantureuse de Ruby, qui enfournait une cuillérée d'œuf dans la bouche de son père. Elle était à peine plus jeune que lui, deux ou trois ans peut-être, charmante, la peau claire, aussi pleine de sève qu'un jeune cèdre, le tout provoquant chez Elder un afflux à l'entrejambe quand il s'imagina la monter comme un cheval de trait, de préférence devant la précieuse enfilade en chêne XVIIIe siècle de sa mère dans le petit salon. Son fantasme fit long feu devant le spectacle répugnant de son père en train de manger, les *slurp* sonores, les traces de compote dans sa moustache, les taches d'œuf sur son bavoir blanc, mais cette visite surprise était un peu une nécessité. Ruby était patiente et savait s'y prendre avec son père. Quand elle eut fini de le nourrir sous le regard licencieux d'Elder, elle tapota le visage d'Orman Reese avec une serviette, puis elle les laissa seuls. Elder but une gorgée de thé glacé et contempla le jardin en contrebas, écouta le jacassement alarmé d'une grive des bois quelque part dans l'allée, et quand il finit par se tourner vers son père, il fut choqué par son aspect. Les yeux de travers, Orman Reese fixait Elder, sa paupière veinée clignant comme celle d'un lézard, le côté gauche de son visage en dégel perpétuel.

— Bon sang, papa. T'as vraiment une sale gueule.

— Qu… qu… quoi ?

À cause de la dysarthrie, Orman Reese avait du mal à articuler et Elder se pencha vers lui.

— Accouche, papa. Parnell m'attend dehors et j'ai des rendez-vous.

— Qu… Queque tu veux ?

— Crois-moi, je suis pas là pour changer ton caleçon et te couper les ongles. Je suis là pour te parler du coffre-fort de la bibliothèque. Celui que t'as rempli de liquide et de lingots et où tu tapes à l'occasion quand il faut verser un dessous-de-table. J'en ai besoin pour une transaction hors bilan. Je peux pas utiliser les fonds de campagne, ni aller voir maman. Elle tient les cordons de la bourse tellement serrés que je peux pas m'acheter un chewing-gum sans demander de facture.

— Horb… horb-b… horbi… lan ?

Elder acquiesça. Il regarda autour de lui, la maison, puis son père.

— Tu veux vraiment savoir, papa ?

Orman Reese laissa retomber son menton. Un coin de sa bouche s'agita, sa lèvre se retroussa légèrement, révélant une dent grise.

— J'ai fait un enfant à ce joli petit lot que j'ai gagné à une partie de cartes, dit-il. Je pensais payer pour m'en débarrasser, comme le dernier, mais là j'ai eu un moment d'inspiration, une fulgurance : et si j'utilisais le moutard pour emporter le deuxième district ? Parce qu'après avoir remporté le deuxième et enchaîné un ou deux mandat, je me porte candidat pour un poste de sénateur ou de gouverneur, et au moment opportun – et dans ce jeu, tout est affaire de timing – tu sais ce que je ferai, n'est-ce pas ?

Elder plissa les yeux et eut un sourire joyeux.

— On ne peut pas vivre sans connaître sa raison d'être, hein papa ?

Le seul œil fonctionnel d'Orman cligna, puis sa main fusa et saisit celle d'Elder. Celui-ci tressaillit, mais il lut un début de fierté sur le visage de son père.

— Je suis modelé à ton image, pas vrai ? continua-t-il. Sauf que toi, tu n'as jamais eu le goût pour la politique, finalement. Aucun Reese jusqu'à maintenant. Moi, je suis fait pour ce jeu. J'ai du génie pour ça. Tu crois que ça couvait dans nos gènes depuis toutes ces années ?

— Tout… cque tu touchff… se gâttte…

Elder dégagea sa main et se pencha en arrière. Crispa ses doigts sur ses genoux.

— J'aime me voir comme une sorte d'éclipse, le genre d'événement qui n'arrive qu'une fois par génération. Et le monde ne m'oubliera jamais, ça je peux te le dire. Ce n'est que le début, papa. Le monde ne passera pas un jour sans entendre mon nom.

— Les vainq… vainq… qqqueurs… écrrr…

— C'est vrai. Ce sont les vainqueurs qui écrivent l'histoire. Ce n'est pas ce que tu disais avant, enfin, à l'époque où tu pouvais encore parler ?

Un son rauque résonna dans la poitrine d'Orman Reese quand il se mit à rire. Comme il commençait à gesticuler, Elder sortit un stylo et scruta l'œil de son père, comptant le nombre de fois où il clignait, attendant la pause où il agiterait la tête et se remettrait à cligner. Orman répéta la séquence une nouvelle fois, et quelques minutes plus tard, Elder avait sous les yeux les trois chiffres permettant de débloquer le coffre-fort au sol dans le bureau de son père.

Il prit la serviette et tapota la bave sur le menton d'Orman.

— Ne parle pas de ça à maman, dit-il dans un murmure, tapotant toujours le visage de son père avec la serviette, aussi minutieux qu'un restaurateur de tableau. Il y a des tas d'escaliers dans cette maison. La moindre chute peut être fatale pour un homme dans ton état.

Orman Reese le dévisagea, mais l'attention de son fils s'était reportée sur Ruby, qui approchait depuis une des cuisines. Elle apparut un instant plus tard sur le porche pour demander si tout allait bien. Elder, concupiscent et cryptique, lui sourit de toutes ses dents, puis il regarda sa montre et secoua la tête, comme s'il était pressé par le temps, avant d'entrer dans la maison pour rejoindre le long escalier en colimaçon dans l'entrée, celui-là même où il jouait enfant, se remémorant avec un brin de nostalgie les fois où il glissait le long de la rampe en hurlant comme un Indien, direction le bureau de son père.

21

Taxidermie Bone

UN tronçon secondaire de la Central Line traversait la propriété, et Bone entendit le sifflet du train s'estomper quand il passa devant l'entrepôt. Le bâtiment en brique, recouvert de kudzu, avait servi à stocker du coton jusqu'à la fermeture et la démolition de l'usine d'égrenage en 1958. Bone louait le terrain pour des raisons commerciales : si ses mérites de dépeceur, de tanneur et de taxidermiste étaient déjà bien établis, il avait besoin d'un emplacement plus proche des pinèdes et des terres arables où les chasseurs tuaient leur gibier. Il avait ouvert son atelier un an plus tard, mais l'entrepôt était demeuré inexploité jusqu'à ce qu'Elder Reese débarque un soir de novembre avec un cerf dix cors touché à l'abdomen qu'il avait eu la chance de retrouver dans les taillis et qu'il voulait faire empailler pour sa bibliothèque. Entendant cela, Bone, lui-même féru d'histoire, avait fait l'erreur de prendre Elder pour un homme cultivé, et lui avait demandé quels étaient ses livres préférés.

Ce à quoi Elder avait répondu, "J'ai pas le temps pour ces conneries."

Au fil des années, Bone, qui n'avait lui-même rien d'un enfant de chœur, avait commencé à former une équipe improbable avec le magnat du bois. Il n'avait jamais eu honte de ses origines creeks ni de l'influence qu'elles exerçaient sur lui sans qu'il en ait toujours conscience, et il était toujours à l'affût d'une occasion de faire la nique aux autorités et d'empocher quelques billets sans avoir de comptes à rendre au fisc. Les rumeurs sur Reese et la mafia du Sud allaient bon train parmi la faune interlope du comté de Carver, et Bone avait entendu que Reese, accompagné d'un ancien catcheur converti en garde du corps, s'était lancé, en parallèle de la production de papier, dans un business de marijuana, quelques plants faciles à cacher et à récolter sur la vaste parcelle de la compagnie le long de la Noonday River. Personne ne prêtait attention aux petits trafics de Reese, et l'opération était modeste, le réseau restreint. Ils se présentaient comme des "gentlemen contrebandiers" ; Elder, qui tenait davantage du coureur invétéré que du gangster, avait monté une équipe resserrée et fiable emmenée par Joli Cœur Parnell, qui avait déjà un peu d'expérience dans le domaine.

Par ailleurs, Reese Paper disposait d'une autre ressource de choix, et en quantité : les cerfs.

Cacher le cannabis dans des têtes empaillées était l'idée de Bone, et une fois rencardée, la DEA* avait commencé à utiliser des chiens de détection pour inspecter les camions remontant l'I-95 vers Colombia ou Atlanta au nord, mais les agents utilisés pour saler, apprêter et dégraisser les peaux permettaient de masquer l'odeur âcre de la plante. Il était

* Drug Enforcement Agency, agence fédérale chargée de la répression de la drogue.

capable de travailler vite et bien, et de dissimuler dix kilos d'herbe dans chaque tête empaillée, parfois plus selon la taille du cerf.

Ainsi, Reese avait lancé une société écran spécialisée dans la décoration de restaurants et d'hôtels, et des livraisons régulières de cerfs et de cochons sauvages empaillés quittaient Mercy Oaks pour Macon, avant de gagner des destinations inconnues – Bone imaginait que leur production atterrissait dans des piaules de hippies ou des boîtes à gants sur toute la zone allant de Jacksonville à Nashville, des pochons de vingt-cinq grammes à dix ou vingt dollars qui venaient faire concurrence aux arrivages de Jamaïque ou du Mexique. À l'occasion d'une fête organisée par Elder dans une maison de vacances sur l'Ogeechee River, il avait même entendu une rumeur selon laquelle c'étaient les Allman Brothers Band et leurs roadies qui fumaient l'essentiel de la production, et que Reese et Parnell étaient les fournisseurs uniques du groupe. Nombre des spécimens empaillés lui revenaient, pour être recousus et réapprovisionnés, et Bone payait des gamins du coin pour braconner des cerfs à l'automne, tandis que Reese lui-même sévissait sur ses terres ; sans être un grand chasseur, il prenait plaisir à abattre des animaux, et Bone veillait à ce que la viande ne soit pas gaspillée. Malgré ses réserves quant à Elder, c'était un business tranquille, sans prise de tête, peu ambitieux, mais qui permettait parfois des bénéfices de trois cents pour cent. Bone investissait sa part dans sa propre activité et louait un lopin de terre de Reese Paper pour sa mère et Hiram, un petit bout de Lokutta sur lequel il avait construit une cabane dans un vallon isolé au milieu des étendues de chênes et de peupliers.

Quatre cents dollars le kilo, du moins c'était ce qu'affirmait Elder, sur lesquels Bone touchait dix pour cent, jusqu'au jour où il apprit que les gars de Macon payaient huit cents.

Elder n'avait pas besoin de cet argent, Bone le savait, et il soupçonnait l'opération de n'être pour lui qu'une lubie pour échapper à l'emprise de sa mère, s'affranchir, s'autoriser le moindre caprice, car dans le monde d'Elder il n'y avait jamais de conséquences, seulement de l'argent et des avocats pour étouffer les braises.

Un souvenir revint à Bone, une proposition faite par Elder un après-midi d'août, où il avait dans sa main l'acte de propriété d'une parcelle de trente hectares, en le dévisageant d'un air impavide, tel un alligator tapi dans les roseaux.

"Cette terre, c'est là d'où vient ton peuple, pas vrai ? Je sais que ça compte énormément pour toi. Mais je viens en ami te prévenir que ma mère réfléchit à d'autres offres et que ça serait dommage de ne pas voir cette terre appartenir à la famille Bone pour de bon. Qu'est-ce que tu en penses ?"

"Elle veut rompre le bail et vendre, tu dis ?"

Elder acquiesça.

"Je vais pas la laisser faire, C.T., et je te propose un prix honnête. Mais j'ai un petit service à te demander en échange… Il y a cette fille… J'ai besoin qu'elle soit à l'abri des regards indiscrets pendant quelque temps… Tu peux m'aider ?"

De toute sa vie, personne ne l'avait enfumé à un tel point, et la plaie était encore vive. Il comprit qu'il avait été bête de faire confiance à Elder, mystifié par son charisme et ses fanfaronnades, par l'argent facile, et surtout par l'occasion d'acheter les terres dont ses ancêtres avaient déjà été chassés par fourberie. Mais il sentait à présent qu'il s'enfonçait dans un bourbier creusé par Elder, tandis que ce dernier restait au sec, et qu'au lieu de lui tendre la main, il cherchait le prochain idiot utile à exploiter. Bone entendait encore la voix de la fille, voyait le mépris sur son visage.

"Il a dit qu'il m'aimait."

"Un type pareil n'aime personne d'autre que lui-même."

Il jeta un œil au cadre photo de chez Pickren, la fille avec son air innocent, légèrement intimidée par la grande roue, la main sur le ventre comme elle faisait souvent, et Bone pensa à ce petit nouveau-né gémissant dans la nuit, réclamant son biberon, et cela avait renforcé sa résolution de ne pas brûler le cadavre avec toutes ses affaires, mais de recoudre l'incision, de laver et d'habiller la fille, et de l'emmener sur une mule de trait au fin fond de la Lokutta pour étendre amoureusement son corps sur le grand rocher où les Indiens Lokutta gravaient leurs étranges symboles, où il avait prié pour elle avec le réconfort de savoir que la forêt emporterait sa dépouille, comme ils en avaient discuté une nuit, et que son âme flotterait longtemps avant de rejoindre quelque chose de bien plus vaste qu'eux tous réunis, et Bone pensait au fait que Reese souillait tout ce qui se présentait dans son orbite, lui-même ne faisant pas exception, quand il se gara dans le parking de gravier devant l'atelier.

Il était en train de décharger les sacs de chaux lorsque son apprenti, Duane Tinsley, ouvrit la porte et s'approcha du pick-up. Tinsley était plutôt jeune, excellent tireur, et Bone se gardait bien de le mettre au courant de ses petits trafics. Tinsley prit un sac de ses mains et le chargea sur son épaule.

— Un vieux chasseur a apporté ce matin un des plus gros dindons que j'aie jamais vus, dit Duane. Des ergots de sept centimètres et une barbe qui devait faire pas loin de vingt-cinq centimètres.

— Où est-ce qu'il l'a abattu ?

— Sur son perchoir, il m'a dit. Un pâturage près de Talbotton.

— Vraiment ? Il est mort depuis combien de temps ?

— Il commence à se raidir.

— OK, dit Bone. Plie les ailes et les articulations. Attention aux pattes, il faut pas déchirer la peau.

— Bien sûr.

— Coupe la queue, aussi. Je m'y mets tout de suite.

Il retourna à son pick-up pour chercher le dégraissant et tendit la main côté passager pour attraper la photo encadrée. Il entra dans l'atelier, traversa le petit espace destiné à accueillir les clients, avant de longer une rangée de spécimens empaillés à différents stades d'avancement – il partait d'une structure en bois et en fer pour créer les squelettes sur lesquels il posait ensuite les peaux de cerf dès qu'elles revenaient de la tannerie de Griffin. La charge de travail était variable, il jonglait avec un afflux de cerf à l'automne, de canards en hiver, de dindons et de black-bass au printemps, de lynx et de renards, des prestations de toutes sortes qui s'échelonnaient sur toute l'année, auxquelles s'étaient récemment ajoutées des demandes de riches chasseurs d'Atlanta qui revenaient de safari. Au bout de la rangée de spécimens, un trophée de cerf quasiment achevé attendait les dernières finitions avant que Bone appelle le client, à côté d'un oryx algazelle. Il apporta le sac de chaux dans la remise où il gardait la filasse, la laine de bois, le borax, le formol, la feuille de zinc, le mastic, la tourbe et le plâtre de Paris. Ses propres dessins, principalement des oiseaux et des cerfs, ornaient les murs, ainsi que des douzaines de ramures et de crânes, une sorte de musée d'ostéologie.

Le cadre sous le bras, il regarda Tinsley couper la queue du dindon, hocha la tête en signe d'approbation, puis il rentra dans une petite pièce à part et ferma la porte. Il posa la photo de Toxey sur le bureau, ouvrit un tiroir fermé à clé et extirpa un carnet à couverture souple sous une pile de cahiers de croquis. Il s'assit, s'enfonça dans le fauteuil, cala ses chaussures sur le bureau, et feuilleta les pages.

La première fois qu'il l'avait dessinée, c'était de mémoire, le jour de son arrivée, le visage de la fille à la fenêtre de la cabane fermée à clé, contemplant son nouveau chez elle, la mâchoire serrée en un air de défi. À mesure que les jours défilaient et que son appétit et son ventre avaient grandi, comprenant que Bone et sa famille ne lui voulaient aucun mal, la fille avait commencé à se détendre en leur compagnie et à accepter l'arrangement. Si elle avait eu des velléités d'évasion, Bone n'en avait jamais rien su. Et quand, un beau jour, elle avait vu ses talents avec un crayon et un papier, elle lui avait demandé s'il pouvait la dessiner dans le potager de Teresa Bone parmi les blettes, les betteraves et les carottes.

Tu veux que je fasse ton portrait ?

Oui, voilà, mon portrait.

Bone chassa ce souvenir et ferma le carnet. Il se mit à broyer du noir, la fille occupait toutes ses pensées, sa vie était comme la sienne une somme de choix, faites d'errements et de présages dans un monde vacillant. Un moment plus tard, Tinsley frappa à la porte.

— Qu'est-ce qu'il y a ?

— J'ai vu le grand catcheur qui passait en voiture, patron. J'ai pensé qu'il fallait vous prévenir.

— Très bien.

Bone lissa sa moustache un moment, perdu dans ses pensées. Enfin, il se leva, sa main gauche se portant au Ka-bar de vingt centimètres dans un étui à sa hanche, ses doigts touchant doucement le manche en cuir.

L'entrepôt était à un peu moins d'un kilomètre de l'atelier, qu'il parcourut en pick-up, avant de se garer à quelques mètres du Chevy Cheyenne rouge et blanc de Parnell. Ce dernier leva un bras massif pour le saluer, puis il avisa le Ka-bar.

— Ça t'arrive de te séparer de ce machin, C.T. ?

— C'est pas bon, un homme sans couteau. Comment ça se fait que chaque fois que je te vois tu es dans une voiture différente ?

— Elder a fait des folies ces derniers temps.

— Y a pas de livraison prévue et tu m'as l'air anxieux, Parnell. T'es anxieux ?

— Je vais aller droit au but : Elder veut le bébé. Il est prêt à te dédommager pour ta peine et à passer à autre chose.

Bone détourna le regard pour observer une buse à queue rousse qui survolait paresseusement un bosquet derrière l'entrepôt.

— Non, dit-il. L'enfant est à moi.

— Tu veux la guerre ? dit Parnell. C'est pas un problème.

La main se Bone vint se poser sur le manche du couteau.

— T'es peut-être capable de me briser le cou, mais moi je peux t'étriper sur le gravier.

— OK, OK. Si on calmait un peu le jeu ?

— Ce que tu ne comprends pas, Parnell, c'est que ta loyauté te vaudra soit une mort certaine, soit un long, très long séjour en prison.

— Pardon ?

— Tu m'as très bien entendu. Elder se retournera contre toi dès que ça l'arrangera. Ça prendra peut-être cinquante ans, mais t'auras ce que tu mérites. Tu ferais mieux de surveiller tes arrières.

— T'es en train de dire qu'il va me la faire à l'envers ? dit Parnell. Nan. Elder est loyal. Et il a une vision. Il va faire de grandes choses et je compte bien être là pour les voir. Enfin, pour les gens qui lui sont loyaux.

— T'es qu'un poisson-pilote, Parnell. Reese ne connaît pas le sens du mot loyauté.

Parnell se tourna pour fouiller dans le pick-up, et il fut surpris de voir C.T. à quelques pas de lui, brandissant son Ka-bar lame vers le bas.

— Ouah ! Tout doux, C.T. Lâche-moi ce machin. J'ai aucune intention de me mettre sur la gueule avec toi.

— Il y a quoi dans le sac ?

Parnell posa le sac de voyage par terre et leva les mains en signe de paix. Il poussa le sac vers Bone du bout du pied.

— Un dédommagement.

— En quel honneur ?

— T'as tout intérêt à être dans les petits papiers d'Elder, tu crois pas ? C'est fini, la ganja. On vise beaucoup plus haut. Prends l'argent. Donne-moi l'enfant, et on laisse tout ça derrière nous.

Bone rengaina son couteau et regarda dans le sac, les liasses de billets empilées au petit bonheur la chance.

— L'enfant n'est pas à vendre.

— Dois-je te rappeler que c'est la chair de sa chair ? dit Parnell. Il a tous les droits.

— C'est ce qu'il croit.

— Tu sais, j'ai entendu que la police avait aucune piste sur cette fille, ils disent que c'était un suicide. Vu qu'elle est noire, leur idée, c'est qu'ils retrouveront le bébé dans une benne quelque part. Affaire bouclée. Mais la situation pourrait changer, tu vois ?

— C'est-à-dire ?

— Si quelqu'un soufflait à l'oreille du GBI qu'il est possible qu'elle ait un peu vécu dans la Lokutta. L'oncle d'Elder est procureur, après tout.

— Et Elder va simplement passer entre les gouttes, comme toujours ? Qu'est-ce qui m'empêche d'appeler le *Searchlight* ?

Parnell passa la main dans ses cheveux et grimaça.

— Je t'aime bien, C.T. Depuis le début. On est entre gentlemen. Faisons les choses bien.

— Faire les choses bien ? Comme si on échangeait du bétail ? Comme si Elder s'achetait un petit goret ?

— Il n'achète rien. Ça, c'est juste un investissement dans ton affaire. Il a dit lui-même que ce serait bien de donner un vrai foyer à ce bébé.

— Ce bébé a un vrai foyer, dit Bone. Et il n'est pas à vendre. Me fiche de savoir qu'elle est la chair de sa chair. Je sais ce qu'il y a dans le cœur d'Elder : rien. Il n'y a rien, il n'y aura jamais rien et plus vite tu couperas les ponts avec cet homme, mieux ça vaudra pour toi.

— Elle ? Donc c'est une fille ?

Bone renvoya le sac en cuir à Parnell d'un coup de pied et regagna son pick-up.

— Dernière chance, C.T., dit Parnell.

Bone leva la tête par-dessus la portière de son pick-up et dévisagea Parnell un moment.

— Dernière chance pour nous tous. Vas-y, lâche les chiens, Joli Cœur. J'ai peur de personne.

22

Réserve naturelle de la Lokutta

Frida et Toxey étaient à quatre cents mètres de la source de la Noonday lorsqu'ils aperçurent une colonne de fumée paresseuse au-dessus de la crête suivante. Frida siffla pour attirer son attention. Désigna devant eux une coulée de gibier qui serpentait à travers un bosquet de tulipiers. Quelques biches broutaient au bord de la coulée. La plus vieille s'arrêta, tourna la tête et les regarda avec lassitude, leva le museau pour renifler l'air, le ventre affaissé et gravide, cherchant à interpréter la présence de ces deux intrus. Toxey avait l'impression que la biche fixait Frida droit dans les yeux, et qu'elle la défiait en tapant du sabot et en renâclant. À ce stade, ils avaient l'attention de tout le troupeau. Regrettant de ne pas disposer de téléobjectif, Toxey brandit son appareil, mais la biche détala subitement hors de vue.

— Mince, dit-il.

— T'en fais pas. Je parie que cette biche porte des jumeaux et qu'ils vont pas tarder à sortir. Elle avait l'air flageolante, cela dit. C'est étrange.

Frida consulta la carte, s'essuya le front dans la chaleur étouffante. Ils se frayèrent de nouveau un chemin jusqu'aux berges de la Noonday. Au sud, dans un coude de la rivière, une silhouette se tenait dans les hauts-fonds et lançait des mouches dans un arc de cercle tout en maîtrise. Frida lui fit signe. Le pêcheur l'imita et, quelques instants plus tard, Frida et Toxey pénétrèrent dans une petite vallée foisonnant de végétation printanière.

— Je pensais pas qu'on croiserait âme qui vive par ici, dit-il en montrant la fumée. Combien vous pensez qu'on a marché ?

— Trois, quatre kilomètres. Tu veux faire demi-tour ?

Toxey regarda ses chaussures. Le bout était humide et couvert de boue et commençait à se faire à son pied.

— Non, ça va.

— Comment tu te sens dedans ?

— Super bien. Encore merci. Je vous rembourserai.

— Pas la peine, dit Frida. Mais j'ai une question. Cet ours en peluche, t'es sûr que c'est le même ?

— Ben, je crois, oui.

— Vu où il a échoué, ça veut sans doute dire que quelqu'un l'a abandonné par là.

— Je venais de prendre quelques photos de la grande roue quand j'ai vu cette fille qui m'observait. Elle avait l'air un peu nerveuse. Alors je suis allé lui dire bonjour. Je lui ai demandé si je pouvais la prendre en photo.

— Et qu'est-ce qu'elle a répondu ?

— Elle a voulu savoir si je travaillais pour le journal.

— T'as vu un copain ou un mari quelque part ?

— Non, mais j'ai pensé qu'elle attendait quelqu'un. Elle m'a dit qu'elle pouvait pas faire les attractions à cause du bébé. Je suis bien au courant de ces choses-là, grâce à mes sœurs. Alors j'ai demandé comment ça se passait pour elle. C'est bête, mais je lui ai proposé de lui acheter du pop-corn. L'odeur était partout.

— C'était gentil de ta part.

— Il y avait autre chose… Elle m'a dit qu'elle avait l'habitude d'avoir l'air naturel, de poser, tout ça. Comme si elle en était fière.

— Étrange.

— J'ai pris quelques photos et ensuite je lui ai dit d'où je venais. Et c'est là que je me souviens que c'était bizarre.

— Bizarre ? Dans quel sens ?

— Je lui ai expliqué que j'habitais dans les Quarters, et elle ne voyait pas de quoi je parlais. Donc j'ai su tout de suite qu'elle n'était pas d'ici. Hé, vous pensez pas que c'est cette fille qu'ils ont retrouvée, quand même ?

Frida laissa la question en suspens, mais Toxey sentait qu'elle avait une arrière-pensée. Au bout d'un moment, la rivière se rétrécissait et ils s'enfoncèrent dans l'amphithéâtre de Ten High Mountain. On distinguait les ruisseaux en tête du bassin versant sur une pente au milieu d'un petit bosquet de châtaigniers. Elle leva les yeux, clairement familiarisée avec le paysage, et Toxey chargea la dernière pellicule de film dans le Yashica, tourna la manivelle pour remettre le compteur en position, changea l'ouverture du diaphragme, effectua la mise au point et cadra Frida avec la montagne et le cours d'eau rocailleux derrière, trouvant une symétrie et une dynamique dans la composition avant de déclencher le mécanisme – la roche, l'eau, le ciel et Frida debout devant ce paysage, dos à lui tel un témoin silencieux et anonyme. Puis elle fit un pas de côté et lui demanda de prendre quelques photos de la rivière, qui n'était à cet endroit qu'un mince filet d'eau. Il réfléchit à la lumière éclatante et se demanda si un filtre n'aurait pas été nécessaire, mais il fit au mieux. Face au versant sud verdoyant de la montagne, il prit quelques photos supplémentaires, puis il traversa la Noonday en bondissant de rocher en rocher jusqu'à un gros bloc au milieu de la rivière, leva les yeux vers la montagne, et se mit à genoux afin de réaliser une prise de vue en contre-plongée avec la Ten High majestueuse dans le viseur. Ensuite, il dirigea l'appareil vers la berge où Frida se tenait à une vingtaine de mètres au milieu d'un lit de trilles en fleur, quand il entendit un *clic* et baissa les yeux.

— Fini, dit-il.

Il remit le Yashica dans son étui, le suspendit à son cou et repartit vers la berge.

— Plus de pellicule ?

— Je pense qu'il y en a quelques bonnes, mais on verra.

— Il faut que le monde soit ton studio, Toxey, dit-elle en regardant autour d'elle. C'est bien le dernier endroit où tu t'attendrais à voir une montagne, aussi au sud dans le Piedmont.

— Elle est pas si haute que ça. Pour moi, c'est plus une grosse colline.

— Elle fait pas loin de quatre cents mètres. Il y a une forêt encaissée dans une petite vallée sur le versant nord, là d'où vient cette fumée. Quelqu'un habite là-bas, si j'en crois la carte, mais je ne sais pas qui. De grands arbres et beaucoup d'ombre, certainement. C'est là que les Indiens Lokutta ont établi un village où ils ont vécu pendant plusieurs générations, bien avant que les colons et Reese Paper et Dieu sait qui d'autre se partagent le gâteau. Ils ont fini par se retrouver en minorité et ont cédé leurs dernières propriétés à l'État, et puis ils ont été écrasés par l'Histoire. Ainsi va le cours des choses. C'est un miracle qu'il y ait encore de la terre pour le reste d'entre nous.

— Pourquoi on les appelait des Creeks ?

— Les peuples autochtones de la région parlaient différentes langues – l'alabama, le muscogee, l'hitchiti, le lokutta –, mais quand des Anglais sont arrivés et qu'ils ont découvert que des Indiens vivaient le long d'Ochese Creek, près de Macon, ils ont utilisé le terme Creek comme fourre-tout pour tous les Amérindiens qu'ils rencontraient. Le nom est resté, malheureusement.

Avec un grand geste du bras, elle expliqua à Toxey qu'ils se trouvaient dans un bassin versant, un réseau de ruisseaux de premier, deuxième et troisième ordre qui sinuaient dans une forêt de feuillus. Frida lui raconta qu'un territoire lokutta avait prospéré sur le sol qu'ils foulaient, du moins jusqu'au XVIe siècle, quand les incursions espagnoles et la variole avaient dévasté la population.

— Lorsque leurs effectifs se sont remplumés, dit-elle, l'État de Géorgie a commencé à voir les autochtones comme une entrave.

— Ça veut dire quoi, une entrave ?

— T'as déjà été en travers du chemin de quelqu'un ?

— Tous les jours, j'ai l'impression, dit Toxey.

— Eh bien, c'est ce qui est arrivé aux Lokutta. Les autorités avaient les effectifs – et les fusils – pour imposer leur volonté à la nation creek. Il y avait beaucoup de terres dans cette région à l'époque, et elles étaient attribuées au premier arrivé. Les gens étaient prêts à tuer, comme en 1813. D'ailleurs, une partie de la guerre des Bâtons Rouges a eu lieu ici.

Les Creeks – qui comptaient les Lokutta dans leurs rangs – ont perdu, et ils ont dû abandonner des millions d'hectares de terres. Ça a été une vraie boucherie, suivie par de mauvais traités. Les balles, les bactéries et l'encre ont sonné le glas des Lokutta.

— Après le beau temps vient la pluie, dit Toxey.

— Hein ?

— C'est un truc que ma mère répète en boucle. Après le beau temps vient la pluie, et après la pluie vient le beau temps. Surtout depuis la mort de mon frère, je l'entends marmonner ça toute la journée, comme un… un…

— Un mantra ? dit Frida.

— Peut-être, ouais.

— Eh bien, pour les Lokutta, après la pluie est venue la pluie, dit Frida, en conduisant Toxey vers l'ouest dans une forêt tapissée de trilles à fleurs blanches.

Elle interrompit brusquement son récit et tendit l'oreille.

— Qu'est-ce qu'il y a ?

— T'entends ça ?

Toxey écouta un gémissement qui résonnait à travers les arbres depuis un point devant eux.

— C'est un genre d'animal ?

— On dirait un… un bébé qui pleure.

Avant qu'il puisse objecter, Frida fusa à travers les arbres, où elle tomba sur un affluent anémique. Ils suivirent le son, dans une ravine gorgée d'eau par une pluie récente. Toxey se précipita à sa suite, évitant des fenouils, des paviers rouges et d'autres arbrisseaux, tandis que les cris du bébé montaient en volume, l'expression de Frida suggérant qu'elle craignait le pire, mais ils entendirent bientôt d'autres voix, dont une semblant appartenir à quelqu'un qui riait et faisait des éclaboussures dans l'eau, et le fredonnement apaisant d'une femme. Frida et Toxey apparurent en haut d'un cours d'eau rocailleux et contemplèrent le petit bassin, tandis que les rires cessaient et que seuls les pleurs du nouveau-né retentissaient à travers les bois, et deux visages se tournèrent avec des yeux surpris vers Frida et Toxey.

— Ça baigne ? dit Frida.

Imperturbable, la femme continua de fredonner une berceuse pendant que sa main droite maintenait un tempo doux et régulier sur le dos du bébé. Des langes dissimulaient l'enfant, dont on ne distinguait qu'un bout de bras minuscule au teint mat.

— Bonjour, dit la femme à Frida. Tout va très bien, je vous remercie. Nous pique-niquons avec mon fils et ma petite-fille. Hiram, dis bonjour.

Le jeune homme, la vingtaine, avait le sourire débonnaire et le regard béat d'un handicapé mental. Il se tenait dans trente centimètres d'eau, où quelques bateaux en plastique oscillaient dans les vaguelettes. Il leva la tête vers Frida et agita la main.

— Comment va ? dit-il.

Il sembla se désintéresser d'elle immédiatement et reprit ses éclaboussures dans le bassin. La femme, elle, observait Frida et Toxey d'un air clairement suspicieux.

— Je suis Teresa Bone. Et vous êtes… ?

— Enchantée, madame Bone. Je suis Frida Prisant.

— Hum. Et qui est votre… ?

— Voici Toxey. C'est, euh, c'est… mon collaborateur.

— Collaborateur ? (Les yeux de la femme s'attardèrent sur l'arme de Frida quelques secondes, puis ils se braquèrent sur son visage avec un mépris tranquille.) Alors, qu'est-ce qui vous amène jusqu'ici ?

— Nous avons entendu le bébé et j'ai… j'ai accouru. Nous, c'est des cochons qu'on cherche. Je travaille pour Reese Paper. Je les capture pour eux.

— Et moi qui croyais être la seule femme à savoir poser un piège, dit Teresa Bone. Quant aux cochons, on élève les nôtres. Pas vu de harde récemment. Les cochons sauvages rôdent surtout au sud de la montagne.

Frida mit sa carabine en écharpe. Elle fouilla dans son sac avec flegme pour en tirer l'ours en peluche rose et le tendit à Toxey, puis elle sortit sa carte. Hiram désigna Toxey et sourit.

— Regarde, Mimi. C'est son nounours. C'est son nounours.

— *Ton* nounours, le corrigea Teresa Bone.

— Vous le connaissez ? dit Frida.

— Mais, Mimi… ?

— Silence, gamin.

Teresa Bone sourit à Frida.

— Mon fils a perdu son doudou dans l'eau il y a quelques jours. Comme vous le voyez, il adore les babioles et les jouets d'enfants. La peluche a dû dériver vers l'aval. Est-ce que vous voulez bien me la rendre ?

Frida regarda l'ours, puis fit signe à Toxey de le lui passer.

Elle retourna la peluche dans ses mains, puis elle regarda Teresa Bone et fronça les sourcils.

— Désolée, il est plein de boue, dit-elle à Hiram. T'attrapes ?

Il hocha la tête, tendit les mains, et Frida lança l'ours en peluche. Il atterrit aux pieds de Hiram, qui le ramassa sur le banc de sable et le pressa contre sa joue. Il eut le visage taché de boue, mais ça n'avait pas l'air de le déranger.

— Comment c'est qu'elle t'appelait ? dit Hiram en murmurant à l'oreille de l'ours. (Il se mit à caresser la peluche avec ses doigts.) Comment c'est qu'elle t'appelait ?

Frida jeta un coup d'œil à Toxey.

— Ce ruisseau fait partie de la Lokutta, n'est-ce pas ? dit-elle à Teresa Bone.

La femme fixait la peluche lorsqu'elle répondit.

— Plus maintenant. Votre carte n'est plus à jour. Il se trouve chez nous. Vous êtes sur les terres des Bone.

— Je vois, dit Frida. Alors, toutes nos excuses. Nous n'avions pas l'intention d'empiéter sur un terrain privé.

Teresa Bone roucoula doucement, puis elle fit passer le bébé d'une épaule à l'autre, et cala sa tête contre son sein. Elle dut élever la voix à cause de Hiram qui jouait dans le bassin.

— Je ne connais aucun Prisant et j'entends un accent yankee. D'où vient votre famille ?

— Du Michigan.

— Vraiment ?

— J'ai fait mes études dans l'Ouest. Jamais été satisfaite par les "tendres et tranquilles amusements de la vie domestique", pour paraphraser Thomas Jefferson.

— Oh ? Nous sommes une femme instruite, à ce que je vois ?

— Vétérinaire pathologiste spécialisée dans la faune sauvage, pour être précise. Mon ami prend des photos pour moi. Je compte écrire un livre sur la Lokutta.

— Un livre ? Quelle idée !

— Il y a quelque chose de spécial dans cet endroit, dit Frida. Son histoire n'a jamais été racontée.

— Vous la connaissez ?

— Un petit peu. En fait, la première fois que j'ai entendu parler de la Lokutta, j'étudiais les maladies hémorragiques chez les animaux – tout ce qui a des cornes ou des ramures – et je suis tombée sur de vieilles croyances du XVIIIe siècle, où les Creeks et les colons évoquaient un mal frappant les hordes de cerfs, qui dépérissaient et mouraient sans explication.

— C'est vrai, acquiesça Teresa Bone. Les Lokutta appelaient ça les années de désolation. La légende veut que les cerfs aient été ensorcelés et qu'ils aient arrêté de se nourrir. Puis ils ont arrêté de marcher et ils ont fini par s'allonger et mourir à petit feu, juste de la peau et des os par terre. Nous avons tous entendu ces histoires quand on était petits, comme quoi le vallon était recouvert de carcasses de cerfs, et la nuit on entendait les faons malades qui bêlaient dans la brume et on savait quand ils faisaient une crise en collant la joue à terre. Le ciel était plein de vautours et de mouches. Et puis, d'un coup, ça s'est terminé. Les Lokutta ont considéré que c'était une sorte de malédiction qui suivait son cours. Mon père nous disait qu'un jour la malédiction reviendrait – une extermination – mais que ça ne serait plus des cerfs qui se coucheraient pour mourir. Ce serait nous tous.

— C'est une histoire effrayante à raconter à une petite fille, dit Frida.

— Il en faut beaucoup pour nous faire peur et on grandit vite par ici. On comprend très tôt que derrière toute cette beauté, il y a un sacré lot de tristesse, de tragédie et de mort.

— Alors pourquoi vivre ici ?

Teresa Bone embrassa la tête couverte du bébé.

— C'est chez nous, dit-elle.

— Depuis quand votre famille est-elle ici, madame Bone ?

— Longtemps. Ma famille avait le sang pur jusqu'à ce qu'un Géorgien blanc grimpe dans l'arbre généalogique et trouve une branche où se percher.

— Ça a l'air d'être un endroit difficile pour s'en sortir, dit Frida.

— La Lokutta s'en fiche bien. Elle est là, point. Nous, on trace notre route. Depuis toujours.

Teresa Bone regarda Hiram, un message tacite passa entre eux, et il revint sur le banc de sable et se mit à ranger la couverture du pique-nique.

— Ce lieu doit vous tenir à cœur.

Les yeux de la femme s'arrêtèrent sur Toxey mais elle ne dit rien, puis elle reporta son attention sur Frida.

— Ravie de vous avoir rencontrée.

— De même. Et désolée pour l'intrusion.

— Maintenant vous savez.

— Je sais quoi ?

— Où vous mettez les pieds.

Teresa Bone et Frida se toisèrent en silence quelques instants, puis Frida et Toxey prirent congé sous le regard de Teresa Bone, qui veillait, remarqua Toxey, à ne pas les laisser voir clairement le nouveau-né profondément endormi dans ses bras.

23

Reese Paper Company

Deux heures plus tard, ils roulaient vers l'est de la Reese Paper, épuisés, mais satisfaits, Frida écoutant la radio tandis que Toxey buvait à la gourde et grignotait des crackers et des saucisses de Vienne. Elle lui demanda son impression sur les lieux. Lui confia qu'elle cherchait encore un thème, le livre était flou et imprécis dans sa tête, mais que quelque chose la fascinait dans cette légende d'un fléau qui aurait décimé les cerfs.

— Voilà, dit-elle.

— Quoi ?

— La maladie des cerfs. Le voilà, mon angle.

Elle développa diverses théories, et Toxey l'écouta avec intérêt. Il ne fit pas mention de l'ours en peluche, ni de l'échange laconique avec Teresa Bone, ne souhaitant pas s'ouvrir à Frida de ses soupçons ou du fait que quelque chose, dans la présence de ce bébé, l'avait mis mal à l'aise.

Peu à peu, il se détendit et regarda la campagne qui défilait, hochant la tête sur *Francine* de ZZ Top, puis

Frida se mit à chantonner un air de Grand Funk Railroad, mais la fille de la fête foraine ne quittait pas les pensées de Toxey. Il se souvenait de sa brève conversation avec elle, des photos qu'il avait prises, en les trouvant innocentes et anodines sur le moment. L'odeur du pop-corn et de la barbe à papa flottant dans l'allée, la musique de carnaval, les rires des enfants et le tintement de la cloche quand un jeune fermier frappait un marteau sur le testeur de force. Pourtant, Toxey sentait qu'il y avait quelque chose de sinistre dans ce souvenir, un désespoir discret chez cette fille qui semblait seule au monde avec le bébé dans son ventre, au milieu des familles, des amis et des couples heureux, comme une mauvaise herbe dans cette tranche de folklore américain.

Il était trois heures et Frida proposa à Toxey de lui préparer un déjeuner tardif, de déposer les pellicules au Fotomat pour les faire développer, puis de le raccompagner chez lui. Il accepta. Alors qu'ils approchaient la propriété de Reese, elle prit une route d'argile dure au milieu d'une pinède dont les rangées ordonnées s'étendaient à perte de vue pour rejoindre sa cabane au bord de la rivière. Il y avait des nuées de moucherons et des diptères qui s'accouplaient en l'air et une brise légère soufflait entre les arbres, détachant des volutes de pollen des branches. À la radio, le présentateur évoqua des averses à venir et le concert d'Elvis à Macon, puis il lança *One Way Out* des Allman Brothers Band au moment où elle garait le Jeepster devant la cabane, sous un chêne drapé de mousse espagnole. Près de la cabane, Frida et Toxey virent le chien qui aboyait devant la porte passager d'un pick-up portant le sceau du département des ressources naturelles. Les deux hommes dans l'habitacle observaient le chien avec exaspération lorsqu'ils entendirent le Jeepster de Frida.

Elle sortit et siffla Kit, qui cessa d'aboyer, trotta jusqu'à elle et s'assit au garde-à-vous à ses pieds. Le conducteur descendit du pick-up et porta la main à son chapeau.

— Madame Prisant ?

— Salut, Shorty. Je croyais t'avoir dit de m'appeler Frida.

— C'est vrai, c'est vrai. Pardon. Je suis avec quelqu'un du GBI qui aimerait te parler.

L'autre homme avait les hanches plus larges que le buste, portait un costume et arborait une épaisse moustache. Il extirpa son corps massif du pick-up.

— Madame Prisant, je suis l'agent Harald Whitehead. J'aimerais vous poser quelques questions.

— À quel sujet ?

Shorty Teague soupira, retira son chapeau et se passa la main sur le front.

— Vous connaissez Jack et Durwood Mitchell ? Deux frères qui viennent de Greentop.

Frida se renfrogna et leva les yeux au ciel.

— Oh, je les connais. Ces neuneus font joujou avec mes pièges à castor.

— Où étiez-vous samedi dernier ? dit Whitehead.

— Ici, du côté est de Reese Paper.

— Que faisiez-vous exactement ?

— Je travaillais à un traquenard pour les cochons avec Jim Gillies.

— Qui est Gillies ?

— Le responsable du domaine de Reese Paper, précisa Shorty Teague.

— Je vois. Avez-vous visité la réserve naturelle de la Lokutta récemment ?

— J'en reviens, pour tout vous dire. Bon, pas besoin d'être docteur en droit pour deviner que ces deux têtes de nœud m'ont accusée de quelque chose pour se sortir d'un mauvais pas. Je me trompe ?

Shorty Teague étouffa un rire et s'empourpa quand Frida le regarda.

— Madame, peut-être pourrions-nous parler en privé… à l'intérieur ?

Frida réfléchit, puis elle demanda à Toxey de l'attendre sur le porche et dit à Whitehead :

— Suivez-moi.

Shorty Teague s'appuya contre la balustrade. Il sortit un paquet de Beech-Nut, l'ouvrit, préleva une pincée de tabac et la glissa sous sa lèvre inférieure. Au bout d'une minute, il tourna la tête et cracha.

— C'est toi le photographe qui vend des tirages chez Pickren ?

— Comment vous savez ? dit Toxey.

— Tout le monde à Mercy Oaks parle de ces photos.

— Vraiment ?

Shorty acquiesça.

— Le truc marrant, c'est que Pickren essaie de faire croire que c'est lui qui les prend. C'est le secret le moins bien gardé de la ville. Mais elles sont bien. Je pensais m'en acheter une.

— Merci.

— T'habites où ?

— Water Street.

— Paraît que quelqu'un a été poignardé au bord de la rivière par là-bas.

— L'autre soir, dit Toxey en hochant la tête. Au Guslove's. Les gens picolent et jouent aux cartes.

— Ça commence comme ça. Ensuite, les couteaux sont de sortie.

— Donc vous êtes le garde-chasse ?

Shorty acquiesça.

— J'ai rencontré Mme Prisant – Frida – il y a quelques mois. Elle connaît son affaire. Alors, dis-moi, vous faisiez quoi dans la Lokutta ?

— On se promenait. On prenait des photos pour son livre.

— Son livre ?

— Frida veut écrire sur cet endroit. Elle m'a demandé de l'aider.

— Je vois.

Toxey mâchonna un ongle et regarda autour de lui.

— Elle a des ennuis, pas vrai ?

— À quoi tu penses ? dit Shorty Teague.

— Les frères Mitchell m'ont agressé sur le pont samedi dernier. Frida m'a sauvé la peau, vous le savez ?

— Ah bon ?

— Jack allait me jeter tête la première dans la rivière quand elle les a arrêtés. Ces deux-là font rien qu'à me chercher des poux.

— Trop maigrichon, dit Shorty en lui touchant l'épaule. Faut te remplumer. Apprendre à te défendre.

— C'est ce qu'a dit Frida. Vous savez qu'elle a des tas de diplômes ?

— Je sais. C'est une femme brillante.

— Tout ça a un rapport avec la fille qu'ils ont retrouvée dans les bois ?

Shorty regarda du côté de la rivière, une éclosion d'éphémères sur la berge opposée.

— Peux rien dire.

— Vous savez à quoi elle ressemblait, cette fille ?

— Je répète, je peux rien dire.

Toxey affaissa ses épaules et baissa les yeux, comme s'il pesait soigneusement ses mots.

— Tout ce qu'ils pourront dire que Frida a fait, c'est pas vrai.

— Ce que qui pourra dire ?

— Les frères Mitchell.

— J'ai déjà parlé à Whitehead de ces deux gamins. Je lui ai dit que c'était une perte de temps. C'est juste un interrogatoire de routine, Toxey. Crois-moi, il avait aucune envie de se traîner jusqu'ici.

— Donc c'est vrai, la fille a été tuée ? Ils l'ont pas annoncé à la radio, ni au journal. C'est comme si c'était jamais arrivé.

Shorty Teague sembla sur le point de dire quelque chose, mais il se ravisa. Il baissa la voix.

— Je crains qu'il y ait pas grand-chose à résoudre.

— Pourquoi ça ?

— C'était du poison, sans doute un suicide. Juste une fugueuse que personne connaissait.

— La fille avait un bébé avec elle ?

Surpris, Shorty Teague plissa les yeux et s'apprêtait à lui poser une question lorsque Whitehead apparut sur le porche avec une bouteille en main, Frida à sa suite avec trois Coca.

— On a terminé, monsieur Teague, dit-il en regardant sa montre et en passant devant Shorty pour gagner le pick-up. Je suis en retard pour une réunion. Vous auriez la gentillesse de me déposer au Bellflower ?

— Au Bellflower ? dit Shorty Teague avant de se tourner vers Toxey. Attends une minute, comment tu savais pour… ?

— Il savait quoi ? dit Frida.

Toxey fit un pas en arrière tandis que les deux hommes l'observaient avec un intérêt renouvelé.

— J'ai rien dit, bafouilla-t-il.

— Comment tu savais qu'elle était enceinte ?

— Quoi ? Si tu sais quelque chose, t'as intérêt à parler, boy, dit Whitehead.

Frida descendit les marches du porche, s'interposa entre Whitehead et Toxey et dit –

CATAULA, GÉORGIE

LE PRÉSENT

24

Résidence Walden

— “L'APPELEZ pas ‘boy’, espèce de mufle à bottes”, dit Toxey en essayant de son mieux d'imiter Frida Prisant.

Il eut un tressaillement involontaire à l'épaule, puis sa voix se perdit dans une quinte de toux.

— Papa ? Qu'est-ce qu'il y a ?

— Ça va, dit-il, toujours hilare, en faisant signe à Cynthia de ne pas s'inquiéter. Cet inspecteur m'est tombé dessus, il sous-entendait que j'en savais plus sur la fille de la Lokutta ou que je trempais dans cette histoire. Il essayait de m'intimider, mais Frida est intervenue comme si elle était mon avocate. J'avais jamais entendu quelqu'un parler à la police comme ça. Pas à cette époque. Peut-être que, parce qu'elle était blanche, elle n'a pas eu d'ennuis. Si j'avais répondu comme ça à un flic, aucun doute que j'aurais pris un coup de matraque.

— C'est horrible, dit Cynthia.

— Ça marchait comme ça, en ce temps-là.

— C'est toujours comme ça. Sauf que la police a des chars, maintenant. Aux infos, j'ai vu les flics aux manifs, tu sais même plus qui ils sont, ni pour qui ils travaillent. Une police auxiliaire, Reese appelle ça. Des milices aux ordres. Ils arrêtent des gens, les jettent dans des fourgons et plus personne n'entend parler d'eux.

— Mon Dieu.

Elle mit ses mains entre ses genoux comme pour les réchauffer. Puis elle défit le foulard rouge autour de sa cheville et le fourra dans son sac.

— Tu devrais mettre ce truc à la poubelle.

— J'aimerais bien. Papa, je peux te demander quelque chose ?

— Bien sûr, ma puce. Tout ce que tu veux.

— Tu sais où tu es, n'est-ce pas ?

Il se figea un instant, comme si la question le prenait au dépourvu. Il se frotta le menton et força un sourire.

— On n'est pas à Disney World, hein ?

— Eh non, hélas. Alors c'est quoi cette histoire avec Frida et le GBI ? Pourquoi te me racontes ça maintenant, après tout ce temps ?

L'espace de quelques instants, il ne se passa rien, et puis les yeux de Toxey s'emplirent de larmes et, à travers les larmes, il y avait une clarté que Cynthia n'avait pas lue sur le visage de son père depuis des mois, tel un phare surgissant dans le brouillard.

— Quand je me lève trop vite, j'ai l'impression que je vais tomber, dit-il. Je traîne la patte pour compenser, comme si ça pouvait m'empêcher de trébucher, mais ma jambe fait un drôle de mouvement que je n'arrive pas à contrôler. C'est de pire en pire. Bientôt je serai en fauteuil. Et peu après, la lumière s'éteindra. C'est pour ça qu'il faut que tu saches. Maintenant.

— Savoir quoi ? Je ne comprends pas.

Le menton de Cynthia trembla et il lui prit la main, admira son alliance, sa main de médecin, sa peau douce et propre.

— Il y a longtemps, mes sœurs et moi nous nous sommes fait une promesse, dit-il. Mais nous sommes tous vieux, malades ou morts, et je ne peux plus avoir de secrets vis-à-vis de toi. Ces temps-ci, le monde semble partir à vau-l'eau. Peut-être que d'une manière ou d'une autre, tu peux arrêter cette folie. Je ne sais pas comment, mais peut-être.

— Arrêter quoi ? dit Cynthia. Papa, est-ce que tu... Est-ce que tu es devenu fou ?

— Où est-ce que j'en étais ?

— Frida a envoyé bouler l'agent du GBI. Une histoire sur cette fille qu'ils ont retrouvée dans la Lokutta et sur une photo que tu as prise. Tu l'as rencontrée ?

— Ah oui, oui, dit Toxey, qui regarda le sentier et l'étang comme s'il s'agissait d'un pays inconnu.

Des nuages matinaux épais et gris passèrent dans le ciel. Un canard carolin barbotait dans l'eau. Toxey l'observa un moment en silence, puis il dit :

— C'est le jour où on a appris qu'il y avait deux sortes de monstres à Mercy Oaks.

De nouveau, son épaule tressaillit involontairement, mais il poursuivit en évoquant les noms de C.T. Bone et d'Elder Reese, guetta sa réaction, et repartit de plus belle dans son récit, comprenant que le temps des histoires était passé et qu'était venu pour lui le temps de la confession.

MERCY OAKS, GÉORGIE

LE PASSÉ

25

King's Quarters

— Est-ce que je vais avoir des ennuis ?

Frida rassura Toxey d'un signe de tête.

— Tu n'as rien fait de mal, dit-elle. Tu as dit la vérité, c'est tout.

Il jeta un œil au rétroviseur extérieur pour voir le pick-up de Shorty Teague qui les suivait dans les Quarters. Des gens du quartier s'arrêtaient, intrigués, reconnaissant Toxey sur le siège passager du Jeepster de Frida. Ils virent des ordures dans les égouts, des terrains infestés de mauvaises herbes, puis un jardin bien soigné où une femme courbée sur une houe entretenait son potager devant un chien apathique. Toxey cacha son visage derrière sa main.

— Il y a quelque chose qui sent mauvais, là-dedans, dit Frida. Je me méfie de ce Whitehead.

— Pourquoi ?

— Combien de photos de cette fille tu as prises ?

— Je ne sais pas. Cinq ou six ? Il y en a une en vente chez Pickren.

— Et les négatifs ?

— Je crois qu'ils sont dans une enveloppe du Fotomat. Whitehead les voulait aussi.

— Je peux suggérer quelque chose ?

— Quoi ?

— Garde une ou deux photos. Ne les donne pas toutes à Whitehead. Juste au cas où.

— Au cas où quoi ?

Sans répondre, Frida bifurqua sur Water Street et se rangea le long du trottoir. Ils entendaient des enfants jouer dans la ruelle. Alma et Denise étaient dans le jardin et accrochaient des draps et des taies d'oreiller sur un étendoir en T. La mère de Toxey prenait l'air assise sur le porche, cramponnée à une tasse de café. Ses yeux s'animèrent un peu quand elle le vit sortir du Jeepster.

— Je reviens tout de suite.

Il passa en trombe devant ses sœurs, sans un mot, Alma et Denise jetant un regard curieux à Toxey et ses nouvelles chaussures boueuses, puis à Frida, puis au pick-up du département des ressources naturelles. Shorty Teague baissa sa vitre et porta la main à son chapeau, mais ni l'une ni l'autre ne prononça un mot, et quelques instants plus tard Toxey émergea de la maison et dévala les marches pour rejoindre le pick-up. Frida sortit du Jeepster au moment où Toxey tendait à Whitehead les photos et un rouleau de négatifs.

— Elles y sont toutes ?

Toxey acquiesça.

— Et tu ne l'as jamais revue ailleurs ?

— Ce soir-là à la fête foraine, c'était la seule et unique fois.

Whitehead parcourut les portraits, puis il les mit dans sa mallette. Il vérifia le numéro de la rue et le nota dans un petit carnet noir.

— Tu dis que tu t'appelles Bivins, c'est ça ?

— Oui, monsieur.

— N'oubliez pas que ces photos lui appartiennent et qu'elles s'appellent reviens, intervint Frida.

Whitehead lui lança un regard mauvais.

— Je vous contacterai, dit-il. (Puis il se tourna vers Shorty Teague et tapota sa montre.) Je ne suis pas en avance.

— Le Bellflower est à dix minutes, dit Shorty.

Il démarra et s'éloigna, offrant un salut poli à Frida. Le pick-up disparut au coin de la rue, puis Frida fouilla dans sa poche. Tendit deux billets de dix dollars à Toxey.

— Merci, dit-il.

— Je vais aller faire développer les pellicules, dit Frida. Je paie en avance et je les mets à ton nom. Tu peux les récupérer et choisir tes préférées ?

— Bien sûr.

Elle avisa la mère de Toxey, qui les observait en silence depuis le porche.

— C'est ta maman ?

— Oui. Vous voulez la rencontrer ?

— Avec grand plaisir.

Frida le suivit dans le jardin jusqu'au porche. Sourit aux sœurs de Toxey et les salua. Leur attitude était empreinte d'un mélange de perplexité et d'hostilité.

— Maman, voici Frida. Elle est écrivain et… euh…

— Vétérinaire pathologiste.

— Je prends des photos pour elle.

Bennie Ruth sourit, mais ne dit rien. Frida pressa l'épaule de Toxey.

— Votre fils est très doué, Bennie Ruth. Je suis sûre que ses photos seront publiées un jour.

Sa mère sourit de nouveau, mais elle semblait perturbée.

— Où étais-tu ? dit-elle à Toxey.

— Dans la Lokutta, maman. On visitait les vieux tumulus indiens.

— Tu as vu Bo ?

Ses sœurs s'interrompirent dans leur tâche.

Toxey baissa les yeux.

— Non maman. Je ne l'ai pas vu.

— Il a dit qu'il serait rentré à cette heure-ci.

Sa mère reporta son attention sur la rue et, en voyant la mine de Toxey, Frida souhaita à Bennie Ruth, Alma et Denise un bon après-midi et repartit vers le Jeepster. Toxey la suivit, à quelques pas derrière elle.

— Je suis désolé, dit-il. Et là, elle était plus bavarde que d'habitude. Comme je vous ai dit, elle n'est plus la même depuis la mort de mon frère.

— Elle a essayé de parler à quelqu'un ?

— Une fois. Mais papa a dit que c'était de l'argent jeté par les fenêtres.

Frida ouvrit la portière du Jeepster et s'installa au volant.

— Le deuil est une émotion puissante, dit-elle. Et ça nous enterrera tous un jour ou l'autre. J'ai connu ça, mais je ne peux même pas imaginer une telle douleur.

— Vous avez déjà perdu quelqu'un ?

— On va garder cette histoire pour une autre fois, dit-elle. Pas aujourd'hui.

Toxey se mordit la lèvre et regarda sa mère derrière lui, qui s'était levée avec l'aide d'Alma et se traînait jusqu'à la maison.

— C'est comme si on les avait perdus tous les deux ce jour-là.

Frida démarra le moteur.

— Peut-être que quelque chose viendra la sortir de l'obscurité.

— Si seulement je savais quoi, dit Toxey.

— Tu le sauras quand ça se présentera. Et elle aussi. Et si je te préparais à dîner pendant qu'on examine les photos ? La semaine prochaine, ça t'irait ?

— Parfait. Je finis le travail à cinq heures.

— Je passerai te prendre. C'était bien, comme première journée, Toxey. Et dire qu'on a à peine effleuré la surface de la Lokutta. Pas si mal, après tout, hein ?

— Ouais, dit-il. C'était chouette.

Il leva la main pour la saluer et la regarda s'engager sur Water Street, puis il marcha jusqu'au porche et défit ses lacets, ses pensées absorbées par la boîte à chaussures dans son casier, les photos de la fille qu'il avait gardées pour lui, ainsi que le petit détail qu'il avait caché à Whitehead. Un ressenti dans ses tripes, une méfiance instinctive, très semblable à celle de Frida. Il se remémorait cette soirée à la fête foraine devant la grande roue, quand la fille muette d'admiration, avec son ventre gonflé et son ours en peluche, lui avait dit au revoir.

Mais pas avant de lui avoir donné son prénom.

26

Bellflower Hotel

— Ce n'est pas très conforme, monsieur le directeur adjoint.

— Nous sommes entre amis, Harald. Détendez-vous. Tout ce qui se dit ici reste entre nous.

L'inspecteur Whitehead parcourut la pièce du regard tandis qu'une jeune femme de chambre aux yeux sombres en uniforme posait une tasse de café devant lui avant de quitter la suite. Fred Melvin, directeur adjoint du GBI, ajouta du sucre dans sa tasse et jeta un regard à l'homme assis à côté d'Evelyn Reese, reconnaissant Edward Brinson, un procureur du district du nord. Il affichait une ressemblance frappante avec sa sœur et portait la même chevalière universitaire tape-à-l'œil que Melvin. L'avocat de famille des Reese, Ivan Birch, croisa les jambes et alluma une cigarette.

— Donc le médecin légiste a confirmé que notre inconnue s'est suicidée ? dit Melvin.

— Pas tout à fait. Mais l'empoisonnement est la cause probable du décès, dit Whitehead. Qu'il ait été volontaire ou pas, ça reste un mystère.

— Bien, mais dans les faits, c'était un suicide. On peut dire sans trop s'avancer que vous aurez remis votre rapport d'ici demain matin ?

— Eh bien, sauf votre respect, monsieur le directeur adjoint, mais… pas si vite, dit Whitehead. (Il sortit de sa mallette les photos prises par Toxey.) Il y a du nouveau. Elle était à la fête foraine, ici à Mercy Oaks, le mois dernier.

— Qui les a prises ? dit Melvin.

Il parcourut les photos et les passa à Evelyn Reese. Les mains tremblant comme un oiseau, elle posa un des clichés en noir et blanc sur ses genoux comme pour affronter l'image. Elle examina la fille quelques secondes, puis elle leva les yeux, évitant Whitehead, à court de mots, ses yeux matriarcaux d'un bleu froid rivés sur le mur opposé. Ivan Birch lui prit les photos et Whitehead remarqua qu'elles disparurent prestement dans un attaché-case en cuir avant qu'il puisse objecter.

— Excusez-moi…

— Les négatifs ? dit Birch.

— Quoi, les négatifs ? Pourquoi un tel intérêt ?

Melvin arqua un sourcil jusqu'à ce que Whitehead comprenne le message. Au bout d'un moment, il tendit le rouleau de négatifs à Birch.

— Qui est le photographe ?

— Un jeune homme du nom de Bivins, dit Whitehead. Il dit qu'il lui a parlé à la fête foraine, et qu'il a pris quelques photos ensuite.

— Le gamin a pu avoir un nom ?

— Non.

— Est-ce qu'il pourrait être impliqué ?

— J'en doute. Il semble que c'était une rencontre fortuite, mais j'imagine que je pourrais le pousser un peu.

— Ça ne sera pas nécessaire. Et la piste Prisant ?

— Du gros pipeau de la part de deux gamins qui ont le chic pour s'attirer des ennuis et qui se sont récemment fait pincer pour braconnage. Ils ont une dent contre elle. Ils ont inventé une histoire comme quoi ils l'avaient vue dans les bois avec un sac et un couteau, un truc dans ce goût-là. Je reviens tout juste de Reese Paper, en fait. Elle apporte son expertise sur des questions de préservation de la faune, si j'ai bien compris.

— Prisant ? dit Evelyn Reese.

Ivan Birch haussa les épaules.

— On ne sait toujours pas grand-chose, dit Whitehead. L'identité de la fille, pour commencer, son adresse, ce qu'est devenu le bébé, etc. Aucun médecin – noir ou blanc – dans un rayon de cent kilomètres ne l'a eue comme patiente.

Brinson se redressa, se pencha et ajusta un bouton de manchette.

— Ça m'a tout l'air d'une fugueuse qui a mis fin à ses jours, dit-il.

— Peut-être, dit Whitehead. Mais quelqu'un a transporté son corps au fin fond de la Lokutta, donc on a un abandon de cadavre. Pas de trace de ligature ni d'ecchymose, aucun signe manifeste de consommation de drogue ou de sous-nutrition. Juste les marques des charognards. Rien n'exclut qu'elle ait été forcée ou retenue contre sa volonté. Et quid de cette césarienne ? Il faut que je parle au shérif. Il faudrait frapper à quelques portes dans ces vallons perdus de la Lokutta. Demander si quelqu'un l'a vue. Si on peut faire circuler les photos dans les journaux, rendre ça public…

Ivan Birch éclata de rire.

— Pour une Noire ?

— Un drame de péquenauds, à mon avis, dit Melvin pour détourner l'attention. La fille a honte, le bébé est né hors mariage ou suite à un inceste, avec des gros défauts à la naissance. La famille gère ça à sa façon, ni vu ni connu. Ça ne serait pas la première fois.

— Depuis quand on joue aux devinettes ? dit Whitehead. Et les faits dans tout ça ?

— Les faits, c'est qu'une fille de couleur s'est tuée et qu'un petit ami dévasté ou humilié s'est débarrassé du corps. Au bout d'une semaine, personne n'est venu signaler sa disparition, personne n'est en mesure de confirmer son identité. Aucun proche à notre connaissance. La fille était un fantôme – avant même que ça n'arrive.

— Enfin, elle devait bien venir de quelque part ?

— C'est une tragédie, mais il y a d'autres enquêtes plus urgentes, Harald. Et avec ce nouveau décret du bureau du gouverneur, nous avons une quantité de travail astronomique pour mettre sur pied ce fameux centre d'information sur la criminalité. Comme vous le savez, nous sommes dorénavant une agence indépendante – nous ne faisons plus partie du département de sécurité publique – et ce service d'archives est vital. Nous sommes en train de créer quelque chose de spécial ici au GBI. C'est une nouvelle ère qui s'ouvre pour nous, et nous avons besoin de mettre les meilleurs aux commandes. Je compte soumettre une recommandation au directeur à votre sujet.

— Vraiment ?

— Tout à fait, Harald. Je ne vois pas meilleur candidat pour diriger ce centre.

— Eh bien, monsieur le directeur adjoint, c'est un honneur…

Melvin consulta Evelyn Reese et son frère du regard. Celui-ci acquiesça et se tourna vers l'agent Whitehead, comme pour se préparer à sa réaction.

— Mais j'aimerais que vous me rendiez un service, dit Melvin.

Un silence s'ensuivit et Whitehead sentit tous les yeux braqués sur lui comme s'il était au tribunal. Il déglutit avec peine et contempla les profondeurs de sa tasse de café, y trouva un reflet huileux et déformé, mais l'examen de son intégrité et de son ambition était sans équivoque.

— Bien sûr, bien sûr, finit-il par dire, sa voix guère plus qu'un murmure. Tout ce que vous voulez.

— Bien, Harald. Bien. Cette affaire est classée et – on ne va pas se mentir – c'est un problème local. Nous avons fait ce que nous avons pu et nous allons remettre le dossier au bureau du shérif. Ils sont parfaitement compétents. Il est temps de s'éloigner de Mercy Oaks.

— Ah ?

— Il n'y a pas de plus belle ville qu'Atlanta au printemps, dit Brinson. Je peux vous le garantir.

27

Les porcs dans l'enclos l'accueillirent par des couinements, mais elle n'avait pas de bouillie avec elle et elle poursuivit le long du chemin, Bone à sa suite avec son fusain calé derrière l'oreille et le carnet de croquis sous le bras. La matinée était fraîche, elle était enveloppée dans une veste à lui, et Bone avait remarqué que son pas dandinant se faisait plus prudent lorsqu'elle passait sous les grands pins. Elle connaissait le chemin, mais tournait la tête quand ils entendaient un chien aboyer, un moteur tourner.

— C'est ton frère, ça ?

— Hiram ne sait pas conduire. Ça doit être maman qui va en ville.

— Tu ne parles pas beaucoup de lui.

— Pas grand-chose à dire. C'est un bon garçon. Il doit juste vivre à son propre rythme. Maman dit qu'il n'a aucun poids à porter. Il y a un vieux terme lokutta pour ça, mais je ne m'en souviens pas.

— Qui t'a fabriqué ce grand couteau que tu as toujours sur toi ?

— Il appartenait à notre père.

— C'est lui qui t'a appris à t'en servir aussi bien ?

— Tout ce qu'il m'a appris avant de claquer, c'est à me servir d'une lame.

Ils parvinrent à un vallon ombragé où les troncs des bouleaux et des chênes blancs brillaient dans la lumière, et juste à l'écart du chemin ils trouvèrent un rocher au sommet plat assez grand pour deux. Il grimpa dessus et lui tendit la main pour l'aider à le rejoindre, ils se dressèrent sur le rocher et contemplèrent le vallon en écoutant le chant des oiseaux, ils furent bientôt main dans la main, il l'attira dans ses bras, elle leva le menton, ferma les yeux, et ils s'embrassèrent. Le moment se prolongea et il enfouit son visage dans son cou et son oreille, sentit son corps frémir contre le sien quand elle passa une main sur sa poitrine et redescendit jusqu'à la taille mais, comme les fois précédentes, ils finirent par se détacher l'un de l'autre pour reprendre leur souffle. Elle se retourna vers le vallon et il l'entoura de ses bras, leurs mains et leurs doigts enlacés sur son ventre jusqu'à ce que Bone remarque une biche qui errait en solitaire au milieu des arbres vert nuit. La biche renifla le tapis forestier, puis elle leva la tête et se mit à pencher sur la gauche, trébuchant en remontant le vallon, à demi-aveugle et ignorant leur présence.

— Elle a la peau sur les os.

— Qu'est-ce qui lui arrive ?

— Je ne sais pas.

La cage thoracique de la biche ressortait contre sa peau, ses yeux paraissaient ternes et gris, et elle s'éloigna sans la moindre précipitation.

Il n'ajouta rien, ne voulait pas en dire plus peut-être. La fille s'assit sur le rocher, se pencha en arrière sur ses mains et croisa les jambes tandis qu'une lueur mystique transperçait la voûte des arbres. L'air se réchauffa quelque peu et elle enleva son manteau. Il s'appuya contre un pin, ouvrit son carnet et la dessina comme elle était. Au bout de quelques minutes, elle mit une main sur son ventre et gloussa.

— Qu'est-ce qu'il y a ?

— Le bébé donne des coups de pied.

— Ça fait quoi comme sensation ?

Elle y réfléchit un moment, puis elle sourit.

— Comme si j'avais du pop-corn qui sautait dans mon ventre.

— Du pop-corn ?

— Je crois qu'il me rappelle que tu m'as promis un rendez-vous à la fête foraine.

— Pas un rendez-vous. Plutôt une sortie.

— OK, d'accord. Une sortie. Tu m'as promis une sortie.

— Une demi-heure. Une heure max. Je peux te faire confiance ?

— Tu peux. Où est-ce que je vais aller ?

— À la police, pour commencer.

Elle éclata de rire.

— Et leur dire quoi ? Reese a des juges et des procureurs dans sa famille et le shérif dans la poche. Il peut faire tout ce qu'il veut.

— C'est pas faux.

— Je peux te demander quelque chose ?

— Quoi ?

— Pourquoi tu es aussi gentil avec moi ?

La question le surprit et il eut du mal à répondre.

— J'essaie juste de t'apporter un peu de justice.

— Y a aucune justice dans tout ça.

— Non, sans doute pas.

— T'es un beau salopard. Mais tu n'es pas comme lui. Je me disais, voilà ce que je suis, une pute en cloque. Juste une transaction commerciale.

— Seulement pour Elder. Tout est une transaction pour lui.

— Je peux pas m'empêcher de penser à quel point je suis pourrie de faire ça.

— Tu n'es pas pourrie.

Elle ferma les yeux et fondit en larmes un instant plus tard, sujette à des accès de déprime contre lesquelles Teresa Bone avait prévenu son fils.

— Qu'est-ce qu'il y a ?

— Ça t'arrive de regretter de ne pas avoir vécu ta vie différemment ?

Bone se perdit dans les ombres du vallon, comme s'il faisait l'inventaire de ses erreurs de jugement et de ses regrets.

— Parfois. De toute façon, on n'a pas notre mot à dire. D'autres fois, tu arrives quelque part, mais pas de la façon dont tu voulais. Tu comprends ce que je veux dire ?

Elle ne répondit rien et regarda avec une mine abattue le reste de la brume matinale s'évaporer, remplacée par une grisaille foisonnante, et puis Bone retourna à son dessin. À part deux écureuils qui se couraient après, on n'entendait que le doux grattement du fusain sur le papier et, au bout d'un moment, elle leva la main et la passa doucement sur son ventre, comme si elle répondait à un appel venant de quelque part en elle.

28

Four Winds Country Club

Ils inclinèrent la tête pendant qu'Herman Sinclair récitait une prière par un vendredi matin nuageux, puis Parnell tendit à Elder Reese son driver et le regarda faire ses coups d'essai avant de commencer la partie, tout en pensant à la demi-douzaine de balles qu'ils avaient dissimulées sur tout le parcours la nuit précédente. Elder se pencha en arrière et envoya une balle slicée vers la droite, hors de vue et hors du fairway.

— Flûte, dit-il en jetant un regard à Sinclair.

L'adversaire octogénaire d'Elder leva la main à son front et plissa les yeux vers le fairway.

— C'était un sacré slice, fiston.

— Je sais où elle est, dit Elder. Je l'envoie toujours là-bas.

— Je n'ai même pas vu où est partie votre balle. Et toi, Ralph ?

Le caddie de Sinclair déglutit et secoua la tête.

— Non, monsieur. Je n'ai pas vu.

Sinclair sourit, s'avança vers le tee et haussa les épaules plusieurs fois, comme pour se dégourdir. Il prit une profonde inspiration et effectua un swing lent mais assuré pour propulser sa balle dans les airs.

— Très joli coup, monsieur Sinclair.

— Je vous en prie, Elder, depuis le temps que je connais votre mère, appelez-moi Herman.

— Entendu, Herman.

Sinclair tendit le driver à son caddie et désigna une des nouvelles voiturettes électriques du club.

— Vous montez avec moi ?

— J'en serais ravi.

Sinclair patienta pendant qu'Elder remettait son club à Parnell, prenait la bible familiale dans son sac et s'avançait vers la voiturette du magnat de l'agriculture, exhibant ce qui n'était pour lui qu'un gadget. Sinclair démarra la voiturette, laissant les deux caddies derrière eux.

— C'est bien, approuva Sinclair en montrant la couverture en cuir craquelé de la King James.

— Elle était à ma grand-mère. Je ne m'en sépare jamais. Et j'aime à penser qu'elle m'aide à réussir un ou deux coups sur le parcours.

Sinclair gloussa, puis il dit :

— Alors, dites-moi : quel est votre passage préféré ?

— Oh, je ne pourrais pas en choisir un seul, dit Elder après avoir tergiversé un moment. Je les aime tous. Bon, sinon, comment vont les affaires, dans la cacahouète ?

— Je n'arrête pas de dire que c'est la dernière année où j'essuie des pertes.

— Grosse sécheresse l'été dernier, hein ?

— Ça nous a brûlé les récoltes, c'est affreux. La situation ne fait qu'empirer. Vous savez, je me souviens encore d'une époque où l'engrais était à trente-cinq dollars la tonne et les graines à cinquante cents le kilo. Personne n'a plus les moyens de faire ce métier. Et les membres du Congrès veulent ouvrir la culture de cacahouète à de nouveaux producteurs, alors que ceux qui sont là ne font plus aucun profit.

— C'est scandaleux, dit Elder tandis qu'ils s'approchaient du fairway.

Sinclair était en train de maugréer contre "les hippies" lorsqu'ils s'arrêtèrent.

— Ce qu'il nous faut, ce sont des dirigeants qui fassent de l'agriculture une priorité. Des gens qui savent protéger leurs administrés, et pas des profs d'université bolcheviques comme Grizzard.

— Je suis on ne peut plus d'accord, dit Elder. Tous la tête dans leurs bouquins. La plupart de ces gens croient que le lait pousse en brique et aucun d'entre eux ne saurait reconnaître l'odeur d'un cochon.

— Amen.

— Vous avez entendu parler de la sous-commission sur la cacahouète et le tabac, n'est-ce pas, Herman ?

— Bien sûr.

— C'est ça, la clé. Mettre quelqu'un du deuxième district dans cette fameuse sous-commission. Un allié…

— Comme vous ?

— Exactement.

Elder sourit tandis qu'un message tacite passait entre les deux hommes.

— Vous savez, j'ai vu votre discours au Rotary Club mercredi, dit Sinclair. Il y avait foule.

— Je regrette que nous n'ayons pas eu un moment pour discuter, j'ai été très pris.

— Oh, je vous crois. Jamais eu le goût pour la politique moi-même, mais je sais que le dollar fait des miracles. Tout le monde parle de vous.

— La campagne carbure à fond, Herman. Mais on aura besoin de toute l'aide possible.

— Eh bien, c'est pour ça que vous jouez au golf avec le plus grand donateur du sud de l'État, n'est-ce pas ?

Les caddies arrivèrent à leur hauteur et Sinclair s'approcha pour choisir son club. Elder avança nonchalamment au bord du fairway et scruta le rough, repérant une de ses balles cachées.

— La voilà, dit-il.

— Bien, dit Sinclair. Pendant une seconde, j'ai cru qu'elle était hors limite.

— Je les envoie toujours ici.

Si Sinclair avait compris la supercherie d'Elder, il n'en laissa rien paraître. Il étudia le fairway un moment, puis il frappa son coup, une approche bien exécutée sur le green. Tandis que Parnell et le caddie de Sinclair observaient ce dernier, Elder lança son pitching wedge sur le rough couvert de rosée, puis il s'agenouilla comme pour faire les lacets de sa chaussure, et frotta subrepticement la face du club avec du sable, donnant au wedge un effet supplémentaire – et déloyal. Quand ce fut son tour, il s'avança vers la balle et l'envoya sur le green avec une approche levée.

— J'ai une question, Elder. Concernant le ton de vos interventions.

— Le ton ?

— Ce numéro de cirque vous rapportera des votes, mais de notre côté – et par là j'entends l'association des producteurs –, nous aimerions vous voir utiliser un ton un peu différent à un certain stade.

— Un virage, bien sûr. Je suis parfaitement d'accord. Qu'est-ce que vous avez en tête ?

— Un peu moins de vulgarité et de noms d'oiseaux. Ce pays a besoin de dirigeants chrétiens. De bons pères de famille qui se lèvent devant le drapeau et s'agenouillent devant la croix. Voilà le genre d'hommes qui composent notre association. J'ai sept enfants et vingt-trois petits-enfants, et chacun d'entre eux est un miracle du Christ.

— Dieu m'en soit témoin, aucun élu ne sera plus branché Jésus que moi, dit Elder. Ça, je peux vous le garantir.

— Mais je leur donnerais une raclée si je les entendais parler comme vous dans vos meetings.

Elder se renfrogna. Il détourna le regard, vexé par cette remarque.

— Donc vous comprenez, n'est-ce pas ? dit Sinclair. Ce que j'essaie de vous dire ?

— Cinq sur cinq, dit Elder avec un sourire. Ce que vous voyez là, c'est du show-business, Herman. Quand je suis devant un public de rustres, je suis obligé de parler vulgairement pour m'adresser à leur âme. Pour faire ça, il faut les emmener sur des terrains où ils ne veulent pas forcément aller, dire des choses qu'eux ne font que penser. Mais en parlant de virage, attendez un peu. J'ai un grand entretien avec le *Searchlight* lundi. Vous allez voir. Je serai tout à fait… présidentiel.

Sinclair eut une moue évasive et posa la main sur l'épaule d'Elder tandis qu'ils traversaient le green.

— C'est insensé, fiston. Je veux dire, vous avez de l'audace à revendre, mais c'est insensé.

— Il faut me faire confiance, Herman. Personne n'a jamais vu un phénomène comme moi.

Ils rirent ensemble, puis Sinclair l'interrogea sur sa réputation de coureur.

— Des mensonges et des exagérations, Herman, dit Elder.

— La raison pour laquelle j'aborde le sujet, dit Sinclair, c'est qu'une de mes petites-filles a environ votre âge et qu'elle n'est pas mariée. Un peu espiègle, mais c'est une bonne petite.

— Ah vraiment ?

— Je parie que vous vous entendriez à merveille. Vous avez l'intention de fonder une famille, n'est-ce pas ?

— S'il plaît à Dieu, je trouverai la perle rare, une bonne chrétienne. Le jour où je tiendrai la chair de ma chair entre mes mains sera l'accomplissement d'un rêve. Rien n'est plus important que la famille, Herman.

Sinclair hocha la tête solennellement, l'air d'apprécier ce qu'il entendait, et ils poursuivirent leur partie. Elder fut médiocre sur le retour, terminant à sept au-dessus du par, mais content de lui au moment d'accompagner Parnell au clubhouse pour déjeuner avec son nouveau bienfaiteur. Après tout, il s'était assuré le soutien de l'association des producteurs de cacahouète et de soja, ainsi qu'une solide contribution à sa campagne, et un dîner avec Melanie Sinclair en prime. Pour Elder, c'était comme d'observer des planètes errantes qui s'alignaient, son destin qui se dessinait, avec son lot de bravade et d'obstacles. Il regarda Parnell et lui frappa la poitrine.

— Qu'est-ce qui te rend si bougon ?

— On n'a toujours pas parlé de Bone et de tu sais quoi.

— Voilà, il vient me gâcher ma bonne humeur. Et l'argent ?

— Il dit qu'il n'en veut pas, dit Parnell. Il se passe des trucs pas nets.

— Quoi donc ?

— M'est avis qu'il en pince pour la fille.

La lèvre d'Elder tressaillit.

— Il en pince ? Mon cul. Bone veut juste tirer parti de la situation pour pouvoir demander un renvoi d'ascenseur ensuite. Dieu nous garde qu'il aille voir les journaux.

Parnell haussa les épaules.

— Merde, dit Elder en sifflant entre ses dents. Alors que j'ai des donateurs qui ont le chéquier grand ouvert, que je suis en tête dans les premiers sondages contre Grizzard, que ma campagne a le vent en poupe à l'approche de l'été. Je n'aurais jamais dû faire affaire avec ce cul-terreux bâtard de Lokutta.

— Ben, c'est parce que t'en as fait qu'à ta tête qu'on est dans cette panade.

— Ouais, ouais, ouais, je sais, dit Elder en soufflant. Mais pour Bone, il faut juste trouver le bon levier.

— Ne crois pas qu'on puisse le prendre à la légère, Elder. Ça a toujours été un coriace.

— Et le… ?

Parnell regarda autour de lui et baissa la voix dans un murmure rauque.

— Il a dit qu'il le gardait.

— Le garder ! Mais pourquoi, bordel ?

— Comme je l'ai dit, je pense qu'il a le béguin pour cette fille, et maintenant il a le béguin pour ce bébé.

Elder passa sa main dans ses cheveux, puis il fit signe à un petit groupe au clubhouse à trente mètres de là qu'il n'allait pas tarder à les rejoindre. Des serveurs préparaient le brunch et il vit sa mère sur la véranda, qui bavardait avec la femme de Sinclair et son groupe de l'église, un alignement de statues pomponnées avec un mauvais goût saisissant. Evelyn Reese se tourna, regarda Elder et sourit, ses yeux pleins de mépris en décalage avec son attitude joviale.

— Je vois que maman est de mauvais poil.

— Et la police ?

— Pas mon problème. Poison, apparemment. Suicide. Personne ne sait, tout le monde s'en fout. Alors, il est où ?

Parnell secoua la tête et déclara :

— Impossible à dire, mais je pense que Bone a planqué ce bébé au fond de son vallon paumé.

— Merde. Tout ce plan pour coincer Grizzard tombe à l'eau. On peut pas se permettre que ça sorte. Pas maintenant. Jamais.

— Qu'est-ce que tu veux que je fasse ?

Elder regarda rapidement autour d'eux.

— Parnell, dit-il. Je peux te poser une question ?

— Bien sûr, patron.

— Tu te souviens comme tu étais dans la merde ? Les genoux en compote à force de te faire étaler par terre, la carrière terminée avant qu'elle ait commencé, une vie au point mort. J'étais ton fan numéro un. Ça me foutait en l'air de te voir comme ça. T'étais au fond du trou, pas vrai ? T'es venu me voir les larmes aux yeux. Un gros costaud comme toi, qui pleurait comme un bébé.

— C'est vrai, dit Parnell. J'étais mal en point.

— Enfin, jusqu'à ce que je t'embauche ?

— Je me souviens.

— Je t'ai fait gagner un bon paquet de fric, non ?

— Si.

— On s'est bien marrés, pas vrai ?

— Ça oui.

— Je t'ai jamais fait de coup bas ?

Parnell réfléchit un moment avant de répondre.

— Non.

— Si je me souviens bien, tu as des copains qui aiment bien jouer les durs. Des vieux potes de catch devenus motards qui achetaient notre matos régulièrement. Les gars de la Croix de Fer. Ils sont où ? À Colombus ?

— Ces malades mentaux sont à Atlanta. Pourquoi ?

— Ça serait épatant de ne plus rien avoir en travers de notre chemin, là tout de suite.

— Précise ta pensée ?

— Ce que je veux dire, Joli Cœur, c'est que l'heure n'est plus à la discussion avec Bone.

29

Chez Pickren

DES averses s'abattaient sur Mercy Oaks et la pluie battante découragea les clients une bonne partie de l'après-midi. Pendant les temps morts, Maxine et Toxey buvaient des Coca sur des tabourets derrière la caisse en écoutant la radio. *It's Four in the Morning* de Faron Young passait sur WRMO quand elle se pencha pour baisser le volume et encourager Toxey.

— Relis-la-moi.

— Je sais pas.

— Allez, allez, dit-elle.

Il regarda le carnet sur ses genoux, parcourut le texte raturé et les commentaires de Maxine dans les marges, une écriture charmante, tout en boucles, qui adoucissait les critiques.

> Chère madame Russoff, je suis photographe amateur et j'aimerais savoir s'il serait possible d'exposer mon travail dans votre musée ?

Un break s'arrêta le long du trottoir. Pickren en sortit à la hâte et apparut quelques instants plus tard, trempé jusqu'aux os, un exemplaire du *Searchlight* glissé sous l'aisselle, tandis que Toxey reprenait à haute voix la dernière version de sa lettre.

— Moi, si j'écrivais à cette Yankee arrogante, j'enlèverais le terme “amateur”, déclara Pickren. Et le passage où tu dis que tu n'as pas de formation proprement dite. Et tout ce laïus sur le fait de saisir l'âme de ta ville natale... Bla bla bla.

— Mais c'est vrai, dit Toxey. Je n'ai pas été exposé une seule fois.

— Il faut savoir te vendre, fiston. Dis-leur que la moitié de la ville a acheté tes photos. Et n'oublie pas de mentionner la quincaillerie.

— Ne fais pas ça, dit Maxine à Toxey avant de se tourner vers son père. Je crois qu'il a intérêt à être honnête, papa. Laisser les photos parler d'elles-mêmes. Toxey ne cherche pas à vendre des services à fondue ou des tondeuses à gazon. C'est de l'art.

— Tout de suite les grands mots.

Il fouilla dans sa poche et tendit à Toxey une pellicule de film.

— Dès que la pluie s'arrête, va donc prendre des photos des statues à Oakmont, tu veux ? Le juge Cecil a demandé si on en avait.

Pickren parcourut le magasin désert du regard. Il tira une cigarette d'un paquet de Salem, l'alluma et, tout en la pinçant entre deux phalanges, il ouvrit le journal et alla directement aux publicités. Il montra la dernière page à sa fille et à Toxey.

— Qu'est-ce que vous en dites ? PICKREN TORD LE COU À L'INFLATION ! PROMOTIONS JUSQU'À LA FIN DU MOIS.

— J'aime bien, dit Maxine.

— Moi aussi, dit Toxey.

Pickren sourit et s'avança vers le poêle ; le banc et les chaises devant étaient vides, tous les anciens qui y flânaient d'ordinaire étant cloîtrés chez eux à cause de la météo. Maxine regarda Toxey et leva les yeux au ciel. Elle portait des tennis et un short en daim en patchwork avec des fermoirs en cuivre et, quand elle se déplaça sur le tabouret et croisa les pieds, elle le surprit à lorgner ses jambes.

— Par ici, dit-elle avec un grand sourire et un claquement des doigts. Avant que tu te mettes à baver.

Il se détourna, tout penaud, mais Maxine sourit et tapota l'ébauche de lettre du bout du doigt.

— Pour moi, tu dois garder le passage sur les portraits et les paysages, dit-elle. Il faut donner une idée de tes thématiques. C'est important.

— Merci pour ton aide.

— C'est normal. Je trouve tes photos épatantes, Toxey. Elles me plaisent vraiment.

— Mais tu crois que ça vaut la peine ? Y a pas moyen que cette femme s'intéresse à moi. Elle lira sans doute même pas la lettre.

— Tu renonces avant même d'avoir essayé. C'est pas la bonne attitude.

— C'est ce que dit Frida.

— C'est qui, Frida ?

— La dame qui m'a embauché pour prendre des photos à la Lokutta. Elle travaille avec les animaux, elle étudie les maladies. Elle y va pas par quatre chemins quand elle te donne un conseil.

— Tu devrais l'écouter. Dis, à propos, un type a acheté une de tes photos l'autre jour. (Maxine se tourna et cria à son père :) Papa, c'était qui ce grand type sinistre qui a demandé à voir Toxey ?

— C.T. Bone, répondit Pickren depuis sa chaise auprès du poêle. Il est taxidermiste. Il a acheté une photo de la fête foraine, avec la grande roue. Ah oui tiens. Bone a dit qu'il avait du travail pour toi, Toxey, il veut que tu photographies ses spécimens empaillés, pour un magazine ou une brochure. Il te dit d'aller le voir à son atelier lundi après-midi. Il paie vingt-cinq dollars.

— Vingt-cinq dollars ?

— C'est ce qu'il a dit.

— C'est où, son atelier ?

— Pas loin de la Lokutta, au croisement de la Old Zebulon et de la route 109. La Central Railway passe devant. Tu peux pas la louper. Il a bien insisté pour que tu apportes des photos de cette grande roue.

— La grande roue, se dit Toxey à part lui. (Puis :) Bone, c'est ça ?

— Tu le connais ? dit Maxine.

— Le nom me dit quelque chose.

— On dirait que tu t'es trouvé un boulot.

Toxey s'autorisa un sourire.

— Ouais, c'est vrai.

— Au fait, je réfléchissais, dit Maxine. On devrait monter une expo de tes photos, ici en ville. Une vraie, que tu pourrais mentionner dans ta lettre.

— Ça serait super.

— Ben oui.

— Mais comment on s'y prend ?

— Peut-être à la bibliothèque. Je suis tombée sur M. Gayle l'autre jour, et je lui ai parlé de tes photos.

Apparemment, il en a vu quelques-unes chez le coiffeur. Il ne savait pas qu'elles étaient de toi. Il était vraiment impressionné. Il se trouve que sa mère est au Pilot Club, et ils cherchent à monter une expo pour les élèves et les anciens élèves de Mercy Oaks High.

— Vraiment ?

Maxine acquiesça.

— Ça lui a plu de savoir que tu as continué la photo. Il a demandé si tu étais toujours timide comme un chat dans son panier. J'ai dit que tu étais plus comme une tortue dans une boîte.

— J'imagine que je dois prendre ça pour un compliment.

— J'ai quelques idées et je me disais qu'on pouvait en discuter, dit Maxine. (Elle jeta un œil à son père par-dessus son épaule avant de baisser la voix.) Devant un film par exemple ?

— Un film ?

— Tu sais ? Des images animées avec du son. Ils passent *Night of Dark Shadows*. Ça te dit ?

— Au drive-in ? Mais je n'ai pas de voiture.

— Je peux emprunter la Plymouth.

— Tu veux y aller avec moi ?

— Non, avec Elvis. Alors, t'es partant ?

— Je crois qu'on va s'attirer des ennuis. De gros ennuis.

— Non, de petits ennuis sans importance. Et puis, on est des adultes, Toxey. On a l'âge de boire une bière, de voter ou de mourir à la guerre. Si tu as peur qu'on nous voie ensemble, je peux t'amener dans le coffre de la voiture.

— Très drôle. Tu n'es pas inquiète, toi ?

— Non.

— Tu veux y aller quand ?

— J'aurais dit ce soir s'il ne pleuvait pas.

— Je ne peux pas, de toute façon. Mon père veut qu'on fasse un truc ensemble.

— Ça n'a pas l'air de t'enchanter tant que ça.

Toxey fronça les sourcils, mais ne répondit pas. À travers la fenêtre, il regarda le trottoir battu par la pluie.

Il y eut un silence, puis il tressaillit quand Maxine se pencha pour lui murmurer quelque chose à l'oreille. Il sentit le Coca dans son haleine. Il eut la chair de poule et prit garde de couvrir son entrejambe avec son carnet.

— Alors ? dit-elle. Demain soir. Au Dairy Queen à sept heures et demie. C'est à prendre ou à laisser.

Toxey plongea les yeux dans son Coca, réfléchissant à l'invitation, écoutant le tonnerre et la pluie tambourinant sur le toit et dégoulinant des gouttières dans la rue et les bouches d'égout, puis, après un instant d'incertitude, il hocha la tête. Elle sourit, ils entendirent un raclement de gorge exagéré et ils se tournèrent en même temps vers Pickren, qui les observait par-dessus son journal, le front plissé, une cendre gigantesque au bout de sa cigarette, qu'il fit tomber par terre avant de demander à Toxey de passer un coup de balai dans le magasin.

30

Cimetière d'Oakmont

À QUATRE heures, l'orage était passé. Pickren versa sa paie de la semaine à Toxey et le lâcha dans la nature avec son appareil photo. Maxine le salua avec un sourire amical et légèrement espiègle et, euphorique à l'idée d'un rencard en bonne et due forme, il dépassa le siège du comté pour rejoindre Grand Street. Le soleil brillait, de la vapeur montait de l'asphalte, et plusieurs hommes étaient sortis fumer des cigarettes devant la station de taxis. Quelques-uns jouaient aux cartes assis sur des caisses. Toxey jeta un regard dans une ruelle pour voir si une image ou une scène l'inspirait, et, ne trouvant rien, il prit à gauche sur Shotwell Street et quitta la ville, cap vers le sud.

Il dépassa une église afro-américaine et un cordonnier, puis, deux rues plus loin, les commerces laissaient place à une zone résidentielle, des demeures majestueuses avec des colonnes et des chênes dans le jardin, de la mousse scintillant comme des stalactites sur de longues branches tordues, avec le château d'eau qu'on distinguait par-dessus les toits.

Quand il arriva à Broughton Street, il aperçut le vieux portail en fer forgé du cimetière, et l'entrée d'Oakmont Park.

Il y avait une odeur de terre moite dans l'air et de grandes flaques de pluie autour du kiosque. Le drapeau confédéré, rouge avec une croix bleue striée d'étoiles, flottait à un mât à l'autre bout du parc. Toxey s'essuya le front avec sa manche, puis il contourna un canon exposé sur un large socle en granit. Il suivit une allée en brique jusqu'à la première d'une série de six statues érigées en l'honneur des soldats nés à Mercy Oaks qui étaient morts en combattant l'armée de l'Union. Il n'avait jamais lu les inscriptions auparavant, ne connaissait ni le nom de ces soldats ni leur histoire, n'y avait jamais prêté attention. Ils avaient toujours été là, vaillants malgré la moisissure, et semblaient être importants, car chaque année les United Daughters of the Confederacy et autres groupes de défense de l'héritage sudiste se rassemblaient dans le parc avec leurs drapeaux et leurs tracts pour leur rendre hommage.

Une grille en fer forgé entourait la plus grande des six statues, cinq mètres de haut, représentant un premier lieutenant du nom de Brinson debout sur une colonne, avec sa vareuse et son képi, sa main droite agrippant le canon d'un fusil Enfield. Il y avait un homme assis sur un banc de l'autre côté du monument, qui lançait des pop-corns au caramel à une bande de colombes. Toxey lui adressa un signe de tête, puis il contempla la sculpture un moment, le visage très réaliste, le menton levé d'un air de défi, et les yeux perdus dans le vide avec un orgueil las. Toxey prit quelques photos, mit un genou au sol pour une vue en contre-plongée, et attendit un coup de vent. Le drapeau en arrière-plan commença à claquer dans la brise et il déclencha l'appareil. Toxey se redressa et observa la statue, quand l'homme sur le banc lui adressa la parole.

— Bonjour, jeune homme.

— Bonjour.

— T'es du journal ?

— Non, monsieur.

L'homme était de frêle carrure. Il y avait une canne à côté de son genou et il portait un Borsalino marron, le pantalon remonté haut sur ses hanches et une chemise à carreaux. Il était mal rasé, paraissait malheureux, gris et ridé, et quand Toxey s'approcha les oiseaux s'égaillèrent dans tous les sens. L'homme consulta sa montre, regarda le portail du cimetière et marmonna quelque chose. Puis il sortit une flasque, l'ouvrit, but une gorgée et la tendit à Toxey.

— Non, merci monsieur.

— Pourquoi tu prends une photo de ça ?

Toxey considéra la statue.

— Je ne sais pas, dit-il. Elle a quelque chose.

— Et dire qu'on a donné sa propre statue à cet enfoiré de lâche.

— Pardon ?

— Ce Brinson, là, dit l'homme avec un mouvement de sa canne. C'est un horrible froussard. La vérité, c'est qu'il a fui les combats dans un bateau sur la Cumberland et qu'il a laissé ses hommes mourir tout seuls. Mais c'est la vie. Ces salopards de riches s'en sortent toujours. Ils ne racontent pas ça dans les livres d'histoire, hein ?

— Sans doute pas.

— Je ne sais pas pourquoi les crétins d'ici célèbrent cette guerre. Nous avons perdu. Nous étions des sales traîtres et nous avons perdu.

— Pourquoi ils se battaient ?

— Tu ne sais pas ?

— Ben, je suis pas tout à fait sûr.

— Pour le droit de posséder des gens. De les posséder, comme du bétail. Ne laisse personne te dire le contraire.

L'homme observa l'entrée du cimetière un moment.

— Tu sais ce que c'est que l'horreur, jeune homme ?

— L'horreur ?

— L'horreur, c'est quand des gens bien meurent beaucoup trop jeunes. Comme ma fille. Elle est ici, dit-il en désignant le cimetière.

— Je suis désolé, dit Toxey.

— Ne le sois pas. C'est pas toi qui l'as tuée. C'est la polio. Et chaque année, le même jour, je viens ici, je m'assois, je donne à manger aux oiseaux, je bois un coup et j'essaie d'atténuer la douleur d'être en vie.

Toxey l'examina un moment, puis il lui demanda s'il pouvait faire un portrait de lui.

— Pourquoi tu veux faire ça ?

— Votre visage, dit Toxey en prenant le temps de choisir ses mots. Il me raconte une histoire. Je veux voir si je peux rendre ça dans une photo.

L'homme réfléchit à sa demande et, après quelques secondes, il hocha la tête en signe d'assentiment. Comme s'il rassemblait une dignité oubliée depuis trop longtemps, il se redressa, ajusta son chapeau et croisa les mains sur le pommeau de sa canne.

— Tu veux que je te regarde ?

— Regardez juste où vous devez regarder, dit Toxey. Et pensez à ce à quoi vous devez penser.

L'homme fronça les sourcils, fixa le sol et se rembrunit. Toxey prit plusieurs photos et l'écouta parler de sa fille.

— Elle est morte en 1946, dit-il. Paralysée et clouée au lit jusqu'à ce que ses poumons cessent de fonctionner et qu'elle suffoque. C'était une fille heureuse, en pleine santé, jusqu'à ce que ce foutu virus la réduise en cendres. C'est arrivé de nulle part, un été. Et pas un jour ne passe sans que je me dise que j'aurais pu faire plus. Mais je ne suis pas médecin. C'est ça, l'horreur, fiston. Être impuissant devant ta petite fille qui meurt tandis que les lâches, les crétins et les petits princes à la manque comme ce fils de pute là-haut raflent toujours la mise.

Le vieil homme regarda la statue, puis il tourna la tête et cracha.

— Qu'est-ce qui est arrivé à Brinson ?

— Oh, il a eu une vie heureuse et facile. Comme tous les autres. À qui il te fait penser ?

— Je ne sais pas, dit Toxey. Mais son visage est familier.

— Tu sais qui est Elder Reese, n'est-ce pas ? Le type qui se présente au Congrès.

— Ouais.

— C'est son arrière-grand-père.

Toxey scruta de nouveau la statue, puis il entendit un cri dans la rue et l'homme jura et s'éloigna d'un pas lent. Une femme vêtue de noir s'était effondrée par terre devant le portail. Elle sanglotait, un bouquet de fleurs fanées dans une main, et Toxey prit une photo de l'homme qui s'éloignait, sa femme floue et impuissante en arrière-plan au moment où il agitait la canne dans sa direction en vociférant.

— Merde, ça va pas encore recommencer, dit-il. Chaque fois c'est pareil.

31

King's Quarters

Tu ne peux pas faire ça, se reprocha Toxey dans sa barbe en rembobinant la pellicule.

Tu n'aurais pas voulu que quelqu'un prenne maman en photo quand elle pleurait la mort de Bo.

Il ruminait encore sur la femme en deuil devant le cimetière, l'impulsion qui l'avait poussé à prendre une photo en douce, et la culpabilité qui avait suivi. Il avait brandi son appareil et s'était précipité pour demander à l'homme si elle avait besoin d'aide. L'homme avait décliné, son humeur s'était un peu adoucie et il avait eu des mots amicaux pour Toxey, puis il avait aidé sa femme à se redresser et l'avait accompagnée jusqu'à une berline garée le long du trottoir.

Toxey les avait laissés pour prendre plein ouest sur Broughton Street et rejoindre Water Street, et au bout de quelques minutes il avait vu les cheminées de la fonderie au loin et l'interminable rangée de maisons longues et étroites typiques du Sud le long de la Noonday. Il y avait un bateau près de la berge, trois pêcheurs qui observaient le juke-joint avec intérêt. C'était vendredi soir, il n'était pas loin de six heures, les habitants des Quarters avaient l'air survoltés, et il y avait déjà du remue-ménage au Guslove's, où des adjoints du shérif avaient menotté un vagabond affublé d'un costume mal taillé et le conduisaient à leur voiture. Il y avait un attroupement et plusieurs hommes en retenaient un autre, la tête en sang, qui pointait du doigt le vagabond en lui lançant des obscénités et des menaces. Toxey poursuivit jusqu'à chez lui et aperçut la trois portes d'Alma à la peinture délavée dans l'allée, et le pick-up de son père garé dans le jardin. Il regarda le pick-up, laissa échapper un petit soupir d'appréhension et entra.

Un ragoût de tomates, haricots et porc fumé mijotait sur la cuisinière. Il vit son père dans le salon, assis dans le canapé devant la télévision, sa mère dans son fauteuil à côté de la fenêtre en train de donner à manger à une des jumelles. Elle le regarda, sourit faiblement, et Toxey lui demanda comment elle allait, mais elle se contenta de se balancer d'avant en arrière, puis elle prit le biberon de la bouche du bébé et lui essuya le menton. Son père avait une bière sur les genoux, il l'éclusa puis lança la canette vide à Toxey.

— Passe-m'en une autre, tu veux ?

Toxey hocha la tête et remarqua, au milieu d'une mêlée d'enfants par terre, une de ses nièces qui se levait et s'approchait pour lui enlacer la jambe. Il la prit dans ses bras et l'emmena dans la cuisine.

— Tu as faim, Tiffany ? dit-il.

— Je veux du jus de pomme.

— Qu'est-ce qu'on dit ?

— S'il te plaît, dit-elle en touchant la sangle de l'étui du Canon.

— Tu sais ce que c'est ?

— Un appareil photo.

— Exact. Bravo.

Toxey versa un verre de jus à la petite fille, attrapa une canette de Stroh pour son père, et retourna dans le salon. Il entendit des voix, puis le cri soudain d'une de ses sœurs dans la chambre du fond, regarda son père depuis le couloir et lui demanda si tout allait bien.

— Alma a été virée, dit son père.

Il ouvrit la canette de bière. But une gorgée, ses yeux sur l'appareil photo autour du cou de Toxey.

— Comment ça se fait ?

— Chépas.

— Maman va bien ?

— Tu la vois, non ? dit son père avant de reporter son attention sur la télévision. Toujours pareil. Après la pluie vient la pluie. Rien ne change jamais. Sers-toi du ragoût.

— Je vais en prendre.

Toxey s'attarda un moment, comme si son père allait dire quelque chose.

— Je suis désolé pour ce que je t'ai dit l'autre soir. Viens, on va sortir s'amuser ce soir, toi et moi. Besoin de décompresser un peu.

— OK.

— Enfile un jean correct et une chemise propre, d'accord ?

— OK.

Toxey emprunta le couloir et trouva Connie qui consolait Alma dans sa chambre, la benjamine et la cadette de ses sœurs assises sur le lit, Alma sanglotant contre l'épaule de

Connie, un mouchoir en boule dans une main, une brosse à cheveux dans l'autre. Le dernier-né de Connie, onze mois, était étendu sur le dos avec une tétine dans la bouche. Toxey avait déjà vu cette brosse à cheveux, quand la poisse, une rupture ou un malheur quelconque leur tombait dessus et que les filles se brossaient alors mutuellement les cheveux. La brosse jouait un rôle de réconfort entre elles, et Toxey n'avait jamais posé de question. La dernière fois qu'il avait vu la brosse, un homme avait suivi Millie chez elle depuis la cafétéria et lui avait craché des insultes quand elle avait repoussé ses avances.

— Ferme la porte, dit Connie.

— Qu'est-ce qui s'est passé ?

— Ils l'ont virée, elle et d'autres filles, au Bellflower.

Alma secoua la tête, dégoûtée. Elle avait les yeux rouges et mouillés de larmes et sa lèvre tremblait quand elle respirait. Toxey s'assit sur le lit, passa son bras autour d'Alma et la serra contre lui.

— Merci, petit morveux, dit-elle.

— Pourquoi ils t'ont virée ?

— Ils m'ont pas donné de raison, dit Alma. Ils m'ont jetée comme une malpropre. Oh, Seigneur. Je peux pas me permettre de perdre mon boulot, là tout de suite.

Connie regarda Toxey et tendit la tête vers la rue.

— La voiture, lui rappela-t-elle.

— Je viens de faire un crédit pour ce vieux tacot pourri, dit Alma en réprimant une nouvelle crise de larmes. Et maintenant j'ai sept cents dollars à rembourser. Y a pas de travail dans cette ville et c'est hors de question que je retourne à la ferme. J'ai juré que je ramasserais plus jamais une feuille de tabac, Dieu m'en soit témoin.

— Tu vas trouver quelque chose, dit Toxey.

Il enleva l'appareil de son cou, se pencha, retira sa Converse et sortit sa paie de la semaine de sa chaussette. Il préleva un billet de cinq dollars qu'il garda pour lui et tendit le reste à Alma.

— Tiens, dit-il. J'ai un rencard, sinon je t'aurais tout donné.

— Un rencard ? Avec qui ?

— Maxine.

— La hippie ?

— On va juste voir un film.

— Ça m'a l'air d'être une très, très mauvaise idée, dit Connie.

— Bref, dit-il, avant de se tourner vers Alma. Je peux trouver de l'argent. Vingt-cinq dollars. Peut-être plus. Une autre mission de photographe.

Alma toucha la liasse.

— Elle est moite de sueur, dit-elle.

— Elle sent mes pieds, aussi, mais ça se dépensera tout pareil.

— Merci, petit morveux.

— Les morveux, ils sont là-bas avec maman, dit Toxey. J'arrive plus à suivre avec tous les gamins du quartier ici. Il nous faudrait des badges pour tous ces gosses.

— Papa est toujours là ? dit Connie.

Toxey acquiesça et dit :

— Il veut que je l'accompagne au Guslove's ce soir. Il essaie de passer du temps avec moi, je crois.

Alma et Connie échangèrent un regard, puis Connie dit :

— Papa n'a pas payé le loyer le mois dernier.

— Qu'est-ce qu'il a fait de l'argent ?

— Fais-moi plaisir, dit Connie. Si tu vois une paire de dés qui sort ce soir, tu arraches papa de là fissa.

32

Paces Fish Camp

La cabane de rondins convertie en restaurant était située sur un monticule qui surplombait la Noonday et, faisant fi des moucherons et des moustiques, Frida s'installa à une table dans le patio extérieur avec un livre et un verre de thé glacé en attendant son plat. La rivière était haute et boueuse et une lumière picturale couleur pêche tombait en rubans sur l'eau. Les récents orages donnaient un coucher de soleil spectaculaire et certains clients prenaient leur repas à emporter et descendaient pique-niquer sur les berges. Certains étaient assis sur le hayon de leur pick-up et mangeaient dans un champ adjacent qui tenait lieu de parking. Seule et étrangère, Frida aimantait les regards, mais elle s'en fichait. Quand la serveuse lui apporta une assiette de poisson-chat frit avec des boules de semoule de maïs frite et du pain de maïs, elle déplia une serviette, la posa sur ses genoux et mangea avec détermination. Une fois son repas terminé, elle repoussa son assiette et commanda une bière.

Elle en était à la moitié de sa bouteille de Pabst, absorbée dans son livre, quand elle entendit un pas lent. Elle vit Shorty Teague qui approchait en agitant une boîte de tabac à chiquer Skoal, le cou tendu pour distinguer la couverture du livre.

— *Accross the Wide Missouri* ? Ça parle de quoi ?

— De trappeurs de fourrure. Comment ça va, Shorty ?

Il sourit et regarda son assiette, où ne restaient que des miettes.

— Je t'avais dit que c'était le meilleur poisson-chat de la ville.

— Tu ne mentais pas, dit-elle. Je pourrais manger ici tous les jours.

— Y a des gens qui font ça, et ça se voit au niveau des hanches.

Elle sourit et poussa une chaise vers lui.

— Tu veux t'asseoir ?

Shorty attira l'attention de la serveuse et lui fit signe de lui apporter une bière. De l'autre côté du patio, un groupe de pêcheurs fraîchement sortis de l'eau fumaient, buvaient et lançaient des regards à Shorty. Il les entendit rire, fit volte-face et leur adressa un doigt d'honneur en guise de réponse. Puis il approcha sa chaise et s'installa à côté de Frida.

— Fais pas attention à eux.

— Tu sais, là d'où je viens, faire un doigt à quelqu'un est considéré comme un geste amical. Le bonjour michiganais, on appelle ça.

— C'est juste des camarades de pêche qui m'asticotent.

— Pourquoi ?

— Parce que j'essaie de parler à une dame après… Bref… Laisse tomber. Tu n'es sans doute même pas au courant.

— Au courant de quoi ? Que ta femme est partie avec un prédicateur ?

Shorty grimaça.

— Saleté de ville.

— C'est pareil partout. Je sais qu'on m'appelle "la dame aux cochons". C'est vrai ?

— C'est vrai, dit-il avec un grand sourire.

— Mais je suis désolée quand même. Je m'y connais un peu en mariages ratés. Tu n'as pas d'enfants, si ?

— Juste un chien, et j'ai eu la garde à plein temps. Et toi ?

Frida baissa les yeux et secoua légèrement la tête.

— Alors, tu vas essayer de te rabibocher avec elle ? dit-elle.

— Jamais de la vie.

— À la bonne heure. Tu n'as pas l'air amer ou fâché ?

— Je crois que j'ai sauté les étapes et que je suis passé direct à l'acceptation. C'est pas mon genre, de toute façon. Ma mère est plus déçue que moi.

— Un beau gosse comme toi ne devrait pas avoir trop de problèmes à trouver l'amour.

Devant les yeux noisette de Frida qui lançaient des étincelles, Shorty s'empourpra et s'affaira à décoller l'étiquette de sa bière.

Ils ne parlèrent pas pendant un moment, puis Frida dit :

— T'as pris quelque chose ?

— Le crapet mordait pas mal.

— Au flotteur ou à la tête plombée ?

— Un peu des deux. J'utilisais un marabou jig. Comment tu connais ça ?

— Mon grand-père m'a appris à me servir d'un marabou.

— Le mien aussi.

Ils se dévisagèrent, puis Shorty détourna le regard. Frida replaça une mèche derrière son oreille avant de boire une gorgée de bière.

— J'ai quelque chose à fêter aujourd'hui, dit-elle.

— Ah bon ?

— Après un an à procrastiner, j'ai commencé un nouveau livre.

— Sur la Lokutta ?

— En un sens, oui. Je suis allée faire des recherches à la bibliothèque. Je savais pas du tout qu'il y avait eu une épidémie d'encéphalopathie spongiforme ici il y a deux cents ans. Enfin, c'est ma théorie, en tout cas.

— Encépha-quoi ?

— Une maladie débilitante, spécifiquement chez les cerfs de Virginie.

— Je savais pas non plus, dit Shorty. Qu'est-ce que c'est ?

— Une infection neurologique mortelle dont j'ai entendu parler quand j'étais en maîtrise. On l'a découverte en 1967 dans le Colorado quand des cerfs hémione en captivité sont tombés malades. On n'a pas encore de preuve que ça ait contaminé les États voisins, et certainement pas aussi loin que la Géorgie, mais ma théorie, c'est que l'épidémie serait partie de la Lokutta au XVIIIe siècle.

— Basée sur quoi ?

— Une vieille légende indienne. Personne ne sait quelle maladie c'était, et elle n'est jamais revenue, jusqu'à aujourd'hui, potentiellement. Je suis encore en train de démêler tout ça.

Shorty leva un sourcil.

— Jusqu'à aujourd'hui ?

— En temps normal, j'aurais écarté ce genre de sornettes, mais il y a toujours un fond de vérité dans ces trucs-là, non ? J'étais sur les terres de la Reese Paper et je faisais un prélèvement sanguin sur un cochon quand un des forestiers m'a parlé d'une biche qu'il avait vue récemment. Elle avait l'air émaciée. Avec autant d'agriculture et de ressources disponibles, c'est inhabituel de voir des herbivores souffrir de malnutrition ici. Je voulais te demander : est-ce que quelqu'un a vu des cerfs en mauvaise santé récemment ? Maigres, en déséquilibre sur leurs pattes, avec un comportement étrange ?

— Pas que je sache, dit-il. Mais ça peut valoir la peine de demander à droite à gauche. Je commencerais avec C.T. Bone, le taxidermiste. Il en connaît un rayon sur tout ce qui est faune sauvage dans le coin.

— Bone ? (Les yeux de Frida s'illuminèrent.) Je connais ce nom. Avec Toxey, on a rencontré une femme du nom de Teresa Bone cette semaine pendant notre excursion. On est tombés sur son terrain par mégarde.

— C'est sa mère. Un peu flippante, non ?

— Elle n'était pas excessivement amicale, mais elle a piqué ma curiosité. Elle m'a raconté une histoire sur les Creeks, qui ont vu un troupeau de cerfs mourir d'une épidémie un hiver. Mais je ne trouve pas la moindre référence à cet événement dans les livres d'histoire ou d'anthropologie.

— C'est la première fois que j'en entends parler, dit Shorty. On dirait le genre de légende qui se transmet de génération en génération. Les gens d'ici vivent un peu dans leur propre monde. Et Mme Bone est connue pour s'adonner à la médecine populaire et aux rituels tribaux. (Il désigna la bière presque vide de Frida.) T'en veux une autre ?

— Tu lis dans mes pensées, Shorty Teague.

Il alla au bar et, quelques instants plus tard, il revint avec deux bouteilles de Pabst.

— Donc, cette encépha…

— Encéphalopathie spongiforme transmissible. C'est le nom clinique, et ce n'est que pure spéculation de ma part. C'est une sorte d'encéphalite qui a tué ces cerfs hémione dans l'Ouest. Elle a une longue période d'incubation, les symptômes peuvent mettre un an ou deux avant de se manifester, mais quand ils sont là, on ne peut pas les louper. Perte de poids, tremblements, c'est une mort horrible. Un collègue de Fort Collins ne sait pas si ça peut se diffuser, disons à des wapitis ou des cerfs de Virginie, mais quelque chose me dit que la maladie est présente dans des troupeaux sauvages en ce moment même et qu'on ne l'a juste pas encore détectée. Quand elle se manifestera dans un élevage de gibier commercial ou un zoo, on le saura avec certitude.

— Est-ce que les humains peuvent l'attraper, en mangeant la viande par exemple ?

— Une transmission inter-espèces ? dit-elle avec un haussement d'épaules. Je sais pas. Mais on est complètement dans le flou, notamment sur les causes de cette infection. Des protéines toxiques ? Si on mange suffisamment de viande contaminée, il est possible qu'après des dizaines d'années la maladie se manifeste subitement – comme la syphilis. On est dans la science-fiction, mais j'ai appris qu'en matière de maladies animales, tout est possible.

— C'est inquiétant, ça. Moi qui adore la longe grillée.

— En parlant de la Lokutta, ce type de la police d'État m'avait l'air bien pressé. Au moins, il n'a accordé aucun crédit aux délires des frères Mitchell, comme quoi je serais une sorte de tueuse en série. Ceux-là, je pourrais leur tordre le cou.

Shorty leva les yeux au ciel et soupira. Il parcourut la terrasse du regard, puis il se pencha vers Frida.

— Ces gamins sont dans le pétrin jusqu'au cou, t'en fais pas. J'ai passé toute la journée à balader Whitehead, au nom de la coopération et de l'assistance, mais tout ça me paraissait très…

— Superficiel ?

— Oui, voilà, c'est le mot. Tu sais, moi je suis juste là pour vérifier les permis de pêche et traquer les braconniers, donc ça va au-delà de mes compétences, mais entre toi et moi, je ne peux pas m'empêcher de penser qu'il y a quelque chose de louche dans cette histoire.

— Comment ça ?

— J'ai juste l'impression que ce corps qu'on a trouvé là-bas, cette pauvre fille dont personne ne sait rien, a été mis sous le tapis. Et ces photos d'elle que ton ami leur a confiées, Whitehead les a rapportées à Atlanta et j'ai entendu personne piper mot depuis. Devrait au moins y avoir un signalement de cadavre non-identifié. Mais j'ai vérifié auprès d'un pote au bureau du shérif et il n'y a pas de rapport, rien.

— Quelqu'un doit bien savoir qui c'était ? dit Frida.

— Y a un autre truc qui me ronge, dit Shorty.

— Quoi donc ?

— L'idée qu'il pourrait encore y avoir un bébé quelque part dans la nature.

Frida secoua la tête d'un air consterné, puis elle se tourna vers la berge, sombre et sérieuse.

— Le monde est vraiment affreux, par moments.

— Tu l'as dit.

— Et si on parlait d'autre chose ?

— La pêche, par exemple ?

— Ouais, par exemple.

Ils regardèrent une serveuse faire le tour de la terrasse en allumant des lampes à kérosène dans le patio. Il y avait quelques pique-niqueurs en contrebas sur le flanc de la colline. Au milieu des rires et des voix indistinctes, un homme dans le restaurant commença à gratter une guitare et à chanter un air de Jimmie Rodgers. Shorty éclusa sa bière et s'éclipsa un instant, pendant lequel elle rapprocha sa chaise de quelques centimètres, puis il revint une minute plus tard avec deux Pabst Blue Ribbon glacées. Elle leva les yeux vers lui, sourit et but une gorgée. Puis elle inclina sa bouteille vers la sienne, fit tinter le verre contre le verre, porta un toast aux nouveaux compagnons, sentit le genou de Shorty frôler le sien, et de la rivière leur parvint le sifflement nuptial des rainettes, leur voix d'oiseau fendant l'air tandis que les nuages avalaient les derniers rayons de soleil.

33

Croisement de 14th Street et de Peachtree Street
Atlanta, Géorgie

À DEUX kilomètres du quartier d'affaires, Parnell Weems roulait tranquillement dans une Corvette Ontario orange louée à une des sociétés écrans d'Elder Reese. Il passa devant des trottoirs animés, des boutiques, des cafés et des bars miteux ; la journée ensoleillée faisait sortir les hippies, les toxicos et quelques touristes courageux, mais c'était surtout l'affluence de motos qui impressionnait Parnell. Il y avait des badges, des insignes, des emblèmes et des écussons partout où il posait les yeux. Il savait que cette petite enclave bohème avait récemment attiré l'attention des clubs de motards, comme n'importe où existait une demande de marijuana, de LSD et de PCP. Les amis de Parnell de la Croix de Fer ne faisaient pas exception et avaient un certain talent pour l'extorsion et les agressions en tous genres. Il repéra une place juste au sud d'une pension appelée The Mansion sur Peachtree Street et il approcha la Corvette du trottoir, se gara devant la rangée de motos et pria pour que la voiture soit toujours là quand il aurait fini ses affaires à Atlanta.

Dans le hall, il y avait quelques clients défoncés ou bourrés affalés dans des fauteuils. Un employé aux cheveux gras était assis derrière un guichet fortifié et écoutait la radio en lisant une bande dessinée. Parnell tapa du poing sur le bureau et l'employé leva les yeux.

— Un cinquante, sauf si vous payez à l'heure. Dans ce cas, c'est deux.

— Pas besoin d'une chambre. Où est Hurley ?

— Dernier étage.

— Quel numéro ?

L'employé haussa les épaules.

— Toutes, dit-il.

Parnell s'apprêtait à y aller quand l'employé ajouta :

— Hé, man. Dis-leur d'arrêter de balancer des mecs depuis le toit. J'en peux plus de leurs conneries.

Parnell leva un sourcil, puis il s'avança vers un ascenseur au bout d'un long couloir insipide. Il croisa le regard d'une prostituée, lui adressa un vague sourire, et comprit aussitôt son erreur. Elle lui sourit en retour, puis elle le suivit dans l'alcôve avec un léger boitement et lui demanda s'il avait des capotes, avant de l'informer du menu des activités à tarif préférentiel auxquelles elle était disposée à s'adonner, et de préciser qu'elle acceptait les espèces, les chèques et les Quaaludes. Parnell la rembarra et, comme elle insistait, il la repoussa et ferma la porte de l'ascenseur.

Il arriva au sixième étage et, avant qu'il ait pu frapper à la porte la plus proche, une jeune fille seins nus déboula dans le couloir et se couvrit la poitrine, mais à en juger par l'expression mystique sur son visage, elle semblait passer un bon moment. Elle disparut dans une chambre adjacente. Il entendit un pas lourd et, un instant plus tard, Hurley fusa devant Parnell pour se précipiter dans le couloir, nu à l'exception d'une veste en cuir, sa bite indiquant le chemin comme une baguette de sourcier.

— Elle est passée où, la petite ?

— 604, je crois.

— Dès qu'elle bouffe des champis, elle a envie de baiser Otis.

— Bon Dieu, tu pourrais enfiler un futal, Hurley.

Hurley baissa les yeux et grogna.

— Je reviens tout de suite.

Il laissa Parnell planté là sur le seuil. Quelques minutes plus tard, il revint vêtu d'un jean, une cigarette pendant aux lèvres. Il était poilu comme une marmotte et semblait ne pas avoir dormi depuis plusieurs jours. Il sourit et prit Parnell dans ses bras en le soulevant du sol.

— Tu m'as l'air de péter la forme, champion. Mais c'est quoi ce bronzage ? On dirait un poulet rôti.

Parnell grimaça et agita la main sous son nez.

— Hurley, tu pues le cul, mon salaud.

— Je prendrai mon bain cette semaine. Qu'est-ce que tu fous ici ? Viens, entre.

Parnell suivit Hurley dans la chambre et regarda autour de lui. Il y avait un lit, un tas de vêtements froissés, un Ithaca 37 sur la commode et une table de jeu jonchée de bouteilles de bière. Parnell s'installa à la table, prenant soin de ne rien toucher.

— J'arrête la production.

— Ouais, j'ai entendu ça, dit Hurley. T'es un garde du corps top niveau, maintenant, hein ? Ça te va bien, de te ranger.

— Y a rien de rangé dans la politique, dit Parnell. (Il afficha une mine grave.) J'ai un problème personnel, en fait. Et j'ai besoin d'un service.

— Tout ce que tu voudras, champion.

— Tu cherches un gros contrat ?

— Comme d'hab, frérot, si le prix est bon. Quand ?

— Lundi. À Mercy Oaks.

— Combien ?

Parnell fouilla dans sa poche et lui tendit une liasse de billets enroulée dans un bout de papier, avec une adresse et une carte grossièrement dessinée.

— Un taxidermiste. Bone, c'est son nom.

Hurley fit sauter la liasse dans sa paume.

— C'est un peu léger.

Parnell fouilla dans sa poche arrière et en sortit une autre liasse.

— Cinq de plus quand le travail sera fait, plus ma dernière récolte – cadeau de la maison. Tu la trouveras dans un entrepôt chez Bone. Mais attention. Il est coriace.

— On prendra l'artillerie lourde. Alors, c'est quoi le topo ?

— Longue histoire, dit Parnell avant de se lancer dans une explication, en modifiant certains détails pour protéger le coupable.

— Un traître *et* une pute infidèle, dit Hurley. Je te fais pas de reproche, Joli Cœur. J'aurais fait pareil à ta place. Mais les femmes et les enfants, mec ? T'es sûr de toi ? Tu rentres en terrain obscur, frérot.

Parnell hocha gravement la tête.

— Je veux que ni Bone, ni sa famille… ni ce petit bâtard ne voient Memorial Day.

34

Reese Paper Company

Kit bondit sur le lit et se mit à lécher le visage de Shorty, et celui-ci éclata de rire, esquivant la langue du chien tout en le frottant derrière les oreilles. Il entendit Frida se racler la gorge, pencha la tête et la vit sur le seuil, une tasse à la main, ne portant rien d'autre qu'une grosse chemise à carreaux, les cheveux lâchés sur les épaules, ses jambes pâles illuminées par un rayon de lune.

— C'est impressionnant, dit-elle. Kit n'aime personne.

— Eh ben, on dirait qu'il est fan de moi, dit Shorty en jouant avec le chien.

— Tu as le feeling avec les animaux.

— J'ai toujours eu un chien quand j'étais petit. Des chèvres, des poules et des cochons, aussi.

Frida siffla, et Kit leva les yeux, agita la queue, et se campa au bord du lit.

— Il est quelle heure ? dit Shorty.

— Tard. Ou tôt, c'est selon.

— Grosse journée ?

— Je vais mettre un réveil. Je dois inspecter les pièges avec Jim Gillies. Ensuite je file dans la Lokutta.

— Encore la Lokutta. Tu fais une fixation sur cet endroit, hein ?

— Je sais pas. Un bout de terre t'appelle, et tu ne peux plus t'en détacher.

Il se frotta les yeux et chercha sa chemise, avant de renoncer.

— On a passé un bon moment, pas vrai ?

Frida hocha la tête avec un sourire minaudier, puis elle but une gorgée d'eau. Elle posa sa tasse et se glissa sous les draps avec lui. Il sentit son genou remonter jusqu'à son ventre. Une main vint se poser sur sa poitrine, et il la prit dans la sienne, enlaçant ses doigts.

— Qu'est-ce qu'il y a ?

— Je me sens bien. C'est tout.

Ils restèrent allongés ainsi un moment, écoutant la stridulation zézayante des sauterelles vertes dehors, puis le chien se mit à ronfler, et Shorty regarda Frida. Elle respirait doucement, endormie dans ses bras, et il contempla le plafond et sentit le mouvement de son corps contre le sien. Son pouls s'accéléra, et il se tourna légèrement pour l'embrasser sur le front, avant de fermer les yeux, comme pour reprendre équilibre, prêt à quitter un rêve pour un autre.

CATAULA, GÉORGIE

LE PRÉSENT

35

Résidence Walden

TOXEY regarda sa main, crispant ses doigts comme s'il avait mal aux articulations.

— Où en étais-je ?

— À la nuit où toi et grand-père avez fini par avoir une explication, dit Cynthia.

— Ah oui, au Guslove's. Ton grand-père et moi, on a fini par s'accorder sur le fait qu'on ne se comprenait tout simplement pas. Les hommes dans ce bar, quelques-uns cherchaient à passer un bon moment, décompresser un peu après une longue semaine. Il n'y a pas de mal à ça. Mais ce dont je me souviens, c'est de voir des hommes malheureux dans leur vie, malheureux de leurs choix, qui buvaient pour oublier. Ton grand-père pleurait encore la mort de Bo, en plus, et il ne savait pas du tout comment gérer son deuil. Je pense qu'acheter une maison dans un meilleur quartier était une manière de passer à autre chose, et c'est ce qu'il voulait pour nous tous. Ça représentait un petit bout de succès. Mais quand il s'est fait court-circuiter au travail, puis qu'on lui a refusé le prêt, il s'est effondré. "Après la pluie vient la pluie", il m'a dit. "Et après le beau temps vient la pluie." C'est comme ça qu'il se sentait dans sa vie, embourbé dans la négativité et obnubilé par ses échecs. Bon Dieu, où est passé le temps ?

— C'est marrant, ça ressemble pas au grand-père que j'ai connu.

— Il a beaucoup mûri après ton arrivée. Comme nous tous.

— Comment ça ?

— Quand il est tombé malade, ton grand-père m'a dit qu'il m'aimait et qu'il était désolé pour son comportement. À ce moment-là, il avait arrêté de boire. Et on a quitté cette maison et les Quarters. Pour de bon.

— Je suis contente que ça se soit passé comme ça.

— Il t'aimait à mourir, dit Toxey d'une voix étranglée. Ça comptait beaucoup pour moi.

— Arrête, papa, dit Cynthia. Tu vas me faire pleurer.

Toxey essuya ses larmes. Un sourire parvint quand même à percer sur son visage.

— Ton grand-père a encore dilapidé un mois de loyer ce soir-là au Guslove's. C'était pas ça le pire, en plus.

— Qu'est-ce qui s'est passé ?

— Quelqu'un a sorti des dés. Et il voulait que je le suive avec quelques copains au coin de la rue et j'ai refusé. J'ai dit qu'il avait assez bu et qu'il était temps de rentrer.

— Qu'est-ce qu'il a fait ?

— Ton grand-père est devenu fou de rage et il m'a poussé. Il a dit que Bo était son seul fils et que Bo était mort. Alors je l'ai laissé là et je suis rentré, furieux. Par la suite, on a entendu qu'autour de minuit les flics ont fait une descente au Guslove's. Papa s'est fait embarquer.

— Oh mon Dieu, dit Cynthia. Il ne m'a jamais raconté ça.

— J'avais l'impression que c'était la fin du monde. Comme si notre famille était disloquée.

— J'ai l'impression que c'est la fin du monde maintenant, dit Cynthia.

Des oies cacardèrent dans le ciel et Toxey suivit leur progression.

— Quand Alma a perdu son travail, dit-il, on était désespérés et on avait besoin d'argent rapidement. On a rassemblé nos salaires pour payer le loyer et pour nourrir tous les petits. Il fallait s'activer, alors j'ai décidé d'aller voir ce taxidermiste. Bone, il s'appelait. Si seulement j'avais su ce qui m'attendait. En quelques semaines, j'ai assez vécu pour une vie entière. Dieu m'en est témoin.

— C'est-à-dire, ce qui t'attendait ?

Ils entendirent un brouhaha de voix, et Toxey regarda le centre de soins derrière lui. Il y avait un changement d'équipe, des employés qui se dirigeaient vers le parking, d'autres qui entraient dans l'établissement.

— C'est là que tu vis maintenant, Frida ?

— Hein ? (Elle lui prit la main et la tint dans la sienne.) Non, papa. Je suis Cynthia, ta fille. Cynthia. Tu te souviens ?

Il eut un sourire stupide.

— D'accord. Mais quand est-ce qu'on rentre à la maison ?

— Non, non, papa. C'est ici, la maison.

— Et mes affaires ? Où sont mes affaires ?

— Quelles affaires ?

— C'était toi, alors, hein ? dit Toxey, déboussolé, la colère montant dans sa voix. Qui as jeté mes albums photo ? Et mes boîtes à lumière et mes loupes.

— Papa, les albums, les portfolios, les négatifs, les vieilles pellicules, tout ça a disparu. Ils ont brûlé avec la maison. Et il n'y a plus de chambre noire. Tu ne te souviens pas ?

Il secoua la tête et retira sa main.

— C'est absurde. Tu racontes n'importe quoi.

Il se leva lentement et s'éloigna. Cynthia prit une grande inspiration, mais se garda d'insister. Elle rattrapa son père et le guida délicatement par le bras sur le sentier vers la résidence principale.

— Il faut que j'aille aux toilettes, dit-il. Où sont les latrines ici, bordel ?

— Viens. Je vais te montrer.

Elle lui tint la main et le conduisit à sa chambre, en fredonnant une chanson de Ray Charles qui avait généralement le don d'apaiser son esprit agité. Dans le couloir, ils croisèrent des gens en fauteuil roulant, leurs visages figés de stupeur, comme s'ils contemplaient un abîme qu'ils avaient eux-mêmes creusé. Quand ils arrivèrent à sa chambre, Cynthia tapa le code et déverrouilla la porte.

Il y avait un radio-réveil à côté du lit et elle l'alluma pendant que Toxey était aux toilettes, surprise d'entendre qu'il était réglé sur une chaîne de talk-show. *Mon Dieu, pourquoi il écoute ces horreurs ?* pensa-t-elle. Un homme déblatérait sur les milices et la police auxiliaire qui descendaient en ville pour combattre les manifestants, sur la force et la volonté et la répression de l'opposition et d'autres choses qui la mirent mal à l'aise. Écœurée, elle changea de station, optant pour une musique d'ambiance destinée à détendre les résidents quand ils commençaient à débloquer.

Elle entendit la chasse d'eau et, un instant plus tard, Toxey sortit de la salle de bains.

— Quand est-ce que tu es arrivée ? dit-il.

Il s'approcha et la prit dans ses bras, puis il s'assit dans un fauteuil devant la fenêtre. Ses épaules furent saisies d'un spasme et il prit sa propre main comme pour la stabiliser.

— Tout va bien ?

— Comme d'habitude. Et toi ?

Cynthia eut un sourire forcé, soulagée qu'il soit calme de nouveau. Parfois ces épisodes duraient quelques minutes, parfois ils duraient tout l'après-midi. Elle se leva et vint l'embrasser sur la tête. Puis elle s'assit au bord de son lit.

— Il faut que j'y aille.

— Déjà ?

— Je n'ai pas le choix.

Toxey alluma la télévision. Flash spécial sur toutes les chaînes ; ils virent tous les deux Elder Reese agripper un pupitre, lire depuis deux téléprompteurs, l'écran partagé avec des images d'un véhicule en feu, des manifestants battant en retraite devant une brigade de véhicules blindés, tandis que du gaz lacrymogène fusait dans les airs, une scène qui semblait se répéter dans tout le pays avec peu de variation.

— Il est affreux. Pourquoi personne ne fait rien ?

Il la regarda un moment, sans prononcer un mot. Enfin, il dit :

— Quelqu'un a essayé de le tuer. Et ça n'a fait que l'encourager.

— Pourquoi tu regardes ces bêtises, papa ?

— Je peux pas m'en empêcher.

— On dirait que tous les esprits sont empoisonnés. Je ne comprends pas comment on en est arrivés là.

Un long silence s'ensuivit, puis Toxey se racla la gorge.

— Moi si, dit-il.

— Pourquoi tu me regardes comme ça ?

— C'est… c'est rien.

— Ils ne vont pas tarder à servir le déjeuner. Tu as faim ?

— Pas vraiment.

— Il faut que tu manges quand tu prends ton médicament.

— Je sais. J'ai juste… juste…

— Quoi donc ?

— J'ai d'autres choses à te raconter, mais je suis fatigué, là. Je suis tellement fatigué. Quel jour sommes-nous ?

Elle le lui dit.

— Quand est-ce que tu peux revenir ?

— Dans deux ou trois jours. Mais j'aimerais qu'on fasse une sortie tous ensemble bientôt.

— Moi aussi j'aimerais bien. Mais juste toi pour l'instant, d'accord ? Jusqu'à ce que j'aie… fini cette histoire.

— Je ne comprends pas. C'est au sujet de ce rencard tabou avec Maxine Pickren ? Ou de tante Alma ? Tu n'as jamais voulu parler du suicide d'Alma, ni des drogues.

— Alma me manque, oui. Bo et Connie aussi. Et maman et papa. Tous, on est morts ou pas loin.

— Je t'en prie, ne dis pas des choses comme ça. Tu sais que je n'aime pas.

Toxey désigna une étagère à côté de la commode.

— Là, il y a un livre que j'aimerais que tu lises.

— Lequel ?

— L'auteur s'appelle Lovell. Tu le vois ?

Elle s'approcha de l'étagère et parcourut le dos des livres, quelques magazines, un livre de Diane Arbus qu'elle lui avait offert à Noël, un autre d'Henri Cartier-Bresson, mais là, calé au dernier rayon, il y avait un livre de poche. Elle le prit.

— *Le Roi fou* ?

— C'est ça.

— Pourquoi tu veux que je lise ça ?

— Juste… S'il te plaît.

Elle le regarda un moment tandis qu'il replongeait dans un silence pensif devant la télévision, mais bientôt ses yeux se fermèrent, son menton retomba, et il s'endormit dans son fauteuil.

Cynthia le recouvrit d'une couverture et baissa le volume. Elle mit le livre dans son sac et regarda son père un long moment, sentant un froid glacial en bas de la nuque. Puis elle finit par quitter la pièce à reculons. Ferma la porte et se dirigea vers le hall d'entrée, non sans avoir d'abord sorti le foulard rouge et se l'être attaché au bras afin que le monde entier puisse le voir.

TROISIÈME PARTIE

Des temps difficiles déferlent sur nous
Comme les vagues de la marée
Tel un rappel constant qu'à l'horizon
Nous guette un sort inexorable

THOU, *Unfortunate Times*

36

C'ÉTAIT le crépuscule et une lumière brumeuse filtrait entre les pins lorsque la biche fit son apparition.

Bone ajusta la mire de son fusil, le réticule duplex braqué sur le ventre de la biche qui flageolait le long d'une ligne d'abroutissement, sans manger, se contentant de renifler la litière, comme si elle cherchait à se souvenir de sa raison d'être dans les bois. La biche leva les yeux et tourna la tête dans sa direction, mais l'alarme intérieure qu'elle avait pu posséder avait disparu et elle le fixait du regard à cinquante mètres, à demi-lucide, agitée d'un léger tremblement, le flanc offert. Il pressa la détente et la biche tomba sur-le-champ.

Elle était rachitique, pesait moins de trente kilos, et Bone la hissa sur son épaule et la ramena à la ferme. La fille sortit de la petite cabane et entendit le coup de feu dans le jardin, les mains sur son ventre. Dans la pénombre du crépuscule, elle vit la tête de la biche rebondir sur la poitrine de Bone, du sang gouttant de sa langue sortie. Elle se couvrit la bouche, mais Bone lui dit de ne pas avoir peur. Elle le suivit jusqu'à l'arbre à dépecer, il étendit le corps sur le sol et alluma une lampe à pétrole.

— C'est celle qui était malade, c'est ça ?

Il acquiesça.

— Tu as mis fin à ses souffrances.

— C'était la bonne chose à faire.

— Donc tu aides une biche, mais tu ne veux pas m'aider moi ?

— Je t'ai dit d'arrêter de parler comme ça. Tu vas contrarier le bébé.

Il y avait de la fureur dans sa voix et elle l'observa un moment en silence. Il finit par se tourner vers elle.

— Est-ce que ça va ? Tu es souvent d'humeur très sombre ces derniers temps.

Elle frotta son ventre.

— Je suis juste perdue dans ma tête des fois. Je suis désolée.

— Ne le sois pas. Je connais cette sensation.

— Alors qu'est-ce que tu vas en faire ? Tu vas pas la manger, quand même ?

— J'avais une autre idée en tête.

— Pourquoi tu souris ?

— J'ai un rendez-vous avec Elder et je pensais lui apporter un peu de viande. Il adore le filet de cerf.

— Ça ne va pas le rendre malade ?

Il ne lui répondit pas, mais, en voyant sa mine, la fille éclata de rire. Bone pratiqua deux incisions rapides, puis il attacha les pattes arrière à une potence et hissa l'animal en l'air. Il attacha la corde et se mit à l'ouvrage, découpant autour de l'anus avec un couteau à filet pour détacher la membrane. Puis il sortit un couteau à lame fixe de son étui, pratiqua une incision à la poitrine, et entailla la biche jusqu'aux mamelles avec le crochet de coupe. Elles étaient ratatinées, et il devina qu'elle n'avait pas été montée depuis longtemps ; il découpa soigneusement tout autour jusqu'à rejoindre la première incision. Il ouvrit la cavité thoracique et les intestins se déversèrent. Bone regarda la fille.

— Tu n'es pas obligée d'assister à ça.

— Non. C'est intéressant. Tu es vraiment doué.

— J'ai beaucoup d'entraînement.

Il lui sourit, puis il se remit à l'ouvrage. Il coupa l'œsophage et la trachée, libérant les poumons et un fouillis d'autres organes parmi lesquels il trancha le cœur de la biche et le lui présenta.

— Il est bizarre ce cœur. Il y a quelque chose qui cloche, non ?

— Je ne sais pas.

Il mit le cœur de côté et entreprit de retirer la peau en la retroussant vers le cou, jusqu'à ce qu'elle recouvre la tête de la biche à la manière d'un suaire inversé. Il tendit la main dans la cavité thoracique, découpa les filets et les examina. Ses mains étaient gluantes de sang et paraissaient presque noires dans la lumière déclinante.

— Tu veux que je te les tienne ?

— Non. Ne touche à rien.

— Ça sent toujours comme ça ?

— Va demander à ma mère de prendre du lait. Je vais les faire tremper pour la nuit.

— Ça sert à quoi ?

— Vas-y, je te dis. Attention où tu mets les pieds.

Bone regarda la fille s'éloigner sur le sentier jusqu'à la cabane de sa mère. La lune était pleine et il entendait des rainettes grillons au bord de la rivière au loin, puis, s'élevant au-dessus de la mélodie du crépuscule, le chant d'un engoulevent retentit. Bone écouta un moment, songeant que l'oiseau arrivait avec quelques semaines d'avance, puis il regarda l'arbre à dépecer, la carcasse grise et émaciée, les maigres tranches de viande infestées de maladie, la cage thoracique exposée et luisante dans le clair de lune, comme un présage dément qu'il restait encore à déchiffrer.

MERCY OAKS, GÉORGIE

LE PASSÉ

37

Bellflower Hotel

— Vraiment, mon seul désir est de me mettre au service des gens.

Lovell afficha un sourire placide et s'assit en face d'Elder Reese. Quelques instants plus tard, une serveuse apparut avec un plateau contenant du café et un pichet de thé glacé. Une cloison séparait la salle à manger privative aux murs lambrissés du restaurant du Bellflower, mais Lovell entendait l'entrechoquement des assiettes et le brouhaha des clients du samedi midi. Il y avait des cigares et des alcools, des tequilas sunrises, des Pink Lady et autres manifestations de privilèges obscurs qui apparaissaient à Lovell, comme le fait que tout le personnel était noir, et principalement composé de jeunes femmes. Lovell croisa les jambes, ouvrit un carnet sur ses genoux et grimaça.

— Tout va bien ? dit Elder.

— Ça va. Juste un genou qui fait des siennes. Vous permettez que je vous pose encore quelques questions, monsieur Reese ? Nous n'avons eu qu'un temps très limité.

— Et moi qui croyais que ce déjeuner resterait en off.

Lovell hocha la tête et ferma son carnet.

— Très bien. Tout ça n'est vraiment pas nécessaire – l'invitation à déjeuner, je veux dire. C'est un peu inhabituel, pour être honnête.

— Ça me fait plaisir, dit Elder. Je ne cherche pas seulement à m'attirer les bonnes grâces du *Searchlight* – même si un soutien de votre part serait formidable. Et ça vous mettrait à contre-courant, non ? De montrer que votre employeur est indépendant, que ce n'est pas un journal partisan.

— C'est bien noté, dit Lovell. Mais la décision ne dépend pas de moi.

Elder sourit quand la serveuse apparut pour demander à Lovell ce qu'il souhaitait pour déjeuner. Celui-ci jeta un œil au menu.

— Un sandwich, ce sera très bien, dit-il.

— Hors de question, rétorqua Elder. Vous avez décongelé les filets comme je vous l'ai demandé ?

— Oui, monsieur, dit la serveuse.

— Faites-les frire, et servez-les avec des petits pains et de la sauce. On va prendre du chou cavalier aussi. Ce petit interrogatoire m'a ouvert l'appétit.

Elder adressa un clin d'œil à Lovell, puis il prit une tranche de citron et la pressa dans son thé.

— Des filets ?

— Du gibier, dit Elder. Mon taxidermiste m'a offert des steaks et j'ai une folle envie de viande de cerf. J'en bouffe quasiment tous les jours. Tiens, ça vous dirait d'en emporter un peu ?

— Je n'ai jamais mangé de gibier.

— Vous, vous n'êtes pas un chasseur.

— Ça ne se faisait pas chez moi, dit Lovell. Mon père est…

— Instituteur, c'est bien ça ?

Les yeux d'Elder pétillaient, laissant entendre qu'il en savait plus sur Lovell que ce qu'il montrait. Il sourit de nouveau, plus franchement cette fois, comme si tout ce qui allait se dire à partir de là serait sous-tendu par un message codé.

— Vous regardez vos notes. Qu'est-ce qu'il y a ?

— Je vais sans doute devoir vérifier, euh… pas mal de vos réponses. Vous êtes difficile à suivre, monsieur Reese.

— Une chose dont je ne manque pas, c'est d'enthousiasme. Parfois, ça peut empiéter sur l'exactitude, mais j'ai compris que ce qui compte pour les gens, c'est les grandes lignes du message qu'on leur vend – enfin, qu'on leur fait passer. Les patriotes passionnés, voilà à qui je m'adresse.

— En effet. C'est ce que j'ai vu sur les affiches de campagne. Mais tout est un peu contradictoire. À l'étage, vous m'avez parlé de votre démocratie du bon sens, vous vous êtes dépeint en homme ordinaire, une voix pour la classe ouvrière, comme quoi tout ce que les gens veulent, c'est avoir leur chance dans la vie. Qu'il ne faut pas croire les élites de Washington. Et en même temps, nous sommes dans un hôtel qui vous appartient, vous êtes une personne importante, qui ordonne au personnel d'aller chercher du gibier. On peut dire sans trop s'avancer – sauf votre respect – que vous êtes né sous une bonne étoile, monsieur Reese.

— C'est vrai, j'ai eu beaucoup de chance, dit Elder en hochant la tête en signe de reddition. Et ça ne sert à rien de nier les contradictions. Mais ça ne veut pas dire que je n'ai pas travaillé dur. Quand mon père est tombé malade, je n'ai pas eu d'autre choix que de reprendre l'affaire familiale, et aujourd'hui nos holdings et l'usine de papier n'ont jamais aussi bien tourné. Je ne crois pas me vanter en disant qu'on le doit en grande partie à mon sens des affaires.

— Je vois, dit Lovell.

— Écoutez, je n'ai pas besoin d'argent. J'en ai déjà gagné plein. Et c'est pour ça que les gens de Washington ont peur de moi. Parce qu'on ne peut pas m'acheter. J'ai l'intérêt du peuple, de cette nation et de notre formidable héritage chevillé au corps comme personne, alors que plein de politiciens cherchent juste à s'en mettre plein les poches. Ces gens-là sont déplorables. Ce sont eux, les escrocs. Ce qui leur faut, c'est une figure paternelle pour leur remonter les bretelles de temps en temps. Ce dont ce pays a besoin, c'est d'une main ferme.

— Le pouvoir absolu, c'est ça ?

Elder bafouilla, se mit à parler avec les mains.

— Tout ce que je dis, c'est qu'il faut rétablir l'équilibre à Washington. Le Congrès n'est pas capable de résoudre nos problèmes.

— Donc vous êtes un populiste ?

— Je ne crois pas aux étiquettes. Je suis un patriote, un formidable patriote. Et je vois un pays qui se détruit de l'intérieur.

Lovell se servit un verre de thé et en but une gorgée.

— Pfiou, c'est sucré.

— Le nectar des dieux.

— Vous êtes un homme sans parti ?

— Il faut ce qu'il faut. La politique est un jeu, après tout. Un jour, un parti viendra à moi. Je verrai ça en temps voulu. Le pays avant tout, toujours.

— D'abord voir dans quel sens vont les gens, et ensuite diriger de l'arrière ?

— Excellent, dit Elder. Vous êtes un marrant, vous.

— Vous avez des vues sur la Maison-Blanche, n'est-ce pas ?

Elder ignora la question, son attention dérivant derrière Lovell, vers une serveuse dans le fond, une femme de dix-huit ans qui poussait un chariot rempli d'assiettes sous cloche et de vin glacé. Un instant plus tard, il se retourna vers Lovell et ses lèvres se pincèrent dans un sourire tordu qui remonta d'un côté de son visage.

— J'ai des vues sur le pouvoir, quelles que soient ses manifestations. Parce que le changement ne peut arriver que par le pouvoir.

— Ça donne l'impression que vous avez une tendance autoritaire.

Elder balaya la remarque d'un revers de la main.

— Il y a des choses à apprendre des dirigeants à poigne, dit-il. Même ceux qui ont… mauvaise réputation. Ne vous y trompez pas : personne n'aime ce pays plus que moi. J'ai une question pour vous : c'était comment ?

— Qu'est-ce qui était comment ?

— La guerre ? Vous en avez tué, de ces sous-hommes de communistes ?

— Je n'aime pas beaucoup en parler, monsieur Reese.

— Bien sûr. Je comprends, dit Elder en renonçant à son interrogatoire. C'est un de mes plus grands regrets de ne pas avoir pu porter l'uniforme. Mais nous sommes tous appelés à servir de différentes façons. Vous savez que j'ai créé des centaines d'emplois, ici à Mercy Oaks ? Pourtant, votre journal n'a pas parlé de ce petit détail – pas encore. "L'héritier de la fortune Reese", voilà comment on me désigne dans le *Searchlight* chaque fois qu'ils pondent un papier sur moi. Le fait est que ma signature sur un chèque met du pain sur la table de tas de gens. J'en tire une formidable fierté.

— Et vous avez bien raison. Mais en parlant de Reese Paper, je me demandais quelle était votre position dans la hiérarchie, dit Lovell. C'est un peu, comment dire, nébuleux?

Le sourire d'Elder fit une brève apparition.

— Qu'est-ce que vous insinuez? C'est moi qui prends les décisions. Je suis le patron.

— Ivan Birch?

— Notre avocat de famille. Quel rapport?

— Il est au conseil d'administration de Reese Paper, et il joue le rôle de conseiller informel pour votre campagne sénatoriale. Il n'est pas américain. Il s'appelle Stepanovich, c'est ça?

— Bah ça, Lovell, vous avez bien fait vos devoirs, hein? Ivan est un citoyen naturalisé. Au départ, il était dans l'industrie du bois en Europe de l'Est. Il a commencé à travailler pour nous quand mon père a racheté l'International Pulp Company à Montréal. Ce sont des compagnons de route. C'est un homme très loyal. La loyauté, c'est essentiel pour moi.

— Et votre mère…

— Vous savez, notre campagne aurait bien besoin d'une plume acérée comme la vôtre, dit Elder. Quelqu'un de l'autre camp. Un vétéran, en plus. On veut embaucher plus de vétérans. Vous avez été traités de manière tellement injuste.

— L'autre camp? dit Lovell.

— On ne va pas se mentir, Lovell. Je vois bien que vous avez un parti pris contre moi. Pas la peine de le cacher.

Mais c'est pas grave, c'est pas grave. (Elder éclata de rire.) Vous seriez bien du genre à aller manifester avec les hippies de People's Park, je parie.

— Vous connaissez un peu l'histoire de Berkeley ?

— Je sais que Reagan a eu raison de faire ce qu'il a fait.

— Ah bon ?

— Il faut remettre de l'ordre dans ce pays si on veut qu'il survive au fléau du communisme. Les anarchistes, les radicaux, les marxistes – tous des rats et des serpents –, ils n'aimeraient rien tant que voir l'Amérique finir dans la boue. Ou transformer ce pays en nation sans foi ni loi, sans morale ni décence. Ils riront moins quand il n'y aura plus de nourriture dans les rayons, plus de papier toilette, des queues d'un kilomètre pour faire le plein, ou quand ils n'auront plus de médicaments à la prochaine épidémie. Si on leur laissait les coudées franches, ils abandonneraient notre pays aux Arabes, aux Chinois et aux Russes. Mais je ne vais pas les laisser faire. Non, monsieur.

— C'est une référence à votre initiative de ligue des patriotes ?

— On est en train de construire un mouvement, croyez-moi. Ce n'est pas un plan sur quatre ans, mais plutôt sur quarante.

— Vous avez une sacrée confiance en vous.

— Je sens ces choses-là. Mon instinct ne m'a jamais trahi.

— Quelles choses ?

— L'âme des gens. Moi, je ne suis qu'un intermédiaire. Tout le monde a des griefs, la colère flotte dans le vent comme des graines de pissenlit. Et un des rares endroits où les gens peuvent exprimer cette colère – à part sur un tabouret de bar ou dans le courrier des lecteurs –, c'est le vote. Peut-être que dans un avenir lointain, il y aura d'autres manières de la canaliser, mais pour l'instant…

— Et vous comptez exploiter cette indignation ?

— Peut-être bien.

— Et recruter de nouveaux talents pour votre campagne ?

— Nous aurons besoin de gens intelligents quand nous arriverons à Washington, dit Elder. De la presse, de la publicité – des relais, si vous voulez –, pour porter notre message. Des journalistes à qui on pourra souffler la vérité. Vous savez, un esprit militaire, c'est toujours utile. Écoutez, vous êtes un mec super, je le vois, et même si on est différents, je sais qu'on s'entendrait bien. Je m'entends avec tout le monde. Écoutez, je suis un type sympa…

Lovell commença à secouer lentement la tête au moment où l'exaltation d'Elder atteignait son paroxysme.

— Je ne comprends pas bien ce que vous me demandez ?

— Je ne demande pas, dit Elder. Je vous informe, simplement.

— De quoi ?

Elder sourit de nouveau.

— Vous n'êtes pas au courant, hein ? Le *Searchlight* est à vendre.

— Ah bon ?

— Et j'envisage de me lancer dans la presse.

Lovell regarda de l'autre côté de la table comme s'il avait devant lui une grenade non dégoupillée, quand la serveuse arriva avec une assiette de petits pains, de sauce épaisse et de filets frits et saignants à cœur. Elle adressa un sourire nerveux à Elder, qui la regarda déboucher une bouteille de ketchup et la poser sur la table. Elder se frotta les mains, puis il les joignit d'un air inspiré et inclina la tête. Lovell l'imita par politesse et réprima l'envie de rire devant cette scène absurde tandis qu'Elder récitait le bénédicité. Puis ils mangèrent, Lovell attaquant un morceau de cerf. Il se ravisa et étala de la gelée de pêche sur un petit pain. Elder planta sa fourchette dans un médaillon et le trempa dans la sauce. Il mâcha bruyamment.

— On sent le babeurre, dit-il, savourant chaque bouchée. C'est ça le truc. Les congeler dans du babeurre. (Il regarda l'assiette de Lovell.) Ben alors ? Vous n'avez pas faim ?

— Je ne sais pas. C'est un peu fort en goût pour moi.

Elder leva les yeux au ciel et engloutit son assiette. Quand il eut terminé, il posa ses coudes sur la table.

— Dites-moi un peu, Lovell. En tant qu'ancien Marine…

— Marine tout court, dit Lovell. Un ancien Marine, ça n'existe pas.

— Bien sûr, bien sûr, dit Elder.

Lovell le dévisagea avec curiosité.

— Alors, de vous à moi. Qu'est-ce que vous pensez de l'idée de citoyens soldats ?

38

Le Starlite – drive-in

On était samedi soir et Maxine avait garé la Plymouth familiale dans un coin tranquille du Starlite, qui consistait en quelques hectares d'argile compacte entre des écrans de cinéma, deux parkings reliés par une cabine de projection et une buvette au milieu de la propriété. Elle revint de la buvette avec des Coca et un sachet de pop-corns, ainsi que deux pailles. Regarda autour d'elle, puis ouvrit la porte côté conducteur. La plupart des spectateurs s'étaient regroupés de l'autre côté pour voir le dernier Clint Eastwood et, à l'exception d'une autre voiture aux vitres embuées, elle avait l'écran "B" pour elle. Maxine se glissa derrière le volant, se tourna vers la masse cachée sous une couverture à l'arrière.

— Tu peux sortir, Toxey. Le parking est désert.

Il passa la tête sous la couverture pour jeter un œil. Satisfait, il rejeta la couverture et grimpa sur le siège avant à côté d'elle, face aux images brumeuses à l'écran.

— Qu'est-ce que j'ai loupé ?

— Ils vont pendre cette sorcière dans le jardin.

— Il y a Barnabas le vampire dans celui-là ?

— Je crois pas. Tu sais qui me fait penser à Barnabas ?

— Qui ?

— Le taxidermiste.

— Bone ?

Maxine acquiesça.

— Ce type a une aura bizarre.

— C'est quoi une aura ?

— Il donne la chair de poule. Travailler avec des animaux morts tout le temps, ça rend fou. Ou peut-être qu'il était déjà fou avant.

— Il est peut-être siphonné, mais je compte aller le voir lundi pour ce boulot. J'ai besoin des sous.

— Encore une fois, je suis désolée pour ton père.

Toxey eut un petit sourire triste.

— Il a joué deux mois de loyer sans nous le dire. J'arrive pas à y croire.

— Tu veux que je demande à mon père de t'avancer une semaine de paie ?

— Non, non. On va s'en sortir.

Maxine éjecta une cigarette d'un paquet souple.

— Je t'ai jamais vue fumer, dit-il.

— Y a des tas de choses que tu ne sais pas sur moi, Toxey. Par exemple, tu savais qu'une copine à moi de l'école te trouve assez mignon ?

— Vraiment ? Quelle copine ?

— Tu te souviens de Donna Wright, du cours d'art plastique ?

— Celle qu'a déménagé ?

— Ouaip. Après le match contre Colquitt, on a fumé un peu d'herbe et elle m'a dit qu'elle avait un petit faible pour… tu vois ?

— Les photographes sans vie sociale ?

Elle éclata de rire et il la regarda porter la cigarette à ses lèvres, la Doral pincée maladroitement entre ses doigts comme si elle n'avait pas beaucoup d'expérience.

— Elle est partie où ? dit Toxey.

— Son père a eu un boulot en Californie, la chance. Je ferais n'importe quoi pour quitter cette ville.

— Ouais, moi aussi, dit Toxey. Au moins quitter les Quarters.

— Ben, t'as une grande famille.

— C'était prévu qu'on déménage dans une de ces nouvelles maisons du côté de Twin Lakes. Mais mon père n'a pas obtenu le prêt. Maintenant, c'est comme si on était coincés, au moins pour un moment.

Maxine hocha la tête et tapota sa cendre dans le cendrier.

— C'est différent, dit-elle. Mais je connais ce sentiment d'être bloquée. Mes parents ne savent pas quoi faire de moi. Je suis la fille unique qui ne se satisfait pas d'épouser un petit fermier du coin. Les types d'ici sont soit coincés à mort, soit cons comme des piquets, soit juste cruels. Mes parents pensent que je suis une sauvage parce que je suis capable de penser toute seule. Papa n'aime pas les livres que je lis. Je pense qu'il a peur de la libération de la femme, tout ça.

— Quel genre de livres ?

— T'as déjà entendu parler de Sylvia Plath ?

Toxey fit non de la tête.

— Et le magasin ? Je croyais que tu finirais par, euh, le reprendre un jour ?

— Ça me fait de la peine de briser le cœur de mon père, mais je ne me vois pas non plus devenir comptable ou caissière pour le reste de ma vie.

— Tu aurais envie d'être quoi ?

— Je ne sais pas, dit Maxine. Pourquoi il y a tellement de pression pour *être* quelque chose dans cette vie ? Mère, épouse, femme au foyer ? Je l'adore, hein, mais je ne veux pas finir comme ma mère. La vie est très différente aujourd'hui de quand elle était jeune. Le monde change.

— Tu veux fonder une famille un jour, non, quand même ?

— Je sais pas. Peut-être. Et toi ?

— Je change des couches et je nourris des bébés depuis que j'ai l'âge d'en porter un dans mes bras, dit Toxey. Ça serait sympa d'avoir une famille à moi.

Il y eut un éclair dans les yeux de Maxine, qui se détourna pudiquement, et ils s'absorbèrent dans le film un moment, sirotant leurs sodas. Elle termina sa cigarette et l'éteignit dans le cendrier de la Plymouth. Toxey prit soudain conscience qu'elle s'était rapprochée de lui, tandis qu'une partition de violon sinistre résonnait à travers le haut-parleur accroché à la vitre. Ils regardaient un homme enfermé vivant dans une crypte, quand elle plongea sa main dans le sachet de pop-corns au même moment que lui et que les bouts de leurs doigts se frôlèrent. Il retira sa main comme s'il avait touché un serpent et quelques pop-corns volèrent sur le tableau de bord. Maxine éclata de rire.

— Pardon, dit-il en regardant autour de lui.

— Relax, Toxey. Il n'y a personne ici. Tout le monde s'en fiche.

— Les gens ne s'en fichent pas, dit-il. Je ne veux pas que tu aies des ennuis en étant vue avec moi.

— Je me fiche de ce que les gens pensent. J'ai envie d'être ici – avec toi.

Il regarda autour de lui de nouveau, une voiture à cinquante mètres, de la condensation sur les vitres, la vague silhouette d'un couple en train de s'embrasser. Toxey fut surpris quand elle prit sa main dans la sienne.

— C'est si horrible que ça ? dit-elle.

Il regarda leurs mains entrelacées. Il se laissa aller et passa le bout de son doigt sur la paume de Maxine, puis elle leva la main pour effleurer son cocard qui s'estompait. Un instant plus tard, leurs doigts s'enlaçaient.

— Non. C'est agréable. Vraiment agréable.

— Tu vois des gens arriver avec des fourches et des cordes ?

— Non, dit-il. Mais je surveille quand même. On est bien, là. Tu es bien ?

— Tu respires assez fort.

— Désolé. Juste nerveux. Vraiment nerveux.

— J'ai un aveu à te faire.

— Vas-y.

— C'était pas Donna Wright du cours d'art plastique qui te trouvait mignon.

Elle vint se glisser contre lui et ils restèrent comme ça un moment, Toxey sentait son cœur tambouriner et il déglutit quand elle l'embrassa doucement sur la joue. Il passa son bras autour d'elle, et leurs lèvres se touchèrent pour la première fois.

Plus tard, après le film, elle fit un détour jusqu'à Water Street, optant pour la discrétion en évitant Main Street et Broughton Street et la rue où des jeunes risquaient de se promener en voiture. Cela convenait tout à fait à Toxey, car il n'avait aucune envie de se cacher sous la couverture, ni de voir le trajet se terminer, se délectant de leur intimité nouvelle, de la musique à la radio, de l'odeur de chewing-gum à la menthe, de pop-corn et de nicotine sur ses lèvres, essayant de combler les vides quand ils ne riaient pas sur le peu dont ils se souvenaient d'avoir vu du film à travers les vitres embuées de la Plymouth des Pickren.

39

Reese Paper Company

Ils entendirent un cri perçant et quand Frida, avec Jim Gillies et ses hommes, sortit du fossé pour gagner un champ adjacent, ils virent la harde, une grosse douzaine de cochons au total. Deux truies adultes et plusieurs générations de cochons sauvages dévoraient un tas de maïs moulu à l'arrière du piège.

— Ben ça alors, dit Gillies.

Frida détacha la Savage de son épaule, se mit sur un genou et coucha la plus grosse truie en joue. Avec la croix de la lunette Leupold tremblant au-dessus de l'oreille du cochon, elle inspira, expira, et à l'instant où ses poumons se vidaient de leur air, elle déclencha le tir. La truie tomba aussitôt. Frida s'avança lentement vers la clôture et les panneaux fixés à des poteaux qui formaient un entonnoir conduisant les cochons sauvages dans un enclos en forme de C. Certains cochons paniquaient et cherchaient une issue. Gillies avait déjà épaulé sa .22 et il s'arrêta à la clôture, visa, et abattit une autre truie d'une balle dans la tête.

Les deux hommes âgés qui l'accompagnaient brandirent leurs carabines à leur tour et, après une salve bruyante, tous les cochons gisaient morts devant eux.

— Ben vous faites un sacré tireur… une tireuse d'élite, dit Gillies avec un grand sourire. Où est-ce que vous avez appris ça ?

— Mon grand-père m'a mise sur la voie avec une Ruger pareille à celle que vous avez là, dit-elle. Je dégommais des canettes de Pfeiffer's Famous accrochées à du fil de pêche dans le jardin. J'ai tué mon premier cerf à douze ans.

— On n'en fait pas deux, des comme vous, jeune femme.

Elle désigna le piège à cochons.

— Combien de femelles ça fait pour ce mois ?

— Quarante-quatre, je crois, dit Gillies après un rapide calcul mental.

— C'est du tout cuit, Jim, dit-elle. On aura maîtrisé cette harde en un rien de temps. Tout est dans le repérage et l'amorce pour les appâter. N'oubliez pas de nettoyer toutes les crottes. On pourrait trouver une nouvelle harde ici avant de devoir nous déplacer.

Gillies ordonna à un de ses hommes d'aller chercher la chargeuse.

— Ces truies doivent peser plus de deux cents kilos à elles deux, dit-il en se frottant les mains.

— Ça doit faire un bon millier de porcelets qu'on a empêchés de voir le jour. Dites bien à vos hommes de porter des gants, de se laver les mains, et de ne pas toucher aux organes génitaux. Faites bien cuire la viande. On ne sait pas quelles maladies ils peuvent avoir.

— Je me vois déjà avec une belle épaule fumée et un petit verre de gnôle. Qu'est-ce que vous en dites ?

— Gardez-moi quelques petits, dit Frida. Je m'arrêterai à l'entrepôt dans quelques heures pour une prise de sang.

— Ça sera fait. Et si on prenait des chiens la prochaine fois ?

— Allez. Kit va adorer.

Ils entendirent un moteur qui s'éteignait et Frida et Gillies se tournèrent vers une route de service au loin. À cinq cents mètres de là, un tracteur tirait un pulvérisateur derrière lui.

— Ça s'active ici, ces derniers temps, dit Frida.

— Les gars d'Elder turbinent au nord de la propriété. Une grosse commande de glyphosate, c'est tout ce que je sais.

— Un herbicide ? Intéressant. Je suis jamais allée par là-bas.

— Y a pas de raison. C'est le domaine de chasse privé d'Elder. Il s'est fait construire une grosse cabane. Avec un étang à black-bass et des plantations pour le gibier. C'est ce que j'ai entendu, en tout cas. C'est pas mes affaires. On gagne rien à jouer les fouineurs avec des gens comme les Reese.

Frida mit la Savage en bandoulière et but une gorgée à sa gourde.

— Où est-ce que vous allez comme ça ?

— Une nouvelle virée dans la Lokutta, dit-elle.

— Encore ?

— On est dimanche, non ? En un sens, on pourrait dire que je vais à l'église.

— Amen, dit Gillies. Au fait, ça fait un bail que j'ai pas vu la biche malade. M'est avis que la langue bleue, les vers ou Dieu sait quoi ont fini par lui régler son compte.

— Peut-être bien. Qu'est-ce que vous savez de la petite ferme de l'autre côté de la montagne ?

Gillies cala son Ruger contre sa clavicule, le canon vers le haut, et perdit son regard vers la ligne des arbres.

— C.T. Bone habite là-bas, juste à côté de l'ancienne mine d'or.

— Une mine d'or ?

— Vous pourrez pas la louper. On voit que ça. Elle doit avoir au moins cent ans. Je crois qu'elle est sur son terrain maintenant, mais je peux me tromper. Bone est un sacré taxidermiste. Il a fait quelques spécimens pour Elder. Louis Bone, son père, était un touche-à-tout, surtout connu dans le coin pour ses talents de coutelier. J'ai même un de ses couteaux. Il a fait la guerre du Pacifique. À Saipan, je crois. Gros buveur. Il avait la réputation d'être un peu…

Gillies approcha son doigt de sa tempe et fit une grimace.

— C.T. est marié ? Il a des enfants ?

— Pas que je sache.

— Son petit frère ?

— Hiram ? Impossible. Hé, si vous cherchez un rencard, pas la peine d'aller plus loin.

Elle le dévisagea pour déterminer s'il y avait ne serait-ce qu'une once de sérieux dans sa remarque.

— Vous avez l'âge d'être mon père.

Gillies cala une cigarette dans sa bouche, enleva son chapeau et passa la main dans ses cheveux clairsemés.

— À Rome, fais comme les Romains, dit-il avec un clin d'œil.

Elle éclata de rire, laissa Gillies et ses hommes à la régulation des cochons, et partit vers l'ouest, à travers une clairière envahie de graminées. Frida entendait le vent dans les arbres à mesure qu'elle descendait dans le bassin versant, suivant une coulée de gibier au milieu des mûriers sauvages et de la vigne vierge. Elle scruta le tapis forestier pour repérer d'éventuels mocassins à tête cuivrée, sachant que les serpents délaissaient leurs quartiers hivernaux pour s'accoupler. Au bout de quelques centaines de mètres, quelque chose attira son attention. Dans un buisson épineux, elle brava les piquants pour extraire une ramure. Elle était d'un brun orangé et fraîche, côté gauche, quatre cors avec un maître andouiller fendu comme une pince de homard. Des faucheuses grouillaient autour de la base ensanglantée et elle les repoussa. Elle passa le bout de son doigt sur l'anneau de peau à l'intérieur de la meule. Elle étudia l'assise renfoncée du pivot, reconnaissant un signe de stress, de blessure ou de mauvaise santé.

Ça pourrait être une maladie, aussi, pensa-t-elle.

Frida emporta la ramure avec elle, surprise d'avoir trouvé une mue récente. La plupart n'étaient jamais découvertes, elles étaient blanchies par le soleil ou verdies par les algues, puis grignotées par les rongeurs ou les porcs-épics jusqu'à ce que l'os soit réduit en poussière. La forêt résonnait doucement du chant des oiseaux, sous un soleil pâle de milieu de matinée, quand elle s'arrêta devant un bouleau pour toucher son écorce pelée. Au bout de la coulée, elle parvint à une crête de conifères et s'arrêta pour boire à sa gourde. Il y avait un ruisseau anémique en contrebas, qui, dans son souvenir, se jetait dans la Noonday et, en descendant dans les ombres, elle distingua les endroits où les cochons avaient farfouillé de chaque côté de l'eau. Il y avait de la boue sur les troncs alentour, et d'autres signes à hauteur de genoux indiquaient que les cochons s'étaient frottés.

Elle s'agenouilla devant une zone de terre retournée où apparaissaient de vieilles coquilles de faines et de glands, des scarabées et un ou deux asticots morts parmi des mottes d'excréments. Frida suivit les signes sur une centaine de mètres encore, jusqu'à parvenir aux hauts-fonds de la Noonday. Reconnut l'endroit où ils avaient traversé avec Toxey la semaine précédente et descendit une berge boueuse pour passer de rocher en rocher, puis elle bifurqua vers le nord en longeant la rivière.

Elle finit par voir l'endroit où ils avaient répondu aux pleurs du bébé, plus bas vers le ruisseau où avait eu lieu leur curieuse rencontre avec Teresa et Hiram Bone, mais elle maintint son allure, restant dans les limites de la réserve naturelle pour s'enfoncer dans la montagne.

Il y avait un sentier mal entretenu mais praticable, ombragé par des pins immenses et vénérables, et elle l'emprunta jusqu'au sommet de la Ten High. Une demi-heure plus tard, elle parvint à un belvédère et s'arrêta pour se reposer et manger, assise sur un tas de blocs de granite. PRÉPARE-TOI À LA RENCONTRE DE TON DIEU, lut Frida, en passant sa main sur les mises en garde menaçantes qui, selon la rumeur, avaient été gravées dans la roche par des soldats confédérés avant qu'un régiment de l'armée de Sherman les traque et les massacre sur les berges de la Noonday. Elle entendit des détonations de fusil au loin ; à la campagne, le tir sportif ou amateur faisait partie du décor, et Frida n'y prêta pas attention.

Elle reprit sa marche et descendit dans une zone non répertoriée, passant devant un panneau érodé cloué à un chêne rouge, jusqu'à arriver à une immense mine à ciel ouvert. La végétation avait repris ses droits, mais ce devait être la fameuse mine d'or dont Jim Gillies lui avait parlé. Elle distingua des puits dans le sol, des tranchées là où l'on devait transporter le métal à travers la colline, et, sur un plateau, les vestiges d'un trio de cuves de lixiviation. Il y avait les restes décrépits d'une habitation, un couloir, une cheminée et des murs croulants de taille variable. Frida s'avança au milieu des ruines, passant devant des bacs de stockage, des colonnes et des pilotis d'origine inconnue, et s'arrêta devant une des cuves pour regarder en bas d'un puits vertical hérissé d'une succession hasardeuse de marches en bois pourri. Impossible de dire jusqu'où il descendait, dans ce site à l'abandon où les pierres étaient colorées par le lichen et la moisissure.

Frida était à mi-chemin de sa descente quand elle aperçut des toits. Un panache de fumée s'élevait dans l'air. Elle suivit une coulée de gibier qui zigzaguait d'est en ouest à travers les bois, jusqu'à distinguer une cabane en rondins équarris. Elle était reliée à un sentier sinueux, et à une centaine de mètres Frida avisa la cheminée de pierre d'une autre cabane plus grande, ainsi que plusieurs annexes, un puits, un potager, des poules en vadrouille et un trio de chèvres bêlant dans un enclos tout proche.

Il y avait une fenêtre sur la face nord de la cabane. Frida resta hors de vue, s'approcha discrètement du mur et tendit l'oreille. Elle entendit les gazouillis d'un nourrisson et des murmures facétieux, se mit à genoux et leva la tête juste assez pour jeter un œil dedans. Elle repéra le bébé allongé sur une couverture, Hiram Bone assis à côté, agitant un hochet au-dessus du bébé qui levait une main maladroite pour attraper le hochet et le mettre à sa bouche, à la grande joie de Hiram. Il gloussa, émit une série de bruits amusants et tira la langue tandis que le nouveau-né secouait le hochet. Frida étudia l'intérieur de la cabane par la fenêtre sale. Elle vit le bric-à-brac d'une chambre d'enfant de fortune, un berceau, un lit de camp, des couvertures et des couches en coton pliées sur un vieux buffet reconverti en table à langer. Il y avait un fauteuil à bascule et une vieille caisse à fruits renversée et, sur la caisse, une cigarette se consumait dans un cendrier, mais le fauteuil était vide et la porte d'entrée entrouverte. Soudain, Hiram tourna la tête vers la fenêtre et dévisagea Frida. Elle se figea, prise sur le fait. Hiram lui adressa un large sourire béat.

— Passez le bonjour à Mimi, dit-il.

Un instant plus tard, Frida entendit des bruits de pas et le claquement d'une culasse, elle regarda par-dessus son épaule et vit Teresa Bone à dix mètres, munie d'un Winchester Model 21 dont elle avait clairement l'air de savoir se servir. Sans un mot, Frida se tourna et posa son sac, la ramure et le fusil à ses pieds et leva les mains en l'air. Elle recula de quelques pas et s'arrêta quand Teresa rentra l'épaule et ferma l'œil droit, comme si elle se préparait à tirer. Frida regarda les deux canons qui la menaçaient.

— Vous êtes gauchère, hein ?

— J'ai appris des deux côtés. D'autres questions ?

Les deux femmes se défièrent du regard jusqu'à ce que Frida forme un pistolet avec sa main et le braque sur la cabane.

— À vrai dire, oui. Il est à qui, ce bébé ? Parce qu'une chose est sûre, c'est qu'il est pas à vous.

WARM SPRINGS, GÉORGIE

LE PRÉSENT

40

L'AIR était frais et sec et la lune du chasseur se levait sur la ville au moment où Cynthia quitta le centre médical de Warm Springs, tourna sur Broad Street à droite et se gara en face du Bulloch House Restaurant. Sa commande l'attendait et la jeune femme à la caisse reconnut Cynthia, avisa le foulard rouge noué à son cou, et dit "Bonjour, docteur Bivins". Cynthia sourit et paya sa commande, trois menus empilés dans des boîtes de polystyrène ainsi que des hors-d'œuvre, des couverts en plastique et des serviettes. Elle sentit les effluves de gombo frit et l'odeur réveilla des souvenirs d'enfance, une époque plus simple, et une puissante vague de nostalgie l'envahit quand elle repensa à tante Millie et grand-mère Bennie Ruth en train de préparer un repas de fête, aux barbecues d'été et aux baignades à West Point Lake, aux assiettes de poisson frit quand ses oncles revenaient d'une journée sur l'eau, à son père qui ne se séparait jamais de son appareil et prenait des photos de sa famille sur le vif, plus spectateur que participant, mais Toxey avait toujours été comme ça.

Elle regarda le ticket de caisse et nota l'augmentation des prix, effectua un rapide calcul mental en passant en revue les dernières factures et le solde déclinant de son compte en banque. Malgré tout, le restaurant était bondé, beaucoup de gens de l'extérieur semblait-il, des gens de la ville, et à une table près du fond cinq hommes mangeaient en silence, leurs costumes et leurs coupes de cheveux suggérant sans équivoque qu'ils travaillaient pour les autorités. Le bruit courait qu'Elder Reese allait bientôt faire campagne à la célèbre "Petite Maison Blanche" à moins de huit cents mètres de là, ancienne retraite présidentielle devenue un site historique dédié à Franklin Delano Roosevelt et à son traitement de la polio dans les eaux thermales qui faisaient la réputation de Warm Springs. Cynthia sortit avec sa commande et regarda la ville. Il y avait beaucoup de piétons dans les rues, un frisson d'excitation dans l'air. Les magasins d'antiquités et les bed & breakfast étaient décorés de fanions et de pancartes électorales, et une immense banderole suspendue de part et d'autre de la rue annonçait le meeting de Reese à venir.

Elle monta dans sa voiture et attendit le passage d'un convoi de véhicules de police, puis elle sortit en marche arrière et s'engagea sur Whitehouse Parkway, où elle vit la fresque murale avec le visage de Roosevelt et d'autres portraits présidentiels dans le style Pop art carte postale des années 1950. Elle ralentit et tourna la tête, ses yeux attirés par un mur de brique à l'effigie d'Elder Reese. L'image faisait toute la longueur du bâtiment, un ancien drugstore reconverti en dépôt-vente, et représentait Reese baigné de lumière matinale et regardant au loin, une rangée de grues derrière lui sur un horizon statique. Une bannière en travers de la fresque disait ÉCOUTE CE QUE TE DIT TON CŒUR, un slogan omniprésent qu'on retrouvait sur les autocollants des voitures et dans les jingles à la radio. Cynthia vit un groupe de jeunes soldats devant la fresque, en treillis militaires, qui se prenaient en photo tandis qu'elle poursuivait son chemin.

Sur la route 27 à l'approche de Newnan, elle aperçut les disciples de Reese. Deux adjoints au shérif régulaient la circulation un pâté de maisons au nord du siège du comté, une série de camions régie étaient garés derrière eux sur le trottoir. Une scène familière, qui se jouait chaque soir aux quatre coins du pays, dans les bourgades, les villes et les métropoles. D'autres adjoints se tenaient au coin de Savannah Street, immobilisant les voitures tandis que près de trois cents manifestants munis de torches défilaient dans une procession crépusculaire vers Greenville Street Park. Il y avait d'autres policiers de l'autre côté du carrefour, des officiers en tenue antiémeute, un véhicule blindé derrière leurs rangs. Au-delà des barricades, Cynthia voyait des pancartes agitées en l'air, entendait les manifestants hurler et crier. Les porteurs de torches arboraient les inévitables cache-cols blancs, des bombers bleus, et des pantalons beiges avec des casquettes assorties. Il y avait dans leur allure une aura d'hostilité apocalyptique. Beaucoup d'hommes étaient munis de carabines, les femmes et les enfants étaient armés aussi, leurs visages éclairés par les torches et nimbés d'ombre tandis que Cynthia entendait leur mélopée s'élever progressivement, et le défilé s'acheva quand les porteurs de torches se rassemblèrent autour de la colonnade pour débiter leurs exigences et prêter allégeance à Reese, tandis que l'officier de police faisait signe à Cynthia et aux autres voitures de passer. Elle fit un détour et prit à droite sur Savannah Street vers l'est de la ville, évitant les nids-de-poule, une boule au ventre, consciente qu'il fallait se garder d'accélérer mais submergée par le désir de rentrer chez elle.

Ses craintes ne firent qu'empirer quand elle arriva dans son quartier et dut ralentir à cause d'un embouteillage. Il y avait une file de voitures et des gens debout à l'intersection et sur le carré de gazon devant l'entrée de la résidence, qui agitaient des pancartes de campagne et des drapeaux. De l'autre côté de la rue, la même scène se déroulait dans un autre lotissement tentaculaire. Elle vit un petit détachement de miliciens, quelques hommes munis de porte-plaques et de gilets pare-balles, dont un voisin qu'elle reconnut, armé d'une carabine en bandoulière. Il se tenait derrière une barricade et laissait passer des voitures au compte-goutte. Il vit Cynthia et lui fit signe de baisser sa vitre. Elle eut un instant d'hésitation.

— Bonjour, ma belle.

— Qu'est-ce qui se passe ? Tout va bien ?

— On sait de source sûre que des pilleurs arrivent par là. Le syndic a eu une réunion avec le shérif Helms et a convenu qu'il nous fallait des checkpoints. À compter de ce soir, les inconnus devront présenter une pièce d'identité.

— Sérieusement ? Ils ont droit de faire ça ?

— Il va y avoir du grabuge. Faut juste veiller à tenir les rats et les serpents à distance. Pour notre protection.

— Mais cette histoire de pilleurs… ce ne sont que des rumeurs sans fondement, non ? dit Cynthia.

— On a fait nos propres recherches, dit-il avec un sourire. On sait ce qui est vrai et ce qui ne l'est pas.

— Ça fait sept ans qu'on vit ici.

— Vous travaillez au centre médical, c'est ça ? J'ai croisé votre mari plusieurs fois. Il a la belle vie, dit-il en examinant Cynthia à nouveau, ses yeux s'attardant sur le foulard rouge noué autour de son cou.

— Bivins, oui. 323 Maple Ridge. Et vous êtes ?

— Shannon. Steve Shannon. On habite Woodmont.

Les yeux de Cynthia se posèrent sur les écussons en PVC scratchés à son gilet.

— J'aimerais rentrer chez moi, maintenant.

— Bien sûr. Mais n'oubliez pas.

— Quoi donc ?

La main de Shannon glissa sur le rail de sa carabine et se posa sur la poignée avant verticale.

— De voter Reese.

Il décocha un sourire et tapota le toit de sa voiture, et Cynthia s'aperçut que d'autres voisins la dévisageaient, alors elle hocha la tête et remonta sa vitre, regarda Shannon dans le rétroviseur qui l'observait tandis qu'elle rentrait chez elle.

Elle se gara dans l'allée, mit sa tête entre ses mains et fondit en larmes. Elle n'aurait su dire combien de temps elle était restée ainsi, mais elle finit par entendre la porte d'entrée claquer, puis des petits coups sur la fenêtre, et elle vit Allen, son mari, rasé de frais, avec une nouvelle coupe de cheveux, et leur petit garçon Paul, bientôt cinq ans, qui portait un masque d'Halloween et poussait des cris de monstre en l'appelant par son surnom, Thincyia, le genre d'invention adorable des enfants. Elle eut un petit sourire, puis elle prit le sac de nourriture et le livre que son père l'avait exhortée à lire, sortit de la voiture et les suivit à l'intérieur.

Elle posa le tout sur le plan de travail et remarqua les bonbonnes d'eau. Quand ils eurent installé leur fils devant la télévision avec son verre de lait et ses bâtonnets de poulet, leur propre repas était froid et son mari fit réchauffer au four le poisson-chat et les boules de semoule de maïs frite. Ils mangèrent devant les dessins animés, Cynthia pressant son fils pour avoir des détails sur sa journée à l'école.

— J'ai pris d'autres boîtes de soupe pour le garde-manger de l'apocalypse. Et de l'eau, finit par dire Allen. Ils ont étendu l'avis de risque de contamination pour une période indéfinie.

— J'ai vu ça.

— Comment va ton père ? Mieux ? Pire ?

Cynthia se força à sourire.

— Comme d'habitude.

— Il raconte encore l'histoire de sa vie ?

— Non, c'est différent cette fois. Depuis l'incendie et son emménagement à Walden, il est fixé sur un événement dont je n'avais jamais entendu parler.

— Lequel ?

— Une certaine Frida qu'il a rencontrée quand il venait juste de finir le lycée. Quand il a commencé à s'intéresser à la photo. C'est presque comme s'il avouait quelque chose, tu vois ? Il arrête pas de me dire à quel point il est rassuré que je ressemble à ma mère.

— Bizarre. Elle est réelle, cette Frida ?

— J'ai cherché son nom et tout ce que j'ai trouvé, c'était un vieil avis de recherche. Un article sur une randonneuse perdue.

— Qu'est-ce que ton père pourrait bien avoir à avouer ? Lui, faire quelque chose de mal ? Ça doit être la personne la plus respectable que je connaisse.

— C'est ça que je n'arrive pas à comprendre.

— Que dit son médecin ?

— Sa réactivité est fluctuante et il a des pertes d'équilibre. Je le constate de mes propres yeux. Un instant il est là, le suivant il est juste… ailleurs. Il est possible que le Sinemet contribue à ces absences, donc ils vont peut-être le lui enlever et essayer une autre combinaison. Il me regarde, et par moments je serais prête à jurer qu'il ne sait pas qui je suis, ni où il est. Et il est obsédé par les infos ces derniers temps.

— Comme tout le monde.

— Pas faux.

— J'aimerais qu'ils puissent faire plus, vu ce que ça nous coûte.

— Je n'ai pas envie de penser à l'océan de dettes dans lequel on nage, merci.

— Moi non plus. Désolé. C'était bête de dire ça. Ta tante Millie a appelé sur le fixe, au fait.

— Ah ouais ?

— Elle demandait des nouvelles de Toxey.

— Il faut que j'aille la voir. Peut-être qu'elle en sait plus sur cette histoire qu'il ressasse en boucle.

— Pourquoi tu ne prends pas un jour de congé ?

— Peut-être que je vais faire ça, oui.

Son mari hocha la tête et regarda la télévision un moment.

— Café ? finit-il par dire.

— Non, il est trop tard. Je risquerais de ne pas dormir.

Allen se leva et prit son assiette, mais il s'interrompit pour lui poser une main sur l'épaule, puis il alla faire la vaisselle. Le robinet se mit à fuir, Allen jura et ouvrit le placard et trifouilla sous l'évier quelques minutes. Il refit couler l'eau, et secoua la tête d'un air exaspéré. Au bout d'un moment, elle le rejoignit dans la cuisine.

— Il y a toujours un truc, dit-elle.

— Y a cent choses qu'il faut que j'arrange dans la maison.

— Un jour on retombera sur nos pieds, hein ?

— Bien sûr.

Allen passa son bras autour d'elle, avant de remarquer le livre sur le plan de travail. Il le prit et lut la jaquette.

— Lovell ? Il était aux infos l'autre jour. Un de ces intellectuels de plateau comme on en voit tout le temps.

— C'est un truc que mon père voulait que je lise, dit Cynthia. Étrange, depuis quand il s'intéresse à ces choses-là ? Pas quand j'étais petite. C'était presque tabou de parler de politique devant lui. Ça le mettait toujours de mauvaise humeur.

Il posa le livre et ils se serrèrent l'un contre l'autre en regardant par la fenêtre. Ils entendirent une sirène au loin. De l'autre côté de la rue, il y avait une maison invendue à l'abandon, un tas de pancartes de campagne dans le jardin envahi par les mauvaises herbes et les feuilles jaunes. Certaines pancartes étaient criblées de balles petit calibre.

— Encore ces saletés de gosses sur leurs vélos. Une bande de rebelles en mousse avec des pistolets à plomb.

— Où sont leurs parents ?

— Dieu seul le sait.

— On dirait qu'il y a des rassemblements partout aujourd'hui.

— L'union fait la force, j'imagine. Les gens ont de drôles de comportements en public, il y a des nouvelles vidéos virales tous les jours. Un type a filmé son suicide en direct en plein centre-ville. Tu as vu ces deux femmes en voiturettes motorisées qui se battaient pour du papier toilette ?

— Des infirmières du centre rigolaient là-dessus aujourd'hui.

— Ça me rappelle le comportement des animaux juste avant un tremblement de terre.

— Je viens de me faire arrêter à l'entrée par un type armé.

Son mari détourna le regard comme si quelque chose le tourmentait.

— Shannon, dit-il. La maison avec les drapeaux devant.

— Il a dit que le syndic allait vérifier les identités. Rien de tout ça n'est normal.

— Tu veux que j'aille lui parler ?

— Non. Ne parle pas à ces gens-là. Ça ne fera que nous causer des ennuis. Les flics ne sont jamais là quand on a besoin d'eux.

— Il est flic, c'est ça ?

Cynthia laissa échapper un soupir et ses épaules s'affaissèrent.

— Tu as sorti une nouvelle pancarte ? dit-elle.

— Faut suivre le mouvement. Non ? Si ça permet qu'ils nous fichent la paix.

— Ils défilaient encore dans le parc, ils étaient plus nombreux cette fois, avec des flingues, même les jeunes. Certains policiers portaient du rouge.

— Le FBI a trouvé une bombe près du Capitole. Le même genre que celle qui a explosé à Portland.

— Mon Dieu.

— Aux infos, ils disent qu'ils arrêtaient des manifestants dans le centre d'affaires quand ils ont bloqué l'autoroute. Ce sont les hommes en vert avec des masques à gaz.

Personne ne sait pour qui ils travaillent – l'armée de terre, peut-être –, ni où ils emmènent les gens. Moi je dis, faut tous les coffrer.

— Enfin, Allen.

— Reese affirme que tout ça est lié à la tentative d'assassinat. Ils disent qu'il va reporter l'élection, ou bien qu'il n'acceptera pas les résultats. Qu'il pourrait dissoudre le Congrès. Qu'il a le droit de le faire.

— Ils ne parlent que de ça à la radio, dit Cynthia. On peut pas passer une minute sans que ce type s'immisce dans tes pensées.

— Tu m'étonnes. Il a les codes nucléaires et une armée à disposition. Pendant ce temps, la Russie avance en Estonie, et on dirait que l'Inde et la Chine vont déclencher la Troisième Guerre mondiale. Moi je vais dormir sur mes deux oreilles, toi non ?

— Déconne pas avec ça, putain.

Allen jeta un œil au salon.

— Pas de gros mots, dit-il. Et tu as raison, je suis désolé. C'est dur de pas être cynique en ce moment.

— C'est tellement épuisant.

— Ne regarde pas ton téléphone ce soir. T'as vu le bien que ça m'a fait.

— Promis, dit-elle, avant de passer un doigt sur l'oreille de son mari. Sympa, ta coupe. Et la recherche d'emploi, ça avance ?

Il soupira.

— L'entretien s'est bien passé. On dirait que le seul diplôme qui intéresse les gens, c'est de savoir pour qui tu votes. T'as peur de donner la mauvaise réponse, de partager le mauvais truc sur les réseaux. Tout est pipé, de toute façon. Rien n'a d'importance. Je vais finir par reprendre mon temps partiel la queue entre les jambes.

— Tu peux faire mieux que de la mise en rayon.

— Ah bon ?

— Ne dis pas ça.

— J'essaie. Vraiment.

— Je sais. Tu vas trouver quelque chose.

Elle posa sa tête contre la poitrine d'Allen, ferma les yeux et écouta son cœur battre. Il l'embrassa sur le sommet du crâne.

— Comment on en est arrivés là ? finit-il par dire.

Ils entendirent Paul glousser et Cynthia et son mari se tournèrent à l'unisson vers leur fils dans le salon. Il était assis en tailleur, absorbé par une émission sur la faune sauvage. C'était un jeu où il fallait épeler les mots, et leur fils articulait silencieusement les lettres à l'écran – C-E-R-F –, puis il dit le mot à haute voix, en boucle, sa voix portant dans toute la maison, parfaitement inconscient des troubles qui grondaient derrière leurs fenêtres et leurs portes.

— Je ne sais pas, dit Cynthia. Je ne sais pas.

MERCY OAKS, GÉORGIE

LE PASSÉ

41

Antenne locale du GBI

C'ÉTAIT lundi, son dernier jour au bureau, et l'inspecteur Harald Whitehead ferma le classeur à tiroirs et s'assit en silence avec le dernier tas d'affaires non résolues. Au bout d'un moment il ouvrit le premier dossier. Il resta là à lire quelques minutes jusqu'à ce qu'on frappe à la porte.

— Qu'est-ce qui vous tracasse, Harald ?

Sa secrétaire se tenait dans l'encadrement de la porte. Il lui fit signe d'entrer et elle s'avança pour lui tendre une tasse de café.

— Hein ? Oh, merci, Mary.

— Vous avez l'air préoccupé, enfin, plus que d'habitude.

Il baissa les yeux et fronça les sourcils devant le dossier sur ses genoux : l'inconnue de Mercy Oaks.

— Les décisions, Mary. Il va y avoir des centaines d'affaires classées rien qu'à Atlanta. Le département de police a commencé à les archiver dans les années 1930. On en a vingt-quatre juste pour cette antenne. Sans doute au moins un millier dans tout l'État. Et chaque année, ce nombre va augmenter.

Sa secrétaire fit une moue incrédule.

— Ça m'a tout l'air d'un cauchemar administratif.

— Mon travail est de faire en sorte que ça ne le soit pas.

— Qu'est-ce qu'on va devenir, ici ?

— Vous serez entre de bonnes mains, dit Whitehead.

— Toutes les vieilles affaires non résolues vont atterrir dans ce nouveau… centre que vous allez diriger ?

— La banque de données et ses ordinateurs dernier cri. Certaines vont aller là-bas, et c'est à moi de définir les priorités. De demander au médecin légiste de préserver les preuves physiques au cas où un jour l'expertise scientifique rattrape notre imagination.

— Bien, dit Mary. Faites-moi signe si je peux vous être utile.

Il la remercia avec un sourire et elle le laissa travailler. Whitehead parcourut de nouveau le rapport de Mercy Oaks, puis il le mit de côté et entreprit de trier les dossiers par catégorie – meurtre, suicide, cadavre non identifié, inconnu, non signalé. Il médita sur toutes ces âmes oubliées et anonymes, et son esprit retourna à la fille de la Lokutta. Il but une gorgée de café, amer et noir, et repensa à cette drôle de réunion au Bellflower avec Evelyn Reese, son frère, et son propre supérieur, une réunion à laquelle il était allé à reculons, comme s'il se jetait dans un guet-apens. “C'est ainsi que fonctionne le monde”, lui avait rappelé Melvin plus tard. Le souvenir de sa capitulation n'était jamais bien loin, le rongeait en permanence, de même que la culpabilité, qui enflait depuis le creux de son estomac comme un ulcère tenace. Whitehead posa la tasse de café et marmonna dans sa barbe.

— Bah. Qu'est-ce que ça change ?

Et là-dessus, il rangea le rapport sur l'inconnue de Mercy Oaks dans la pile des homicides. Il classa les dossiers et les mit dans son attaché-case. Puis Harald Whitehead se leva, prit son chapeau et sa veste pour l'heure de trajet jusqu'à Atlanta, en pensant, quelle époque, et quel pays.

42

King's Quarters

— Dis donc, tu as vu ça ?

— Hum ?

— Pourquoi est-ce que Toxey est de si bonne humeur ?

Il raccrocha le téléphone de la cuisine et jeta un regard à Connie et Denise, qui avaient chacune un enfant sur les bras, Connie réchauffant un biberon sur la cuisinière. La nièce et le neveu de Toxey étaient assis à table et jouaient avec leurs bols de céréales.

— J'ai pas le droit d'être de bonne humeur ?

— On la connaît, cette tête, dit Denise avec un sourire. (Elle s'approcha de Toxey et baissa le col de son T-shirt.) Je vois pas de suçon, mais on a toutes vu un garçon faire cette tête-là, pas vrai, Connie ?

— Affirmatif.

— Oh, on la connaît, cette tête-là.

Les enfants gloussèrent, puis ils commencèrent à se verser mutuellement des cuillères de céréales dans leurs bols, d'étranges concoctions de lait coloré et de bouillie.

— Qu'est-ce qu'il y a de si marrant ?

— C'est quoi un suçon ? dit le petit garçon.

— Tu devrais faire attention, à fréquenter cette hippie, dit Connie. Le patron risque de te virer.

— Occupe-toi de tes oignons.

— Tu téléphonais à qui, d'ailleurs ?

— Frida. Elle m'a dit de l'appeler lundi, mais elle ne répond pas.

Millie pénétra dans la cuisine à la suite de son mari, tendit à James une thermos et l'accompagna à la porte, mais non sans avoir saisi au vol une bribe de conversation.

— Peut-être qu'elle est partie déterrer des os de dinosaure ? dit-elle.

— Frida n'est pas paléontologue, dit Toxey. Elle est vétérinaire.

Ils entendaient leur mère dans le salon, assise à son fauteuil devant la fenêtre, qui fredonnait une berceuse à une des jumelles. Les pas de Wendell interrompirent la chanson. Depuis la cuisine, Toxey regarda son père poser délicatement une main sur l'épaule de Bennie Ruth, qui leva vers lui des yeux toujours dépourvus d'expression, et se pencher pour embrasser le bébé avant d'entrer dans la cuisine. Toxey parcourut rapidement la pièce du regard et ne vit pas le verre, se fit la réflexion que le comportement de son père avait changé depuis son arrestation. Il avait passé tout son dimanche à s'activer dans la maison, à reboucher les trous dans le placo et à chercher la fuite dans le toit. Habillé en vêtements de travail, il se versa une tasse de café et adressa à ses quatre enfants un sourire penaud, et un silence gêné s'abattit sur la famille.

— Où est Alma ? finit-il par dire.

— Elle dort.

— Elle se sent mieux ?

Millie et Connie haussèrent les épaules.

— Bof.

Il se tourna vers Toxey.

— Tu es en congé, aujourd'hui ?

— Je vais voir un type pour une mission de photographe, dit Toxey. Un taxidermiste dans la Lokutta.

À la grande surprise de Toxey, son père sourit.

— C'est bien, dit-il. C'est très bien.

Il prit du pain et un morceau de bacon et fit le tour de la table de la cuisine en distribuant des baisers, un pour chaque petit, puis pour Connie, Millie et Denise. Il s'arrêta devant Toxey et lui donna une tape sur l'épaule.

— Faut que je file, dit-il. Soyez sages, les enfants.

Leur père s'en alla et, quelques instants plus tard, ils entendirent son pick-up démarrer et quitter l'allée en marche arrière. Millie s'assit avec un bébé grognon et regarda la cuisine d'un air incrédule.

— La honte est un sacré moteur, hein ?

— Je l'ai entendu plus tôt dans la matinée. Il a appelé la scierie et il les a suppliés de le rembaucher. Il essaie de prendre les devants, j'imagine. Il sait qu'il a merdé. Il le sait.

— L'humilité lui va bien, dit Denise.

— Où est le verre ? dit Connie.

Denise tapota la poubelle avec son pied. Toxey s'approcha pour regarder dedans.

— Il est là, dit-il. Cassé en morceaux. Il l'a jeté.

— Avec le Lord Calvert, dit Denise.

— Il voulait qu'on voie, dit Toxey.

— C'est bien gentil, dit Millie. Mais à moins que tu voies un billet de cent dans cette poubelle, on est toujours trop justes sur le loyer. Et Alma doit rembourser le prêt pour sa voiture. (Elle regarda Toxey.) Il te propose combien, le taxidermiste ?

— Vingt-cinq dollars pour commencer. J'en saurai plus quand je l'aurai vu. Alma peut les avoir.

— Louis va faire des heures en plus, aussi, dit Connie.

Millie acquiesça, comme encouragée par ce qu'elle entendait. Un instant plus tard, Alma apparut, lasse et contrariée, et s'assit à la table de la cuisine. Elle regarda les enfants jouer avec leurs céréales, et la scène sembla lui remonter un peu le moral. Elle alluma une cigarette et approcha un cendrier.

— Tu veux manger un bout ? dit Millie.

— Je n'ai pas faim, dit Alma.

Toxey lui versa du lait dans son café, mélangea une cuillère de sucre, puis il posa la tasse devant elle.

— Merci, dit Alma. Petit morveux.

— Millie dit qu'on va s'en sortir ce mois-ci, lui dit-il. Et j'ai un contrat cet après-midi. Payé en liquide, tout pour toi.

— Vraiment ? Tu ferais ça ?

Le visage d'Alma s'adoucit et elle s'efforça de le regarder dans les yeux.

— Il faut qu'on soit là les uns pour les autres, dit Toxey. On est une équipe. C'est pas ce que tu dis toujours ?

— Si.

— Ça va mieux ?

— Ça va aller. C'est la vie. C'est pas censé être facile, pour la plupart d'entre nous en tout cas.

— Après la pluie vient le beau temps, sœurette, dit Denise avec un soupir.

— J'ai un service à te demander, dit Toxey.

— Lequel ?

— Je peux t'emprunter ta voiture cet après-midi ?

Alma se figea, sa tasse de café à quelques centimètres de ses lèvres, et Toxey se prépara à un refus.

— Pour quoi faire ?

— Pour ce boulot dans la Lokutta.

— C'est quand la dernière fois que tu as conduit une voiture ? dit-elle.

— Pour le permis. Et j'ai ramené le pick-up de papa plein de fois depuis le Guslove's ou la salle de billard l'été dernier.

— Ça en fait, de l'entraînement, dit Connie.

Alma consulta ses sœurs du regard, puis ses yeux s'arrêtèrent sur Toxey. Elle savoura une bouffée de sa cigarette, puis elle la posa dans le cendrier et se passa la main dans les cheveux. Après un hochement de tête presque imperceptible, elle tendit le pouce vers l'arrière de la maison et sa chambre, lui dit que les clés étaient dans son sac, sur la table de chevet.

— La moindre égratignure… le prévint-elle, mais Toxey l'avait déjà tirée de sa chaise pour lui planter un bisou sur la joue.

43

Un soir, une fois sa mère couchée, il emmena la fille à l'atelier et l'invita à entrer. Il alluma la radio, qui passait un duo de Porter Wagoner et Dolly Parton, et il l'enlaça, l'embrassa et la serra contre lui, elle éclata de rire et ils dansèrent, puis, à la fin de la chanson, Bone la prit par la main pour lui faire visiter les lieux. Il lui montra un grand cerf abattu au fusil prêt à être empaillé, lui expliqua comment il mélangeait sa peinture, le blanc, le marron, le noir et la terre d'ombre brûlée, les zones où il peignait des couleurs ou des nuances au pistolet, autour des naseaux pour donner plus de lustre, ou à l'intérieur des oreilles, comment il laquait les glandes et les canaux lacrymaux sous les yeux pour leur donner plus d'expression. Elle parcourut l'atelier, examinant les mannequins et les moulages, les lynx comme prêts à bondir, les black-bass et les crânes, avec une fascination morbide.

— Est-ce qu'ils ont tu sais quoi dedans ?

— Non, ceux-là, je les garde à l'entrepôt.

— Comment tu te rappelles leur aspect ? Leurs couleurs ?

— Je dessine l'animal d'abord. Je prends des notes. Mais j'envisage d'acheter un appareil photo. Ce serait plus pratique.

— Pourquoi tu aimes autant ça ?

Bone parcourut les spécimens du regard comme s'il n'avait jamais réfléchi à la question.

— Je veux ramener une créature à la vie. Pour qu'on puisse s'en souvenir parfaitement.

— Si je mourais, tu voudrais me ramener à la vie ?

— C'est encore tes idées noires qui parlent.

— Où tu aimerais aller quand tu seras mort ?

— Où ? Au paradis, tu veux dire ?

— Non. Où tu veux que ton corps aille ? Empaillé comme tes cerfs ?

Bone éclata de rire, puis il contempla le vallon.

— Non. Pas comme ça. Je n'aimerais pas non plus être enterré. Et l'incinération, c'est du gaspillage, je trouve.

— L'incinération ?

— Quand on te brûle.

— Pourquoi ce serait du gaspillage ?

— De protéines.

— Très drôle.

— Non, je crois que j'aimerais qu'on laisse mon corps dans les bois pour les bêtes. Qu'elles me déchirent en morceaux et qu'elles m'emmènent dans leurs terriers et leurs cachettes. Les coyotes, les porcs, les ratons laveurs. Les fourmis, les scarabées et les mouches. C'est la meilleure façon de partir, jeté en pâture, retour à la chaîne alimentaire.

— En pâture ?

— Pour finir dans un estomac. Rendre ma chair et mes os, pour qu'ils soient recyclés par la forêt qui m'a engendré.

Elle médita sur ce qu'il venait de dire.

— Ça me plaît. J'aime beaucoup l'idée.

— C'est vrai ?

— Ouais. Ça veut dire que même les vies les plus insignifiantes ont une raison d'être, finalement.

Sa voix était étranglée. Elle se renfrogna et passa soudain une main sur son ventre, comme si le bébé avait donné un coup de pied ou qu'une autre révolte grondait en elle.

— Je t'ai déjà dit de ne pas parler comme ça. Le bébé comprend et il n'apprécie pas, tu vois ?

Elle détourna les yeux. Essuya une larme unique et hocha la tête.

— Pardon. Tu as raison. Où est-ce que je m'assois ?

Il l'emmena de l'autre côté de l'atelier, où il y avait un lit de camp pliable avec une couverture, un coussin et un casier dans le coin.

— Tu dors ici ?

— Ça m'arrive. J'ai un apprenti qui m'aide en haute saison, mais c'est un travail solitaire. Des nuits de travail. On ne compte pas les heures. Et puis, mes petites affaires avec Elder exigent de la discrétion. À part le train, c'est calme ici.

— Qu'est-ce que tu veux que je fasse ?

— Tu peux te mettre assise ou à genoux.

— À genoux.

Il tira une chaise en face du lit de camp et ouvrit son carnet de croquis.

— Tu n'es pas obligée de le faire, si tu n'en as pas envie.

Elle le regarda avec le plus grand sérieux, mais ne prononça pas un mot en se déshabillant. Ses seins étaient gonflés et elle les couvrit avec son bras, puis elle se mit à genoux. Il avait déjà commencé à dessiner, par petites touches fébriles, et ses yeux passaient à toute vitesse du carnet à la fille, puis de nouveau au carnet.

— C'est bien comme ça ?

— Parfait. Tu es bien installée ?

— J'ai un peu froid.

— Passe cette couverture autour de tes épaules.

Elle se couvrit et lui accorda toute son attention. Il travailla à son dessin, puis, après un temps, il s'arrêta et ils se dévisagèrent.

— Je peux voir ?

Il lui montra le carnet.

— Qu'est-ce que tu en penses ?

Elle s'inspecta, elle tout entière, l'abdomen distendu et le pli de ses fesses.

— Je ne sais pas quoi penser. De moi, je veux dire. J'ai l'air grosse.

— C'est toi. C'est ce que j'ai vu de plus beau de toute ma vie.

— Et nous, dans tout ça ?

— Nous ?

Elle baissa les yeux et se mordit la lèvre.

— Tu voudrais t'enfuir avec moi ?

— Pour aller où ?

— N'importe où. Le plus loin possible d'Elder. Peut-être qu'on pourrait… qu'on pourrait être une famille quelque part ?

Il fronça les sourcils.

— Ma famille est ici. Et puis, il se lancerait à ta poursuite. Il croit que ce bébé va l'aider à se faire élire.

Il la regarda et la lumière de la lampe brilla sur ses lunettes tandis qu'une locomotive sifflait au loin. Comme elle ne répondait rien, il revint à son dessin, levant les yeux de temps à autre, réalisant de petits mouvements avec son crayon, pour s'efforcer de rendre compte de la douleur et du chagrin nouveaux qui étaient apparus dans les yeux de la fille.

44

Taxidermie Bone

Le dimanche, tard dans la soirée, Bone enfila son tablier et sa loupe frontale et s'installa à son établi. Il était seul parmi les mannequins et les spécimens, une ménagerie de têtes de mort éternelles. Il plongea un pinceau dans la laque et l'appliqua sur les yeux de verre d'un modèle sur lequel il avait pris du retard, un cerf de Virginie atypique et exceptionnellement grand tué à l'arc dans la forêt nationale de Talladega en novembre de l'année précédente et destiné à une convention le mercredi. Il avait terminé la couche de protection de l'œil et mélangeait des peintures lorsque le téléphone sonna. Il se tourna vers le combiné sur le bureau, attendant qu'il s'arrête de sonner, mais il dut se résoudre à reposer son bâton mélangeur pour aller répondre.

— Qu'est-ce qu'il y a, maman ?

— Comment tu savais que c'était moi ?

— Tout va bien ?

— La petite dort. Hiram est avec elle. Il est allongé par terre à côté du berceau.

— C'est bien. (Comme elle ne disait rien, il lui reposa la question :) Tu es sûre que tout va bien ?

— On a eu une intruse cet après-midi.

— Une intruse ? Quelqu'un de chez Reese ?

— Elle travaille pour Reese, mais c'est pas ce que tu crois. On bavarde tranquillement et elle va rester dîner. Je me disais juste qu'il fallait te prévenir.

— Tu as l'air inquiète. Est-ce que tu veux que je rentre ?

— Non, ça peut attendre.

— Je suis sur un projet important. J'en ai pour toute la nuit.

— Retourne travailler. On peut parler plus tard. Il faut qu'on parle plus tard.

— De quoi ?

— Il faut qu'on soit plus prudents, dit sa mère.

Bone raccrocha et essaya de décoder les remarques cryptiques de sa mère avant de se remettre à l'ouvrage. Il s'absorba dans les détails, les petites touffes de fourrure, les poils rebelles, les glandes, les canaux, la moindre petite nuance. L'aube du lundi pointait lorsqu'il termina son spécimen. Il laissa la peinture sécher et durcir, alla dans la remise, ouvrit le tiroir du bureau, fouilla sous la pile de carnets et attrapa un Ruger Security-6. Ouvrit le barillet pour confirmer qu'il était chargé. Il s'assit sur le lit de camp. Regarda sa montre, posa le revolver sous l'oreiller, se frotta la nuque et bâilla. Il ouvrit un des carnets, à la dernière page – le dessin de la silhouette nue et gonflée de la fille agenouillée sur ce même lit de camp. Le cœur serré, il mit sa main sur la couverture, où il aperçut un cheveu. Bone pinça le cheveu et le porta à la lumière, puis à son nez, il ferma les yeux et inspira profondément en espérant trouver une dernière trace d'elle, puis il laissa échapper un long soupir accablé et s'allongea.

Mais il était incapable de dormir, ses pensées tourbillonnaient autour de la fille, de leur romance intense mais secrète et de tout son rôle dans sa tragédie. Les mots lui manquaient. Si seulement il n'avait pas été aussi dédaigneux, si seulement il avait posé le carnet et promis de s'enfuir avec elle, peut-être qu'elle n'aurait pas fait ce qu'elle avait fait ? Et maintenant ? se demandait-il. Qu'est-ce qui l'attendait quand la seule réalité était la mort ?

Bone espérait au moins que la visite de Bivins, si elle avait lieu, lui offrirait le privilège d'une dernière image de la fille dont il pourrait chérir le souvenir.

Ils roulèrent toute la nuit et firent étape dans une planque que leur avait indiquée Parnell, un vieux campement en périphérie de Reese Paper. Les six motards dormirent toute la journée, puis ils cherchèrent des œufs, du café et du whiskey et passèrent leur équipement en revue.

Otis avait ramené l'artillerie lourde, qui comprenait une hache, des chaînes, des armes de poing, des couteaux et une paire d'Ithaca à canons courts. Hurley étudiait la carte et la route à voie unique qui plongeait dans les contreforts du nord de la Lokutta, une futaie monotone mais dense, quarante hectares en marge de la réserve naturelle. Comme Parnell ne savait pas précisément où ni comment vivait Bone, Hurley décida qu'un premier groupe de trois ferait une razzia dans l'atelier, tandis que les trois autres, sous son commandement, traqueraient le bébé et la famille de Bone dans le vallon. Parnell leur avait dit que les animaux empaillés dans l'entrepôt contenaient de la marchandise dont ils pouvaient se saisir, ainsi que tout ce qui leur plairait à la ferme.

Brûlez tout, c'était sa seule requête.

La conversation revint sur le bébé, pour savoir qui se chargerait de son cas, et Hurley, après plusieurs minutes de silence, dit "eh puis merde" et se porta volontaire. Il se blinda avec un tranquillisant animal et, une heure avant le coucher du soleil le lundi, ils démarrèrent leurs motos dans une formation en diamant et mirent le cap au sud vers la ville. Ils traversèrent le pont sur la Noonday en suivant les ailes du papillon que formait le territoire vers la Lokutta, laissant derrière eux les bonnes gens (ou presque) de Mercy Oaks.

Bone entendit frapper à la porte.

Ses yeux s'ouvrirent d'un coup, il saisit son revolver sous l'oreiller et se redressa. Il regarda autour de lui, perplexe, puis il consulta sa montre et s'aperçut qu'il avait dormi une bonne partie de la journée. On frappa de nouveau. Il enfila ses lunettes et se passa une main dans les cheveux. Glissa le Ruger dans son pantalon, le couvrit avec sa chemise, et traversa prudemment l'atelier.

Le coup suivant fut un peu plus fort et Bone posa sa main sur la poignée du Security 6 derrière son dos. Il souleva un store pour jeter un œil dehors. Un jeune homme maigrichon se tenait devant l'entrée, vêtu d'un pantalon bien repassé et d'une chemise, comme pour aller à l'église, un appareil photo sanglé autour du cou.

— Bivins ? lança-t-il.

Toxey sursauta en entendant la voix de Bone et aperçut les lunettes à travers la fenêtre.

— Oui, monsieur. Je viens pour le travail. Pickren m'a dit de passer lundi.

Un instant plus tard, la porte s'ouvrit et C.T. Bone se planta sur le seuil, scrutant le parking en gravier.

— C'est ta voiture ? dit-il.

— On me l'a prêtée. Désolé pour le retard. Je me suis perdu en route.

— Il me semble avoir demandé que tu apportes des photos de la fête foraine ?

Toxey avait un numéro de *Life* sous le bras, il le sortit et l'ouvrit. Il y avait une photo en noir et blanc à l'intérieur.

— C'est ma dernière, monsieur, dit Toxey.

Bone prit la photo et la contempla pendant un instant qui fut comme suspendu en apesanteur, puis il reporta son regard vers Toxey et hocha la tête.

— Jolie photo, dit-il. Combien tu en demandes ?

— Je ne sais pas.

— Dix dollars, ça t'irait ?

— Ben… Ouais, OK.

— T'as les négatifs ?

Toxey secoua la tête.

Bone fit un pas de côté.

— Viens, entre, dit-il.

Il ajusta une pancarte de travers devant l'atelier qui annonçait FERMÉ : SUR RENDEZ-VOUS UNIQUEMENT, suivit Toxey à l'intérieur, et verrouilla la porte. Toxey regarda par-dessus son épaule, mais ne dit rien. Bone posa la photo sur l'établi, s'avança vers deux plaques chauffantes sur le plan de travail, où il mit de l'eau à bouillir pour le café. Il croisa les bras et dévisagea Toxey un moment, puis il désigna l'atelier d'un geste.

— Vas-y, fais un tour. Rien ne va te mordre ici.

Toxey parcourut lentement la pièce, admirant les trophées montés au mur – un lynx à l'affût, un black-bass accroché à une latte de bois flotté – tous étiquetés et prêts à être remis au client, puis à la rangée de sculptures en attente d'une nouvelle couche de plâtre ou de moulage, ou d'une peau tannée. Il s'arrêta devant ce qui ressemblait à une sorte de chèvre avec deux longues cornes en forme d'épées qui dépassaient de la tête.

— C'est quoi comme animal ? dit-il.

Bone versa de l'eau chaude dans une tasse et y ajouta deux cuillères de café instantané, manifestement préoccupé par la photo sur l'établi.

— C'est un oryx, dit-il enfin. Il nous vient tout droit du Kenya.

— En Afrique ? Cool.

— Abattu pendant un safari. J'en ai fait un autre l'an dernier qui venait de Namibie.

— Redites-moi ce que vous attendez de moi ? dit Toxey.

Bone contourna l'établi pour s'approcher du cerf sur lequel il avait travaillé toute la nuit.

— J'aimerais faire quelques portraits de ce trophée-ci. Pour la pub, ce genre de choses.

— Couleur ou monochrome ? J'ai pris une pellicule de chaque.

— Monochrome ?

— Noir et blanc.

— Ah, oui. Les deux, je dirais. Combien ça coûte ?

— Environ un dollar l'unité.

Bone fouilla dans sa poche, en tira une liasse et tendit quarante dollars à Toxey.

— Garde la monnaie. Une poignée de main, ça te va comme contrat ?

Toxey mit l'argent dans sa poche et tendit la main. Puis il leva les yeux vers l'éclairage au plafond.

— Il fait peut-être un peu sombre.

— J'ai une lampe suspendue en rab.

— Ça serait bien. Ensuite on pourrait se trouver un fond uni ? Un drap, par exemple ?

— Bonne idée. J'ai vu tes photos chez Pickren. Tu as l'œil, fiston, tu sais. C'est une chose qui ne s'apprend pas.

— Merci, monsieur.

— Appelle-moi C.T.

— OK.

— Je reviens tout de suite.

Bone disparut dans la remise. Pendant son absence, Toxey se déplaça vers une série de cadres accrochés au mur, assez semblable à celle de la quincaillerie de Pickren, sauf qu'au lieu de photos c'était une douzaine de croquis encadrés.

— C'est vous qui faites tous ces dessins ? Les oiseaux et les cerfs ?

— C'est moi, dit Bone.

Il grimpa sur un marchepied et installa une lampe au-dessus du cerf.

— Le meilleur moyen d'apprendre la taxidermie, c'est d'observer ces animaux dans la nature. Apprendre leur palette de couleurs dans une certaine lumière, le mouvement et les plis de la peau quand ils mènent leur vie. La taxidermie est un art comme un autre.

— Je n'avais jamais vu ça comme ça, dit Toxey. Ces dessins sont aussi ressemblants qu'une photo. Vous avez fait une école ?

— Autodidacte, dit Bone avec une touche de modestie. Tiens, ça me fait penser : j'ai aussi dans l'idée de photographier les animaux avant d'envoyer les peaux à la tannerie. Comme référence, tu vois ? J'aimerais t'embaucher une journée par semaine, peut-être plus pendant la saison du cerf en automne. Je fournis les pellicules, et je paie pour les faire développer. On dit un dollar par tête ? Tu pourrais faire ça ?

Toxey acquiesça.

— Carrément. Ce serait super.

— Tu fais ça depuis combien de temps ?

— Deux ans environ. J'ai commencé à prendre des photos des Quarters au début, puis un peu partout en ville. Pickren a eu l'idée d'en accrocher quelques-unes à la quincaillerie. Très vite, les gens se sont mis à les acheter.

— L'inspiration est une bonne chose, c'est même la seule qui compte, dit Bone. Qu'est-ce que tu trouves de particulier à Mercy Oaks ?

Toxey haussa les épaules.

— C'est chez moi. C'est ce que je vois au quotidien. Il y a une certaine beauté dans les choses ordinaires. Les gens ordinaires. Et mon appareil est un peu comme un carnet de dessin. Vous voyez ce que je veux dire ?

Bone afficha un grand sourire.

— Très bien.

— Je fais un peu de photo en extérieur, aussi. J'aide une vétérinaire pour ses recherches sur un livre qu'elle écrit.

— Tiens donc ?

Toxey hocha la tête. Il était déjà en train de prendre la mesure du trophée, fit quelques pas en arrière et effectua la mise au point. Il se mit sur un genou et explora différents angles dans la lumière, puis il se mit à l'œuvre. Bone le regarda travailler en silence, les yeux dans le vague. Au bout d'une dizaine de minutes, il reposa son regard sur la photo.

— Alors comme ça, tu étais à la fête foraine en février ?

— Ouais ?

— Tu lui as parlé ?

— À qui ?

— À cette fille devant la grande roue, dit Bone en montrant la photo. Elle t'a dit qui elle était ?

Toxey leva les yeux de son appareil photo. Bone le scrutait, la mâchoire tendue, un air sombre sur ses traits basanés. Avant que Toxey puisse lui répondre, ils entendirent au loin un grondement de moteurs, qui s'amplifia jusqu'à ce qu'il ne fasse plus aucun doute que plusieurs motos approchaient.

— Vous attendez de nouveaux clients ? dit Toxey.

Mais Bone avait déjà tiré le Ruger de son pantalon quand ils entendirent des pneus crisser sur le gravier, puis le concert de moteurs s'éteignit progressivement, remplacé par le cliquetis étouffé d'une chaîne de moto, suivi par un silence tandis que l'air se chargeait d'une violence imminente.

CATAULA, GÉORGIE

LE PRÉSENT

45

Résidence Walden

— Tu es en congé aujourd'hui ?

— Oui, papa. Je ne fais plus que trois jours par semaine, maintenant.

On était vendredi, quatre jours après sa dernière visite, et Cynthia tapota l'épaule de son père et poussa le fauteuil roulant sur le chemin. Il faisait frais dehors, des nuages d'un noir d'encre bloquaient le soleil, et le monde paraissait bruni et gris, las de ses habitants. Elle s'écarta du chemin, arrêta le fauteuil à côté du banc, et s'assit à côté de lui.

— Tu sais, j'ai fait des recherches sur Maxine hier soir. Je lui ai envoyé un message, mais je n'ai pas eu de réponse.

— Tu as fait ça ?

— Elle s'appelle Maxine Miller, maintenant. Mariée, enfants, petits-enfants. Elle vit dans une résidence sécurisée au nord de Mercy Oaks.

— Tu imagines. Ça fait tellement longtemps.

— Tu ne l'as plus revue après ce fameux rencard, pas vrai ?

Toxey secoua la tête et regarda du côté de l'étang et de l'herbe fanée. Son œil gauche était gonflé et il portait un pansement sur le front. Il le toucha et grimaça.

— Laisse le pansement, dit-elle. N'y touche pas.

— Qu'est-ce qui s'est passé ? dit-il.

— Tu as eu une matinée difficile. Ils m'ont appelée pour me dire que tu avais fait une chute. Tu te souviens ?

Toxey hocha la tête sans conviction. Elle ouvrit un sac en papier rempli de noix de pécan enrobées de sucre et en versa quelques-unes dans sa paume avant de tendre le sac à son père.

— Fait maison, dit-elle. Goût cannelle-muscade-gingembre.

— Merci, ma puce, dit-il avant d'engouffrer quelques noix dans sa bouche. Elles sont délicieuses.

— Tante Millie a appelé pour prendre de tes nouvelles. Je vais passer la voir aujourd'hui.

— Ah oui ? Comment va-t-elle ?

Cynthia fronça les sourcils.

— Elle a subi une nouvelle opération. Elle souffre beaucoup, ces temps-ci.

— Elles me manquent, elle et Denise, dit Toxey. Connie aussi, paix à son âme. Tout le monde souffre, doit faire face à ceci ou cela. On décline doucement. Et j'étais justement en train de penser à Alma. Quel jour on est, déjà ?

— Le 24.

— Ah oui, c'est vrai. Je savais bien qu'on approchait d'un jour important bientôt. Ça va faire vingt ans qu'elle est morte, le 25 octobre.

Cynthia le regarda s'absorber dans le souvenir de sa sœur. Elle remarqua le léger tremblement de son menton tandis qu'il plongeait la main dans le sac pour attraper une noix de pécan.

— De quoi elle est morte, déjà ? Tu n'as jamais aimé parler de ça.

— Parce que c'était une histoire de drogue, dit Toxey. Ta tante Alma était une âme en peine et elle avait beaucoup de souffrance en elle. Des démons, j'imagine qu'on en a tous. Quoi qu'il en soit, elle refoulait ce qui lui faisait du mal et le trimballait avec elle en permanence.

— Je ne l'ai jamais beaucoup vue, dit Cynthia. Ça devait être quand j'étais au collège. Elle était là, et puis un beau jour elle a disparu et on ne l'a jamais revue. Je me souviens comme grand-mère était fâchée.

— Elle s'est enfuie avec un homme et ils sont partis au Nord. Ils ont essayé de repartir à zéro loin de Mercy Oaks, mais la vie ne penchait jamais du bon côté pour elle, et il y a eu aussi trop de mauvais choix. On n'a qu'un certain nombre de chances dans la vie avant qu'elle se transforme en sables mouvants et t'avale tout cru. Et donc, avec chaque célébration vient une tragédie. Mais bon, elle m'a laissé emprunter sa voiture le jour le plus important de ma vie.

— Qu'est-ce que tu veux dire par là ?

— Pour la plupart d'entre nous – comme le disait toujours ta grand-mère – après le beau temps vient la pluie, et après la pluie vient le beau temps, et ainsi de suite. Encore et encore.

Toxey se redressa et se frotta le coude.

— Tu as de la chance de ne pas t'être cassé la hanche, dit Cynthia. Il faut que tu sois plus prudent.

— Ouais, ouais. Je sais. Mais ça va. Il n'y a plus beaucoup de choses à raconter.

Il la considéra comme s'il ne savait plus très bien comment il était arrivé à côté de ce banc, puis il porta son regard vers l'étang, quelque chose attira son attention, et il leva doucement la main pour le lui montrer.

— Regarde, murmura-t-il.

Cynthia tourna la tête et vit, de l'autre côté de l'eau à une centaine de mètres, une biche qui errait en solitaire le long de la clôture. Très vite, l'animal disparut de leur champ de vision. Ils restèrent assis sans parler, à prendre l'air et à grignoter. Enfin, il la regarda et sourit.

— Tu es en congé aujourd'hui ?

Elle ferma sa main autour des noix de pécan et les jeta vers l'eau, exaspérée.

— Oui, je suis en congé, papa. Je devrais être chez moi, mais tu es tombé et tu t'es cogné la tête ce matin. Je suis ta fille – urgentiste dans un minuscule centre médical régional, qui croule encore sous les dettes étudiantes, qui échoue dans son mariage et dans son rôle de mère, et qui essaie juste de ne pas craquer pendant que le monde part en vrille et que tu dépéris à cause de la maladie à corps de Lewy, qui fait que tu souffres de dépôts anormaux de protéine alpha-synucléine dans ton cerveau. Et quand tu as fait tourner ton sèche-linge pendant des heures et des heures, il y a eu un court-circuit qui a causé un incendie, ta maison est partie en fumée et tu as tout perdu, et c'est pour ça que tu vis maintenant ici à Walden. C'était le mieux que je pouvais faire et ça nous coûte un deuxième emprunt. Il n'y a pas de remède à ta maladie et il n'y a pas de retour en arrière, et chaque jour tu disparais un peu plus, et je suis mortifiée que mon fils ne puisse pas avoir de grand-père. Et oui, je vois que c'est encore une foutue biche malade. Il y en a partout. Maintenant explique-moi à quoi riment toutes ces histoires à dormir debout ? Est-ce que tu fabules ? Est-ce que tu inventes tout ça de toutes pièces ? Pourquoi ?

Elle inspira profondément et se couvrit le visage, lui dit qu'elle était désolée et se mit à sangloter. Incapable de la regarder, Toxey croisa ses mains et les posa sur ses genoux. Il fixa son regard mélancolique sur l'étang.

— Cette histoire, c'est celle de son nom.

— Le nom de qui ?

— La fille sur la photo. Celle qui intéressait tant Bone. La fille debout devant la grande roue le soir de la fête foraine. Celle qu'on a retrouvée morte dans la Lokutta. Elle m'a dit son prénom ce soir-là. C'est un secret que j'ai gardé pendant toutes ces années, et je ne l'ai jamais dit à personne – pas même à mes sœurs – jusqu'à aujourd'hui.

— Et c'était quoi ?

Toxey la regarda. Ses yeux étaient sans larmes mais gonflés de chagrin et elle se raidit en le voyant, en découvrant la clarté et la maîtrise dont il faisait soudain preuve, qu'elle avait cru perdues à jamais par la maladie qui lui dévorait le cerveau.

— Elle s'appelait Cynthia, dit-il. Je t'ai donné le nom de ta mère.

MERCY OAKS, GÉORGIE

LE PASSÉ

46

Taxidermie Bone

— C'EST qui, dehors ?

Toxey fit quelques pas en arrière, incertain de la marche à suivre. Bone jeta un œil sous un store.

— Des fauteurs de troubles. Je parie que c'est Reese qui les envoie.

— Hein ? Elder Reese, vous voulez dire ?

Bone lui lança un regard noir.

— La remise avec le lit de camp, dit-il. Va là-bas si tu veux pas mourir à l'instant où cette porte s'ouvrira.

Toxey semblait cloué sur place, mais Bone n'avait pas une seconde à perdre, il n'allait clairement pas reculer devant le combat et, quand il arma son revolver, Toxey courut dans la remise et ferma la porte. Il essaya un placard, mais il était trop petit et encombré de cartons. Il regarda autour de lui, nulle part où se cacher à part sous le bureau, puis il avisa une cantine dans le coin. À l'intérieur, il y avait une pile de tabliers et de chiffons absorbants soigneusement pliés et ce qui ressemblait à des carnets de croquis. Il jeta les chiffons sur le lit de camp, se glissa dans la cantine et referma le couvercle sur lui à peu près au moment où Bone, sans préambule ni hésitation, sortait de l'atelier et se mettait à tirer.

Recroquevillé et contorsionné, Toxey agrippa son appareil photo et récita une prière, mais il avait du mal à respirer, le sternum compressé dans l'obscurité suffocante de la cantine. Il entendit une salve de coups de feu, une riposte, puis le bruit de la porte d'entrée qui volait en éclats. Il y avait des gens dans l'atelier à présent, et Toxey se mordit une phalange, le corps parcouru de tremblements, s'efforçant d'étouffer le moindre bruit. Il ne pouvait se fier qu'à ses oreilles, la bande-son d'une échauffourée, un pas lourd sur le parquet – impossible de savoir s'il s'agissait de Bone ou d'un autre homme, ou de deux ou cinq autres. Il entendit des cris, des jurons, des bris de verre et de métal, des objets qui tombaient par terre, des cliquetis de chaînes, des railleries, la cacophonie d'une mêlée où les chaînes tournoyaient dans l'air, et quelques instants plus tard un homme hurla de douleur et il entendit Bone leur dire "Vous en voulez encore ?", et ce furent ensuite de nouveaux grognements, des bruits de lutte, le craquement d'un membre ou d'une articulation, une nouvelle explosion de verre et deux détonations assourdissantes quand la porte de la remise fut arrosée de chevrotine, puis il y eut un nuage de fumée et un nouvel épisode de combat rapproché, et Toxey crut entendre Bone pousser un cri, suivi aussitôt par un autre homme qui criait encore plus fort dans un affreux gargouillis, se plaignant de ses intestins, les voies respiratoires encombrées de sang et de glaires, puis un calme étrange retomba, un silence complet dans l'atelier à l'exception du crépitement des flammes, jusqu'à ce que Toxey entende un pied qui traînait sur le parquet, une démarche titubante se rapprochant de plus en plus, puis la porte du bureau s'ouvrit, Toxey étouffa un cri, se couvrit la bouche et se prépara au pire.

Il poussa un glapissement lorsque quelqu'un ouvrit le couvercle de la cantine, mais il s'agissait de Bone, une main sur le flanc, un couteau maculé de sang dans l'autre main, un œil mutilé par une grande estafilade, une autre balafre en travers de la joue.

Bone relâcha sa pression sur la plaie à la cage thoracique et tendit la main, Toxey la regarda bêtement, mais finit par la prendre et jeta un coup d'œil dans la cantine, juste assez pour apercevoir le Canon de Pickren et la page déchirée d'un carnet. Il reconnut la fille instantanément, quand Bone passa le bras autour de lui et faillit s'évanouir.

— Vous… vous la connaissiez ?

— Il faut qu'on y aille, dit Bone.

— Quoi ? Où ?

Ils zigzaguèrent entre une table renversée et des spécimens fracassés, Bone traînant la patte. Des bidons et du verre jonchaient le sol. Un incendie se propageait à toute vitesse, les flammes remontaient le long du mur ouest de l'atelier. Au niveau de l'oryx, Toxey cria en voyant un homme sur le dos qui crachait du sang, le visage saisi d'horreur, ses yeux blancs visibles sous une marée de sang. Bone lui avait charcuté le ventre et le motard tenait un bout d'intestin dans ses mains. L'homme tourna la tête, implora son aide, le traita de fils de pute, mais Bone l'ignora et ramassa l'Ithaca par terre, ils titubèrent vers la porte d'entrée, Bone perdit l'équilibre et entraîna Toxey dans sa chute. La fumée et les vapeurs se densifiaient, les flammes avaient atteint le plafond. Un complice était étendu sur l'établi, une plaie atroce à la tête, le visage comme un cratère où Toxey ne distingua que des gencives et des dents brisées, puis un liquide renversé prit feu, les flammes embrasèrent l'homme éviscéré par terre, et un instant plus tard Toxey et Bone se relevèrent et sortirent sur le parking de gravier où un autre homme gisait mort à côté d'une moto. Toxey conduisit Bone à la voiture et le poussa à l'intérieur.

— C'est par où, l'hôpital ?

Bone secoua la tête.

— Chez moi. Par là, dit-il en désignant une étroite route qui coupait à travers une pente envahie de mauvaises herbes.

— Pardon ?

— Il y en a d'autres, dit Bone. Ils en ont après le bébé. S'il te plaît, il faut que tu démarres.

Toxey entendit le mot "bébé" et enclencha la marche arrière, momentanément ébloui par la fournaise devant eux, une épaisse fumée noire s'élevant depuis les fenêtres tandis qu'une lumière irréelle vacillait derrière les stores en lambeaux. Il accéléra, suivit la route jusqu'aux contreforts. Toxey jeta un regard à Bone, pâle, la respiration rauque et saccadée, le fusil à pompe sur les genoux, qui s'efforçait de remettre le couteau au manche en bois de cerf dans son étui.

— Il ne faut pas qu'il ait la fille, dit-il.

— Qui ? Quelle fille ?

— Reese. C'est son bébé. Et il peut acheter tous les flics, les juges et les gros bras du monde. Mais il ne peut pas l'avoir elle.

Toxey ralentit dans une série de lacets, le paysage englouti dans une noirceur crépusculaire, d'immenses parois de kudzu surplombant la route. Il sentit les pneus déraper sur un tronçon de glaise humide. Il ralentit à un embranchement et regarda Bone. Celui-ci grogna, leva un doigt ensanglanté et montra l'intérieur du vallon, puis il s'affala dans le siège.

— Tu vas comprendre, Elder, dit-il.

— Quoi ?

— Là où vont les cerfs, les hommes iront aussi.

— Je ne comprends pas, monsieur Bone. Qu'est-ce que vous dites ?

Ses questions restèrent sans réponse alors qu'il prenait un virage et qu'ils arrivaient devant la ferme, et il vit les motos garées devant une grange et, sur la colline, une cabane plus grande. Toxey arrêta la voiture et regarda autour de lui. La ferme paraissait sombre et déserte.

— C'est là ?

Un coup de feu répondit à Toxey, résonnant dans le vallon. Quelque part dans la colline, un homme poussa un cri. Bone ouvrit la portière, sortit de la voiture dans une culbute, parvint à se relever et tituba vers la cabane. Toxey crut entendre des voix, une lampe unique brillait à la fenêtre.

— Monsieur Bone ? Monsieur Bone ?

— Moins fort.

— On ne devrait pas appeler la police ?

Bone vérifia la culasse du fusil.

— Ça servirait à rien. Reese les a tous dans la poche.

— Mais…

— Tais-toi.

Le sentier était constellé d'ombres en pointillé et des chèvres et des cochons s'agitaient bruyamment dans leur enclos, lorsqu'ils découvrirent la mère de Bone abattue dans le jardin, face contre terre, ses souffrances abrégées à tout jamais. Bone s'arrêta pour la regarder, mais ne prononça pas un mot et reprit son chemin vers la cabane en rondins équarris, où ils entendaient des grognements étouffés ainsi qu'un glapissement de résistance et, plus loin dans les bois, au pied de la montagne, le bébé qui pleurait.

Quand ils arrivèrent à la porte, Bone passa la tête par l'entrebâillement et vit le cul nu d'un motard juché au-dessus de Frida Prisant, dont les vêtements étaient déchirés. Un deuxième hors-la-loi essayait maladroitement d'éventrer un cerf empaillé pour récupérer les stupéfiants cachés à l'intérieur.

Bone jeta un œil au corps de Hiram touché au ventre dans le fauteuil à bascule et brandit son Ithaca au moment où Toxey hurlait le nom de Frida et courait vers son assaillant. Bone abattit d'abord l'homme dans le coin, le touchant au visage avant qu'il puisse riposter. La déflagration fut assourdissante et Toxey flotta en apesanteur dans un silence ouaté, inconscient du fait qu'il s'attaquait frénétiquement au motard, enragé, les bras battant dans tous les sens tandis que l'agresseur de Frida s'efforçait de remonter son jean. Le motard pivota et gifla Toxey du revers de la main, l'envoyant valser par terre, mais la distraction avait été suffisante pour permettre à Frida d'atteindre son pantalon, et le couteau sans prétention accroché à un passant de ceinture. Elle tira le puukko de son fourreau, se rua sur le motard et lui planta la lame au creux des reins, déchirant la cage thoracique. Elle retira le couteau et le motard se tourna et ramassa un bout de chaîne pour riposter. Il lui attrapa le bras et lui lacéra la peau au passage, mais elle recula et montra les dents. Lorsqu'il tenta une nouvelle attaque, elle se baissa pour esquiver et vint lui plonger son couteau dans le ventre par-dessous. L'homme lâcha la chaîne, saisit le cou de Frida à deux mains et la souleva du sol tandis qu'elle tirait sur le manche pour l'éventrer depuis le nombril, sentant la chair céder sous la lame. Le motard relâcha son étreinte et elle ressortit le puukko humide. Il baissa la tête, poussa un gémissement et lui décocha un coup de poing au visage qui la projeta au sol. Il était prêt à bondir lorsque Bone, un œil toujours inopérant, chambra une cartouche, tenant l'Ithaca au niveau de la hanche, et inclina le canon pour s'ajuster à la taille du motard.

— Youhou, dit-il. Par ici.

Le motard se tourna, une main sur le ventre là où du sang avait commencé à gicler de l'entaille, de la bile plein les doigts, quand Bone déchargea l'ultime salve de chevrotine dans son thorax. L'homme absorba le choc, tituba en arrière et s'effondra dans une série de derniers souffles saccadés. Bone laissa tomber l'Ithaca et s'affala aux pieds de son frère, à côté du fauteuil à bascule. Une minute passa. Frida se hâta de remettre ses vêtements et récupéra son sac et sa carabine tandis que Toxey était assis les bras autour des genoux, tremblant, les yeux rivés sur Bone qui prenait la main de son frère et posait la tête sur ses genoux.

— J'aime pas la bagarre, C.T., dit Hiram. Ça me fait peur.

— Je sais. Je sais. Mais on va être avec maman maintenant. On va revoir tout le monde.

— C'est vrai ?

— C'est vrai.

Avant que Toxey ait pu prendre la mesure de la situation, Hiram était mort et Bone avait les paupières closes et ne semblait pas près de se relever un jour de son propre chef.

Toxey cilla plusieurs fois, tourna la tête et s'aperçut que Frida hurlait son nom. Elle avait les yeux embués de larmes et le nez cassé, mais son attitude suggérait que la détermination l'emportait sur le traumatisme, et elle le gifla au visage.

— Réveille-toi Toxey. Il est allé où ? dit-elle.

— Hein ?

— L'homme avec le bébé ?

— Qu… qu'est-ce que vous faites ici ? Qu'est-ce qui s'est passé ?

— J'ai commencé comme otage. Ensuite j'ai été l'invitée d'honneur, et j'étais à deux doigts de recevoir une carte de Noël… et puis paf. Pas le temps de digérer tout ça, là tout de suite. T'as vu ce grand type, Hurley, avec le bébé ? Il a dit qu'il allait trouver un endroit tranquille pour finir le boulot.

— J'ai entendu un b… bébé dans les bois.

Toxey était encore sous le choc, l'esprit embrumé. Frida lui prit la main, l'aida à se relever et le traîna dehors, où ils entendirent le gémissement distant du nouveau-né dans l'obscurité des bois, sur ce même versant arboré que Frida avait descendu quand elle avait découvert la chambre d'enfant. À la lueur de la lampe, elle tira la culasse de la Savage pour vérifier l'intérieur de la chambre, aperçut un éclat de cuivre. Elle referma la culasse, enclencha le cran de sûreté et partit en courant. Emporté par le tourbillon des événements, Toxey lui emboîta le pas sans réfléchir et sans poser de question.

Entouré du chant des cigales, il distingua les ruines de la mine dans la lumière blafarde. Ils contournèrent le bord du cratère à ciel ouvert, cinquante mètres de dénivelé envahis de branches entrelacées et de ronces. Ils entendirent les sanglots étouffés du bébé puis, en haut du mur d'une cuve de lixiviation, ils aperçurent Hurley, silhouette déroutante qui faisait les cent pas, l'enfant dans un bras, l'autre main posée sur la petite bouche. Frida se mit sur un genou derrière les vestiges de la cheminée.

— Qu'est-ce que je fais ? dit Toxey.

— Tu vois cette cheminée, là-bas, enfin ce qu'il en reste ? Il acquiesça.

— Utilise les colonnes et les pilotis pour te couvrir. Reste hors de vue et faufile-toi sur sa gauche. Essaie d'arriver derrière lui, le plus près possible. Ma lampe va bientôt me lâcher.

— Pour quoi faire ?

— Il va tomber en arrière, dit-elle, distraite. C'est obligé.

— Pourquoi il va tomber en arrière ?

— Parce que je vais lui coller une balle.

— Quoi ?

— Tiens-toi prêt à courir et à rattraper le bébé.

Toxey la regarda d'un air incrédule, mais il hocha la tête et se précipita dans les ruines. Frida défit le cran de sûreté, se redressa, et elle s'approchait de la paroi de la cuve quand Hurley plissa les yeux et braqua son arme dans sa direction. La Savage en bandoulière, Frida leva les mains pour parlementer.

— Hé, ne tire pas, ne tire pas. Tu vas exploser les tympans du bébé.

— Dans tous les cas, cette petite bâtarde aura bientôt plus à se soucier de ça.

— Tu l'aurais déjà tuée si t'avais voulu. Donc tu es tiraillé. Et ce n'est pas une bâtarde. C'est une fille que tu vois là, une toute petite fille. Regarde-la.

Hurley regarda le petit paquet dans son bras gauche, le visage béant de détresse qui pleurait dans la nuit.

— C'était pas censé se passer comme ça, dit-il. Je croyais pas que ce serait aussi dur.

— J'ai eu un bébé un jour, mais il est mort, dit Frida. C'était le pire jour de ma vie, pire encore qu'aujourd'hui. Il n'y a pas de plus grande tragédie. Tu n'es pas obligé de participer à une tragédie ce soir. Donne-moi le bébé.

— Rien à foutre de tout ça.

— Tes amis sont morts, dit-elle. Eux aussi, t'en as rien à foutre ?

— C'est vrai ?

— J'en ai bien peur. Allez, s'il te plaît. Donne-la-moi.

Hurley regarda le nourrisson, mais son visage était fermé, réfractaire.

— Ça va pas le faire, chérie, dit-il. Rien à foutre.

Frida aperçut Toxey qui se glissait entre les bacs de stockage, Hurley suivit son regard et avisa Toxey à trente mètres, pris sur le fait comme un opossum dans les phares d'une voiture. Frida fit pivoter la carabine par la sangle, le canon sous son bras, attrapant l'avant avec sa main gauche, son œil droit ajusta la mire au-dessus du bébé dans un jeu d'ombres, elle déplaça le réticule de quelques millimètres, vit que Hurley ne braquait plus l'arme sur Toxey, mais sur la tête du bébé, et pressa la détente. L'épaule de Hurley tressauta, son corps partit en arrière depuis le bord de la cuve et atterrit avec un son mat.

Frida remonta la pente en courant vers le côté de la cuve. La petite fille était encore au creux du bras de Hurley et Frida regarda Toxey la recueillir et la tenir contre sa poitrine.

— Éloigne-toi de lui, dit-elle. Fais attention au trou, aussi. On sait pas à quel point c'est profond.

— Tout va bien, dit Toxey au bébé, essuyant le sang sur son front. Là, là, ne pleure plus. Ce n'est pas ton sang. Ce n'est pas ton sang, petite fille. Pas du tout.

Frida rejoignit le corps de Hurley, tenant la carabine à hauteur de hanche, le canon braqué sur lui. Elle allait vérifier qu'il était bien mort en lui donnant un petit coup de pied quand il battit des paupières, cracha du sang et essaya de l'attraper. Frida défit le cran de sûreté, pressa la détente à vide, et comprit son erreur – dans la panique, elle n'avait pas rechargé après son dernier coup. Elle s'y attela, mais trop tard, et Hurley la saisit à la cheville pour la faire trébucher.

— Cours, Toxey. Cours.

Il détala dans les ruines de la mine, regarda une fois en arrière et vit Frida debout, Hurley tenant le canon de la Savage et essayant d'attirer Frida vers lui ou de lui arracher la carabine, puis le coup partit, il poussa un cri, se rua sur elle et l'emporta dans son élan, les deux corps basculèrent dans le puits, les marches pourries croulant sous leur poids tandis qu'ils disparaissaient de son champ de vision.

Bone ouvrit son œil valide, surpris de ne pas être encore mort et de ne pas souffrir le martyre. Il leva la tête des genoux de Hiram, fixa le visage horrifié de son frère un moment, puis il se mit péniblement debout, trouva le Zippo dans la poche de chemise de son frère. Il descendit la colline vers sa mère, dans un état second. Inspira profondément et éprouva une décharge de douleur terrible, mais il s'agenouilla pour recueillir le corps, rassemblant ses dernières forces, et le ramena à la cabane. Il allongea sa mère et lui ferma les paupières, puis il traversa la chambre pour aller au berceau, prit le petit ours rose, fouilla dans les draps, les crèmes et les tétines, et trouva les flacons d'alcool isopropylique.

Il en imbiba la peluche et le berceau et versa le reste de l'alcool sur le corps de Hiram et sur les deux motards morts, puis il se planta sur le seuil de la cabane, entendit les pleurs de l'enfant, tourna la tête et vit Toxey, les yeux écarquillés, à bout de souffle.

— Monsieur Bone, monsieur Bone, vous êtes vivant ? Venez. Il faut qu'on y aille.

Bone regarda le nourrisson et un vague sourire se dessina sur son visage.

— Prends soin de cette petite, dit-il. Garde le secret. Élève-la comme il faut et ne fais confiance à personne.

Bone mit le feu à la peluche et la lança dans le berceau. Il resta sur le seuil devant le brasier qui s'étendait à une vitesse vertigineuse.

Toxey contempla la scène quelques secondes, incrédule, puis il dévala la pente vers la voiture d'Alma, murmurant des paroles de réconfort à l'enfant qu'il serrait contre lui comme si les chênes majestueux ou la lune elle-même risquaient de la lui arracher. Il regarda en arrière une dernière fois et vit la porte de la cabane à présent fermée, le tremblement des flammes derrière les fenêtres, Bone ayant rejoint sa famille pour s'allonger paisiblement dans le feu.

47

King's Quarters

Toxey conduisait d'une main, son autre bras tenant le bébé, qu'il posait délicatement sur le siège passager quand il devait changer de vitesse, et jetait des coups d'œil réguliers à son rétroviseur, croyant entendre des motos ou des sirènes, mais il n'y avait personne sur ces routes de campagne obscures, il était dans un état second, se sentait aussi minuscule qu'une souris dans les hautes herbes, il n'avait aucun souvenir du trajet jusqu'aux Quarters, il ne savait pas s'il avait grillé tous les feux rouges ou attiré l'attention, ou bien peut-être que tout cela n'était qu'un rêve dont il finirait par s'éveiller.

Seigneur, ce n'est pas un rêve, comprit-il en se garant le long du trottoir. Le bébé serré contre sa poitrine, il descendit l'allée jusqu'au porche à l'arrière de la maison, monta les marches et gagna sa chambre derrière la cloison. Le bébé se remit à pleurer et, quelques secondes plus tard, il entendit un bruit de pas et la voix de Millie.

— Toxey, c'est toi ? Qu'est-ce qui se passe, bon sang ?

Elle écarta le rideau, le vit sur le matelas et étouffa un cri devant le sang étalé sur sa chemise et le bébé inconnu dans ses bras. Un instant plus tard, Denise, Connie, puis Alma passèrent la tête à l'intérieur l'une après l'autre pour voir la cause de ce chambardement.

— Je crois qu'elle a faim, dit Toxey faiblement. Quelqu'un peut me préparer un biberon ?

— Mais qu'est-ce que… ?

— Il est de qui, cet enfant ?

— S'il vous plaît, dit-il en berçant le bébé sur son genou, comme il l'avait fait tant de fois avec ses nièces et ses neveux.

Connie hocha la tête, courut à la cuisine et revint quelques instants plus tard avec un biberon de lait en poudre.

— Passe-la-moi, dit Denise, mais Toxey se recula devant ses bras tendus.

— Non, non, non. Je m'en occupe. Je m'en occupe.

La petite fille se jeta sur la tétine et Toxey eut un sourire soulagé quand elle commença à boire. Lorsqu'elle eut terminé, il se leva, la tint contre son épaule et lui tapota le dos pour qu'elle fasse son rot. Ses sœurs le regardaient ébahies, puis Millie fit un signe du pouce.

— Réunion de famille. Dans ma chambre, maintenant, avant que mon mari arrive.

Il y avait dans sa chambre un lit à barreaux où dormaient les jumelles, et Toxey y posa la petite fille sur le dos tandis que ses sœurs formaient un demi-cercle ébahi devant lui. Un instant plus tard, on frappa à la porte.

— Qui est-ce qui pleure ? dit Wendell. C'est quoi ce bordel ?

— Ouste, papa, dit Millie. C'est des histoires de filles.

— Bien, bien, dit-il, et ils l'entendirent grommeler tandis qu'il repartait dans le couloir.

Denise attira l'attention de Toxey et le pointa du doigt.

— Hé, tu l'as pas kidnappée, cette petite, au moins ?

— Moins fort, dit-il. Il faut que vous me fassiez une promesse. Un serment. On ne peut en parler à personne.

— Comment ça, un serment ? fit Millie.

— Je sais pas ce qui se passe, renchérit Connie, mais il faut appeler la police.

La petite fille leva les yeux vers eux. Elle avait encore du mal à faire la mise au point, mais semblait accepter son nouvel environnement avec satisfaction. Elle geignit doucement, il lui tendit son doigt, elle l'attrapa dans sa petite main et s'y cramponna.

— Pas de police, dit-il d'une voix éraillée. Ils sont possiblement dans le coup et ils risquent aussi de lui vouloir du mal. Je n'en sais rien. Il vaut mieux qu'ils pensent qu'elle est morte.

— Dans quel coup ? Qui doit croire qu'elle est morte ? Tu as perdu la boule ? dit Connie. Tu es fou, Toxey Bivins.

— Non, dit Denise. Il ne plaisante pas. Regarde-le. Il est sérieux comme un pape.

— Toxey ? dit Alma doucement. (Elle s'approcha et lui posa une main sur l'épaule. Il tressaillit.) Qu'est-ce qui s'est passé ? Tu es blessé ?

— Promettez-moi, dit-il d'un air désespéré, implorant. S'il vous plaît, promettez-moi que vous m'aiderez à garder le secret. Parce que, parce que… (Toxey désigna la rue, peinant à prononcer les mots. Sa main tremblait.) Parce qu'elle n'est pas en sécurité là dehors. Je n'en dirai pas plus. Elle n'est pas en sécurité.

— C'est du délire, dit Connie en le fusillant du regard. Il faut qu'on en parle à quelqu'un.

— Non, dit Toxey, plus insistant à présent. Si vous faites ça, je m'enfuis avec elle et vous ne nous verrez plus jamais.

Le bébé commença à s'agiter. Ils entendirent de nouveaux bruits de pas et Toxey s'arc-bouta par-dessus le lit pour cacher l'enfant, puis la porte s'ouvrit sur leur mère.

Bennie Ruth, avachie de chagrin, considéra ses enfants un par un, les sœurs s'écartant devant elle tandis qu'elle se dirigeait vers le lit à barreaux, clairement attirée par les pleurs du bébé. Toxey hésita, puis il fit un pas de côté et ils la regardèrent prendre bébé Cynthia.

— Oh là là, dit-elle. Qui est ce petit ange ? Elle a des ailes, celle-là.

Une éclair de vie inattendu apparut dans ses yeux, une force retrouvée dans sa voix tandis qu'elle tenait Cynthia et commençait à chanter en arpentant la pièce, comme si à chaque pas rassurant, à chaque respiration de l'enfant, une petite partie essentielle de Bennie Ruth était lentement remise en place. Les sœurs étaient bouche bée, et Toxey semblait sous le choc. Au bout d'un moment, elle lui adressa un hochement de tête complice.

Comme personne ne répondait à Bennie Ruth, Alma lui dit :

— Bon, maman. Au sujet de ce bébé…

48

Reese Paper Company

QUATRE semaines après le massacre, Parnell Weems s'éveilla hébété dans sa planque. Il entendait des chiens aboyer dehors et on frappa de nouveau à la porte. Il était raide et ses articulations lui faisaient mal. Il avait un goût affreux dans la bouche, ses yeux tombèrent sur la bouteille de rhum vide sur la table basse, et il poussa un grognement.

— Une seconde, dit-il. J'arrive.

Il traversa le grand salon de la cabane de chasse de Reese et ouvrit la porte. Ivan Birch se tenait sur le porche et lançait des balles de tennis à une paire de bergers allemands.

— Regarde Bella et Lilith, dit-il. Comme elles adorent la nature. Braves petites. Soyez sages maintenant.

— Monsieur Birch ?

Birch fit volte-face et examina Parnell.

— Bonjour, dit-il.

— Les jours passent et ils sont jamais bons. Faites-moi taire ces clébards. Il est trop tôt pour les aboiements.

— Bien sûr. Puis-je entrer ?

— Comme vous voulez, dit Parnell, laissant la porte ouverte et regagnant le canapé. Il enfouit sa tête dans ses mains. Birch ramassa son attaché-case en cuir marron clair et entra.

— Vous êtes malade ?

— Ma gorge me fait un mal de chien.

— Un petit thé chaud ?

— Ouais, pourquoi pas. Où est Elder ? Pourquoi il n'est pas là ? Pourquoi je n'ai aucune nouvelle ?

— Il est très occupé en ce moment, dit Birch.

Parnell entendit l'eau couler et l'allumeur cliquer sur la cuisinière.

— Pourquoi il ne me rappelle pas ?

Birch ne répondit pas et Parnell resta assis, la tête lourde. Quelques minutes plus tard, la bouilloire siffla. Il entendit Birch lui verser du thé et ajouter du miel ou du sucre, il ne savait pas et s'en fichait.

— Bon sang, je me sens comme une tranche de bœuf séché.

— C'est tout cet alcool que vous buvez, dit Birch en posant une tasse devant lui sur la table. Quand j'étais petit, ma mère me préparait ce thé avec des fleurs de sureau. Bon, ici, on a du sureau blanc à la place. C'est très similaire.

— Merci, dit Parnell avant de souffler sur le thé brûlant et de boire une gorgée.

Birch le regarda et sourit.

— C'est amer. Mais c'est pas mauvais.

— Buvez. Ça va vous faire passer la gueule de bois. Vous avez assez à manger ?

— Ouais carrément, dit Parnell en buvant une nouvelle gorgée. Mais combien de temps Elder veut que je reste ici ?

Ça fait des semaines que je suis enfermé. Pourquoi je peux pas reprendre la campagne ?

— C'est une question délicate.

— Mais pourquoi il ne me répond pas au téléphone ? Pourquoi il m'ignore ? Je ne comprends pas. C'est comme si on était meilleurs amis et qu'il m'avait oublié du jour au lendemain. J'ai fait ce qu'il m'a dit de faire.

— Il ne vous a rien demandé, dit Birch.

Parnell but une nouvelle gorgée de thé, puis il reposa la tasse et passa une main sur sa bouche.

— Vous savez, monsieur Birch, je commence à penser qu'Elder ne m'apprécie pas à ma juste valeur. J'ai l'impression qu'il va me balancer pour sauver ses fesses. Peut-être que c'est lui qui devrait s'inquiéter, sachant ce que je sais ?

Birch leva un sourcil.

— C'est de l'argent que vous voulez ?

— Non, dit Parnell. Juste de la loyauté. On est dans le même bateau et je veux être là à chaque étape.

— La loyauté est une route à sens unique, dit Birch. *Joli Cœur*.

— Attendez… quoi ?

Parnell tendit le cou vers lui et presque aussitôt il eut un violent haut-le-cœur et attrapa sa gorge. Il ouvrit la bouche comme pour respirer et tomba du canapé sur la table, renversant les tasses et répandant du thé sur le tapis en peau d'ours. Son corps fut agité d'un spasme et Birch entendit un os craquer. Il s'écarta de quelques pas et le regarda avec intérêt essayer de reprendre son souffle, la bouche remplie de salive, puis Parnell vomit et ses yeux s'écarquillèrent, pleins de vaisseaux éclatés. Birch regarda sa montre. Parnell se débattit, roula sur le dos et chercha désespérément à aspirer de l'air, comme un poisson sur le pont d'un bateau.

Une vingtaine de minutes plus tard, le corps de Parnell se relâcha et il rendit son dernier souffle.

Birch regarda les tasses renversées par terre, puis il mit ses doigts dans sa bouche et siffla. Il entendit Bella et Lilith aboyer au loin. Quelques instants plus tard, elles trottèrent vers les marches du porche et apparurent dans l'encadrement de la porte. Sur son ordre, elles entrèrent et se mirent à décrire des cercles autour du tapis en peau d'ours, haletant d'excitation.

— *Moi printsessy*, dit Birch. J'espère que vous avez faim.

QUATRIÈME PARTIE

Rien n'encourage davantage l'illégalité que le spectacle de crapules qui s'en tirent bien, vivent de leurs dépouilles, et se gaussent de l'opinion publique.

ANNE APPLEBAUM, *Goulag**

* Traduit de l'anglais par Pierre-Emmanuel Dauzat.

CATAULA, GÉORGIE

LE PRÉSENT

49

Résidence Walden

— Tu as le cerveau détraqué, papa. Faut pas chercher plus loin.

Les mots flottèrent dans l'air, des vérités crues pour une journée sans soleil. Toxey se tapota les yeux avec un mouchoir et se força à croiser son regard.

— La presse a parlé d'un trafic de drogue qui avait mal tourné, dit-il. Entre Bone et les motards. J'ignorais complètement qu'il vendait de l'herbe. Ça a fait pas mal de bruit, mais heureusement pour moi il n'y avait aucun témoin et l'appareil photo de Pickren a été brûlé avec le reste dans l'atelier. J'ai dit à Maxine et à son père que je n'avais jamais réussi à aller chez Bone. Mes sœurs, mon père, ils savaient qu'il s'était passé quelque chose là-bas et que je m'étais retrouvé impliqué, mais ils ont gardé ça pour eux. Ils savaient que si j'étais allé voir la police, ça aurait été plus d'ennuis pour moi – pour nous tous.

— Et l'appareil photo ? Pickren te l'avait prêté, non ?

— J'ai menti et j'ai dit qu'on me l'avait volé. Il était fou de rage et il m'a viré de la quincaillerie. Il m'a accusé de l'avoir vendu. Je pense que c'est Maxine qui l'a convaincu de ne pas porter plainte, Dieu merci.

— Tu as revu Maxine, après ça ?

Toxey secoua la tête.

— Et Frida ?

— Elle est morte dans le puits de la mine avec le motard. On n'a jamais retrouvé son corps, pour autant que je sache, mais bien sûr ils n'ont cherché que dans la Lokutta. Je ne pouvais pas prendre le risque de raconter ce que je savais à qui que ce soit. Je ne pouvais pas, tu comprends ? C'est une culpabilité que je porte avec moi chaque jour depuis cette nuit-là. Frida était une héroïne, ton héroïne. Alors l'heure est venue que tu connaisses son histoire, ou du moins ce que j'en connais.

— Elle est où, cette mine ? Elle existe toujours ?

— Non, dit Toxey avant de s'essuyer le nez.

Il tressaillit en entendant une moto rugir dans une rue secondaire.

— C'est la Reese Company qui détenait le bail. Ils ont transformé tout le terrain au nord de la montagne en gravière.

Il regarda l'étang et se mit à pleurer, taraudé par les vieux souvenirs.

— Oh mon Dieu, Frida, dit-il. J'espère que tu m'entends. Je t'en prie, pardonne-moi.

Cynthia le regarda, incrédule et dit :

— Si ce que tu dis est vrai, cette femme m'a sauvé la vie. Et ensuite elle a disparu et sa famille n'a jamais appris ce qui lui était arrivé. Ils n'ont pas pu faire leur deuil correctement.

Il hocha la tête.

— Mes sœurs ont conclu un pacte avec moi ce soir-là, dit-il. Et elles ont tenu parole. Il a fallu un gros effort, et les premières semaines j'étais certain que Connie ou Millie allaient tout raconter à quelqu'un, faire un signalement et me pousser à te remettre aux autorités. Ou qu'Elder Reese allait envoyer des gens pour tous nous tuer.

— Enfin, ça va pas bien ?

— Mais Alma a improvisé une histoire comme quoi une vieille copine du Bellflower t'avait abandonnée, que tu étais née dans un foyer dangereux et qu'il fallait te sauver. C'était pas loin de la vérité, finalement. Et après la pluie est venu le beau temps. La situation s'est tassée et on a quitté les Quarters à la fin de l'été. On s'est trouvé une chouette maison loin de Mercy Oaks, avec l'eau courante, incroyable, non ?

— Et qu'est-ce que tu as fait ?

— On s'est unis autour de toi, dit-il avec un sourire. Avec maman de retour parmi nous, je veux dire de nouveau elle-même, comme avant, ça a été différent. Je faisais des petits boulots à droite à gauche, et puis j'en ai trouvé un où je prenais des photos dans un parc à thèmes, ce qui m'a amené à travailler au studio de portraits à Thomaston, et à faire les mariages ensuite. J'ai appris un moyen de faire ce que j'aime et de nourrir ma famille.

Cynthia éclata de rire.

— Papa, désolée d'être aussi cynique. Mais putain, tout ça est absurde.

Toxey la dévisagea sans ciller, la ride verticale entre ses yeux plus prononcée que jamais. La bouche fermée comme une huître, il lui paraissait vieux et fragile à l'extrême, plus vieux que ce qu'il aurait dû paraître.

— Mais la mise en garde de Bone ne m'a pas quitté, dit-il. À l'époque, la maison était pleine d'enfants, donc quelle différence d'en avoir un de plus ? Personne n'a rien remarqué.

On a mené une vie anonyme mais gratifiante. Une vie honnête, tu ne trouves pas ? Et te voilà maintenant, intelligente et gentille, qui aides les gens. Tu as des ailes, disait toujours ma mère. Mais l'horreur était là en sourdine, à distance dans le monde des magouilleurs et des tricheurs. Reese démolit tout sur son passage. Tout ce qu'il touche tombe en ruine, m'a dit Alma un soir, ivre et défoncée, peu avant son déménagement, et j'ai toujours soupçonné qu'il s'était passé quelque chose entre elle et cet homme. Je pense aussi qu'elle savait qu'il était impliqué d'une manière ou d'une autre dans cette histoire à l'atelier de Bone, mais elle avait renoncé à penser que le monde était juste. Ça m'a toujours fait beaucoup de mal que ce soit elle qui se soit perdue en chemin.

— Donc Cynthia Bivins n'est qu'une invention ? Et l'histoire qu'Alma a inventée, comme quoi une junky m'aurait abandonnée ? C'était de la pure fiction. Tu m'as recueillie comme un chien égaré ?

— Arrête ça, Cynthia. Arrête tout de suite, dit Toxey d'une voix ferme, et aussitôt Cynthia battit en retraite.

— Je m'excuse.

— On dirait que ça marche toujours.

— Quoi ?

— Avant je pouvais te faire pleurer rien qu'en élevant la voix. Mais je faisais attention quand je jouais cette carte-là, et je l'utilisais avec parcimonie. Seulement quand c'était vraiment nécessaire, ce qui était rare.

— J'ai hérité de ce talent, dit-elle.

— Nous t'avons aimée et élevée avec tout notre amour, tu comprends ? Je l'ai senti dès l'instant où je t'ai descendue de cette montagne. Au bout d'un moment, peu importait d'où tu étais venue. On a serré les rangs et on a fait ce qu'il fallait pour que tu sois à l'abri. On t'a donné un vrai foyer. Je t'ai élevée comme ma fille, parce que tu es ma fille.

— Mais en fait non. Je suis la bâtarde d'un monstre et d'une pute, d'après ce que tu me racontes.

Toxey secoua la tête, mais pas pour la contredire.

— Tu as un an de plus que ce que tu penses. Un des vieux copains de mon père du Guslove's a fabriqué un faux acte de naissance et quelques papiers, et on a dû deviner ton anniversaire. C'était beaucoup plus facile de faire ce genre de choses à l'époque. (Il hasarda un sourire maladroit, surtout pour détendre l'atmosphère.) Tu aurais sans doute pu boire ton premier cocktail dans un bar un peu plus tôt.

— Je suis contente que tu trouves ça aussi tordant. T'es cinglé, papa. Voilà, c'est dit, et ça soulage. On va partir de là comme base, maintenant : tu es fou.

Toxey baissa les yeux et soupira.

— S'il te plaît, contacte ce journaliste, Lovell, dit-il. Il vit à Atlanta. Raconte-lui ce que je t'ai raconté. Puis demande-lui quoi faire. Il peut peut-être t'aider.

Cynthia se leva pour partir en réprimant de nouvelles larmes, dévisageant Toxey avec un mélange de confusion et de mépris.

— Il faut que j'y aille, dit-elle. Ça fait trop d'un coup, là.

— Je suis désolé.

— Désolé. OK. Et pour ce qui est de la question la plus importante ?

— Laquelle ?

— Si tout ça est vrai, alors qui était la fille à la fête foraine ? Qui était ma vraie mère ?

Une bruine tombait quand Cynthia roula vers Warm Springs. Elle passa devant l'hôpital et le centre de désintoxication et, à cause des travaux, dut faire un détour par Juke Line Road. Elle s'arrêta au passage à niveau et observa le train de la Central Railway rouler plein ouest vers LaGrange, chargé de ferraille et de fioul. Sur un des wagons quelqu'un avait dessiné des graffitis, de grandes lettres à l'aspect sanglant qui disaient REESE DÉGAGE, avec une caricature démoniaque de son visage. Elle écouta le train siffler, le métal grinçant et hoquetant, ce grondement lointain qui lui donnait toujours l'impression d'un coup de tonnerre. Les mêmes sons qu'elle entendait quand elle était petite fille, à l'époque de leur emménagement à Colombus, où son père avait ouvert son propre studio de portraits et l'entreprise de photos de mariage.

Il ne s'est jamais marié, pensa-t-elle en se remémorant quelques-unes des relations de son père, des copines, sérieuses parfois, certaines qu'elle appréciait vraiment, mais aucune n'avait duré plus de quelques années. Le train de la Central raviva des souvenirs d'une enfance ordinaire, d'un foyer aimant, et elle prit la mesure du dévouement incroyable dont avait fait preuve Toxey pour l'élever – à supposer que l'histoire fût vraie –, de tous ses efforts pour lui donner une impression de normalité.

Mais le train de marchandises éveilla aussi d'autres sentiments, quand elle examina la locomotive et les autres wagons et découvrit la propagande électorale de Reese peinte à la bombe, des slogans sinistres. Elle fut prise d'une sensation de terreur, les sirènes d'un futur menaçant et incertain. Quand elle arriva à l'autoroute, elle prit à gauche sur Whitehouse Parkway et essaya d'ignorer la fresque présidentielle, tous ces hommes exaltés et puissants, à la fois honnis et adorés, voire vénérés, les yeux de Reese qui semblaient la suivre un long moment tandis qu'elle se dirigeait vers la maison près de Cane Creek.

La berline sous l'auvent avait des toiles d'araignée autour du pare-chocs et des passages de roues, le jardin était négligé. Cynthia avança jusqu'au porche et sonna. Millie sourit de toutes ses dents en la voyant. La maison était silencieuse et sentait le tabac froid. Sa tante était sous oxygène, marchait avec une canne, et semblait passer l'essentiel de son temps vissée au canapé du salon. Une bonne demi-douzaine de chats fainéantaient, l'un d'entre eux suivit Cynthia dans la cuisine et miaula pour réclamer une friandise tandis qu'elle préparait le café. Elle versa deux tasses et les apporta à table. Puis elle aida sa tante à s'asseoir et s'assit en face d'elle.

— Ils ont dû m'enlever un autre orteil, dit Millie, respirant fort.

Cynthia jeta un œil au pied de sa tante, enveloppé de bandages à l'endroit où on l'avait amputée à cause d'une gangrène diabétique.

— Je suis désolée, dit Cynthia. Je suis désolée de ne pas être passée plus tôt.

— Ne t'en fais pas, ma chérie. Mes filles viennent chaque semaine. Les temps sont durs pour tout le monde, en ce moment.

— Elles ont trouvé du travail ?

— Ici et là, dit Millie en haussant les épaules. Ça fait un bail qu'on ne s'est pas vus tous ensemble. C'était à l'enterrement de Connie l'an dernier, non, à celui de James l'année d'avant ? On a enterré trop de proches, récemment.

— C'était l'enterrement de Connie. Un jour affreux et triste.

Millie fronça les sourcils. Elle tendit le bras et tapota la main de Cynthia.

— Tu as l'air contrariée.

Cynthia s'essuya les joues.

— J'ai connu mieux, dit-elle en se mordant la lèvre.

— Et Paul, tellement mignon, et futé en plus.

— C'est un trésor.

— Comment ça va au centre ?

— Ça va. Je prends mes marques. Je suis contente d'avoir trouvé quelque chose, et pas loin de la maison, en plus.

— J'aurais jamais cru qu'on aurait un médecin dans la famille. Ta grand-mère aurait été très fière. J'aimerais qu'elle soit encore là pour voir son petit bébé qui est devenue une femme accomplie. Elle vous adorait tous, mais tu as toujours été sa préférée, la lumière de sa vie.

— Je sais.

— Ne laisse aucun de tes cousins essayer de te dire le contraire, dit Millie. Ils sont jaloux, c'est tout.

— C'est ce que p… papa m'a toujours dit.

Millie sourit et but une gorgée de café. Ses mains et ses bras étaient couverts de bleus à cause des intraveineuses et elle grimaça en grattant un des pansements.

— Je déteste ces fichues aiguilles, dit-elle. Ne vieillis pas, petite. C'est pas marrant.

— C'est un train qu'on ne peut pas arrêter, malheureusement. Il faut s'accrocher et descendre quand c'est ton tour, pas vrai ?

— C'est la dure vérité. Alors, comment va mon bébé de frère ?

Cynthia ferma les yeux quelques secondes, comme si elle pesait ses mots.

— Pas très bien en ce moment, tante Millie. Il n'a plus toute sa tête.

Millie acquiesça avec solennité.

— Je prie pour lui, tu sais ? Chaque jour, je prie pour nous tous. Il faut qu'on aille là-bas le voir.

— Son équilibre se détériore, et il a du mal à trouver ses mots. Sa maladie n'est pas linéaire et tout peut arriver, mais d'ici un an je pense qu'il aura besoin de soins permanents. Et il en a conscience. C'est pour ça que, lorsque je viens le voir, il me raconte toutes ces histoires du passé, comme une sorte de transmission orale. Des choses que je n'avais jamais entendues, en fait.

— Vraiment ? Des histoires ?

— Sur la vie dans les Quarters après la mort d'oncle Bo. L'époque où grand-père jouait et buvait. Ce genre de choses.

— Seigneur, c'était pas facile tous les jours, nous tous sous un seul toit. Mais on se serrait les coudes. Tu sais quoi ? On s'en est sortis. On s'en est très bien sortis.

— Il m'a raconté quand il travaillait à la quincaillerie, dit-elle. Et qu'il vendait ses premières photos. Il y en avait une qu'il avait prise à la fête foraine…

Millie lui jeta un drôle de regard avant de désigner le plan de travail. Cynthia vit un plat à gâteau à côté d'une véritable cité de flacons de pilules orange.

— Tu veux manger quelque chose, ma puce ?

— Non. Non, merci.

Sa tante tendit le bras pour prendre son paquet de cigarettes et un cendrier sur la table. Cynthia la regarda en allumer une, mais ne dit rien. Il y avait quelques journaux et magazines sur la table de la cuisine, ainsi que des tickets de loto et un livre de mots croisés. Pendant un moment, elles contemplèrent la une du *Searchlight* de la veille, l'annonce d'un meeting à venir, le visage de Reese encore, partout semblait-il, jour après jour – sur les télévisions, les tablettes, les téléphones, la radio – aspirant toute l'attention du monde avec ce sourire pharmaceutique.

— Toutes ces tensions, cette folie, dit Millie. Et tous ces gens qui tournent le dos à Jésus. Qui mettent leur foi dans de fausses idoles comme ce Reese…

— Papa m'a dit, déclara soudain Cynthia.

— Il t'a dit quoi ?

— Comment il était arrivé à Water Street avec un paquet sous le bras comme la mère de Moïse. C'est vrai ?

Ce fut comme si une chape de froid s'était abattue sur la cuisine. Millie se racla la gorge.

— Yokébed, dit-elle. La mère de Moïse.

— Et vous avez toutes fait un pacte avec lui, c'est bien ça ? Le serment de recueillir un bébé orphelin ?

Millie tira sur sa cigarette et souffla la fumée, avant de l'éteindre dans le cendrier. Elle déglutit, fut prise d'une quinte de toux soudaine et désigna une boîte de mouchoirs. Cynthia lui en tendit un et sa tante cracha quelque chose dedans avant de le rouler en boule et de le cacher dans la poche de sa robe de chambre. Elle se détourna et essaya de respirer normalement : elle n'avait rien à dire, ou bien elle avait déjà oublié.

— Alors, c'est vrai ? dit Cynthia. Ou est-ce que mon père est fou ?

— Ton père n'est pas fou. C'est un homme bon. Le meilleur de tous.

— Alors pendant tout ce temps… ?

Sa tante ne répondit pas tout de suite.

— Moi je trouvais qu'on avait bien fait de laisser le passé mort et enterré, dit-elle enfin. Seigneur, j'ai prié pour que ce jour n'arrive jamais.

— Quoi ? Le jour où je découvre que ma vie est un mensonge ?

Millie se leva péniblement. Claudiqua jusqu'au salon et revint avec une photo encadrée. Elle la tendit à Cynthia, qui la reconnut aussitôt, un portrait de Bennie Ruth avec tous ses petits-enfants.

— Tu es là, à côté de maman. Regarde-moi ce sourire.

— C'est Toxey qui a pris la photo ?

— C'est *ton père* qui a pris la photo. Il se trimballait toujours avec son appareil. Regarde-la encore, ma chérie. (Elle tapa le verre pour souligner son propos.) Ce n'est pas un mensonge. C'est ta famille. Mais on ne savait pas tout, et on ne sait toujours pas tout. On a tiré quelques conclusions, bien sûr, après cette horrible histoire chez le taxidermiste, on savait que Toxey avait été là-bas et qu'il s'était retrouvé mêlé à tout ça par erreur. C'était une histoire de drogue, c'est tout ce qu'on a su dans les journaux. Mais on a décidé, pour le bien de la famille, de faire cette promesse à notre frère, parce qu'on aimait Toxey, et parce que ça aurait pu nous nuire à tous de faire les choses dans les règles. Il a été très clair là-dessus. Dans ce pays, pour les gens comme nous, faire les choses dans les règles peut s'avérer fatal.

— Donc ma vie est bien un mensonge ?

— Tu es qui tu es, et au bout du compte nous sommes tous les enfants de Dieu, Cynthia. Ce n'est pas un mensonge. Mais ta vie, la mienne, toutes les vies sont bâties sur des secrets. Certains sont plus évidents que d'autres. Certains sont de vrais casse-têtes. Et c'est à nous de les résoudre avant d'aller au paradis.

— Pourquoi ?

— Pour savoir qui nous sommes vraiment. Pour connaître notre rôle dans la vie.

— Et si on ne les résout pas ? Qu'est-ce qui se passe ?

Millie cligna des yeux et Cynthia lui sourit tristement. Un chat sauta sur les genoux de sa tante et elle caressa la fourrure entre ses oreilles. Le chat ronronna et Cynthia se leva, rinça les tasses dans l'évier et nettoya la cafetière.

Elle s'arrêta à côté de Millie et lui pressa l'épaule, puis elle se pencha et l'embrassa sur la joue. Sa tante se tourna vers elle et lui tapota la main.

— Fais-Lui confiance, ma petite, dit-elle. Fais confiance à Dieu pour éclairer ton chemin.

50

Mercy Oaks North

QUELQUES jours plus tard, Cynthia terminait son service de nuit, de trois heures à onze heures, et venait de raccompagner son dernier patient, un chasseur qui se remettait d'une morsure de mocassin à tête cuivrée, quand son téléphone vibra.

Un message de Maxine sur un réseau social.

Elle acceptait de la rencontrer pour déjeuner. Cynthia répondit, puis elle attrapa son sac et se dirigea vers sa voiture. Elle était lessivée mais parfaitement alerte, elle avait trois jours de libres devant elle, et elle appela Allen pour le prévenir qu'elle rentrerait tard.

— Je suis surpris qu'elle t'ait répondu, dit-il.

— Moi aussi. Et je suis curieuse de savoir ce qu'elle va confirmer de l'histoire de mon pè…, de Toxey.

— Tu as vu les infos ? dit-il.

— Qu'est-ce qui se passe ?

— Un meeting en Floride, à l'instant. Les services secrets ont arrêté un sniper, apparemment ça s'est joué à quelques minutes.

— Oh mon Dieu. Ça ne va faire qu'empirer, pas vrai ?

— Ils disent que Reese va invoquer l'Insurrection Act. Le gouverneur a fait appel à la Garde nationale. Fais attention à toi.

Elle raccrocha, alluma la radio et écouta le flash spécial en quittant Warm Springs pour les pâturages et les pinèdes ; une conférence de presse était en cours, on parlait d'une Creedmoor avec une lunette longue portée, puis elle entendit Reese qui s'adressait à ses partisans, bravache et conquérant, et formulait en vue de l'élection des menaces à peine voilées. “Il y a quelque chose dans l'air, disait-il à la foule en délire. Des tentatives désespérées. Ouvrez bien les yeux.” Perdue dans ses pensées, Cynthia entendit un grondement de moteurs et aperçut deux motos dans son rétroviseur, à quelques centimètres de son pare-chocs. Elle écrasa l'accélérateur, mais les motards s'étaient déjà déportés sur l'autre voie pour la dépasser. Un homme et une femme. Les deux portaient une veste en cuir, une cagoule rouge et des armes de poing à la hanche, ils lui lancèrent un regard mauvais et, devant sa mine effrayée, la femme sembla rire avant d'accélérer, et des drapeaux rouge et bleu d'allégeance – non pas au pays, mais à Elder Reese – fixés sur l'appui-dos la saluèrent tandis que les motos disparaissaient de son champ de vision.

Sentant venir une crise d'angoisse, Cynthia éteignit la radio et baissa les vitres. Prit plusieurs grandes inspirations afin de faire redescendre son rythme cardiaque. Vingt minutes plus tard, elle croisa de plus en plus de maisons rasées, de zones déboisées et d'engins de chantier, puis elle pénétra dans la vaste étendue pavillonnaire de North Mercy Oaks. On construisait tous azimuts ; un lotissement pour retraités avec une limite d'âge, des quartiers sécurisés, le stade de football du lycée nommé en l'honneur de Reese et aménagé pour un grand meeting, et puis, à huit cents mètres sur Broad Street, elle trouva le centre commercial.

Il y avait des décorations le long du trottoir et un va-et-vient incessant de voiturettes de golf, les gens flânaient dans les boutiques de luxe ou déjeunaient sur des patios chauffés. Des drapeaux et des pancartes de campagne ornaient les vitrines, ainsi que des décorations d'Halloween, des citrouilles macabres et des épouvantails juchés sur des bottes de foin. Cynthia repéra le café avec un nom français, s'installa en terrasse, commanda un café et observa la foule des passants un moment. Elle faisait défiler des photos de son fils, une habitude quand elle avait les nerfs à vif, lorsqu'une Mercedes blanche se gara à quelques mètres. Un instant plus tard, Maxine en sortit.

Une boîte à chaussures dans une main et un griffon bruxellois dans l'autre, elle regarda rapidement autour d'elle, quand ses yeux tombèrent sur Cynthia assise seule. Maxine s'avança sur la terrasse avec des airs de propriétaire, appelant par son prénom le serveur à qui elle commanda un café sophistiqué.

— Il faut goûter leurs paninis, dit-elle à Cynthia. Ils sont à tomber.

— Je vais me laisser tenter. Je meurs de faim et je viens de finir mon service.

— Votre service ?

— Dans un centre médical.

— Vous êtes infirmière ?

— Médecin.

— Oh, je vois. Formidable.

Maxine donna un morceau de biscuit au petit chien, qui arborait un pull portant le logo de campagne de Reese, RECONQUÉRIR L'AMÉRIQUE.

— Joli chien.

— N'est-elle pas adorable ? dit Maxine avec affectation en se tournant pour laisser le griffon lui lécher le bout du nez. Maintenant que mes garçons ont quitté le nid, et qu'ils mènent la grande vie, eh bien, je suis devenue la maman qui joue au tennis, avec un chien dans son sac. Vous avez des enfants ? Vous êtes mariée ?

— J'ai un fils, dit Cynthia en hochant la tête. Il va bientôt avoir cinq ans.

— Et votre mari ?

— Il était instituteur – il cherche du travail en ce moment.

Maxine sourit poliment, Cynthia remarqua l'aspect délicatement hâlé, presque figé de sa peau, qu'elle n'avait pu obtenir que par les injections et la chirurgie. Elle avisa l'alliance à son doigt, devina un montant à cinq chiffres, voire plus.

— Je me souviens de cet âge, dit Maxine. On a juste envie de s'arracher les cheveux.

— Certains jours, c'est vrai.

— Alors Toxey est grand-père, maintenant ?

— Eh oui.

— Il s'est marié ?

— Pas exactement, dit Cynthia. J'ai été adoptée.

— Vraiment ? Mon Dieu, ça fait tellement longtemps que je n'ai pas entendu son nom. Je suis très heureuse de savoir qu'il a continué la photo. Il était doué. On était ensemble au lycée, vous savez ? Alors, comment va-t-il ?

Cynthia se détourna.

— Il souffre de démence.

— Oh, dit Maxine. Je suis vraiment désolée. Et si jeune ?

— Il avait soixante-quatre ans quand les médecins lui ont diagnostiqué une dégénérescence fronto-temporale. Il est en institution maintenant. Quand il parle, il aime bien me raconter le passé, son enfance à Mercy Oaks. J'ai entendu beaucoup de choses sur l'époque où il était adolescent et travaillait pour votre père.

Maxine cligna plusieurs fois des yeux, avec un sourire forcé.

— On venait juste de finir le lycée, dit-elle. J'étais dans ma phase rebelle, on pourrait dire, ce qui rendait fous mes parents. Je fumais de l'herbe et je m'habillais comme Janis Joplin quand je travaillais à la caisse cet été-là. Aucun projet, juste une envie de mettre les voiles. Coincée dans une petite ville, et pourtant, regardez où j'en suis aujourd'hui. J'ai fini par m'installer à Atlanta, où une amie m'a aidée à trouver du travail dans l'audiovisuel. J'ai fait des études. Le reste se passe de commentaire. Mais c'est agréable d'être de retour, loin de la ville. La criminalité est complètement ingérable. Ici, c'est différent. Et Reese et son gouverneur ont fait tellement de choses pour Mercy Oaks. Cet endroit est méconnaissable.

— C'est vrai. Très différent des histoires que j'ai entendues.

— La ville est vraiment en plein essor grâce aux allègements fiscaux. "Le Hollywood du Sud", on l'appelle. Vous le savez peut-être, mais nous faisons partie d'un groupe qui finance les nouveaux studios de production.

— Je l'ignorais. Votre mari est d'ici ?

— Non, dit Maxine. De Californie. Il est dans les ventes à la télé et le marché des droits de diffusion. Vous savez, tous ces gros films de super-héros qu'ils tournent à Fayetteville ?

— Mon fils ne connaît que ça.

— Bien sûr. Eh bien, nous avons… nous avons eu de la chance, tempéra-t-elle avec cette espèce de langage codé qu'utilisent les riches qui ont su rester humbles.

Un serveur revint leur apporter du café. Cynthia commanda un sandwich, Maxine une salade particulière qui n'était pas sur le menu et des gressins pour le chien. Il y eut un silence, Cynthia et Maxine un peu à court de mots, Maxine scotchée à son téléphone, parcourant les réseaux sociaux, ne sachant pas où orienter la conversation, jusqu'à ce que Cynthia désigne la petite boîte à chaussures sur la table.

— Ah oui, dit Maxine. Je me suis souvenue qu'on avait quelques affaires dans la cave. Après la mort de papa, ma mère a vendu la quincaillerie. Pas grand-chose a survécu, mais j'ai retrouvé ça. Je n'arrive pas à croire qu'on l'ait gardé tout ce temps.

Elle fit glisser la boîte vers Cynthia et la regarda ouvrir le couvercle. À l'intérieur, il y avait quelques coupures de journaux sur Ed Pickren, de vieilles publicités du *Searchlight*, mais le plus intéressant était une enveloppe portant le logo du Fotomat, l'image d'un kiosque minuscule avec un toit jaune. Les yeux de Cynthia s'écarquillèrent quand elle tomba sur les deux premiers tirages de la pile.

— C'est Toxey qui les a prises, n'est-ce pas ?

— Vous pouvez les garder, dit Maxine. Ça fait tellement longtemps. Papa était fâché à cause d'un appareil disparu, ou perdu, je ne sais plus, il croyait que Toxey le menait en bateau et il l'a renvoyé. C'était vraiment gênant. Sachez que j'ai toujours cru votre père. Mais un peu plus tard, je me souviens que le Fotomat du coin avait appelé. Il y avait des tirages déjà payés et jamais récupérés, mais ils n'arrivaient pas à joindre Toxey et ils connaissaient papa, alors il est allé les chercher et les a mis dans une boîte, où ils sont restés toutes ces années. C'est tellement triste, maintenant que j'y repense.

— Vous avez revu Toxey après ça ?

Maxine parcourut le café du regard. Près de l'intersection, elles entendirent une voix dans un mégaphone. Un convoi de véhicules blindés défila quelques minutes plus tard. Un soldat de la Garde nationale à l'intérieur d'un 6x6 annonça un couvre-feu qui prenait effet le soir même.

— Je crois que sa famille a quitté les Quarters, peu après les meurtres. On a perdu contact.

— Est-ce qu'il a reconnu être mêlé à cette tragédie ? Le trafic de drogue et les morts ?

— Non, non, c'est le contraire, si mes souvenirs sont exacts. Il n'est jamais arrivé là où il devait aller pour un contrat quelconque. C'est un peu flou. Mais je n'y ai pas réfléchi plus que ça, et je n'y ai plus repensé depuis.

— Je vois.

— Est-ce qu'il vous a raconté quoi que ce soit sur… nous ? dit Maxine.

— Sur vous et lui ?

— Ouais, vous savez, on était deux copains qui travaillaient ensemble à la quincaillerie, bref, c'était il y a très longtemps et j'étais quelqu'un de très différent à l'époque, vous voyez ?

Cynthia laissa la question en suspens un moment. Son attention dériva vers l'intersection à deux cents mètres. De nouveaux véhicules de la Garde nationale défilaient devant le centre commercial, en direction d'Atlanta probablement, et les gens s'alignaient le long de la route pour agiter des drapeaux et les acclamer.

— Non, il ne m'a rien dit.

Les yeux de Maxine pétillèrent, elle sourit de nouveau et leva fièrement le menton juste au moment où leur déjeuner arrivait.

51

Parc régional de la Lokutta

On était samedi 29 octobre et son mari tourna à gauche sur Water Street et roula dans le quartier au ralenti. Cynthia regardait défiler les maisons au bord de la rivière. Des drapeaux, des affiches de campagne et des décorations d'Halloween ornaient les jardins bien entretenus et les portiques. Des pelouses verdoyantes, pas une fissure ni une peinture écaillée. Assis sur la banquette arrière, leur fils jouait à un jeu sur le téléphone de Cynthia, peu intéressé par le paysage.

— C'est là que papi a grandi.

Il leva les yeux assez longtemps pour éclater de rire, un son qui faisait toujours naître un sourire sur le visage de Cynthia.

— Papi a grandi dans un château ? dit-il.

— Hélas, je crois que ces maisons n'étaient pas là quand papi habitait Water Street, même s'ils appelaient ça King's Quarters. Ces maisons-là sont beaucoup, beaucoup plus jolies.

— Qu'est-ce qui est arrivé à la maison de papi ?

— Elle a été rasée.

— Rasée ?

Allen jeta un œil au rétroviseur.

— Ils ont démoli les maisons au bulldozer, bonhomme. Pour en construire de nouvelles.

— J'aime bien les bulldozers, dit Paul.

Ils arrivèrent au bout de la rue, tournèrent à droite, et longèrent la Noonday sur cinq cents mètres. Allen désigna un restaurant moderne sur la berge.

— Une micro-brasserie. Regarde-moi ça.

— Je parie que c'est là qu'était le Guslove's.

— Tu veux que je reparte vers la ville ?

Cynthia regarda l'ancien emplacement de la fonderie, disparue depuis longtemps et remplacée par des studios insonorisés et des lofts. Elle secoua la tête.

— Non, non. Allons par là, vers la Lokutta.

— Maman, maman, dit Paul.

— Qu'est-ce qu'il y a ?

— Ça sonne.

Son fils lui tendit le téléphone. Cynthia regarda le numéro et répondit.

— C'est moi. Quand ? OK.

Un instant plus tard, elle raccrocha.

— Que se passe-t-il ? dit son mari. On dirait que tu as vu un fantôme.

Elle replaça une mèche rebelle derrière son oreille et lui sourit.

— C'est rien.

Il haussa les épaules, puis ils traversèrent le pont et quittèrent Mercy Oaks. Cynthia contemplait la rivière, il y avait quelques barques de pêcheurs sur l'eau, la journée était trop mauvaise pour les bateaux de plaisance, les maisons sur les berges étaient plus anciennes et plus modestes que les mini-manoirs tape-à-l'œil en ville. Allen vit un panneau indiquant le parc régional, quitta la chaussée principale et suivit une route de gravier qui conduisait à un parking surplombant la Noonday. Derrière eux le terrain prenait du relief, il y avait de hautes collines de feuillus de part et d'autre de la rivière, des zones de pique-nique éparpillées le long des berges et des toilettes adjacentes au parking public. Son mari se gara, ils sortirent de la voiture, marchèrent jusqu'à un kiosque, consultèrent une carte et laissèrent Paul choisir un des sentiers de randonnée indiqués à l'aide d'un code couleur. Non loin de là, un vieil homme maigre en waders chargeait une canne à mouche et du matériel de pêche dans son pick-up. Un chien l'observait docilement, mais quand il aperçut Paul, il aboya deux fois comme pour le saluer.

— Maman, dit Paul. Regarde le toutou.

— Il s'appelle Kit, dit le vieil homme en leur adressant un sourire édenté. Tu peux le caresser, il ne mord pas.

— C'est un joli nom, dit Cynthia.

— Un Kit de quatrième génération. Il porte le nom de son arrière-grand-père. Et de son grand-père, et de… bref vous saisissez l'idée. C'est plus facile de s'en souvenir.

— Ça c'est sûr.

— Maman, pourquoi il porte ce pantalon ?

Le vieil homme sourit.

— On appelle ça des waders.

— Il était à la pêche à la mouche, bonhomme, dit Allen.

— Tu veux dire qu'il essayait d'attraper des mouches ? Moi aussi, je veux attraper des mouches.

Tout le monde éclata de rire. Cynthia trouvait l'homme vif et fringant pour son âge, le contraire de son père. Il se tourna et fouilla dans la benne de son pick-up. Ouvrit la boîte de matériel, puis se dirigea vers Paul et lui tendit un vieux kit de pêche à la truite.

— Tiens, jeune homme. C'est pour toi.

— Oh, il ne fallait pas, monsieur.

— Tous les petits garçons devraient en avoir un. Il a une canne ?

Allen acquiesça.

— Une panoplie pour débutant. On ne l'a pas encore essayée.

— C'est bien. Voilà un bon papa.

Paul prit la boîte et contempla d'un air fasciné les leurres et les spinners à l'intérieur.

— Qu'est-ce que c'est ?

— Eh bien, celui-ci c'est un Wooly Worm, et celui-là s'appelle un Thunder Bug. Mais attention, dit le vieil homme. Ça, là, c'est des hameçons. Ça pique.

— C'est très gentil, dit Cynthia.

— Avec plaisir. J'ai plus de mouches à truite que de jugeotte.

— Vous avez pris quelque chose ? dit Allen.

L'homme fit non de la tête et pencha son chapeau de brousse en arrière. Regarda autour de lui et soupira.

— L'eau est trop chaude maintenant. C'est malheureux, ce qui est arrivé à cet endroit.

— La Lokutta ?

— Elle n'est plus que l'ombre d'elle-même. Tout ce qui reste, c'est ce parc riquiqui. On peut plus chasser ici. Le gibier est pas comestible. Une maladie a quasiment décimé la population de cerfs.

— Papa, il faut que j'aille au petit coin.

— Je l'emmène, dit Allen. On revient tout de suite.

Cynthia les regarda traverser le parking pour aller aux toilettes. Le vieil homme retourna à son pick-up, ouvrit la portière, et le chien bondit sur le siège passager et renifla un sac de friandises sur le tableau de bord.

— Qu'est-ce qui s'est passé ? dit Cynthia. Qu'est-ce qui est arrivé à cet endroit ?

Le vieil homme haussa les épaules.

— La Lokutta était autrefois une terre sauvage avec une histoire curieuse. Elle a connu son lot de tragédies. J'en sais quelque chose, j'étais garde-chasse ici. J'aurais jamais cru qu'elle pourrait disparaître. Comme si c'était un don du ciel qui nous était offert, et qu'elle serait là pour toujours. Mais les protections sont tombées, la réserve a été vendue à des privés et construite hectare après hectare, principalement par notre cher président et ses petits copains. On a l'impression de vivre dans son monde à lui, aujourd'hui.

Il regarda le foulard rouge attaché au sac de Cynthia, mais s'abstint de tout commentaire.

— Je connais cette impression, dit-elle.

— Les élections ont des conséquences, à ce qu'il paraît. Enfin, elles en avaient. On ne peut plus être sûr de rien dans cette vie.

— Mais c'est toujours un terrain public ici, n'est-ce pas ?

Il hocha la tête.

— Oui. Mais rien n'est plus vraiment public de nos jours. C'est comme si on vivait tous dans le jardin de quelqu'un, non ?

— Est-ce qu'il y a eu un jour une…

Il se pencha et inclina la tête en faisant signe qu'il n'entendait pas.

— Une quoi ?

— Une randonneuse portée disparue dans la Lokutta ?

— Y en a eu plein, des randonneurs disparus, et certains n'ont jamais été retrouvés. Des suicides, aussi. Des accidents de chasse. Tout ce que vous voudrez. Plus tant que ça aujourd'hui. On peut plus disparaître comme à une époque, maintenant qu'on peut vous retrouver n'importe où. Vous pourriez écrire un livre sur cet endroit. Quelqu'un a essayé un jour mais elle… euh…

— Est-ce qu'il y a eu une biologiste nommée Frida qui a disparu ici il y a très longtemps ?

Il la regarda d'un air ébahi.

— Oui. Comment vous savez ça ?

Cynthia ouvrit son sac et en sortit l'enveloppe du Fotomat. Lui tendit une des photos.

— Mon père m'a parlé d'elle, dit-elle. Vous connaissiez cette femme ?

Il examina la photo avec une expression douloureuse dans le regard.

— Oh mon Dieu. C'est qui, votre papa ?

Elle le lui dit.

— Je me souviens de Toxey, dit-il. Il se trimballait toujours avec son appareil photo. Qu'est-ce qu'il est devenu ?

— Il a continué la photo, il a monté son entreprise. On a déménagé à Colombus après… après ma naissance. Je suis pas revenue ici depuis que je suis toute petite.

— Comment va-t-il ?

Elle détourna les yeux.

— Pas très bien, hélas. Il est dans une institution pour les patients Alzheimer.

— Oh non. Je suis vraiment désolé.

— C'est la vie.

Il regarda la photo de nouveau, comme distrait par une foule de souvenirs, puis il la lui rendit.

— Gardez-la, dit Cynthia.

Il resta planté là quelques secondes, comme s'il essayait de reprendre son souffle, contemplant l'image de Frida debout sur les berges de la Noonday.

— Toxey Bivins… Ben ça par exemple, finit-il par dire.

— Merci encore pour le cadeau. Mon fils va adorer.

— Je vous en prie. Profitez bien de la balade en famille et… et…

— Oui ?

Il jeta un nouveau regard à la photo, le visage empli de chagrin.

— Emmenez ce petit garçon à la pêche.

Cynthia sourit tandis qu'il la saluait avec son chapeau avant de grimper dans son pick-up et de sortir du parking. Elle vit son mari et son fils quitter les toilettes, puis elle entendit les pneus crisser sur le gravier et s'aperçut que le vieil homme faisait marche arrière. Il recula de quelques mètres et baissa sa vitre.

— Au fait ?

— Oui ?

— Il ne se souviendra sans doute pas de moi, mais dites à votre papa que Shorty Teague lui passe le bonjour. Vous feriez ça ?

— Oui, dit-elle. Je vous le promets.

52

Résidence Walden

Le lendemain, Cynthia et Allen emmenèrent Toxey déjeuner, puis ils se rendirent tous ensemble à l'aire de jeux préférée de Paul. Cynthia était assise sur un banc à boire un café avec son mari tandis que son père poussait son petit-fils sur la balançoire.

— Ton père a l'air heureux, dit Allen. Regarde son sourire.

— Il me raconte les mêmes histoires en boucle, tu as remarqué ? Je m'en veux de m'énerver comme ça. Il faut que je sois plus patiente avec lui.

— Tu t'en sors très bien. Tu as des ailes, Cynth.

— Je n'ai remarqué qu'un ou deux spasmes musculaires, dit-elle. Tu as vu, au déjeuner, quand il a bafouillé en commandant son hamburger ?

— Non, dit son mari. Je n'ai pas remarqué. À part ça, ton père est dans un bon jour, et il faut s'en réjouir. Et tu dois arrêter de rechercher le moindre petit symptôme. Tu es sa fille, pas son médecin. Ce n'est pas sain.

Elle tiqua sur les mots “sa fille”. Il l’attira contre lui et l’embrassa sur la tempe. Des sirènes gémissaient au loin. À un kilomètre de là, un escadron d’hélicoptères noirs vrombissait vers la ville au nord.

— Je sais.

— Tout va bien ?

— J’ai juste l’impression d’être à deux doigts de la rupture. Les jours se mélangent, ma vie est en train de virer au cauchemar.

— On est tous dans le même cas. Ça va s’arranger. Tu vas voir. Les choses vont se calmer.

— Tu es sûr ?

Il soupira, ne répondit rien, et ils regardèrent Toxey aider Paul à descendre de la balançoire. Toxey se pencha et sembla murmurer quelque chose à l’oreille de l’enfant, puis il lui prit la main et ils traversèrent l’aire de jeux ensemble.

— Regarde-moi ces deux-là, dit Allen.

— C’est mignon.

— Ces trucs que ton père te raconte, dit-il. Comme quoi tu es adoptée.

— Ouais.

— Pense au sacrifice qu’il a fait, à son dévouement à toute épreuve. C’est incroyable. Si je pouvais être la moitié du père qu’il a été…

Elle ferma les yeux et prit la main de son mari. Un moment plus tard, Paul grimpait sur ses genoux et gloussait. Toxey marchait à quelques pas derrière lui, puis il resta planté là, souriant à sa famille sur le banc comme s’il ne les avait jamais vus.

— Alors, qu’est-ce que t’a dit papi à la balançoire ? lui demanda Cynthia.

— C'est un secret, dit Paul.

— C'est bon, dit Toxey. Tu peux le dire à maman.

— Papi m'a dit que j'étais un des gentils. Et que le monde a besoin de gentils en ce moment.

— Il a raison, dit Allen. Le monde aura toujours besoin de gentils.

— Je peux prendre une photo ? dit Toxey.

Cynthia le regarda un instant.

— Bien sûr. De quoi ?

— De vous.

— OK. Tu te souviens comment on s'en sert ? dit-elle.

Toxey hocha la tête, elle lui tendit son téléphone, et Paul s'assit entre ses parents pendant que Toxey cadrait la photo. Il tapota le bouton sur l'écran plusieurs fois, se déplaça légèrement à droite, puis il se baissa jusqu'à avoir le bon angle, inclinant le téléphone. Quand il eut terminé, Cynthia parcourut les photos et Toxey la regarda avec fascination en choisir une en particulier, zoomer dessus, la modifier et changer les nuances en un clin d'œil.

— Tu en veux une en noir et blanc ? Je te les enverrai par mail.

— Ça serait sympa.

Toxey la regarda parcourir les différents filtres.

— C'est du vaudou, dit-il en secouant la tête. Pas comme à l'époque. Tu étais dans une chambre noire pendant des heures à tenter d'obtenir le bon résultat. Même mon vieil appareil numérique est une relique maintenant.

— Le monde change vite, pas vrai ?

— On a à peine le temps de respirer.

— Maintenant, une de vous deux, dit-elle en désignant Toxey et Paul. Rapprochez-vous.

— Non, je n'ai jamais aimé être photographié. Tu le sais.

— Allez, s'il te plaît.

Il céda et s'assit sur le banc, Paul grimpa sur son genou et Cynthia prit plusieurs photos. Elle trouvait que la présence de Paul atténuait les crises du soir, Toxey était à l'aise, lucide et satisfait, il écoutait Paul lui raconter ses aventures à l'école, lui demandait qui étaient ses copains et, avec une pointe d'humour, s'il avait une amoureuse. Une heure plus tard, ils arrivèrent à Walden. Cynthia fit descendre son fils de la banquette, et Toxey le serra dans ses bras et salua Paul et Allen tandis qu'elle l'accompagnait dans le hall, juste à temps pour le dîner et les médicaments. Cynthia fouilla dans son sac et lui donna l'enveloppe du Fotomat.

— Tiens, elles sont pour toi, dit-elle.

Il se figea.

— Oh mon Dieu. Où est-ce que tu as trouvé ça ?

— Je te raconterai un autre jour. C'est Frida, n'est-ce pas ?

Toxey parcourut les vieux tirages et frissonna.

— Oh Seigneur. Oui, c'est Frida. Je m'en souviens comme si c'était hier.

— Ça va aller ?

Il leva les yeux, le menton tremblant.

— Ça fait mal de revoir ça, encore une victime de ce salopard d'Elder Reese.

— Papa, non.

— Le monde est un cauchemar à cause de cet homme, dit Toxey. Mais les gens sont trop aveugles pour le voir. Il faut que tu fasses quelque chose, Cynthia. Il le faut, bon sang, avant qu'il soit trop tard. Parce que le vote ne va rien arranger. Il va mettre le monde à feu et à sang et nous tous avec avant d'affronter la justice.

— Papa, arrête. Pas si fort.

Il se fit plus insistant et frappa du poing dans sa paume.

— Tu as lu le livre que je t'ai passé ? Tu as contacté Lovell ?

— J'étais très occupée.

— Tu ne crois pas un mot de tout ça, n'est-ce pas ?

— Je ne sais plus ce que je crois.

Cynthia reconnut la mine désorientée de son père et comprit qu'il avait oublié où ils avaient passé la journée et ce qu'ils faisaient là. Une aide-soignante l'aida à monter sur un fauteuil tandis qu'il s'agitait, accusait tout le personnel de lui avoir volé son appareil photo, et avant que Cynthia puisse réagir, il avait jeté les photos par terre et s'était lancé dans une tirade virulente, évoquait des infiltrés dans le Centre, des espions d'Elder Reese, qu'il soupçonnait de l'écouter à travers la télévision ou de lui avoir implanté une puce dans le cerveau quand il était encore adolescent, et Cynthia se couvrit la bouche et fondit en larmes. Elle le quitta, le cœur déchiré, mais soulagée que Paul n'ait pas vu cet aspect de la maladie de son grand-père.

Elle retourna à la voiture en pleurs, désespérée, comme bien des fois auparavant, essayant de distiller les souvenirs de la journée en espérant qu'après cette rencontre avec James Lovell elle pourrait tourner la page et tâcher de reprendre le contrôle de sa vie.

53

Atlanta, Géorgie

On était mardi, une semaine avant l'élection.

Tard dans la matinée, Cynthia se mit en route pour Atlanta, à une heure au nord, sous une bruine déprimante, en écoutant le bulletin d'information local. Elle entendit à la radio que les groupes d'opposition à Reese avaient prévu des manifestations pour son passage en Géorgie. Il y avait une grosse présence policière, la patrouille routière dégageait les passerelles en prévision de l'arrivée du cortège. Elle sortit à 14th Street et roula vers le centre-ville au ralenti, la métropole était congestionnée par les embouteillages, l'asphalte craquelé, des adolescents se faufilaient entre les voitures pour vendre des bouteilles d'eau, d'autres proposaient des T-shirts anti-Reese et de petits drapeaux blancs avec quatre flèches noires, les trottoirs grouillaient de manifestants de tous âges qui se dirigeaient vers une "zone d'expression libre" installée près de Centennial Park. Les gens conspuaient la police, chantaient à l'unisson, un chœur de slogans qui résonnait contre les gratte-ciels, et Cynthia sentait à chaque pâté de maisons une énergie menaçante, l'horreur qu'elle rencontrait chaque matin en faisant défiler la litanie des cataclysmes sur son téléphone, qu'elle lisait aussi dans les yeux de ses patients.

Elle poussa un soupir de soulagement en dépassant le jardin botanique et Piedmond Park, où des soldats de la Garde nationale et des policiers en tenue anti-émeute prenaient position derrière des barrages filtrants. Enfin, elle s'engagea sur Morningside Drive et roula vers l'est, jeta un œil au système de navigation de la voiture qui lui annonçait qu'elle avait atteint sa destination. Lovell habitait une élégante bâtisse de style Tudor avec un jardin paysagé luxuriant sur un terrain d'un quart d'hectare clôturé. Cynthia se gara dans l'allée, sonna au visiophone et se présenta. Un instant plus tard, le portail s'ouvrit.

Un homme chauve avec une moustache la salua et elle remarqua un autre homme avec une arme de poing planté devant le garage, qui surveillait la rue. Ils portaient des oreillettes et avaient tout l'aspect d'une équipe de protection rapprochée, intuition confirmée lorsqu'ils lui demandèrent poliment s'ils pouvaient la fouiller afin de vérifier qu'elle n'était pas armée. Quand ils eurent terminé, le chauve la conduisit dans la maison, où elle aperçut une buanderie remplie à ras bord de boîtes de conserve et de bouteilles d'eau, puis un studio d'enregistrement amateur avec caméras et fond vert. L'homme l'invita à patienter dans le vestibule et disparut dans le couloir. Il y avait des photos affichées sur les murs et sur une petite table d'appoint, des portraits de famille sans doute, avec des enfants et des petits-enfants, Lovell avec diverses personnalités médiatiques et universitaires, des récompenses et des distinctions encadrées, signes d'une vie de voyages en tous genres, de réussite et de sacrifice. Enfin, le garde du corps reparut et la conduisit à une bibliothèque au plafond voûté, où elle trouva Lovell assis dans un fauteuil roulant. Avec sa barbe argentée et son pull en mérinos, il avait l'air de sortir tout droit d'une couverture de livre.

Il lui sourit chaleureusement et leva les mains comme pour se soumettre à une inspection, mais il surprit Cynthia quand il lui demanda, en lieu et place de présentation :

— Avez-vous été suivie ?

Elle secoua la tête, incertaine de la réponse à donner.

— J'ai dit à vos gardes du corps que je n'en savais rien. Je ne crois pas. Je n'ai jamais été suivie, à part à la fac quand mon futur mari essayait de m'inviter à dîner.

Sans se défaire de son sourire, Lovell lui indiqua un fauteuil en cuir. Il jeta un œil à deux ordinateurs sur le bureau, où plusieurs plateformes de réseaux sociaux étaient mises à jour en permanence. Puis il brandit une télécommande et coupa le son de la télévision à écran plat montée sur le mur derrière lui.

— Pardonnez-moi de ne pas me lever pour vous serrer la main. Avec mes deux prothèses des hanches et mon arthrite, le trajet jusqu'à la boîte aux lettres me fait la journée. Désirez-vous un café ?

— Non merci, dit-elle. (Ses yeux se posèrent sur les rayonnages de livres, des rangées d'exemplaires justificatifs avec le nom de Lovell sur le dos.) C'est une œuvre impressionnante.

— Merci. L'édition n'est pas exactement une méritocratie et j'ai eu de la chance pour un petit blanc-bec du comté de Sumter. Je vous aurais bien présentée à ma femme, mais elle est dans un lieu confidentiel en ce moment. Les menaces de mort, voyez-vous. Elles se sont intensifiées ces dernières semaines.

— Je suis désolée de l'apprendre.

— La calomnie fait partie des risques du métier. Cherchez mon nom en ligne et vous trouverez de nouvelles campagnes de dénigrement chaque semaine, et des mèmes en pagaille. La Nation Reese me considère comme le pire agitateur médiatique, mais je prends ça comme un honneur. Malheureusement, il y a une abondance de gens mentalement dérangés dans ce pays, et nombre d'entre eux sont armés jusqu'aux dents. Alors comme ça, votre père est de Mercy Oaks et a connu Reese ?

— C'est ce qu'il affirme.

— J'étais journaliste au *Searchlight* à l'époque. C'était mon premier travail après l'armée. Le nom de cette ville ravive beaucoup de souvenirs. La cafétéria en face du siège du comté faisait un ragoût à tomber par terre. Bien sûr, Mercy Oaks est surtout connue aujourd'hui pour être le lieu de naissance de ce monstre.

Il désigna la télévision, l'écran partagé entre plusieurs chaînes câblées d'information ; Reese en plein meeting savourant les applaudissements de la foule, la police embarquant des manifestants menottés au parc de Lafayette Square, des pillards dévalisant une pharmacie. Ailleurs, des exercices militaires dans la vallée de Galwan, un immeuble en flammes dans Kharkiv occupée.

— Souhaitez-vous que j'éteigne la télévision ? dit Lovell.

— Non non, c'est juste que… nous avons comme règle de ne jamais mettre les infos à la maison. Mon fils, il n'a que quatre ans mais il intériorise tout ce qu'il voit. Ça lui donne des angoisses. L'autre jour, il m'a demandé ce que c'était qu'un hacker.

— Avec toutes ces catastrophes en même temps, nous sommes en proie à une confusion morale et culturelle sans précédent. C'est paralysant. Ça doit être difficile à gérer pour les enfants.

Elle sortit son téléphone et sélectionna une photo de son père pour la lui montrer. Lovell se pencha pour voir.

— C'est Toxey qui m'a demandé de vous contacter, dit-elle. Honnêtement, j'ai été surprise d'avoir une réponse de votre part.

— La mention de Mercy Oaks a piqué ma curiosité. Vous êtes médecin, c'est bien ça… docteur Bivins ? Vous n'avez pas changé de nom ?

— À Warm Springs, oui. Nous avons eu la flemme avec mon mari.

— Et votre père est fan de mon travail ?

Cynthia regarda autour d'elle, comme si elle prenait la mesure de la situation en temps réel, peinant à croire qu'elle était avec cette éminente personnalité en train d'évoquer les élucubrations de son père.

— Il a dû garder son intérêt pour la politique en sourdine. Je n'ai jamais eu connaissance…

— De quoi ?

— De son obsession pour Elder Reese.

Lovell éclata de rire.

— Votre père n'est pas le seul. J'ai fait toute ma carrière sur mon obsession pour Reese. Je suis connu pour être l'expert mondial de son culte du pouvoir. Certains me désignent même comme son psychopathologue officiel, raison pour laquelle j'ai des gardes armés. Les menaces dont je parlais sont quotidiennes, surtout après un passage à la télé. Je vous épargne les détails, mais il y a des gens profondément dérangés, prêts à obéir aux moindres ordres de Reese, hypnotisés par sa rhétorique et ses messages subliminaux. Certains estiment qu'il faudrait m'exécuter pour trahison. Ils ne s'imaginent pas une seule seconde qu'ils pourraient avoir tort. Signe du pouvoir de persuasion de Reese, qui a réussi à convaincre une immense partie de la population qu'il était seul arbitre de la vérité.

— Je pense que ce sont juste des fanatiques.

— C'est bien pire. Reese a détruit la réalité. Nous vivons dans des mondes divergents, voyez-vous ? La police auxiliaire de Reese et ses milices, avec leur culte hargneux et ignare de la violence, ce sont des gens irrécupérables, sourds à toute raison, et ils veulent la guerre. On pourrait en dire autant de l'autre camp. Certains affirment que ce sont les deux revers d'une même médaille, des idéologies concurrentes qui aboutiront au même cauchemar. Aucun fait qui puisse faire consensus, aucune bienséance, aucun dialogue constructif, seulement un autoritarisme corrompu défini par une hostilité mutuelle ouverte. C'est un moment éminemment périlleux, docteur Bivins. L'Amérique n'a plus aucune idée de ce qu'elle veut et tout ça finira en bain de sang. Vous avez vu les défilés de torches ? Vous avez vu les patrouilles en uniforme et les milices ? La fameuse "ligue des patriotes" de Reese ? C'est un phénomène effrayant, et il va crescendo dans tout le pays.

Elle déglutit et hocha la tête.

— Ils m'ont arrêtée dans notre propre quartier. La police ne réagit pas.

— Soyez prudente. La police n'est pas entièrement impartiale. Il y a des indics.

— Tout ça est complètement dingue.

— Mais prévisible. J'étais là aux balbutiements de la carrière de Reese, je dénonçais déjà la rhétorique fasciste, les mensonges et les hyperboles, la naissance de son autoritarisme pervers. Est-il le symptôme ou la cause de ce qui se passe aujourd'hui ? Je ne sais pas. Ce que je sais, c'est que les Américains nagent dans la désinformation et qu'ils sont captivés par Reese, comme gagnés par une fièvre contagieuse, il légitime leur colère, entretient la moindre théorie du complot tordue et les croyances les plus douteuses. Pas étonnant qu'il y ait plus de magasins discount que de librairies dans ce pays.

— C'est drôle que vous parliez de ça. J'ai l'impression que ça fait des années que je ne sais plus sur quoi je dois me focaliser, ni ce que je dois croire, dit Cynthia. Ça donne le tournis.

— La vérité disparaît dans une tempête de mensonges, et notre société évolue dans une jungle de miroirs, pour emprunter un concept issu de l'espionnage. Reese possède une chaîne de télévision et des fermes de contenus au Vietnam et en Roumanie, et il appuie même des services de renseignement étrangers pour déverser des flots de désinformation venimeuse, tous les jours, toute la journée. Les médias rivaux colportent des mensonges, eux aussi, et ils se tirent une balle dans le pied. Reese a su tirer parti de cette ère des réseaux sociaux, et il est passé maître dans l'art de manipuler les ondes, de s'adresser directement à son public, et de transformer en arme politique et en gains financiers l'indignation qu'il alimente. Le fait que nous ayons perdu toute capacité à être horrifiés par lui est le plus consternant dans cette histoire.

— Vous l'avez déjà rencontré ? dit Cynthia.

— Je l'ai interviewé pour le *Searchlight* juste avant qu'il rachète le journal et s'offre son propre soutien. Même à l'époque, son drôle de charisme tournait à plein régime. Mais je voyais déjà sa malveillance. Reese s'était déjà affranchi des normes et des contraintes, et il était complètement séduit par les arcanes machiavéliques du pouvoir à Washington. Depuis ce jour-là, je n'ai pas cessé de sonner l'alarme, j'avais l'intuition que cet homme finirait par provoquer un cataclysme. Le vice d'Elder Reese est comme une coulée de lave, une corruption éhontée qui sert exclusivement ses intérêts et qui a désormais atteint un point critique. On me taxe d'alarmisme depuis longtemps, et Dieu sait si j'ai espéré pouvoir donner raison à mes détracteurs. Hélas…

— Les tensions, les émeutes, dit-elle en secouant la tête. C'est déjà arrivé. Le monde vacille, puis il rétablit sa trajectoire. Est-ce que c'est différent, cette fois ?

Lovell hocha gravement la tête et leva les yeux vers la télévision, où défilaient des images muettes de troupes amassées le long de la frontière sino-indienne.

— *Possible ici*, le titre de mon livre, est un clin d'œil à Sinclair Lewis*. C'est notre pire cauchemar : un conflit à l'étranger sur deux théâtres différents et une guerre sur notre territoire. Les services secrets sont vérolés, plus de la moitié des gouverneurs et des parlementaires locaux se sont alignés sur Reese, et plus inquiétant encore, il a le soutien des généraux. Ceux qui comptent en tout cas, des fanatiques qui adhèrent à sa vision de l'homme fort et du régime de

* Auteur de *Impossible ici* (1935).

parti unique, et j'imagine qu'il leur donne ce qu'ils veulent tant qu'ils lui retournent la politesse. Je ne suis pas expert en politique étrangère, mais plusieurs collègues, ainsi qu'une source au Pentagone, s'accordent à dire que le monde vit sur une poudrière, de Taïwan à la Baltique. Le commandement pour l'Indopacifique déplace des troupes en Corée et au Japon à l'heure où nous parlons. Des soldats de Fort Bragg et du matériel sont en route pour la Pologne, où des bombes russes tombent dangereusement près de la frontière. Regardez ça, dit-il en lui montrant la télévision.

Cynthia vit des images de l'escorte du porte-avions *USS Nimitz* patrouillant la mer de Chine méridionale, le sillage d'écume des bateaux parfaitement symétrique.

— Que signifie tout ça ?

— Nos ennemis savent que c'est le bon moment. On a l'impression que ça se passe au ralenti, mais nous sommes au bord d'un précipice, au point de bascule pour une nation tellement scindée et tribalisée qu'elle est irrécupérable. Quand les gens n'ont plus envie de partager le même pays, ni de trouver un consensus autour de faits incontestables, comment continuer à avancer ensemble, sans parler de résoudre plusieurs crises internationales à la fois ? Ajoutez à ça l'inflation, le chômage, la grève des cheminots, les infrastructures en berne, et ainsi de suite. L'expérience américaine touche à sa fin, elle mute en quelque chose d'imprévisible. Le résultat sera une boucherie comme on n'en a pas vue depuis 1863. Toute sa vie, Reese a exploité ces divisions et semé la discorde, c'est un agent du chaos qui attend son heure pour s'emparer du pouvoir, qui fascine une nation de dupes et de fous furieux ignares, qui voient dans tous ceux qui ne sont pas comme eux des fauteurs de troubles. "Des serpents et des rats", Reese les appelle, de la vermine en d'autres termes. Il suffit de regarder l'histoire pour savoir ce qui se passe quand les gens s'abaissent à déshumaniser leurs voisins.

— Je n'arrive pas à croire que ce soit en train d'arriver.

— Oh, les fascistes en herbe de Reese ont l'air d'être de bons patriotes, n'est-ce pas ? Je n'ai jamais compris, moi qui ai reçu un éclat d'obus pour mon pays et qui l'aime profondément, l'absence de logique de ces gens qui prétendent lutter contre la tyrannie, mais qui veulent rejeter la Constitution et mettre un tyran en place. Cette dissonance cognitive défie l'entendement.

— Je ne saisis pas, dit Cynthia. J'imagine que je n'ai jamais fait attention à tout ce bruit jusqu'à maintenant, où ça éclate dans tous les sens. Qu'est-ce qu'un homme comme lui veut de plus ? Il a tout.

— Reese est insatiable, docteur Bivins. La seule chose qui l'arrêtera, ce sont les oubliettes de l'histoire. Il n'a jamais eu à subir les conséquences de ses actes. L'argent, les failles juridiques, un instinct animal et la chance lui ont permis d'opérer en toute impunité, et à présent ses disciples veulent en faire un Dieu roi impérial, un tsar ou un monarque qui règne par décrets, tandis que nous nous préparons à une guerre entre puissances nucléaires et à l'élection la plus controversée et la plus contestée de toute notre vie. Ce sera peut-être le dernier scrutin démocratique que nous connaîtrons.

— Est-ce qu'il est malade ?

Lovell fit une grimace, plissant les rides de son front.

— Ah ça, c'est la question à un million, dit-il. Il y a tellement de théories du complot qu'on n'arrive plus à suivre, et malgré ça ils arrivent à garder le secret total sur sa santé. Reese est malade, cela ne fait aucun doute, c'est une personne déséquilibrée. Il est cruel, mesquin et vindicatif, même si la foule feint de l'ignorer. Les gens voient en lui ce qu'ils ont envie de voir, comme un test de Rorschach ambulant, mais ce qui me préoccupe le plus, ce sont les millions de personnes qui adhèrent à ce messianisme. Et vous, docteur, quelle est votre opinion ?

— Je ne suis pas qualifiée.

— Allez, dites toujours.

— En tant qu'experte de salon, je dirais qu'il s'agit d'un trouble neurologique, amplifié par les médicaments. Peut-être simplement de l'épuisement, comment savoir ? Il a l'air hypertendu, comme s'il pouvait tomber raide mort à tout moment.

— Ce serait un sacré coup de chance, dit-il avec un sourire. Peut-être qu'un choc suffisamment puissant pourrait régler la question.

Un silence s'ensuivit et Cynthia fut parcourue d'une désagréable sensation de malaise. Elle baissa les yeux et s'aperçut qu'elle avait croisé les mains, comme si elle allait réciter une prière.

— On ne peut pas le destituer ? dit-elle.

— Je crains que nous ayons manqué le coche.

— Comment ça ?

— Son parti contrôle le Congrès, donc Reese est au-dessus des lois. Ça, c'est évident. Comme vous le savez, il a pris pour vice-président son fils aîné, un autre mégalomane, ce qui était du jamais vu. Ils sont entourés de courtisans, et les arcanes du pouvoir grouillent de jeunes versions de Reese, qui attendent leur moment. Des carriéristes de connivence adhérant au parti unique, une bande de réactionnaires calculateurs. Et ils sont futés. C'est bien là le drame. Ça ne s'arrête pas avec Reese. Nous n'en sommes qu'au début.

— Quid de l'élection la semaine prochaine ?

— Peut-être qu'il ne se passera rien ? dit Lovell avec un haussement d'épaules sans conviction. Mais Reese a déclaré sans équivoque qu'il n'accepterait pas les résultats s'il était amené à perdre. Un des scénarios est qu'une guerre civile cinétique éclate dans les grandes villes et que Reese décrète la loi martiale. Puis il défiera le Congrès et invoquera le Posse Comitatus Act. Les hostilités à la frontière indienne vont s'intensifier. Pendant ce temps, la Russie se prépare clairement à attaquer la Pologne, avec un prétexte bidon pour défier nos alliés. Reese va demander à son parti de faire une déclaration de guerre.

— Il va invoquer le quoi ?

— Le Posse Comitatus. Une loi qui encadre le pouvoir du gouvernement des États-Unis – Reese, en l'occurrence – dans l'usage de l'armée pour faire appliquer des lois sur le territoire. Des soldats et des chars dans la rue, en d'autres termes. Reese a qualifié les tentatives d'assassinat et les bombes de signes manifestes d'insurrection. Il a promis l'amnistie à tous ses complices qui entraveraient le processus démocratique. J'ai déjà entendu de plusieurs sources sûres que sa cabale de gouverneurs veut suspendre les élections et les “relancer” sur des bases qui leur sont favorables. Ceci après avoir ordonné à l'armée de saisir les machines de vote, au nom de la “sécurité nationale”, bien sûr.

— J'ai entendu ça aux infos. Encore une de ses enflammades. Mais une guerre ici ? Sérieusement ?

— Il y aura des échauffourées dans les villes, de nombreux soulèvements, des émeutes, etc. Des millions de gens n'accepteront pas les manœuvres de Reese et entreront en résistance. Les milices et les polices auxiliaires riposteront. Mais ceux qui ont des armes dictent la loi, et nous sommes entrés dans une ère où des hommes vulgaires avec un arsenal nucléaire à leur disposition cherchent à imposer leur volonté au reste du monde. Et pour les policiers et les soldats de la Garde nationale qui refuseront de suivre des ordres extrajudiciaires, l'État de droit cessera d'exister. Pour combien de temps, qui sait ? Il y aura des victimes, sans aucun doute. Les achats compulsifs ont déjà commencé. Les problèmes d'approvisionnement empirent, peut-être à dessein, et quand les rayons sont vides dans les pharmacies et les supermarchés, quand les pompes sont taries, c'est là que l'être humain montre son pire visage. Pendant ce temps, les militaristes de Washington subjugués par Reese battent déjà le tambour pour venir au secours de l'Inde, non pas si, mais quand la Chine attaquera, idem quand la Russie poursuivra sa marche vers l'ouest. Nos rivaux sont à deux doigts de déclencher des guerres sans retour en arrière possible. Plus personne ne se comporte de manière rationnelle. Si je peux me permettre, votre famille a-t-elle un plan ? Avez-vous des réserves d'eau et de nourriture ? Nous risquons de connaître des mois difficiles, si nous ne sommes pas réduits en cendres avant.

— Un peu, dit-elle en pensant à la petite réserve de conserves et de bouteilles d'eau d'Allen. Mon Dieu, c'est surréaliste. Vous avez l'air tellement sûr de vous.

Lovell éclata de rire.

— Je ne suis sûr de rien, ma chère. C'est de la folie. Mais en tant qu'expert de Reese, je prédis des catastrophes qui vont radicalement changer nos vies.

— Je n'arrive pas à intégrer ça. On ne sait plus quoi croire, donc je refoule tout.

— Beaucoup de gens sont dans ce cas. Mais ils se prennent au jeu quand même, comme si ce n'était qu'une simulation.

— Vous êtes bien pessimiste.

— Il y a de l'espoir, mais pas beaucoup. Au début, je pensais que la psychopathie de Reese finirait par éclater au grand jour et que le choc serait suffisant pour ramener le pays à la raison. Que les gens descendraient par millions dans les rues pour résister à cette répression invraisemblable – enfin, ils ne peuvent pas arrêter tout le monde, quand même. Mais nous avons vu que cette crise est un puits sans fond et que les Américains sont tranquillement vissés à leur canapé. Beaucoup de gens baissent les bras et renoncent, et c'est comme ça que gagne le totalitarisme. Je crains que Reese soit à l'épreuve des balles, au sens propre comme au figuré. Sa folie a été banalisée. Il peut faire ce qu'il veut, et il ne va pas s'en priver.

— Et le reste d'entre nous ?

— Le reste d'entre nous ?

— Ceux qui ont d'autres soucis en tête et qui n'ont ni le temps, ni l'énergie, ni l'envie de participer à tout ça ?

— Oui, dit Lovell. L'Américain "apolitique", la majorité silencieuse, tout ça. Ça n'existe plus, docteur Bivins. Je ne veux pas vous accuser d'être naïve, mais certaines lignes rouges ont été franchies. Nous sommes un corps politique désorienté, démoralisé, à la merci de pervers cyniques et nihilistes. Il n'y a aucun aspect de notre société qui soit exempt de politisation. La neutralité n'est plus une option, et la passivité causera notre perte. Si nous voulons garder nos libertés et préserver la démocratie, nous devons tous choisir notre camp… (Il s'interrompit et désigna le foulard rouge accroché au sac de Cynthia.) Ne serait-ce que pour notre sécurité.

Cynthia se couvrit les yeux d'une main tremblante et fondit en larmes. Lovell se racla la gorge. Lui laissa quelques instants pour reprendre ses esprits.

— Mon mari me rappelle toujours que je suis la stoïque du couple, dit-elle d'une voix éraillée. Calme en toute circonstance, jamais prête à céder à l'hystérie. Mais ça fait une éternité que je n'ai pas autant pleuré.

Lovell hocha la tête et réfléchit à sa réponse, cherchant une diversion.

— Toxey était là pendant cette campagne pour le Congrès, le deuxième district ? dit-il. C'était moche, cette campagne. La famille Reese a multiplié les coups bas pour gagner.

— Les coups bas ?

— Est-ce que votre père a le moindre souvenir de cette époque ?

— Ce n'est pas mon père.

Lovell plissa les yeux et la dévisagea, sentant que la raison d'être de cette rencontre allait se faire jour.

— Allez-y, poursuivez.

Elle lui raconta toute l'histoire, prit garde de nuancer le récit de Toxey en évoquant ses facultés déclinantes. Lovell écouta, et quand son assistante personnelle apparut, il lui demanda d'annuler son interview de l'après-midi et de ne plus le déranger.

— Votre mari est-il au courant ?

— Non. Juste que j'ai été adoptée.

— Et Toxey ? Est-ce qu'il en a parlé à quelqu'un dans son établissement ?

— Je ne peux pas l'affirmer. C'est incroyable de penser qu'il a gardé ce secret si longtemps. Mais il est devenu de plus en plus paranoïaque.

— Donc vous pensez qu'il pourrait affabuler ?

— Il y a certains éléments qui se recoupent. D'autres qui ont été emportés par les années. J'adorerais pouvoir réfuter tout ça. Je veux profiter du peu de temps qui nous reste avec lui, parce qu'il m'a élevée comme… comme sa propre fille.

Sa voix se perdit et elle se couvrit encore les yeux, sentant arriver une nouvelle vague d'émotions.

— Je suis désolé, dit Lovell. Vraiment. Et pourtant, ça correspond bien à la méthode Reese d'utiliser une femme et son propre enfant pour des fins aussi abjectes, et de les abandonner ensuite comme de vulgaires déchets. Des bruits couraient à l'époque sur l'adversaire de Reese, un homme du nom de Grizzard, répandus par l'équipe de Reese, évidemment. Il nous appelait directement au *Searchlight* pour lancer des rumeurs.

— Quelles rumeurs ?

— Des histoires scandaleuses, un adultère, un enfant né hors mariage avec – comme disaient les gens à l'époque – une “femme de couleur”. Rien n'a jamais été prouvé, mais ça a nui à Grizzard dans les urnes, sans compter de probables fraudes électorales qui ont contribué à faire gagner Reese. Et ça a commencé comme ça. Il y avait d'autres rumeurs sur l'appétit sexuel de Reese, et son penchant pour les jeunes femmes qu'il employait dans l'hôtel familial de Mercy Oaks. Je serais curieux de savoir si elle a travaillé au Bellflower à un moment donné. Mais si je comprends bien, personne ne savait qui elle était ?

— Pour autant que je sache. C'est-à-dire pas beaucoup.

Il poussa son fauteuil vers elle.

— Je le vois maintenant, mais c'est très subtil, dit-il au bout d'un moment, inclinant la tête pour mieux la regarder dans la lumière. Au niveau des pommettes. Votre mère devait être une femme magnifique.

— S'il vous plaît, s'il vous plaît… arrêtez.

Cynthia inspira difficilement. Lovell s'approcha d'elle, lui tendit une boîte de mouchoirs. Il lui tapota la main et, quand elle leva la tête, elle vit qu'il avait les yeux rouges et embués de larmes.

— Permettez-moi de vous résumer le topo, dit-il. Premièrement, le plus important, si vous êtes la fille de cette femme disparue, il y a une chance que le GBI ait un dossier sur elle. J'ai un ami là-bas, et croyez-le ou non, il reste de bons flics dans cet État. Je pourrais passer un coup de fil pour lui demander de jeter un œil. Ces affaires non résolues figurent dans une base de données et sont réexaminées régulièrement, surtout en présence de nouveaux éléments. S'ils ont gardé quelque chose, une mèche de cheveux par exemple, nous pourrions avec l'aide de mon avocat effectuer un test de paternité. Nous aurions les résultats dans la journée et nous pourrions partir de là.

— Il n'y a pas de risque ?

— Non, aucun. Comme ça, vous pourriez vérifier qu'au moins cette partie-là de l'histoire de Toxey est vraie.

Peut-être que je pourrais vous aider à trouver qui était votre mère. Ça ferait un bon livre, qu'en dites-vous ?

Il sourit, mais sa tentative de détendre l'atmosphère tomba à plat. Après une minute d'hésitation, elle hocha la tête.

— OK.

— Bien, dit Lovell. Voyons si j'arrive à le joindre. Veuillez m'excuser.

Il demanda à son assistante d'appeler le siège du GBI à Decatur et, un instant plus tard, elle lui tendit un téléphone.

— Exact, c'était en avril, dit Lovell après avoir échangé des civilités avec son ami et prétexté, sans trop travestir la vérité, qu'il faisait des recherches pour un livre. Une femme non identifiée dans la réserve de la Lokutta.

Elle regarda ses yeux et attendit tandis que Lovell écoutait la voix à l'autre bout du fil. Il hocha la tête et posa quelques questions, puis il griffonna un numéro et raccrocha.

— Alors ? dit Cynthia.

— L'affaire a été classée comme homicide et n'a pas été résolue à ce jour. C'est un de leur plus vieux *cold cases*, à vrai dire, mais il y a eu des preuves physiques conservées.

— Oh putain, dit-elle.

— Voici ses coordonnées, dit Lovell. Le numéro noté ici est celui d'un inspecteur à l'antenne de Midland. Il faut que ça passe par les canaux officiels. Ne perdez pas de temps.

Cynthia prit la carte de visite et déglutit.

— Et ensuite ?

Lovell leva un sourcil.

— Eh bien, je pense qu'il vous faudra décider si vous allez voir la presse ou non. Impliquer Reese dans ce meurtre risque d'être compliqué, mais pas impossible. Il a eu plusieurs enfants avec sa première femme. Le seul qui n'est pas dans son gouvernement, le mouton noir de la famille, est Charles Sinclair. Il a subi plusieurs traitements pour des addictions diverses, mais Charles déteste son père et ne se prive pas de le faire savoir. Je l'ai interrogé en tant que source anonyme, je pourrais le recontacter. Franchement, je suis surpris que Reese ou ses frères et sœurs ne l'aient pas fait empoisonner. Si vous souhaitez vous lancer là-dedans, il y a votre test ADN, qui est en théorie le lien entre la pauvre femme qu'ils ont retrouvée dans la Lokutta, vous et Elder Reese. Mais attention, cela causerait un tremblement de terre médiatique sans précédent. Votre vie telle que vous la connaissez serait finie. Et avec l'élection qui se profile, ils vont vous tomber dessus en utilisant toutes les armes à leur disposition. Et la résistance voudra aussi sa part du gâteau, naturellement. Votre nom sera traîné dans la boue et, pardonnez-moi de parler crûment, vous pourrez dire au revoir à votre travail au centre médical. La moindre erreur de jeunesse, drogue, alcool, posts gênants sur les réseaux, soucis avec la loi, dettes…

— Dettes ?

Lovell acquiesça.

— Votre réputation et celle de votre mari seraient souillées et vos vies menacées. C'est ainsi que ça se joue, c'est ainsi que Reese a toujours écrasé les lanceurs d'alerte. Son équipe s'attend à des crasses, et ils sont prêts à riposter. Sauf que là, on est sur quelque chose de bien plus sinistre.

— Je ne peux pas prendre tous ces risques, dit Cynthia. La sécurité de ma famille. Ma carrière.

Lovell eut un hochement de tête empathique et regarda du côté de la télévision, qui diffusait des images de l'arrivée de Reese à la base aérienne de réserve de Dobbins à Marietta.

— Quelle coïncidence qu'il vienne faire un meeting ici. Quel monde de fous.

— Je ne supporte pas de voir sa tête. Il me donne la chair de poule.

— C'est compréhensible. Mais nous avons atteint un point critique, et cela pourrait convaincre suffisamment de gens, en particulier ceux parmi sa bande de bons à rien qui ont des cas de conscience, d'arrêter cet homme avant qu'il ne cause des dommages irréparables à notre république. Je parle d'une révolution de palais. Posez-vous la question : dans quel genre de pays souhaitez-vous voir grandir votre fils ?

Elle déglutit, se pencha en avant et se couvrit la bouche.

— Tout va bien ?

— Je crois que je vais vomir, dit Cynthia.

Il recula son fauteuil de quelques centimètres et se tourna pour prendre une corbeille sous son bureau.

— Allez-y, docteur Bivins, vomissez un bon coup. Vous n'allez pas me choquer. J'aurais sans doute eu besoin d'un changement de caleçon si j'étais à votre place.

Elle eut plusieurs haut-le-cœur, puis elle se reprit et but quelques gorgées d'eau, son sang battant dans ses tempes.

— Il faut que je réfléchisse à tout ça, dit-elle. J'en suis à douter de la réalité. C'est trop d'un coup. Il faut que je rentre chez moi et que je serre mon fils et mon mari dans mes bras.

— Bien sûr, dit Lovell. Quelle que soit votre décision, j'ai des ressources et je peux vous aider, je peux même vous protéger tous si nécessaire. Appelez l'antenne de Midland d'abord. Voyez si cette fille dans les bois était votre mère. On partira de là.

— OK, dit Cynthia. Je vais faire ça.

Elle se leva pour partir, mais Lovell l'interrompit. Après un instant de flottement, il écarta les bras et ils s'étreignirent.

— Vous êtes une femme courageuse, docteur Bivins, dit-il. Mais je vous en prie, gardez tout ça pour vous. Ne sous-estimez pas les services de renseignement de ce pays, ni les réseaux d'indics de Reese.

54

Mercy Oaks, Géorgie

COINCÉE dans les embouteillages au sud d'Atlanta, Cynthia appela son mari.

— Mais où tu étais passée ? J'étais fou d'inquiétude.

— J'ai rencontré Lovell.

— Ah bon ? Comment c'était ?

Elle se mordit la lèvre et rassembla son courage avant de répondre.

— On en parlera quand je serai rentrée.

— Tu as vu les infos ?

— Non, enfin, une partie. Qu'est-ce qui se passe ?

— La Russie a fermé ses frontières.

— Où est-ce que tout ça va nous mener ?

— Tu vas bien ? Enfin, vu la situation ?

— J'ai connu mieux. Comment va notre bébé ?

— Il grignote et il joue à son jeu d'alphabet. Tu veux lui parler ?

— Ouais.

Son mari lui passa Paul et elle lui demanda comment était sa journée à l'école et ce qu'il avait mangé au déjeuner.

— Maman t'aime fort, dit-elle.

— Moi aussi je t'aime.

— Tu me repasses papa ?

— Re.

— Je t'ai déjà dit que tu étais un père formidable ?

Il y eut un silence au bout du fil. Puis elle entendit Allen souffler longuement.

— J'en avais bien besoin. Merci.

Elle se les représenta, lui et Paul, assis ensemble sur le canapé, son fils absorbé dans un des jeux d'apprentissage qu'ils avaient téléchargés sur sa tablette, avec un bol de ses crackers préférés, ceux en forme de poissons. Cynthia s'imagina arriver derrière lui, poser la main sur sa tête, sentir ses cheveux propres et doux comme du duvet au bout de ses doigts, et Paul qui lèverait les yeux, sourirait et dirait, "salut maman" avec son petit zozotement. Parfois, sans raison particulière, il prenait la main de sa mère et, à cet instant précis, une supernova pouvait apparaître à l'horizon, tatouer leurs ombres au mur, ça n'aurait aucune importance tant qu'elle pouvait tenir son fils contre elle.

— Tu es là ?

— Ouais.

Cynthia se racla la gorge et orienta la conversation vers des sujets plus légers, la montagne de linge sale, le menu du dîner. Il y avait un certain réconfort dans le simple fait d'entendre la voix de son mari, les banalités du quotidien lui redonnaient du courage face à tous ces bouleversements. Elle raccrocha juste au moment où un souvenir d'enfance refaisait surface. Elle devait avoir sept ou huit ans, Toxey avait décidé de ne pas travailler un jour de pluie et l'avait autorisée à sécher les cours. Elle avait passé l'après-midi à dessiner, à lire et à rêvasser. À un moment, Toxey avait mis ses lunettes à l'envers et faisait des grimaces tandis qu'ils se lançaient dans une partie de chat endiablée dans la maison.

Seigneur, pensa Cynthia, comme elle riait à l'époque. De nouveaux fragments du passé lui revinrent, les fois où Toxey l'emmenait manger des glaces, la fois où il lui avait acheté ce jeu de société avec un buzzer qui s'appelait Opération au magasin de jouets de Whittlesey Boulevard. Sans raison. Un petit cadeau comme ça, lui avait dit Toxey, une récompense pour ses bonnes notes à l'école. C'était une journée pleine de moments de tendresse, une parmi tant d'autres, un amour vrai et sincère entre père et fille, et cette même tendresse, malgré tous leurs soucis, perdurait dans le foyer qu'elle avait fondé.

Elle refoula de nouveau ses larmes, mit de la musique à la radio et entrouvrit la vitre. Il y avait des hélicoptères dans le ciel, des klaxons et des cris, une frénésie pré-élection qui la rendait nerveuse, et elle entendit aux infos que des manifestants avaient bloqué la voie d'accès au centre-ville et affrontaient la police, pendant que les milices de Reese se rassemblaient devant le Capitole, et elle fut soulagée quand le trafic reprit et qu'elle put quitter l'Interstate pour laisser la ville derrière elle.

Elle mit le cap vers l'ouest pour rentrer chez elle, mais décida de faire un détour. Elle passa devant un relais routier et des fast-foods, puis elle s'engagea sur la route 27 et traversa une succession de villes-étapes avant de s'enfoncer dans la campagne, le crépuscule tombant sur les champs arides ; elle ralentit devant un radar et roula au pas en périphérie de Mercy Oaks. Au bout d'un moment, elle vit le Bellflower Hotel allumé et grouillant d'activité, une grosse présence policière, des guirlandes accueillant Reese pour un gala de levée de fonds. Elle poursuivit sa route, prit vers le sud sur Grand Street et s'enfonça dans la ville. Le siège du comté était toujours là, avec ses tourelles et son clocher au carrefour. Quand Cynthia leva les yeux, elle vit les échafaudages dans la lumière déclinante, des détenus de la prison du comté peignaient la façade, et le tableau correspondait aux réminiscences de Toxey. Elle devina où se trouvait autrefois la quincaillerie, qui avait mis la clé sous la porte depuis longtemps, d'autres commerces lui succédant comme les sécheresses et les inondations au gré des saisons.

Cynthia se gara le long du trottoir. Elle essaya d'imaginer Toxey en jeune homme, arpentant ces mêmes rues, son appareil photo autour du cou tandis qu'il cherchait la beauté dans la banalité du quotidien. Toute la vie de Cynthia, il ne s'était jamais arrêté de prendre des photos, trimant dans l'anonymat. Portraits de rue, paysages, beaux-arts, banquets et galas, parcs de loisirs, fêtes d'anciens élèves, parfois une photo de charme locale. Peut-être que si Cynthia n'avait jamais existé, si elle avait été éliminée par un psychopathe, Toxey aurait échappé à cet anonymat, il aurait délaissé les mariages et les photos de nouveau-nés et aurait trouvé la consécration en tant qu'artiste.

Ça n'a pas d'importance.

Il t'a choisie, toi. Avant tout le reste, il t'a choisie.

Pourtant c'est comme ça que toute cette affaire a commencé, pensa-t-elle.

Par une photo.

Elle venait de traverser Luthersville sur le chemin de sa maison lorsqu'elle remarqua le convoi de SUV noirs, surgissant de nulle part. Elle tourna sur la route 54 et accéléra, mais les véhicules maintenaient leur allure, la voiture de tête toute proche de son pare-chocs. Elle dépassa un magasin discount et une station-service, puis elle arriva sur un tronçon isolé de l'autoroute où le paysage se résumait à des zones déboisées éclairées par la lune et des pâturages. Elle allait rappeler son mari lorsque le premier SUV se déporta pour la dépasser. Elle jura, laissa échapper son téléphone, tourna le volant et enfonça le frein, s'arrêta lentement sur le bas-côté.

Cynthia vit des lampes torches et des hommes armés en treillis verts sans identification, et elle obéit à leurs ordres. Toute tremblante, elle leur remit son téléphone, un des hommes la força à rentrer dans un des véhicules blindés, et quelques instants plus tard ce fut le noir complet.

55

— *Home sweet home.*

Cynthia reconnut la voix derrière elle et se recroquevilla quand on lui enleva son capuchon et qu'une lumière crue l'agressa. Elle cilla plusieurs fois et parcourut la pièce du regard, juste assez grande pour une table et quelques chaises, des murs blancs, une horloge. Il était tard. Ou bien tôt ? Elle pouvait se trouver n'importe où. Prise de vertige, elle remua ses poignets dans les menottes. Entendit des pas et une respiration lourde et essaya de se tourner.

— Regarde devant. Ne te débats pas, dit une autre voix.

— Où suis-je ? J'ai été droguée ?

L'autre personne dans la pièce renifla et se racla la gorge.

— Y en a eu, des pouliches, mais je me souviens de chacune d'entre elles. Je m'amusais bien à l'époque. On dit que je ne me souviens de rien, mais ce n'est pas vrai. Et je me souviens d'elle.

Elle éprouva une sorte de paralysie, comme si elle traversait plusieurs phases de sommeil et qu'elle était incapable de bouger un muscle.

— C'est vrai alors ? dit-elle. Mon Dieu, c'est vrai.

— Dieu n'a rien à voir là-dedans. Ou alors peut-être que Dieu a tout à voir avec ce moment ?

— Vous êtes un monstre.

— Tu sais, pendant tout ce temps j'ai cru que tu étais morte. On dirait que plusieurs vies ont passé, il s'est produit tellement de choses depuis. J'ai vécu une existence épique. Aujourd'hui, je suis la réponse à toutes les questions.

Une autre voix, plus nerveuse.

— Monsieur, nous devrions peut-être…

— La ferme, dit-il. Laisse-nous.

Elle le sentait à présent, dressé au-dessus d'elle. Cynthia se tendit quand elle sentit le bout des doigts de Reese suivre la ligne de sa mâchoire. Elle eut un mouvement de recul et un frisson velouté traversa tout son corps.

— Tu lui ressembles tellement, petite.

— Qui était-elle, espèce de salopard ?

Il claqua la langue plusieurs fois, comme s'il se délectait de ce moment.

— Je suis surpris que maman ne s'en soit jamais débarrassée. Ça la mettait dans une colère pas possible. Peut-être que c'est de là que tu tiens ton tempérament.

Cynthia entendit un froissement de papier, baissa soudain les yeux et vit sa main, délicate et pâle, qui posait une photo en noir et blanc sur la table devant elle. Avec un geste de croupier, il retourna la photo. Elle était ternie, avec des plis et des rides, mais Cynthia reconnut l'image aussitôt. Elle était exactement comme l'avait décrite Toxey.

Elle baissa les yeux et vit sa mère pour la première fois, debout devant la grande roue, agrippant sa peluche, elle contempla ses yeux tristes comme si elle regardait un miroir, et elle se mit à hurler, en plein cauchemar. Elle sentit de nouveau la main sur son épaule, se tourna, regarda ses pupilles sombres et mauvaises et, au moment du grand plongeon, le seul bruit qu'elle entendit par-dessus ses propres cris fut le rire moqueur d'Elder Reese.

Et là de pauvres formes humaines
Défilent en brun, mêlant leur peine
Et, si elles parlent, leurs mots stériles
Évoquent une terre qui se défile.
Là gît le guerrier vaincu
Qui tourne vers l'ouest un œil déçu.
Difformes et laids sont ces hommes-là
Qui grimpent et ne se tournent pas.

CONRAD AIKEN, *Le Cédratier*

ÉPILOGUE

— ALLEZ, sortez les filles. N'ayez pas peur.

Shorty Teague s'enfonça dans son fauteuil. Il leva ses jumelles et scruta le bosquet, puis il se concentra sur la petite parcelle de seigle qu'il avait plantée. Kit IV était sagement assis à côté de lui, regardant par la fenêtre. La cabane était chaude et silencieuse et une douce lumière orangée émanait du poêle à bois.

Au bout d'un moment, il reposa ses jumelles et but une gorgée de bière, fit claquer ses lèvres et se balança dans son fauteuil, regardant la lune se lever sur la Lokutta. Rien ne bougeait dehors et il savait qu'il aurait dû manger quelque chose, mais la bière fraîche et savoureuse lui rappelait des jours meilleurs, cette nuit en particulier avec Frida Prisant. Avoir entendu son nom plus tôt avait remué de nombreux souvenirs et à présent, avec la photo posée sur le rebord de la fenêtre, c'était un peu comme si elle était de nouveau avec lui. Il espérait qu'elle savait qu'il n'avait jamais cessé de la chercher.

— Six motos, murmura-t-il. Mais seulement cinq motards morts. Où es-tu allée, Frida ?

Où es-tu allée ?

Sa vue était mauvaise, mais dans les dernières lueurs du crépuscule, il aperçut deux animaux indistincts à l'orée du jardin. Il leva ses jumelles et distingua clairement deux faons, leurs taches presque effacées, qui baissaient la tête pour se nourrir.

— Où est votre maman ? Elle se traîne, je parie.

Shorty se tourna vers le chien.

— Elle les laisse toujours partir en premier.

Les faons jetaient des coups d'œil réguliers vers la cabane en dodelinant de la tête. S'ils avaient détecté sa présence, elle n'avait pas l'air de les déranger, et, quand ils eurent terminé, les deux frères poursuivirent leur chemin, continuant de brouter le long de la ligne des arbres, puis leur mère apparut tel un fantôme dans le clair de lune et se dirigea vers le seigle.

— Allez, ma grande. Remplis-toi la panse. C'est tout pour toi.

Il faisait très sombre à présent, mais Shorty estima que la biche devait avoir quatre ans et demi, une rescapée selon les critères de tout chasseur. Il l'avait regardée s'occuper des deux faons tout l'été et, même si son pelage ocre commençait à grisonner, elle avait l'air bien nourrie et en bonne santé, et, plus important, elle était droite sur ses pattes.

Shorty sourit, sachant qu'à son grand âge il avait ressassé bien des regrets, s'était lamenté sur le passage du temps, la lassitude du monde et les événements horribles qui s'étaient produits. Pourtant, la biche lui donnait l'espoir que le troupeau puisse se rétablir.

Et d'une manière qui lui était inconnue, peut-être qu'ils pourraient tous se rétablir, car après le beau temps vient la pluie et après la pluie vient le beau temps.

DERNIÈRES PARUTIONS

Doug Peacock, *Itinéraire d'un éco-guerrier*
Tess Gunty, *Écoutez-moi jusqu'à la fin*
Henning Ahrens, *Les Péchés des pères*
Andy Davidson, *La Fille du batelier*
Jennifer Haigh, *Mercy Street*
William Boyle, *Éteindre la Lune*
Cedar Bowers, *Astra*
John Gierach, *Debout dans la rivière*
James Crumley, *La Contrée finale*
Craig Johnson, *Le Cœur de l'hiver*
Paul Tremblay, *Le Chant des survivants*
Barry Lopez, *À ciel ouvert*
Lizzie Pook, *La Fille du pêcheur de perles*
Andrew J. Graff, *Le Radeau des étoiles*
Piergiorgio Pulixi, *L'Illusion du mal*
Joe Wilkins, *La Montagne et les pères*
Tiffany McDaniel, *L'été où tout a fondu*
Larry McMurtry, *Adieu Cheyenne*
Peter Swanson, *Chaque serment que tu brises*
Jake Hinkson, *Rattrape-le !*
Gregory Brown, *Les Jours sombres*
Jenny Lund Madsen, *Trente Jours d'obscurité*
Aldo Leopold, *Almanach d'un comté des sables*
Chris Offutt, *Les Gens des collines*
Giulia Caminito, *L'eau du lac n'est jamais douce*
Todd Robinson, *Les Morts de Riverford*
JoAnne Tompkins, *Ce qui vient après*
Christina Sweeney-Baird, *La Fin des hommes*
Larry Watson, *L'Un des nôtres*
Elliot Ackerman et James Stavridis, *2034*
Ellen G. Simensen, *La Vertu du mensonge*
Phil Klay, *Les Missionnaires*
Pete Fromm, *Le Lac de nulle part*

Retrouvez l'ensemble de notre catalogue sur
www.gallmeister.fr

Cet ouvrage a été imprimé sur du papier
dont les fibres de bois proviennent
de forêts durablement gérées

IMPRIM'VERT®

CET OUVRAGE A ÉTÉ COMPOSÉ PAR ATLANT'COMMUNICATION (VENDÉE)

ACHEVÉ D'IMPRIMER SUR ROTO-PAGE
PAR L'IMPRIMERIE FLOCH À MAYENNE
EN JANVIER 2023
POUR LE COMPTE DES ÉDITIONS GALLMEISTER
13, RUE DE NESLE
75006 PARIS

DÉPÔT LÉGAL : MARS 2023
1re ÉDITION
N° D'IMPRESSION : 101850
IMPRIMÉ EN FRANCE